Rätsel um die grüne Hand

Rätsel um den geheimen Hafen

Enid Blyton

Rätsel

... um die grüne Hand

... um den geheimen Hafen

Ein Doppelband

Carl Habel Verlag

Genehmigte Sonderausgabe für Carl Habel GmbH, St. Augustin

Rätsel um die grüne Hand

Originaltitel: The Rilloby Fair Mystery
Aus dem Englischen übersetzt und bearbeitet
von Ilse Winkler-Hoffmann
Illustrationen von Gilbert Dunlop

Rätsel um den geheimen Hafen

Originaltitel: The Rubadub-Mystery
Aus dem Englischen übersetzt und bearbeitet
von Ilse Winkler-Hoffmann
Illustrationen von Gilbert Dunlop

Covergestaltung: Rincon, Design & Produktion, Köln
Gesamtherstellung: Carl Habel Verlag GmbH

ISBN 3-87179-245-4

Rätsel
um die grüne Hand

I

Der erste Ferientag

»Guten Morgen, Vater! Guten Morgen, Mutter!« sagte Robert und fuhr seinem Vater, als er hinter ihm vorbeiging, mit allen fünf Fingern durch die Haare, so daß sie ihm wirr ins Gesicht hingen.

»Laß den Unsinn!« sagte der ungeduldig und verschaffte sich wieder freie Sicht. »Warum kommst du so spät zum Frühstück? Und wo ist Dina?«

Robert belud seinen Teller mit Haferflocken. »Keine Ahnung. Ich nehme an, sie schläft noch.«

»Es sind ja Ferien«, sagte die Mutter. »Robert, du kannst doch unmöglich diesen Berg Haferflocken aufessen. Denk daran, daß es noch frische Brötchen gibt.«

»Beunruhige dich nicht«, grinste Robert. »Und Würstchen bekommen wir auch, nicht wahr?«

»Nicht zum Frühstück. Du weißt, daß es bei uns zum Frühstück keine Würstchen gibt.«

»Warum eigentlich nicht?« fragte Robert, begann zu essen und verrenkte den Hals, um in Vaters Zeitung mitlesen zu können.

Das war ein schwieriges Unternehmen, und nach einer Weile sah ihn der Vater erstaunt an. »Was machst du denn da? Hast du einen steifen Hals?«

»Nein, nein, ich habe nur ein bißchen mitgelesen über den Hund, der ...«

»Laß das bitte sein. Das tut man nicht. Lernt ihr so etwas in der Schule?«

Robert schüttelte den Kopf. »Ich nehme an, sie glauben, wir lernen es schon zu Hause.«

Herr Lynton sah seinen Sohn über den Zeitungsrand hinweg an. »So, glauben sie das? Nun, ich werde es dir in den Ferien ...«, begann er. Aber in diesem Augenblick wurde die Tür aufgerissen, und Dina stürzte ins Zimmer.

»Hallo Mutter! Guten Morgen, Vater! Was für ein herrlicher Tag! Alle Narzissen und Primeln blühen, und die Sonne scheint. Ich finde, die Osterferien sind die schönsten!«

»Setz dich und iß, Liebling«, sagte die Mutter. »Robert, du hast hoffentlich Sahne übriggelassen?«

»Ein paar Tropfen sind noch da. Aber ich würde Dina vorschlagen, Milch zu nehmen. Sie wird allmählich fett.«

»Ich bin doch nicht fett!« rief Dina empört. »Mutter, bin ich fett?« Der Vater räusperte sich.

»Nun setz dich endlich, Dina. Du weißt, wer nicht kommt zur rechten Zeit, der muß essen, was übrigbleibt. Wir frühstücken um acht, jetzt ist es halb neun.«

Er faltete die Zeitung zusammen und legte sie neben seinen Teller. Dann stand er auf und ging hinaus.

»Was hat er denn heute?« fragte Dina und zog einen ihrer Strümpfe hoch. »Diese blöden Dinger rutschen immer. Warum ist Vater heute so komisch?«

»Sei still«, sagte die Mutter. »Vater ist gar nicht komisch. Er mag es nur nicht, wenn ihr unpünktlich seid. Außerdem hat Onkel Johann sich angemeldet. Du weißt, der gute, alte Großonkel, der Vater zur Verzweiflung bringt.«

»Um Himmels willen!« rief Robert entsetzt. »Kommt er wirklich?

Wo willst du ihn unterbringen? Wir haben doch nur ein Gastzimmer. Und wo soll Stubs schlafen?«

»Bei dir. Es tut mir leid, mein Junge, aber es ist die einzige Möglichkeit. Der Großonkel muß das Fremdenzimmer bekommen.«

»Stubs bei mir? Dann wird er mich als Versuchskaninchen benutzen und alle seine neuesten Einfälle an mir ausprobieren. Es wird furchtbar! Gegen Lümmel habe ich natürlich nichts einzuwenden, aber dieser Stubs.«

»Lümmel ist zwar ein netter, kleiner Hund, obwohl er manchmal auch recht ungezogen ist«, sagte die Mutter. »Aber ich kann und kann mich nicht an den Gedanken gewöhnen, daß er mit im Zimmer schlafen soll.«

»Ach, Mutter«, rief Dina, »das sagst du jedesmal, und du weißt ganz genau, daß, wenn du Lümmel in die Hundehütte sperrst, Stubs bestimmt zu ihm kriecht und die ganze Nacht dort bleibt.«

»Ja, ja«, seufzte die Mutter, »ich weiß nicht, wer schlimmer ist, Stubs oder Lümmel.«

Stubs war Roberts und Dinas Vetter, und er besaß einen kleinen, schwarzen Spaniel namens Lümmel. Stubs' Eltern waren tot, und er verbrachte die Ferien stets bei einem seiner Verwandten. Roberts und Dinas Mutter mochte ihn sehr gern, und deshalb fuhr er auch am liebsten zu ihr.

»Er kommt morgen, nicht wahr?« fragte Dina. »Wenn ich nachher zum Fleischer gehe, werde ich einen großen Knochen für Lümmel bestellen. Ob er immer noch alle Bürsten verschleppt? Stell dir vor, Mutter, im letzten Sommer hatte er ein richtiges Lager in einem Kaninchenloch angelegt. Später fanden wir die ganze Bescherung.«

Die Mutter beschloß sofort, alle Bürsten aus Lümmels Reichweite zu entfernen. Du lieber Himmel, das konnte etwas geben! Stubs und sein Hund und dazu Onkel Johann. Es schien so, als sollten die kommenden Wochen einigermaßen unruhig werden.

»Ich möchte bloß wissen, was Großonkel Johann zu Stubs sagt«, kicherte Dina und nahm sich noch ein Brötchen. »Der Alte so ehrwürdig und steif, und dazu der total verrückte Stubs. Ich sehe die beiden schon, im Geiste, meine ich.«

»Das einzige, was ihr zu tun habt, ist, dafür zu sorgen, daß sie dem guten Onkel nicht allzuoft begegnen«, lächelte die Mutter. »Ich kann euch leider nicht länger Gesellschaft leisten. Wie ich sehe, habt ihr gleich alle Brötchen aufgegessen und seid nicht abgeneigt, euch nun über das Brot herzumachen. Hoffentlich werdet ihr am Ende doch noch satt. Ich verstehe nicht, wie man so viel essen kann.«

»Ich auch nicht«, grinste Robert, und die Mutter sah ihn belustigt an. Es war schön, die Kinder, die beide sonst im Internat waren, wieder einmal zu Hause zu haben. Aber es dauerte immer eine Weile, bis sie sich an ihren ungeheuren Appetit, ihre Unordnung und ihre überschüssige Kraft gewöhnt hatte.

Als die Mutter gegangen war, wurde es ganz still im Zimmer. Die Kinder sahen zum Fenster hinaus. Die Narzissen am Rande des Rasens tanzten im Winde, die samtenen Blätter der Goldlackblüten leuchteten, und die Morgensonne überflutete den Garten. Dina und Robert waren glücklich. Was für herrliche Wochen lagen vor ihnen! Kein Unterricht, keine Pflichten, ein freier Tag nach dem anderen, Sonne und gutes Essen und Eis, soviel sie mochten. Und Lümmel nicht zu vergessen, mit dem sie herumtoben und spazierengehen konnten.

»Himmlisch!« Dina kam aus ihrem Traum zurück, und Robert, der wußte, was sie dachte, sagte:

»Ja, wundervoll!« Und dann fragte er plötzlich: »Was denkst du, wie Lümmel mit Sardinchen fertig wird?«

Sardine war ihre große, schwarze Katze, und sie wurde so genannt, weil sie am liebsten Sardinen fraß. Der Kaufmann wunderte sich im stillen, wie es möglich war, daß eine Familie so viel von diesen Fischen vertilgen konnte. Er ahnte ja nicht, daß es die Katze war, die sie bekam. Und die wurde fett und faul davon.

»Er wird ihr wohl eine aufregende Zeit bereiten. Vielleicht nimmt sie dann ein bißchen ab.«

»Vielleicht verhält sie sich auch ganz ruhig«, sagte Dina. »Sei nicht unverschämt, Robert, laß mir noch etwas Marmelade übrig.«

»Wenn nur der Großonkel nicht käme«, stöhnte Robert und reichte ihr die Marmelade. »Warum kommt er überhaupt? Für ihn sind wir doch nur eine Plage.«

»Dina, Robert! Seid ihr endlich fertig?« rief die Mutter. »Kommt herauf! Ich will eine Couch in Roberts Zimmer stellen. Ihr müßt mit anfassen.«

»Keine Minute Ruhe«, grinste Robert. »Los, Dina!«

Sie rannten die Treppen hinauf und stolperten über Sardine. Die große, schwarze Katze sprang hoch, ihre grünen Augen glühten, und ihr Schwanz stand steil in die Luft.

»Du albernes Tier«, lachte Robert. »Liegst du immer noch auf der Treppe? Morgen mußt du vorsichtiger sein, sonst kommt Lümmel und holt dich.«

»Lümmel kommt und holt dich, holt dich, holt dich«, sang Dina und hüpfte davon, um ihrer Mutter zu helfen. Sardine stand mitten auf der Fensterbank, und ihr Schwanz pendelte unablässig hin und her.

»Was habt ihr denn dem Sardinchen getan? Sie ist ja ganz durcheinander?« fragte die Mutter.

»Getan ist gut«, rief Dina. »Sie lag unfreundlich auf der Treppe und wartete nur darauf, daß wir über sie fielen.«

»Du meinst katzenfreundlich«, gluckste Robert.

»Oh, Robert«, lachte die Mutter, »manchmal bist du wie Stubs. Aber nun faß die Couch mit an, und inzwischen macht Dina dein Bett.«

Sie hatten den ganzen Tag zu tun, um alles für die Ankunft des Onkels und Stubs' vorzubereiten. Was für ein seltsames Paar! Der Großonkel, höflich, vornehm und in jeder Beziehung korrekt. Und Stubs ganz und gar das Gegenteil. Freundlich, verrückt und in allem, was er tat, unüberlegt. Frau Lynton hatte die schlimmsten Ahnungen, was das Zusammensein der beiden betraf.

Und Lümmel würde den alten Mann mehr als nervös machen. Lümmel war ein süßer Hund, und Frau Lynton mochte alle, die ihm ähnlich waren, solche mit seidenweichem Fell und schmelzendem Blick. Auch Dina, Robert und der Vater hatten ihn gern. Nur eine im Hause würde ihn erbittert bekämpfen, und das war Sardinchen!

Endlich waren die beiden Zimmer in Ordnung gebracht. In das des Großonkels hatte Dina einen Strauß Narzissen gestellt, deren Farbe genau zu der der Vorhänge paßte.

In Roberts Zimmer war es ein wenig eng geworden. Robert fand es aber sehr gemütlich. Er meinte, das käme vielleicht von der alten, weichen Decke, die die Mutter für Lümmel in eine Ecke gelegt hatte.

»Ich glaube zwar nicht, daß Lümmel sie auch nur ein einziges Mal benutzt«, lachte er. »Du weißt doch ganz genau, Mutter, wo er immer schläft. Nämlich zu Stubs' Füßen.«

Die Mutter seufzte. Diese Ferien würden wohl noch mehr Aufregung mit sich bringen als alle anderen. Und damit hatte sie ganz recht!

II

Stubs hat zuviel Phantasie

Inzwischen stand Stubs auf dem Bahnhof und freute sich. Sein Gepäck hatte er, außer einem kleinen Koffer, aufgegeben. Nun mußte er sich nur um Lümmel kümmern. So wartete er auf den Zug, ein sommersprossiger, rothaariger Junge von ungefähr zwölf Jahren. Er ging auf und ab und pfiff sich eins, und Lümmel spitzte die Ohren dazu.

In der Ferne war das Prusten und Schnauben des herannahenden Zuges zu hören, und im selben Augenblick raste Lümmel in den Wartesaal und verkroch sich unter einem Stuhl.

Stubs jagte ihm nach und schrie: »Du Idiot! Komm sofort zurück! Die Leute denken ja, du hast Angst vor Zügen!«

Doch Lümmel kroch noch weiter unter einen Tisch. »Komm sofort hierher!« schrie Stubs wieder und rutschte auf den Knien hinter ihm her. »Sonst fährt der Zug ohne uns ab.«

Stubs hatte große Mühe, ihn hervorzuziehen und auf den Arm zu nehmen. Dann jagte er zurück zum Zug. Die Türen wurden gerade zugeschlagen.

»Steig ein!« rief der Schaffner.

Der arme Stubs hatte keine Zeit mehr, sich ein Abteil auszusuchen. Eines, in dem nur ganz wenig Leute waren, oder am besten überhaupt niemand. Jetzt schob er Lümmel in das erstbeste, sprang hinterher, landete auf Händen und Knien, der Schaffner schlug die Tür zu, und der Zug fuhr an.

Lümmel kroch sofort unter eine Bank. »Idiot!« fauchte Stubs. »Beinahe hätten wir es nicht mehr geschafft.«

Dann rappelte er sich auf und wischte sich die Hände am Hosenboden ab. Nur eine einzige Person saß auf einem der Fensterplätze. Diese Person sah Stubs voller Staunen an. Es war ein alter Herr. Er hatte schneeweiße Haare, »eine richtige Mähne«, dachte Stubs, wäßrige, blaue Augen und einen kleinen, weißen Spitzbart.

»Mein Junge«, sagte er, »es ist nicht ratsam, so spät zu kommen.«

»Ich habe zwanzig Minuten gewartet«, entgegnete Stubs wütend. »Los, Lümmel, komm 'raus, du wirst schmutzig!«

Lümmel erschien mit eingekniffenem Schwanz, und der alte Mann sah ihn voller Widerwillen an.

»Hunde sollten im Abteil für Traglasten fahren. Sie riechen äußerst stark und unangenehm, und sie kratzen sich stets in aufdringlicher Art und Weise.«

»Natürlich«, stimmte Stubs ungerührt zu und setzte sich. »Hunde riechen immer. Es ist ein herrlicher Geruch. Pferde riechen auch und Kühe auch. Ich mag das sehr gern und ...«

»Ich habe keineswegs die Absicht, über Gerüche zu diskutieren«, unterbrach ihn der alte Herr. »Ich jedenfalls verabscheue es, wenn Hunde riechen und wenn sie sich kratzen.«

»Lümmel kratzt sich nie«, sagte Stubs sofort. »Ein Hund kratzt sich nur, wenn er einen Haufen Flöhe hat. Ich halte Lümmel sauber und bürste ihn jeden Tag und ...«

Was war denn das? Lümmel nahm eine eigentümliche Haltung ein und fing an, sich voller Hingebung zu kratzen.

Stubs stieß ihn an. »Laß das. Hast du nicht gehört, was ich eben gesagt habe?«

Lümmel warf seinem Herrchen einen schmelzenden Blick zu. Dann kratzte er sich weiter. Der alte Herr betrachtete ihn mißbilligend. »Kannst du ihn nicht ans andere Ende des Abteils bringen? Du hast mir gerade erklärt, daß Hunde, die sich kratzen, Flöhe haben. Ich fühle mich nicht besonders glücklich in ihrer Nähe.«

»Wieso?« Stubs rührte sich nicht. »Er hat doch keine Flöhe. Noch niemals ...«

»Ich habe auch nicht die Absicht, über Flöhe zu diskutieren«, unterbrach der alte Herr ihn steif. »Aber ich muß sagen, die Kinder von heute scheinen nicht gut erzogen zu sein.«

Stubs wurde rot, griff in Lümmels Halsband und brachte ihn hastig ans andere Ende des Abteils. Er schämte sich sehr. Lümmel versuchte jetzt, auf einen der Sitze zu springen, aber der alte Herr machte ein so böses Gesicht, daß Stubs seinen Liebling sofort daran hinderte.

Lümmel rollte sich enttäuscht zusammen und beschloß zu schlafen. Und Stubs öffnete den Koffer, holte ein Buch hervor und begann zu lesen. Es hatte einen dunklen Umschlag und den seltsamen Titel: »Spione! Spione! Spione!«

Stubs kuschelte sich in die Ecke und vergaß alles um sich her. Der alte Herr war sehr erstaunt, als er den Titel sah.

»Wovon handelt denn dein Buch?« fragte er nach einer Weile.

Stubs schnob verächtlich durch die Nase. Was für eine dumme Frage. Das konnte man doch an der Überschrift sehen.

»Es ist ein Buch über Spione. Über Spione, die alte Dokumente stehlen.«

Der Alte starrte ihn an. Und endlich machte er eine vollkommen verrückte Bemerkung. »Natürlich«, murmelte er. »Es sind Spione gewesen. Ich habe nie zuvor daran gedacht.«

Nun war es an Stubs, sein Gegenüber anzustarren. Was war denn das? Was redete der alte Mann denn für wirres Zeug?

»Es ist seltsam«, begann der alte Herr wieder, »daß du ein Buch über Spione und gestohlene Dokumente liest. Ich habe eben einen Ort verlassen, an dem sich derartige Dinge zutrugen. Schrecklich, daran zu denken. Schrecklich!«

Stubs war sehr interessiert. »Was ist denn gestohlen worden?«

»Die Briefe von Lord Macaulay, alte Landkarten der Grafschaft

Lincolnshire und die Korrespondenz zwischen Lady Eleanor Ritchie und ihrer Schwester.« Der alte Mann schüttelte feierlich den Kopf und fügte hinzu: »Und die Rezepte der hohen Witwe Lady Lucy und ...«

Das waren böhmische Dörfer für Stubs. Wollte der Alte ihn etwa auf den Arm nehmen? Na gut, das konnte er auch.

»Und ich erinnere mich an die Stammbaumtafeln all der Hunde und an die Briefe von Lord Popoffskie«, raunte er in geheimnisvollem Ton.

»Ich sehe, du glaubst mir nicht«, sagte der Alte mit Würde. »Aber ich versichere dir, mein Junge, der Dieb drang in einen Raum ein, ohne die Türen aufzuschließen. Er drang in einen Raum ein, in dem jedes Fenster verschlossen war. Er öffnete keines, er hinterließ keine Fingerabdrücke und verursachte keinerlei Geräusch.«

Stubs' Blicke wurden immer mißtrauischer.

»Ja«, fuhr der Alte fort, »ich habe das Haus verlassen, in dem sich solche Dinge zutrugen. Ich mag Diebe nicht, die durch verschlossene Türen kommen. Du vielleicht?«

Stubs legte das Buch zur Seite, machte ein teilnahmsvolles Gesicht und dachte: »Aha, der Alte spinnt!« Nun gut, wenn es darum ging, eine ordentliche Geschichte aufzutischen, an ihm sollte es nicht fehlen.

»Ihr Vertrauen ehrt mich«, begann er in dem gleichen, würdevollen Ton, in dem der alte Herr mit ihm sprach. »Übrigens bin ich in einer ähnlichen Lage.« Er senkte die Stimme zu einem solchen Flüstern, daß der atemlos Zuhörende sich weit vorbeugte, die Hand hinter das Ohr gelegt. »Auch ich fliehe.« Stubs machte eine kunstvolle Pause. »Ich habe eine Verschwörung aufgedeckt, eine finstere Verschwörung.«

»Um Himmels willen! Was für eine Verschwörung?«

»Atombombenverschwörung!« sagte Stubs genießerisch. »Sie haben versucht, mich in ihre Gewalt zu bekommen. Und beinahe hätten sie es geschafft.«

»Wer?« fragte der Alte zitternd.

»Pst«, flüsterte Stubs und sah sich ängstlich um, gerade so, als hörten »sie« zu. »Es ist die ›Grüne Hand‹. Wahrscheinlich haben Sie schon von dieser Bande gehört.«

»Nein, ich habe noch nie etwas von ihr gehört.«

»Eine internationale Bande!« Stubs berauschte sich mehr und mehr. Seine Augen leuchteten, und im stillen bewunderte er seine Erfindungsgabe. »Sie haben das Geheimnis der Atombombe. Und ich bin durch einen Zufall dahintergekommen. Sie erwischten mich und verlangten, daß ich für sie arbeite.«»Wie? Was wollten sie mit einem Jungen, wie du es bist?« staunte der Alte.

»Sie können Jungen gebrauchen, für Experimente und so, wissen Sie?« fuhr Stubs fort. »Aber ich wollte nicht in der Luft zerrissen werden. Nein, das wollte ich nicht!«

»Um Himmels willen!« rief der Alte wieder. »Das ist ungeheuerlich! Du solltest zur Polizei gehen, mein Kind.«

»Ich konnte weglaufen«, flüsterte Stubs. »Aber ich weiß, die ›Grüne Hand‹ verfolgt mich. Sie wollen mich fertigmachen!«

»Ungeheuerlich!« Der Alte betupfte seine Stirn mit einem großen, weißen Taschentuch. »Zuerst bin ich in einem Haus, in dem die Diebe durch geschlossene Türen und Fenster kommen, und nun fahre ich mit einem Jungen, der von der ... von der ..., wie sagtest du doch? Der von der ›Grünen Hand‹ gejagt wird. Haben sie wirklich grüne Hände?«

»Sie tragen grüne Handschuhe«, flüsterte Stubs mit wildem Blick. »Hüten Sie sich vor allen Leuten, die grüne Handschuhe tragen. Egal, ob Mann oder Frau.«

»Das werde ich, das werde ich«, versicherte der Alte. »Mein armer Junge, hast du denn keine Eltern, die dich beschützen können?«

Stubs schüttelte den Kopf. »Nein«, sagte er, und zum erstenmal seit zehn Minuten sprach er die Wahrheit. »Nein, ich habe keine. Ich fliehe zu meinen Verwandten aufs Land. Ich hoffe, daß die ›Grüne Hand‹ mich da nicht findet, denn ich möchte nicht, daß wir alle in die Luft gesprengt werden.«

»Ungeheuerlich! Dinge geschehen heutzutage! Wie gesagt, befolge meinen Rat und gehe zur Polizei!«

Der Zug hielt. Stubs sah aus dem Fenster und sprang auf. »Donnerwetter, hier muß ich aussteigen. Auf Wiedersehen, mein Herr. Hoffentlich bekommen Sie Ihre Diebe, die durch verschlossene Türen und Fenster gehen.«

»Auf Wiedersehen, mein Junge. Vielen Dank für die anregende Unterhaltung. Und beherzige meinen Rat und ...«

Die letzten Worte gingen im schrillen Pfeifen der Lokomotive und im Türenschlagen unter. Der alte Mann sank auf seinen Platz zurück.

»Niemand ist mehr sicher«, murmelte er düster. »Es ist äußerst beunruhigend!«

III

Zwei trauen ihren Augen nicht

Stubs sprang auf den Bahnsteig, fiel über Lümmel und setzte sich auf den Hosenboden.

»O Stubs!« rief Dina und lachte, daß ihr die Tränen kamen. »Jedesmal fällst du aus dem Zug. Hallo, Lümmel!«

Der stürzte sich wie ein Wilder auf Dina und warf sie beinahe um. Er bellte und winselte vor Begeisterung und Wiedersehensfreude und gebärdete sich so toll, daß Dina ihn endlich fortjagte.

»Aufhören, Lümmel! Hör sofort auf! Stubs, sag ihm, daß er mich in Ruhe lassen soll. Dein Hund ist ein richtiger Lümmel. Robert konnte nicht kommen«, sagte sie dann. »Er ist zur nächsten Station, um Großonkel Johann abzuholen. Warum er nicht auch hier ausgestiegen ist, verstehe ich nicht. Vielleicht dachte er, es ist von da aus näher zu uns.«

»Wer ist Großonkel Johann?« fragte Stubs erstaunt. »Ich habe noch nie etwas von ihm gehört. Er bleibt doch nicht etwa die Ferien über?«

»Er bleibt«, sagte Dina, als sie aus dem Bahnhof gingen. »Er ist übrigens nicht so schlimm, nur ein bißchen altväterlich. Sehr höflich und steif. Daß er kommt, hat Mutter gestern erst erfahren. Du mußt in Roberts Zimmer schlafen.«

»Prima!« rief Stubs. »Darüber wird Lümmel sich auch freuen.«

»Nimmt er noch immer jede Bürste mit, die er findet?« fragte Dina. »Im vorigen Sommer war es ja ganz schlimm.«

Stubs nickte. »Sammlerleidenschaft. Er hat außerdem eine große Vorliebe für Vorleger und Katzen. Ihr habt doch jetzt eine?«

»Ja, eine große, schwarze. Sie heißt Sardine, ist erst ein Jahr alt und manchmal noch sehr verspielt. Wie das mit Lümmel werden soll, weiß ich nicht.«

Das war schon wieder etwas nach Stubs' Geschmack. »Es wird herrlich«, sagte er befriedigt. »Katzen und Hunde werden durch die Gegend jagen, wir drei dazu und dann noch der Urgroßonkel.«

»Nur ›groß‹«, lachte Dina. »Er ist Vaters Onkel. – Und da sind wir schon. Sieh nur, Lümmel hat unser Haus gleich wiedererkannt. Wie er auf das Tor zustürzt! Und, du liebe Zeit, er hat Sardine entdeckt! Die sitzt da oben auf der Mauer!«

Stubs schoß hinter Lümmel her, der Sardine aufgescheucht hatte und sie mit wildem Gebell durch den Garten jagte. Die Katze flitzte ins Haus, aber Lümmel ließ sich nicht abschütteln. Frau Lynton duckte sich erschrocken, als Sardine einen riesigen Satz über ihren Kopf hinweg machte und auf dem Bücherregal landete. Noch erschrockener aber war sie, als sie Lümmel wie einen schwarzen Blitz hereinfegen sah, gefolgt von dem schreienden Stubs.

»Ach«, lachte sie, »das ist ja so deine Art, in Erscheinung zu treten. Ich hatte es ganz vergessen. Du bist wie ein Tornado. Wie geht es dir, Liebling?«

»Hallo, Tante Susanne!« schrie Stubs. »Zum Kuckuck, Sardine ist aus dem Fenster gesprungen, und Lümmel verfolgt sie!«

Er machte auf den Hacken kehrt, und Frau Lynton ließ sich wieder in den Sessel sinken. Mit dem Frieden war es jetzt vorbei. Aus dem Garten klang lautes Kreischen, Bellen und Jaulen, und dann schrie Dina: »Mutter, das Taxi ist da!«

Frau Lynton sprang auf. Was würde Onkel Johann sagen, wenn man ihm eine solche Begrüßung bereitete?

Sie stürzte hinaus und packte Stubs am Ärmel. »Sofort nimmst du Lümmel und verschwindest mit ihm. Geh hinauf und wasch dir die Hände!«

Stubs starrte seine Tante an. Was hatte sie denn nur? Er stieß einen grellen Pfiff aus, und Lümmel gehorchte sofort. Wie ein Pfeil kam er angeschossen, und im nächsten Augenblick rannten die beiden die Treppe hinauf, gerade, als Onkel Johann die Gartentür öffnete. Dina warf ihr Haar zurück und lief ihm entgegen.

»Wie schön, endlich wieder einmal bei euch zu sein, meine liebe Susanne. Welch friedliches Fleckchen Erde, fern von Dieben und Spionen!«

Frau Lynton warf ihm einen prüfenden Blick zu. »O ja, es ist recht ruhig hier draußen auf dem Lande. Ist es dir angenehm, wenn ich dir gleich dein Zimmer zeige?«

»Vielen Dank, meine Liebe, vielen Dank.« Onkel Johann stieg neben seiner Nichte die Treppe hinauf. Als sie das Fremdenzimmer betraten, rief er:

»Welch reizender Raum! Und welche Aussicht! Herrlich! Nanu, wer ist denn das?«

Es war Lümmel. Er kam herein, die Nase dicht am Boden. Er hatte natürlich gleich gerochen, daß jemand gekommen war. Nun blieb er stehen, wedelte, und seine langen Ohren sahen aus wie die Enden einer Richterperücke, nur schwarz und nicht weiß. Der Großonkel schüttelte verwundert den Kopf.

»Höchst seltsam! Ein Hund, genau wie dieser, befand sich in meinem Abteil. Ganz genau solch ein Hund!«

»Oh, schwarze Cockerspaniel sehen sich alle sehr ähnlich«, sagte Frau Lynton. »Willst du dich etwas ausruhen und dann hinunterkommen? Sicher bist du hungrig.«

Sie ging auf den Flur, um ein paar Handtücher aus dem großen Schrank zu holen. In Roberts Zimmer pfiff Stubs mehr laut als richtig und bürstete sein widerspenstiges Haar zu Ehren des Großonkels. Plötzlich vermißte er Lümmel.

»He, du alter Gauner, wo steckst du denn?« Er lief hinaus und sah ihn in der Tür des nebenanliegenden Zimmers sitzen. Und gleich darauf stieg jemand vorsichtig über ihn. Lümmel dachte nicht im Traum daran, Platz zu machen. Er tat das nie, wenn er merkte, daß jemand dumm genug war, voller Hochachtung um ihn herumzugehen.

Stubs blieb angewurzelt stehen und starrte den Großonkel an. Er traute seinen Augen nicht. War so etwas überhaupt möglich?

Und auch der alte Herr glaubte, Gespenster zu sehen.

»Unfaßbar«, murmelte er, trat einen Schritt zurück und wäre beinahe über Lümmel gefallen. »Du? Was tust du denn hier?«

»Ich? Ich bin hier bei meinen Verwandten zu Besuch«, stotterte Stubs. Er war furchtbar erschrocken, daß der Alte aus dem Zug plötzlich Großonkel Johann geworden war. Wie peinlich! Hätte er nur nicht diese gräßliche Geschichte von der »Grünen Hand« losgelassen. Wenn der alte Knabe nun auf den Gedanken kam, Tante Susanne alles zu erzählen! Sehr böse würde sie sein! Bestimmt! Sehr, sehr böse darüber, daß er den alten Mann auf den Arm genommen hatte.

»Also, hierher bist du geflohen«, begann der Großonkel wieder. »Wissen die Tante und der Onkel davon?«

»Pst«, machte Stubs. »Pst, denke an die ›Grüne Hand‹! Kein Wort! Zu niemandem ein Wort! Denke an die ›Grüne Hand‹! Sie werden dich mit hochgehen lassen!«

»Hochgehen?« wiederholte der Alte matt. Dieses Wort verstand er nicht.

»In die Luft sprengen, natürlich«, sagte Stubs ungeduldig. »Also, du weißt Bescheid. Kein Wort! Denke an die ›Grüne Hand‹!«

Der Gong in der Diele schlug plötzlich, und beide fuhren zusammen. »Pst«, flüsterte Stubs und sah sich hastig um, als wären »sie« schon hinter ihm her.

»Ich weiß«, sagte der alte Mann. »Aber auch du sei vorsichtig, mein Sohn. Sei vorsichtig!«

Er stieg die Treppen hinunter und betupfte seine Stirn mit dem Taschentuch. Er hatte in einem Haus gelebt, in das Diebe auf unbegreifliche Weise eindrangen, und nun war er in einem, in dem sich ein Junge aufhielt, der von der »Grünen Hand« gejagt wurde. Unheimlich! Sehr unheimlich!

Von der offenen Schranktür verdeckt, hatte Tante Susanne dem

Gespräch mit wachsendem Staunen und völliger Verständnislosigkeit zugehört. Was hatten diese mysteriösen Warnungen zu bedeuten?

›Und was, um alles in der Welt, ist in Stubs gefahren? Und woher kennt er den Großonkel? Und was soll dieses Gerede von der ... von der ..., was hatten sie gesagt?‹ dachte sie und schlug die Schranktür zu.

Ein jämmerliches Jaulen ließ sie zusammenschrecken. Sie öffnete die Tür wieder, und Sardine sprang davon.

»Sardinchen, du armes Tier, warum paßt du aber auch nicht auf deinen Schwanz auf? Habe ich dir sehr weh getan? Nun lauf und zank dich nicht mit Lümmel. Ich möchte nicht, daß ihr gemeinsam über den Eßtisch jagt.«

Aber Lümmel war anderweitig sehr beschäftigt. Zu Dinas größter Verwunderung hatte er sich an des Großonkels Fersen geheftet und beschnüffelte seine Schuhe mit interessierter Freundlichkeit.

»Das sieht ja so aus, als ob er dich schon kennt«, lachte Dina.

»So? Tut es das?« murmelte der Großonkel und wandte sich gleich darauf an Stubs. »Rufe ihn, bitte. Ich möchte nicht mit seinen Flöhen in Berührung kommen.«

»Warum denkst du denn, daß er Flöhe hat?« fragte Robert. »Er hat doch nie welche, nicht, Stubs?«

Jetzt sollte es nur keine weiteren unangenehmen Fragen geben! Stubs griff in Lümmels Halsband und zog ihn mit sanfter Gewalt unter den Tisch.

»Natürlich nicht. Das wißt ihr doch. Aber einer in unserer Schule hat einen Hund, der hat über dreihun ...«

In diesem Augenblick kam Tante Susanne herein. »Worüber sprecht ihr denn?« fragte sie und setzte sich.

Doch niemand antwortete. Alle wußten, daß sie derartige Gespräche bei den Mahlzeiten nicht liebte. Onkel Johann sah vorsichtig unter den Tisch, um sich zu vergewissern, daß Lümmel auch nicht in seiner Nähe saß.

»Hört ihr das Geräusch auch?« fragte die Mutter plötzlich. Ein dumpfes Klopfen wiederholte sich in regelmäßigen Abständen.

»Ach, das ist nur Lümmel, der sich kratzt«, meinte Dina gleichmütig.

»Stubs, Liebling, du hast ihn doch nicht etwa mit ...?« Aber der ließ seine Tante gar nicht aussprechen.

»Nein, nein!« versicherte er treuherzig. »Das habe ich nicht. Was denkst du von mir, Tante Susanne. O dieser Braten, und der Salat, und die Erdbeeren, und die Sahne!« seufzte er. »Am liebsten möchte ich alles auf einmal essen.«

Die Situation war gerettet. Tante Susanne lächelte und schien die Flöhe vergessen zu haben. Sie zerteilte den Fisch, dachte dabei über die »Grüne Hand« nach und warf dem Großonkel einen verstohlenen Blick zu. Dieser harmlos aussehende alte Mann! Was hatte er mit Stubs über Flucht und »Grüne Hand« zu tuscheln»

Das war wirklich außerordentlich seltsam!

IV

Wer glaubt denn so etwas?

Nach dem Essen verschwanden Dina, Robert, Stubs und Lümmel im Garten. Sie liefen zu dem kleinen Sommerhäuschen, das an der Südseite in der warmen Aprilsonne lag.

»Ach, herrje!« stöhnte Robert. »Es ist heiß wie im Sommer. Ich glaube, ich muß meine Jacke ausziehen. Der Alte ist aber steif, was? Wenn wir uns jetzt nicht an unsere gute Erziehung erinnern und uns ein bißchen zusammennehmen, wird er sich an die alten Zeiten erinnern, in denen die Kinder zwar zu sehen, aber nicht zu hören waren, und was dergleichen Blödsinn mehr ist.«

»Ich muß euch was erzählen«, sagte Stubs bedrückt. »Vom Großonkel!«

Robert grinste. »Schieß los. Was hast du wieder angestellt? Vielleicht ein Haarwasser für Lümmels Fell benutzt?«

»Mach keine dummen Witze«, brummte Stubs. »Hör lieber zu.

Also, ich bin mit ihm im selben Zug gefahren. Ich bin auf der Nordstation und er ist auf der Südstation ausgestiegen, wo du ihn ja abgeholt hast, Robert. Wir haben uns lange unterhalten.«

Dina und Robert sahen ihn erstaunt an. »Wirklich? Warum hast du uns das nicht gleich erzählt? Warum machst du so ein Geheimnis daraus?«

»Ja, wißt ihr, das war nämlich so. Er tischte mir irgend so eine alberne Geschichte auf. Er sei von da, wo er gewohnt hat, weggefahren, weil irgendwelche Diebe durch verschlossene Türen gekommen seien und irgendwelche Papiere von irgendeinem Lord und irgendeiner Lady geklaut hätten. Es war ein furchtbarer Blödsinn. Und da habe ich ihm auch eine Geschichte erzählt. Ich dachte, was der kann, kann ich schon lange.«

»Also, du hast ihm einen ordentlichen Bären aufgebunden. Und was für ein Quatsch ist dir eingefallen?«

»Ja, das war so«, begann Stubs und erzählte nun den beiden die ganze Geschichte. Nach einer Weile schloß er mit den Worten: »Ich habe ihm also weisgemacht, daß die ›Grüne Hand‹ hinter mir her ist und ich fliehen muß.« Mit offenem Munde hatten Dina und Robert zugehört. Nun schüttelten sie sich vor Lachen.

»O Stubs, du hast eine blühende Phantasie!« platzte Dina heraus. »Was hast du dir nur dabei gedacht?«

»Konnte ich ahnen, daß der alte Knabe euer Großonkel ist? Ich wußte ja noch nicht einmal, daß ihr so etwas überhaupt besitzt. Ich habe vielleicht einen Schrecken bekommen, als er hier aufkreuzte. Beinahe umgefallen bin ich.«

»Umfallen wirst du erst noch, und zwar dann, wenn Vater von deiner Verbrecherbande erfährt. Weißt du denn, ob der Alte dichthält? Vater hat für solche Märchen bestimmt nichts übrig.«

»Ich weiß«, sagte Stubs trübsinnig. »Und deshalb habe ich den Großonkel ja auch gewarnt. Der glaubt alles und sagt kein Wort. Er hat einen Heidenrespekt vor der ›Grünen Hand‹. Noch mehr als vor den Dieben, die durch verschlossene Türen und Fenster kommen.«

»Na, dann muß er aber schön dumm sein«, lachte Dina. »O Stubs, wo du bist, ist immer was los. Lar dir nur nicht noch einfallen, ihm unheimliche Drohbriefe zu schreiben mit dem Abdruck einer grünen Hand als Unterschrift.«

»Prima Idee!« schrie Stubs. »Das wäre gerade das richtige für ihn.«

»Das wäre es«, bestätigte Robert grinsend. »Und er würde sofort zu Vater gehen und ihm alles erzählen. Und der würde dir die Hosen strammziehen.«

»Na, dann nicht!« Onkel Richards Handschrift war Stubs noch in bester Erinnerung. »Ich will es mit eurem Vater nicht auf die Spitze treiben.«

»Davon kann man dir auch nur abraten«, nickte Robert. »Er ist sowieso nicht gerade guter Laune, weil der Großonkel zu Besuch gekommen ist. Und dann noch wir und du und Lümmel. Das ist zuviel für ihn.«

»Armer Vater«, sagte Dina. »Wir wollen sehen, daß wir ihm nicht zu sehr auf die Nerven fallen.«

»Wird gemacht«, Stubs hatte gar keine Lust, einem schlechtgelaunten Onkel mehr als nötig zu begegnen. »Ich bin nur gespannt, ob der Alte die Einbruchsgeschichte Onkel und Tante erzählt.«

Er tat es. Noch am selben Abend. Sie saßen alle zusammen in der Diele. Die Kinder spielten Karten, die Mutter nähte, der Vater las, und Lümmel wälzte sich auf dem Teppich.

Der Großonkel stopfte seine Pfeife und sagte: »Es ist wirklich rührend von dir, Susanne, daß du mich aufgenommen hast. Aber, um die Wahrheit zu sagen, ich war mit meiner Weisheit am Ende. Ich mußte das Gutshaus verlassen.«

»Tatsächlich? Warum? Fühltest du dich dort nicht mehr wohl?«

»O doch, doch. Ein sehr warmes, gemütliches Haus, das Gutshaus von Chelie. Doch es ereigneten sich dort Dinge, die es mir unmöglich machten, auch nur eine Minute länger zu bleiben.«

Frau Lynton sah erstaunt auf. Die Kinder zwinkerten einander zu und legten die Karten beiseite. »Jetzt kommt's«, flüsterte Stubs.

Herr Lynton faltete die Zeitung zusammen. »Was für Dinge waren das denn?« fragte er. »Ich kann mir gar nicht vorstellen, daß in einem solchen Haus etwas Besonderes passiert. Soviel ich weiß, ist es so eine Art Museum.«

»Ja, das Haus birgt viele Schätze«, bestätigte Onkel Johann mit Würde. »Es ist dir ja bekannt, daß es Sir John Haberry gehört, einem Sammler vieler Kostbarkeiten. Sein größtes Interesse gilt alten Papieren, Briefen und Dokumenten.«

»Hat er nicht auch Briefe von Lord Macaulay?« fragte Stubs unschuldig.

Alle sahen ihn erstaunt an. Niemand sagte ein Wort. Nur ein rhythmisches Klopfen war zu hören. Es kam von Lümmel, der sich wieder mit Hingebung kratzte.

»Laß das«, fauchte Stubs und stieß ihn mit dem Fuß an. Worauf Lümmel sich beleidigt unter den Tisch zurückzog.

»Nanu«, sagte Onkel Richard, »woher hast du denn diese Weisheit? Ich hätte nie gedacht, daß du auch nur den Namen Lord Macaulays kennst.«

»Stubs hat vollkommen recht. Einige der gestohlenen Dokumente waren Briefe Lord Macaulays«, sagte der Großonkel hastig. »Dieser Einbruch im Gutshaus von Chelie ist einer der eigenartigsten, die je verübt wurden. Türen und Fenster waren fest verschlossen. Kein anderer Zugang führte in den Raum, in dem die Papiere aufbewahrt wurden. Und trotzdem gelangten die Diebe eines Nachts hinein, stahlen alles und verschwanden auf demselben Wege, auf dem sie gekommen waren. Durch verschlossene Türen und Fenster! Was haltet ihr davon?«

»Es scheint mir etwas abwegig, eine solche Behauptung aufzustellen«, sagte Herr Lynton. »Die Diebe können nicht durch verschlossene Türen kommen, es sei denn, sie hätten einen Schlüssel.«

»Sie hatten keinen«, betonte Onkel Johann. »Sir John trägt die Schlüssel ständig bei sich. Übrigens fand man auch keine Fingerabdrücke.«

»In den meisten Fällen arbeiten Diebe mit Handschuhen«, erklärte Herr Lynton.

»Mit grünen Handschuhen!« posaunte Stubs.

Der alte Mann zuckte zusammen. Tante Susanne starrte Stubs an. Erst »Grüne Hand« und nun grüne Handschuhe? Was hatte das zu bedeuten?

Onkel Richard überhörte diesen Zwischenruf. Es war an der Tagesordnung, daß Stubs Blödsinn redete.

»Nun«, meinte er und griff wieder nach seiner Zeitung, »es war sehr unklug, das Gutshaus nach dem Diebstahl zu verlassen. Wenn deine Gastgeber dich nicht sehr genau kennen, könnten sie auf den Gedanken kommen, du hättest etwas damit zu tun.«

»Das halte ich für ganz unmöglich, mein lieber Richard!« widersprach Onkel Johann. »Undenkbar! Ausgeschlossen!«

»Wahrscheinlich waren es Zigeuner oder Landstreicher«, warf Tante Susanne hastig ein.

Der Alte betrachtete sie mitleidig. »Du glaubst doch nicht im Ernst, daß solche Menschen über den Wert dieser Papiere unterrichtet sein könnten? Der Dieb aber wußte genau, was er nahm.«

»Es besteht wohl kein Zweifel, daß diese geheimnisvolle Geschichte früher oder später aufgeklärt wird. Es ist anzunehmen, daß der raffinierte Dieb noch mehrere Einbrüche verübt und einmal doch dabei gefaßt wird.« Nach diesen Worten vertiefte sich Herr Lynton wieder in seine Zeitung.

»Er hat es schon dreimal versucht. Sir John erzählte mir davon. Und jeder der Einbrüche ging unter den gleichen mysteriösen Umständen vor sich.«

»Ob er wieder etwas stiehlt, Großonkel? Ob es dann in der Zeitung steht?« fragte Dina eifrig. »Das würde ich zu gern lesen.«

»O ja, es steht immer in der Zeitung. Ich fand gerade in einer der letzten Ausgaben einen Bericht darüber. Wenn du magst, kannst du sie aus meinem Gepäck holen.«

Robert stand sofort auf, und Lümmel folgte ihm auf dem Fuß. Tat er es nur, um ihm im Wege zu sein? Beim Hinuntergehen nämlich sprang er ihm zwischen den Beinen hindurch und setzte sich erwartungsvoll auf eine Treppenstufe. Und plötzlich kam ein Schrei und gleich darauf ein jämmerliches Jaulen von oben.

»Robert!« rief die Mutter erschreckt. »Hast du dir etwas getan?«

Im nächsten Augenblick humpelte Robert in die Diele. Lümmel ließ die Ohren hängen, zog den Schwanz ein und machte ein bedrücktes, zugleich aber unschuldsvolles Gesicht.

»Ich bin über ihn gestolpert«, beschwerte sich Robert. »Er hat mir mal wieder einen seiner Streiche gespielt. Er benimmt sich so lümmlig wie noch nie. Wo ist der Artikel, Großonkel?« Es waren nur wenige Zeilen. Die Kinder überflogen sie schnell. Und dann fiel Dinas Blick auf eine Anzeige.

»Hier!« rief sie. »Hier steht etwas über einen Jahrmarkt. Ob Barny und Miranda dabei sind?«

»Ach, das ist euer Freund, der Junge mit dem Affen«, sagte die Mutter.

Robert nickte. »Er ist so nett. Wenn er nur nicht so ein komisches Leben führen müßte. Ständig zieht er von einem Ort zum anderen, um Geld zu verdienen. Und er hat nur Miranda. Mutter, sie ist süß!«

»Leider mag ich Affen nicht so gern«, lächelte die Mutter. »Aber Barny scheint ein netter Junge zu sein, nach all dem zu urteilen, was ihr von ihm erzählt habt. Ein bißchen ungewöhnlich, aber nett.«

»Ob er hierherkommt?« fragte Dina aufgeregt. »Guck mal, Robert, hier sind alle Nummern aufgeführt. ›Vosta und seine beiden Schimpansen Tu und Mult.‹ Komische Namen, was? ›Tonnerre und seine Elefanten‹. ›Der berühmte Schütze Billy Tell‹ ...«

»Soll wohl Wilhelm Tell sein«, ginste Stubs. »Mach weiter.«

»›Die Ringbude‹, ›Karussells und Luftschaukeln‹, aber nichts von einem Jungen mit einem Affen«, sagte Dina traurig. »Vielleicht haben sie ihn nur nicht mit aufgeführt? Vielleicht gehört er nicht zu den großen Nummern.«

»Wißt ihr seine Adresse?« fragte Stubs. Aber niemand hatte sie. Barny schrieb nicht oft. Zum letztenmal hatten sie zu Weihnachten von ihm gehört.

»Laßt uns weiterspielen«, sagte Robert endlich. »Nein, Lümmel, du kannst jetzt nicht zu mir. Geh zu Sardinchen und spiel mit ihr das schöne Spiel: ›Fauch und Schnapp und Knurr und Kratz‹. Das wirst du doch mögen, nicht wahr?«

V

Dina hat eine gute Idee

Ein oder zwei Tage gingen vorüber. Der Großonkel versuchte, sich einzugewöhnen und an seinen Memoiren zu schreiben. Dieses Unternehmen nannte Robert »Nickerchen mit Pfeife«. Stubs fühlte sich ganz zu Hause, und Roberts sonst so ordentliches Zimmer sah jetzt meistens so aus, als habe gerade ein Wirbelsturm darin gewütet.

»Wenn Stubs keine Räuberhöhle aus meiner Bude macht, dann tut es Lümmel«, beklagte sich Robert. »Ich habe es satt, Schuhe, Kämme und Bürsten vor ihm in Sicherheit zu bringen.«

»Mir geht es auch nicht besser«, lachte Dina. »Wenn er nur nicht sämtliche Vorleger verschleppen würde. Gestern wäre ich im Flur beinahe über einen ganzen Stapel von den Dingern gefallen. Der arme Großonkel tut mir leid. Er fürchtet sich so sehr zu stolpern, daß er nur noch wie ein Storch im Salat durch die Gegend stelzt.«

Nun lachte auch Robert. »Weißt du, was Lümmel heute morgen gemacht hat? Mindestens ein halbes Dutzend Bürsten in den Teich befördert.« Er zwinkerte mit den Augen. »Stubs' Werk! Höchstwahrscheinlich hat er es ihm eingeblasen. Zwei davon gehörten dem Großonkel. Und dem hat er erzählt, Mutter habe gesagt, es sei gut für die Bürsten, wenn man sie im Teich wäscht. Teichwasser sei noch weicher als Regenwasser.«

»So ein Biest.« Dina lehnte sich aus dem Fenster. »Hör mal, Lümmel bellt. Ich glaube, er ist wieder hinter Sardinchen her. – Willst du wohl still sein!« schrie sie. »Begreifst du denn nicht, daß du sie doch nie erwischst! Halt endlich die Klappe!«

»Dina, hör auf zu schreien!« rief die Mutter aus dem Garten. »Der Großonkel will arbeiten.«

»Das heißt, daß Lümmel ihn aus dem Schlafe reißen wird«, kicherte Dina. »Mutter, soll ich Blumen pflücken?«

»Du sollst aufhören zu schreien!« rief die Mutter wieder, und der Großonkel legte seine Pfeife erbittert zur Seite und stand auf. Bellende Hunde, lärmende Kinder, und nun schrie Susanne auch noch dazwischen. Dieses Haus war zu unruhig! Er würde ein bißchen spazierengehen. Jawohl, das würde er!

Und als er in Hut und Mantel, den Stock in der Hand, erschien, stürzte sich Lümmel auf ihn. Ein Spaziergang! Derartig aufgeputzte Leute konnten nur eins vorhaben: einen Spaziergang! Lümmel schnüffelte um ihn herum, warf sich auf den Rücken und strampelte mit den Pfoten in der Luft. Stubs nannte es »Radfahren«. Man konnte sich tatsächlich vorstellen, daß er ein unsichtbares Rad in Bewegung setzte.

»Du bleibst hier«, befahl der Großonkel streng. »Hörst du! Ich nehme dich nicht mit. Du tust stets zwei Dinge, die mir beide nicht behagen: lauter bellen als irgendein anderer Hund und dich auf eine äußerst unangenehme Art und Weise kratzen.«

Aber Lümmel war fest entschlossen, ihn zu begleiten. Er hielt sich dicht an des alten Mannes Fersen. »Zurück!« sagte dieser. »Zurück!«

»Wuff!« machte Lümmel, setzte sich plötzlich und sah ihn erwartungsvoll an. So, als habe er nicht »Zurück!«, sondern »Komm mit!« gesagt. Der alte Mann versuchte hastig, die Gartenpforte zu öffnen und wieder zu schließen. Doch diese Schliche kannte Lümmel. Er wischte geschickt durch den Spalt und war schneller draußen als der Großonkel selbst.

Jetzt verlor dieser die Geduld. »Stubs!« schrie er. »Rufe sofort deinen Hund! Hörst du!«

In diesem Augenblick kam eine Frau auf ihn zu. »Es tut mir leid, mein Herr«, sagte sie. »Aber ich muß Sie bitten, ruhig zu sein und Ihren Hund zur Ordnung zu rufen. Sein Bellen und Ihr Schreien haben mein Baby aufgeweckt!«

Der Großonkel war außer sich. Er ging weiter und stieß den Stock bei jedem Schritt wütend auf das Pflaster.

Welche Behauptung! Er sollte ihr Baby aufgeweckt haben! Und er sollte seinen Hund zur Ordnung rufen! Seinen Hund! Er würde ihn nicht mitnehmen, und wenn man ihm tausend Mark dazugäbe!

Aber es sah beinahe so aus, als nähme er ihn doch mit. Lümmel trottete treu hinter ihm her. Ab und zu machte er zwar einen Abstecher in die Büsche, um ein Kaninchenloch ausfindig zu machen. Doch er kam immer wieder zurück. Armer, geplagter Großonkel!

Er kaufte eine Zeigung, kehrte um und begann im Gehen zu lesen. Und plötzlich blieb er stehen. Lümmel setzte sich sofort neben ihn und sah ihn voller Interesse an.

»Kaum zu glauben!« murmelte der Alte. »Ein neuer Einbruch! Und wieder auf die gleiche Art! Wieder verschlossene Türen. Außergewöhnlich, außergewöhnlich!«

Zu Hause angekommen, zeigte er den Artikel sofort seiner Nichte, und die Kinder scharten sich um ihn.

»Hier!« sagte er erregt. »Hier, ein neuer Einbruch. Und wieder wertvolle und seltene Papiere gestohlen! Und wieder verschlossene Türen und Fenster! Und keine Spur von den Dieben! Es ist äußerst besorgniserregend!«

»Die ›Grüne Hand‹!« flüsterte Robert in Verschwörerton. Der Großonkel fuhr herum und sah in Roberts unschuldsvolles Gesicht.

»Kann ich den Artikel einen Augenblick bekommen?« fragte Dina.

Sie liefen alle ins Sommerhäuschen und beugten sich über die Zeitung. Dina sah sehr zufrieden aus.

»Ich habe etwas entdeckt. Ihr auch?«

Robert zuckte die Schultern. »Nein, was denn?«

»Ihr erinnert euch doch noch an die erste Zeitung? Erinnert ihr euch an die Anzeige vom Jahrmarkt?«

»Ja, warum? Hier steht doch nichts über den Jahrmarkt?«

»Nein. Aber erinnert ihr euch daran, wohin er ziehen wollte? Nein? Er zog nach Pilbury. Merkt ihr etwas?«

»Donnerwetter!« rief Robert. »Ich weiß, was du meinst. Die Einbrüche passieren immer da, wo der Jahrmarkt sich aufhält. Du denkst, daß irgend jemand von den Zirkusleuten mit der Sache zu tun hat.«

»Genau das. Und wir müssen jetzt versuchen, herauszubekommen, ob der Jahrmarkt in Pilbury war, als der Einbruch passierte.«

»Wir stellen da eine ziemlich kühne Behauptung auf, und wir wissen gar nicht, ob etwas daran ist«, überlegte Robert.

»Ich wette, daß es Blödsinn ist«, sagte Stubs. »Wenn Dina schon anfängt nachzudenken, kommt doch nichts weiter heraus als Blödsinn.«

Dina boxte ihn in die Seite. »Verschwinde«, zischte sie, »falls dich die Sache nicht interessiert!«

»Aber sie interessiert mich doch«, protestierte Stubs. »Und laß mich gefälligst in Ruhe. Willst du es auf einen Boxkampf ankommen lassen? Bitte, du weißt ja, wer gewinnt. Du bestimmt nicht. Und ich habe doch nur gesagt ...«

»Und wenn du es noch einmal sagst, fliegst du«, unterbrach Dina wütend. »Ich habe die Nase voll von dir, mein Lieber. Du hast meine Handschuhe versteckt. Und meine Schlafzimmertür hast du offengelassen, damit Lümmel die Vorleger kriegen konnte. Und da – nun hat er schon wieder etwas, meine Haarbürste!«

Stubs schoß aus dem Gartenhäuschen, um sie Lümmel zu entreißen. Der dachte, sein Herrchen wolle mit ihm spielen, tanzte über den Rasen, warf die Bürste in die Luft und fing sie wieder auf.

»Vielleicht ist ja wirklich nichts an meiner Idee«, sagte Dina zu Robert. »Aber wir können uns ja mal erkundigen, ob der Jahrmarkt in Pilbury ist und wohin er geht. Und dann werden wir ja sehen.«

»Na gut«, sagte Robert. »Dann fahren wir heute nachmittag. Es sind ja nur zehn Kilometer. Aber Stubs lassen wir lieber hier, er hat heute seinen schlechten Tag.«

Sie sagten ihm also nichts von ihren Plänen, holten, ohne daß er es merkte, ihre Räder hervor und sahen nach, ob sie aufgepumpt waren.

Nach dem Mittagessen verschwanden die beiden. Stubs mußte gerade Tante Susanne wegen eines Paares verschwundener Schuhe Rede und Antwort stehen.

Inzwischen aber fuhren Robert und Dina schon über die Landstraße.

»Hoffentlich sucht er uns nicht zu lange. Na, er wird sich bestimmt mit Lümmel trösten.«

Es war ein weiter Weg nach Pilbury, viel weiter, als sie gedacht hatten. Doch endlich fuhren sie durch den Ort, konnten aber nicht die geringste Spur eines Jahrmarktes entdecken. Dina war enttäuscht.

»Fragen wir mal jemanden«, schlug Robert vor und stieg vom Rad.

»Hallo, Kleiner!« rief er einem Jungen zu. »Weißt du, ob hier ein Jahrmarkt ist?«

»Es war einer hier. Aber er ist gestern weitergezogen nach Ricklesham.«"

»Vielen Dank«, sagte Robert, und dann stieß er Dina an. »Ricklesham also. Na, wir werden ja sehen, was sich da nächstens tut!«

VI

Stubs kann den Mund nicht halten

Stubs war immer noch wütend und empört, als Dina und Robert zurückkamen. »Wo seid ihr gewesen, ihr Treulosen? Wegfahren und nicht Bescheid sagen, das ist gemein!«

»Tut mir leid«, sagte Dina. »Aber zu deiner Beruhigung: Du hast nichts versäumt.«

»Was ist denn mit Lümmel los?« fragte Robert und sah ihn verwundert an. »Er sieht ja ganz jämmerlich aus. Und von Wiedersehensfreude keine Spur.«

»Er ist unglücklich.« Auch Stubs machte ein betrübtes Gesicht. »Sardine auch. Sie haben mit Tante Susannes Wollknäuel gespielt, ließen aber außer acht, daß noch ein halber Pullover daranhing. Sie rollten es aus der Küche, quer durch den Garten, direkt in den Teich. Tante Susanne war furchtbar böse. Sie hat sehr mit Lümmel geschimpft. Und ihr wißt ja, wie feinfühlig er ist. Eine halbe Stunde hat er unter dem Sofa gesessen. Sie hat auch versucht, Sardine zu kriegen, aber die war natürlich über alle Berge.«

»Sie ist ja eine Katze«, lachte Robert. »Armer Lümmel!«

»Geh und friß ihren Napf leer«, sagte Dina.

Stubs zog eine Grimasse. »Er mag keine Sardinen, und wenn er verhungern sollte, er rührt keine an. Wo seid ihr denn gewesen?«

Sie erzählten ihm alles. »Der Jahrmarkt ist nach Ricklesham weitergezogen«, sagte Robert. »Nun müssen wir abwarten.«

»Wenn wir doch Barny wiederträfen«, seufzte Dina. »Wer weiß, wo er jetzt ist.«

»Ach ja«, murmelte Stubs. »mit ihm und Miranda war es immer so lustig. Habt ihr eigentlich an seine letzte Adresse geschrieben?«

»Natürlich. Aber er hat nicht geantwortet. Wir müssen warten, bis er uns schreibt.«

Ein fremder Hund kam in den Garten gelaufen und machte sofort kehrt, als Lümmel drohend knurrte. »Er fühlt sich besser«, stellte Stubs befriedigt fest und sah auf seinen Liebling hinunter. »Er wedelt ja schon wieder mit dem Schwanz.«

Ja, Lümmel machte einen recht unternehmungslustigen Eindruck, verschwand im Haus und erschien im nächsten Augenblick mit einer Bürste in der Schnauze, die er dieses Mal vor dem Kamin im Wohnzimmer gefunden hatte.

Robert schüttelte den Kopf. »Seht euch das an, ganz der alte. Lümmel, du bist verrückt.«

Dina und Robert gingen lachend hinein. Stubs aber schlenderte mit einem Buch unter dem Arm zum Sommerhäuschen. Das hätte er lieber nicht tun sollen. Dort wartete nämlich jemand auf ihn. Der Großonkel!

»Oh, Verzeihung.« Stubs begann hastig, den Rückzug anzutreten.

»Schon gut, mein Sohn, schon gut. Komm nur herein. Für uns beide ist genug Platz. Ich möchte mich ein wenig mit dir unterhalten.«

Stubs war nie begeistert, wenn Erwachsene sich mit ihm unterhalten wollten. Es bedeutete meistens nichts anderes, als daß er eine Strafpredigt zu hören bekam. Er seufzte und setzte sich.

»Also«, begann Großonkel Johann, »ich möchte mit dir noch einmal über die Verbrecherbande sprechen, die dich verfolgt, diese

›Grüne Hand‹. Hast du wieder etwas von ihr gehört? Oder hast du am Ende nur ein bißchen aufgeschnitten?«

Stubs überlegte. Eigentlich hatte er gar keine Lust, die schöne Geschichte von der Bande mit den grünen Handschuhen ins Wasser fallen zu lassen. Andererseits durfte er den Alten nicht zu sehr ängstigen. Der war vielleicht imstande, Onkel Richard alles zu erzählen. Und dann würde der Teufel los sein. Onkel Richard hatte leider keinen Sinn für ein bißchen was Besonderes. Und ihm, Stubs, würde es schlecht ergehen.

»Ich glaube, die Gangster haben meine Spur verloren«, begann er zögernd. Er meinte, eine solche Antwort sei am unverfänglichsten. »Seit ich hier bin, habe ich nichts wieder von ihnen gehört«, fügte er treuherzig hinzu.

»In der Tat?« Der alte Mann betrachtete Stubs in einer Art, die dem Jungen gar nicht behagte. »So, so, glaubst du vielleicht, sie hätten inzwischen etwas herausgefunden, was ihnen wichtiger ist als du, etwas Lohnenderes?«

Stubs schielte den Großonkel unter seinen blonden Augenbrauen hervor mißtrauisch an. War der Alte ihm etwa auf die Schliche gekommen? Da fuhr ihm der Gedanke durch den Kopf, und ehe er sich's versah, sprach er ihn aus.

»Ja, ich glaube, du hast recht. Und ich glaube, wir werden bald von ihren neuesten Schandtaten hören. Aus Ricklesham!«

»Ricklesham?« Der Großonkel war sehr überrascht. »Warum gerade Ricklesham?«

Stubs hätte sich ohrfeigen mögen. Hätte er doch den Mund gehalten! Er rutschte unruhig hin und her.

»Ich weiß auch nicht. Es war so eine Idee. Wenn du die Bande genauso gut kennen würdest wie ich, dann hättest du es auch im Gefühl, wann und wo sie wieder etwas vorhaben.«

»Um Himmels willen!« Der alte Herr starrte Stubs fassungslos an. »Ich weiß nicht, was ich von dir halten soll. Du sprichst von Verbrechern, als wären sie dein täglicher Umgang, und dabei siehst du aus wie ein ganz gewöhnlicher kleiner Junge mit unglaublich schmutzigen Fingernägeln.«

Das saß! Stubs warf einen verstohlenen Blick auf seine Nägel. Immer hatten die Großen etwas an ihm auszusetzen. Warum kümmerten sie sich nicht um ihren eigenen Kram? Er regte sich ja auch nicht über ihre sauberen Nägel auf. Stubs begann sich langsam, aber sicher zurückzuziehen.

»Ich werde mir jetzt die Hände waschen«, sagte er und war froh, daß er unter diesem Vorwand verschwinden konnte, ehe der Großonkel noch mehr unangenehme Fragen stellte.

»Das ist ein ausgezeichneter Gedanke, und wenn du einmal dabei bist, vergiß Hals und Ohren nicht.«

Stubs entfloh! Dieses alte Ekel! Während er seine Hände kräftig mit Wasser und Seife bearbeitete, dachte er erbittert: ›Man müßte eine richtige Bande gründen, um Leuten wie diesem Alten ordentlich eins auszuwischen.‹

Plötzlich hörte er Dina rufen: »Stubs, bist du da? Komm mal schnell her.« Er lief in ihr Zimmer hinüber. Auf dem Bett hatten Dina und Robert eine Karte ausgebreitet.

»Was macht ihr denn da?«

»Es ist eine Karte, auf der Ricklesham eingezeichnet ist«, erklärte Dina. »Wir wollten einmal nachsehen, wo es liegt. Falls der Jahrmarkt wirklich dahin kommt. Es ist ungefähr zehn Kilometer von hier entfernt. Wenn du dich anständig benimmst, nehmen wir dich mit.«

»Donnerwetterm, guck dir nur seine Nägel an. Er hat sie saubergemacht«, sagte Robert bewundernd. »Willst du etwa ein neues Leben beginnen, Stubs?«

»Halt die Klappe«, murmelte dieser verlegen. Das hatte er nun davon. Er genierte sich sehr mit seinen ungewohnt sauberen Händen. »Der Alte ist dran schuld. Er hat mir ganz schön die Hölle heiß gemacht. Übrigens habe ich ihm wieder Märchen erzählt.«

»Na, das ist ja nichts Besonderes«, grinste Robert. »Was war's denn diesmal?«

»Er fing an, mich spöttisch nach der ›Grünen Hand‹ auszufragen. Und als ich sagte, ich hätte nichts mehr von der Bande gehört, sah er noch höhnischer aus und sagte, sie hätten wohl Besseres zu tun, als sich um mich zu kümmern. Da habe ich gesagt, wir würden bald aus Ricklesham etwas von ihnen hören.«

Dina und Robert schwiegen bestürzt. »Du bist doch ein zu großer Idiot«, sagte Robert endlich. »Überleg mal. Wenn nun in Ricklesham wirklich gestohlen wird, was denkt der Alte dann? Daß du mit denen unter einer Decke steckst. Und vielleicht erzählt er es sogar Vater.«

»Ich weiß«, seufzte der arme Stubs. »Ich habe erst hinterher daran gedacht.«

»Man merkt's«, sagte Dina. »Nun sitzen wir da und müssen sehen, wie wir mit deinem Märchen fertig werden.«

»Vielleicht wird ja in Ricklesham gar nicht eingebrochen«, tröstete sich Stubs voller Hoffnung. Aber das paßte den anderen nun wieder nicht.

»Natürlich«, fuhr Dina auf ihn los, »und unser ganzer schöner Plan fällt ins Wasser. Jetzt fehlt nur noch, daß du uns erzählst, wir seien dumm.«

»Aber das tue ich ja gar nicht!« schrie Stubs. »Das tue ich ja gar nicht! Ich glaube euch alles, was ihr mir erzählt, bestimmt!«

Robert zwinkerte Dina zu. »Wollen wir ihn überhaupt nach Ricklesham mitnehmen? Was meinst du?«

»Mal sehn«, brummte Dina. »Wenn er sich anständig benimmt.«

Stubs verschwand, um Lümmel zu suchen. Auf der Treppe stolperte er über Sardine, und Dina und Robert hörten ihn mit großem Geschrei hinunterfallen.

»Aha!« sagte Dina. »Sardinchen! Sie liegt immer im Hinterhalt und wartet auf ein Opfer. Ob er sich etwas getan hat?« Sie ging hinaus, um nachzusehen. Als sie zurückkam, lachte sie: »Alles in Ordnung!«

Robert faltete die Karte zusammen. »Glaubst du wirklich, daß in Ricklesham eingebrochen wird?«

»Nein, nicht richtig natürlich. Aber ich habe so ein komisches Gefühl.«

»Na, wir werden es ja erleben. Achten wir auf die Zeitung!«

VII

Stubs macht sich unsichtbar

Wieder vergingen drei oder vier Tage. Jeden Morgen stürzten sich die Kinder auf die Zeitung.

Aber über Ricklesham fanden sie nichts. Was für eine Enttäuschung! Doch eines Tages war es soweit.

Der Vater faltete die Zeitung auseinander, und plötzlich stutzte er.

»Onkel, hier ist etwas, was dich interessieren wird. Hast du nicht Briefe und Dokumente aus dem siebzehnten Jahrhundert für die Forbes-King-Sammlung aufgekauft?«

»Ja, das habe ich. Warum fragst du danach?«

»Sie sind gestohlen worden!«

Die drei Kinder fuhren zusammen.

»Gestohlen?« wiederholte der Onkel. »Das ist doch nicht möglich.«

»Ein Herr Curtice hatte sie nach Ricklesham ausgeliehen.«

Dina wollte gerade schreien, da stieß Robert sie unter dem Tisch gegen das Schienbein. Stubs' Augen waren schreckgeweitet.

»Ricklesham?« wiederholte der Alte mit zitternder Stimme. »Sagtest du Ricklesham?«

Er starrte Stubs an. Stubs hatte die Behauptung aufgestellt, die »Grüne Hand« würde als nächstes diesen Ort heimsuchen. Wenn sie es war, die in Ricklesham die Papiere stahl, dann mußte sie es auch gewesen sein, die im Gutshaus von Chelie eingebrochen hatte.

›Es ist unbedingt nötig, daß ich mit dem Jungen spreche‹, dachte der Großonkel. ›Wenn man ihn in diese Sache mit hineingezogen hatte! Das vernünftigste wäre es natürlich, die Polizei davon in Kenntnis zu setzen.‹

Stubs wagte nicht, den Großonkel anzusehen. Wenn er Fragen stellte! Was dann? Aber glücklicherweise schaltete Tante Susanne sich jetzt ein.

»Glaubst du, Richard, daß es dieselben Diebe sind, die auch im Gutshaus von Chelie einbrachen? Ging dieser Diebstahl unter genau den gleichen Umständen vonstatten?«

»Ja, unter den gleichen mysteriösen Umständen. Es war alles verschlossen, und keine Tür ist geöffnet worden.«

Tante Susanne schüttelte verwundert den Kopf. »Seltsam, und die Polizei wird staunen!«

Der Großonkel nahm die Zeitung und vertiefte sich in den Bericht. Über die »Grüne Hand« fand er nichts. Woher nur wußte der Junge, daß ein Diebstahl geplant war? Er hob in größter Verwirrung den Kopf, um Stubs noch einmal genau zu betrachten. Aber der war verschwunden.

Er hatte Tante Susanne leise gefragt, ob er aufstehen dürfe. »Ich weiß nicht, heute früh fehlt mir der rechte Appetit.«

»Du bist doch nicht krank, mein Liebling?« Die Tante sah ihn besorgt an. Aber Stubst hatte rote Backen wie immer. Sie nickte ihm zu, und er verschwand, sehr erleichtert darüber, daß der Großonkel es hinter seiner Zeitung gar nicht bemerkte.

An diesem Vormittag hatten die drei Kinder eine aufregende Besprechung im Sommerhäuschen.

»Robert, der alte Knabe hat mich die ganze Zeit so forschend angestarrt«, begann Stubs düster. »Das nächste ist, daß er komische Fragen stellt. Er darf mich auf keinen Fall zu fassen kriegen. Wenn ihr merkt, daß er hinter mir her ist, sagt doch einfach, ich bin nicht da.«

»Wir können ihn doch nicht beschwindeln«, widersprach Dina. »Aber laß nur, wir werden dich schon beschützen.«

»Lümmel, geh 'raus und bewach mich«, befahl Stubs. »Hörst du, du sollst mich bewachen. Und wenn jemand kommt, bellst du sofort.«

Lümmel wedelte und setzte sich in die Sonne. Er wußte, daß er nun auf sein Herrchen aufpassen mußte. Und er tat es. Es dauerte keine Minute, da bellte er. Stubs flitzte unter die Bank, und Dina und Robert setzten sich und ließen die Beine baumeln, so daß nichts mehr von ihm zu sehen war.

Welche große Gefahr näherte sich dem Sommerhäuschen? Sardine! Schwarz, geschmeidig und schnurrend kam sie den Gartenweg entlang. Sie wollte mit Lümmel spielen.

Der wußte genau, was das Schnurren bedeutete: Freundschaft, nichts als Freundschaft. Und Sardine wußte, daß Lümmels Wedeln dasselbe hieß.

Aber so leid es ihm tat, er mußte bellen. Er hatte es seinem Herrchen ja versprochen. Sardine war sehr erstaunt, ließ sich vor ihm in der Sonne nieder und begann sich zu putzen. Lümmel betrachtete sie verstohlen. War es nicht vollkommen überflüssig, dieses ewige Putzen und Waschen?

»Du kannst 'rauskommen, Stubs«, sagte Dina, die vorsichtig aus dem Fenster gesehen hatte. »Es ist nur Sardine.« Und dann rief sie: »Du sollst auf Leute und nicht auf Katzen achten, Lümmel.«

Lümmel hörte augenblicklich auf zu bellen. Und Sardine umstrich ihn schnurrend und klopfte mit der Pfote auf seine Nase. So zart er konnte, machte Lümmel »Wuff!«, und das hieß soviel wer: »Heute kann ich nicht mit dir spielen. Ich muß auf mein Herrchen aufpassen.«

Sardine blinzelte gelangweilt, beschloß zu schlafen, und auch Lümmel machte die Augen zu. Dabei lauschte er angestrengt.

Inzwischen kroch Stubs unter der Bank hervor, bedeckt mit Spinnweben und Staub. »Dieser Idiot!« fauchte er. »Seht mich an, wie dreckig ich bin.«

Und dann redeten und redeten sie. Sie wußten jetzt, daß der Diebstahl in demselben Ort passiert war, in dem der Jahrmarkt sich aufhielt. Es mußte einer aus dem Zirkus sein, einer, der genau wußte, wo diese kostbaren Papiere zu finden waren.

»Etwas spricht eigentlich dagegen«, überlegte Robert. »Der Betreffende muß eine Menge Kenntnisse haben, was solche alten Schwarten betrifft, sagen wir mal, so wie Großonkel Johann. Und diese Leute findet man nicht auf einem Jahrmarkt.«

»Du meinst, man muß ein Antiquar sein«, warf Dina ein. »So nennt man die, die sich mit alten Papieren beschäftigen. Das weiß ich vom Großonkel.«

»Teufel!« staunte Stubs. »Ich habe immer gedacht ein Anti ..., ein Antidingsbums ist jemand, der ein Aquarium hat.«

Robert lachte: »Idiot!«

»Wollen wir nun nach Ricklesham fahren?« fragte Stubs ungeduldig. »Was haltet ihr davon?«

Robert und Dina sahen einander an, und dann nickten sie.

»Ja«, sagte Robert, »wir wollen uns ein bißchen dort umsehen. Vielleicht finden wir eine Spur.«

»Prima!« schrie Stubs. »Und hinterher können wir ja gleich der Polizei Bescheid sagen.«

»Als ob das so einfach wäre«, sagte Dina verächtlich. »Wir ...«

In diesem Augenblick fing Lümmel wild an zu bellen, und Stubs sauste unter die Bank.

»Diesmal ist es der Alte«, flüsterte Robert. »Verhalte dich ruhig. Wir wollen ihn schon loswerden.»

Und dann erschien der Großonkel in der Tür.

»Ach«, sagte er, »dachte ich es mir doch, daß ich euch hier vorfinden würde, dachte ich es mir doch. Ich möchte mit Stubs sprechen.«

»Wir werden es ihm ausrichten«, entgegnete Robert höflich.

»Deine Mutter meinte, er sei hier.«

»So? Soll ich zu ihr kommen? Hat sie etwas für mich zu tun?« fragte Dina schnell.

»Nein.« Der Großonkel schüttelte den Kopf. »Davon hat sie nichts erwähnt. Wißt ihr, wo Stubs ist?«

»Wahrscheinlich ganz in der Nähe«, sagte Robert wahrheitsgemäß. »Sonst triebe sich Lümmel nicht hier herum.«

Lümmel wedelte mit dem Schwanz, als er seinen Namen hörte. Er wunderte sich, daß sein Herrchen unter der Bank hockte, und er versuchte immer wieder, zu ihm zu gelangen, und immer wieder wurde er von Dina oder Robert verscheucht.

»Glaubt ihr, daß er mich hört, wenn ich ihn rufe?« fragte der Großonkel.

»Du kannst es ja versuchen«, Dina hatte Mühe, sich das Lachen zu verbeißen.

»Stubs! Stubs! Komm her, Stubs!«

Keine Antwort, nur Lümmel bellte wie besessen, und Sardine erschrak so, daß sie auf die Mauer flüchtete.

»Ob er mich gehört hat?« fragte der Alte, und sein Blick wurde mißtrauisch.

»Wenn er nahe genug ist, bestimmt«, sagte Robert geduldig. »Bemühe dich nur nicht länger. Wenn ich ihn sehe, werde ich ihm sagen, daß er zu dir kommen soll.«

Doch der Großonkel ließ sich nicht beirren, und wieder und wieder rief er Stubs' Namen.

»Großonkel, die Frau mit dem Baby im Haus gegenüber guckt aus dem Fenster. Hoffentlich schläft das Kleine nicht«, sagte Dina und tat sehr besorgt.

»Du lieber Himmel! Daran habe ich gar nicht gedacht!« rief der Alte entsetzt. »Daß ich nur keinen Ärger mit ihr bekomme!«

Er verließ das Gartenhäuschen und ging eilig den Weg hinunter. Dina und Robert stießen einen Seufzer der Erleichterung aus. »Du kannst 'rauskommen. Er ist weg.«

Stubs kroch unter der Bank hervor. Sauberer war er nicht geworden. »Das habt ihr prima gemacht«, lobte er voller Bewunderung. »Und nicht ein einziges Mal habt ihr gelogen. Vielen Dank.«

»Ich möchte nur wissen, wie du es fertigbringen willst, ihm den ganzen Tag aus dem Weg zu gehen.«

»Laßt uns doch nach Ricklesham fahren und erst am Abend zurückkommen.« Stubs strahlte. »Zu essen nehmen wir uns mit.«

»Ein guter Ausweg«, grinste Robert. »Also, wir gehen jetzt und fragen Mutter. Komm, Dina. Und du bleibst hier und wartest, bis wir fertig sind. Bis dann!«

VIII

Auf zum Jahrmarkt

Die Mutter war mit dem geplanten Ausflug einverstanden. »Onkel Johann wird sich freuen, wenn endlich einmal Ruhe im Hause herrscht«, lächelte sie.

»Er hat übrigens nach Stubs gefragt. Wißt ihr, wo er ist? Hat er etwas angestellt?«

»Glaube ich nicht«, murmelte Robert. »Weißt du, wie es mit Broten, Tomaten und hartgekochten Eiern steht? Und sind vielleicht ein paar Fruchttörtchen übriggeblieben?«

»Du hast eine Menge Wünsche«, lachte die Mutter. »Geh einmal in die Küche. Marie ist in gnädiger Stimmung. Sie hat sich sehr gefreut, daß du ihr gestern den Fisch mitbrachtest.«

So war es. Robert bekam alles, was er haben wollte. Auch die Fruchttörtchen und obendrein ein großes Stück Napfkuchen.

Während er und Marie den Korb packten, erschien der Großonkel in der Tür. »Ich hörte deine Stimme, Robert. Ist Stubs inzwischen aufgetaucht?«

Robert wandte sich an Marie: »Hast du ihn vielleicht gesehen?« fragte er unschuldig.

Sie schüttelte den Kopf. »Er war den ganzen Morgen noch nicht hier. Ich habe mich schon gewundert. Sonst schnüffelt er immer in der Küche herum, um etwas zu ergattern.«

»Es ist seltsam, ich kann ihn nicht finden«, sagte der Großonkel irritiert. »Stets läuft er einem unnötig über den Weg, aber nun, da ich ihn brauche ... Ich erwarte in wenigen Minuten Besuch.«

Er ging. Dina zwinkerte Robert zu. »Hast du das gehört? Wenn er Besuch hat, verschwinden wir. Ein paar Flaschen Limonade brauchen wir noch, und dann kann's ja losgehen, nicht wahr?«

Bald darauf waren sie fertig. »Lauf zum Schuppen und hol die Räder«, sagte Robert. »Ich sehe noch einmal nach, ob der Besuch schon da ist.« Er kam gleich wieder.

»Alles in Ordnung. Laß uns Stubs holen. Wir müssen uns beeilen.«

Eine Kiste mit einer weichen Decke darin wurde für Lümmel auf dem Gepäckträger festgeschnallt. Lümmel hatte ja nur kurze Beine und konnte nicht so weit laufen. Und wenn Lümmel unterwegs müde werden sollte, würden sie ihn in die Kiste setzen.

Noch saß er vorm Gartenhäuschen in der Sonne und sprang ihnen vor Freude winselnd entgegen. Aha, Fahrräder! Das gab einen langen Spaziergang. Kaninchenlöcher konnte man zwar nicht dabei ausfindig machen, aber immerhin.

Stubs kam unter der Bank hervorgekrochen.

»Wo steckt der Alte?«

»Er hat Besuch«, sagte Dina. »Wir wollen gleich verschwinden.«

Sie fuhren den Weg entlang, am Fenster des Arbeitszimmers vorüber. Der Großonkel starrte Stubs nach, als habe er eine Erscheinung gesehen. – ›Versteckt hat er sich also‹, dachte er.

Lümmel rannte neben Stubs' Rad her. Die Zunge hing ihm zum Halse heraus, und er war sehr glücklich. Er wußte, wenn er müde war, würde man ihn in die Kiste auf dem Gepäckträger setzen, und er konnte stolz auf die anderen Hunde herabsehen.

»Habt ihr Geld mitgenommen?« fragte Stubs und faßte in seine Hosentaschen. »Ich fahre Karussell und gehe in die Ringbude. Einmal habe ich eine riesige Taschenlampe gewonnen.«

»Ich habe noch ziemlich viel Geld«, sagte Robert. »Und Dina noch mehr, glaube ich.«

»Wir kaufen uns Eis!« rief Dina. »Und du mußt aufpassen, daß Lümmel nicht wieder mit aufs Karussell geht, hörst du! Neulich ist ihm furchtbar übel geworden.«

»Er hatte vorher zuviel gefressen«, grinste Stubs. »Du wirst doch nicht müde, Lümmel?«

Der war so außer Atem, daß er auch nicht mit einem einzigen kleinen ›Wuff‹ antworten konnte. Er lief neben dem Rad her, und seine langen schwarzen Ohren flogen im Winde.

Sie hielten und setzten ihn in die Kiste. Da saß er nun, und die Zunge hing ihm zum Halse heraus.

»Verlier das Gleichgewicht nicht«, warnte Stubs. »Es geht los!«

Lümmel freute sich sehr, ganz im Gegensatz zu seinem Herrchen. Für den war es recht schwierig, mit diesem Gepäck zu fahren. Doch was schadete es? Die Hauptsache blieb, Lümmel kam mit.

Sie fuhren durch Ricklesham und sahen sich das Haus an, aus dem die Papiere gestohlen worden waren. Ein Polizist hielt vor dem Tor Wache. Das erstaunte die Kinder sehr. Sie stiegen ab und traten in den Torweg.

»Niemandem ist der Zutritt erlaubt«, sagte der Polizist gewichtig. »Auch keinem Hund.«

»Wissen Sie, wer der Dieb war?« fragten die Kinder.

»Nein«, antwortete der Polizist. »Seid ihr etwa auf seiner Spur?« Er verzog den Mund zu einem breiten Grinsen. War das nicht ein guter Witz?

Die Kinder lachten und fuhren weiter. »Wenn der wüßte! Na, halten wir Ausschau nach dem Jahrmarkt.«

Sie fragten eine Frau. »Auf dem Feld hinter dem Walde«, sagte sie und zeigte in die Richtung. Sie bedankten sich und fuhren weiter. Sie fuhren bis zu einem weiten, freien Feld und sahen den Jahrmarkt in der Sonne liegen.

»Endlich!« Robert stieg ab. »Sieht aus, als wäre es ein ziemlich großes Unternehmen.«

Das war es. Es gab viele Zelte mit bunten flatternden Wimpeln, Wohnwagen in allen Farben, Buden, Karussells und Luftschaukeln, grasende Pferde ganz in ihrer Nähe und weit hinten, an einen Baum gebunden, zwei riesige graue Elefanten.

Das kleinste Karussell mit seinen Holztieren, Löwen, Tigern, Giraffen und Schwänen stand still, ebenso die anderen und die Luftschaukeln.

»Mittagszeit«, sagte Robert und sah auf seine Uhr. »Viertel vor eins. Ich nehme an, heute nachmittag geht's wieder los.«

»Ich habe eine Schießbude entdeckt!« schrie Stubs. »Nachher schieße ich mal. Ich habe schon oft Glück gehabt.«

»Hoffentlich geht's gut«, kicherte Dina. »Ich werde mich aber vorsichtshalber einen Kilometer weit entfernen, wenn du anfängst, deine Künste zu zeigen. Wirklich, ein großer Markt«, sagte sie dann. »Aber es sieht nicht so aus, als ob ein Anti...«

»Halt die Klappe!« zischte Robert. »Büsche und Hecken können genausogut Ohren haben wie Wände. Kommt, laßt uns mal ein bißchen gucken.«

Sie gingen an das Tor. Ein Junge mit einem Büschel widerspenstiger Haare auf dem Kopf rief ihnen zu: »Hallo, vor zwei darf keiner 'rein!« – »Wir wollen hier rasten«, rief Robert. »Ist das erlaubt?«

»Na klar!« schrie der Junge. Er sah recht seltsam aus mit seinem gelben Haarschopf und den roten, abstehenden Ohren. Er war klein, viel kleiner als Stubs, obwohl er wirkte, als wäre er mindestens fünfzehn Jahre alt.

Robert nahm den Korb vom Gepäckträger. »Dina, du hast die Limonade. Und du, Stubs, nimm das Päckchen mit Kuchen für Lümmel. Laß ihn nicht weglaufen, sonst gibt es noch eine Beißerei mit den Zirkushunden.«

Aber Lümmel dachte gar nicht daran, fortzulaufen. Er hatte sehr wohl begriffen, daß ein Päckchen für ihn dabei war. Sollte er es etwa seinem nimmersatten Herrchen überlassen?

Ja, nimmersatt waren sie. Im Handumdrehen hatten sie alles verschlungen. Und wäre Lümmel nicht so klug gewesen, wäre er heute vielleicht nicht satt geworden.

»Es wird wohl jetzt zwei sein. Da drüben kommen schon ein paar Leute. Wetten, daß das Karussell gleich losgeht?«

Robert hatte recht. Die Zirkusleute kamen zurück. Die Buden wurden wieder geöffnet. Ein Mann schwang sich in die Luftschaukel. Der Junge mit dem gelben Haarschopf ging hinüber zur Schießbude und machte sich unter durchdringendem Pfeifen an den Gewehren zu schaffen.

Einer der Elefanten trompetete, und Lümmel sprang erschrocken auf. Immer mehr Zirkusleute liefen über den Platz zu den Zelten.

Die Kinder räumten ihre Sachen zusammen. Sogar Stubs half mit. Kein Stückchen Papier blieb im Grase liegen.

»Seht mal«, sagte Dina plötzlich, »ein Äffchen! Und wie niedlich es angezogen ist. Ach, ist das süß! Es kommt ja direkt auf uns zu! Wie Miranda sieht es aus, genauso! Findet ihr nicht?«

Das kleine Geschöpf kam ihnen entgegen, sprang, landete mit einem Satz auf Stubs' Schulter, schnatterte leise und aufgeregt in sein Ohr und zog an seinem Haar. Die anderen sahen fassungslos zu.

»Robert, Robert, es ist Miranda!« schrie Dina. »Ich weiß es! Ich weiß es!« Als das Äffchen seinen Namen hörte, schwang es sich auf Dinas Schulter und legte seine dünnen Ärmchen um ihren Hals.

»Barny ist hier!« schrie Stubs.

IX

Das Wiedersehen mit Barny

Sie rannten zur Schießbude, in der der Junge die Gewehre polierte.

»Ist einer hier, der Barny heißt?« rief Robert.

»Klar! Sein Affe sitzt ja auf eurer Schulter«, grinste der Junge. »Komisch, daß er zu euch gelaufen ist. Das tut er sonst nie. Scheint euch sympathisch zu finden.«

»Barny ist hier!« lachte Dina glücklich. »Barny ist hier!«

Und Lümmel sprang unentwegt wie wild an ihr hoch. Da war das Äffchen ja wieder. Miranda ließ sich plötzlich auf Lümmels Rücken fallen und ritt auf ihm, wie sie es immer so gerne getan hatte. Aber der Hund wußte noch, wie er sich helfen konnte. Er warf sich auf den Rasen und wälzte sich so lange im Gras, bis sie davonjagte.

Laut schnatternd sprang sie auf Stubs' Schulter. Sie trug eine leuchtendrote Hose und eine blaue Jacke mit silbernen Knöpfen und sah sehr niedlich aus.

»Liebe kleine Miranda.« Robert streichelte sie zärtlich. »Du hast uns gleich gesehen, und du wolltest uns zu Barny bringen, nicht wahr?«

»Wenn ihr zu Barny wollt, geht in die Ringbude, da ist er«, sagte der Junge.

Sie liefen hinüber. Ein Junge stand in der Bude. Er kehrte ihnen den Rücken zu und war damit beschäftigt, die Gewinne aufzustellen.

»Barny!« schrie Dina. Der Junge fuhr herum. Ja, er war es! Barny mit dem weizenblonden Haar, den seltsam weit auseinanderstehenden blauen Augen und dem freundlichen Lachen.

»Ist es denn möglich!« schrie er, außer sich vor Freude. »Ihr seid es! Ihr seid es! Alle vier! Robert, Dina, Stubs und Lümmel! Lümmel, ist er immer noch derselbe ungezogene Hund?«

Lümmel stürzte sich auf den Jungen in der lümmligsten Art und Weise. Er winselte und bellte durcheinander, leckte seine Hände und tat alles, um zu zeigen, wie sehr er sich freute.

Miranda schnatterte glücklich und sprang auf Barnys Schulter.

»Sie hat uns gefunden«, sagte Dina. »Sie kam auf uns zugelaufen. Zuerst haben wir sie gar nicht erkannt, weil sie Kleider trägt. Ach, es ist schön, daß wir wieder zusammen sind.«

»Ja, es ist großartig! Es ist großartig!« Barnys Augen leuchteten. »Ich habe oft an euch gedacht. Wie kommt ihr denn hierher? Ihr habt doch nicht gewußt, daß ich hier bin?«

»Nein, das wußten wir nicht«, sagte Robert, »wir sind wegen etwas anderem gekommen. Wir erzählen es dir, wenn wir allein sind. Aber wir hofften, du wärst hier.«

»Du hättest uns doch schreiben können«, sagte Dina vorwurfsvoll. »Wir wohnen nur ein paar Kilometer von hier entfernt.«

»Ach!« Barny war sehr erstaunt. Seine geographischen Kenntnisse waren schlecht, und er wußte nie genau, wo er sich aufhielt. »Habe ich euch nicht oft geschrieben? Wie lange bleibt ihr? Ihr habt Ferien, nicht wahr?«

»Osterferien!« strahlte Stubs. »Drei Wochen bleiben wir. Und du, Barny?«

»Eine. Aber entschuldigt, bitte, ich muß weiterarbeiten. Es ist nicht meine Bude. Ich führe sie nur für den Eigentümer. Achtet mal auf Miranda. Sie hilft mir tüchtig.«

Er reichte einem Mädchen einige Ringe.

»Zielen Sie doch auf den Wecker, Fräulein«, sagte er.

Der Ring flog über den Tisch und berührte die Uhr. Er blieb halb auf ihr, halb neben ihr liegen. Das Mädchen versuchte es wieder und dann noch einmal.

»Pech gehabt«, sagte Barny in seiner freundlichen Art. »Beinahe hätten Sie es geschafft. Miranda, mach dich an die Arbeit.«

Miranda nahm die Ringe mit ihren kleinen Pfoten und gab sie Barny. Die Kinder lachten entzückt.

»Oh, wie klug sie ist!«

»Ihr müßt sie jetzt beobachten«, sagte Barny stolz, als sich mehr und mehr Leute um die Bude versammelten. »Los, Miranda, fang an!«

Sie schnatterte leise, nahm etwa ein Dutzend Ringe, streifte sie über ihr dünnes Ärmchen, streckte die Pfote aus, um das Geld in Empfang zu nehmen, das die Leute ihr reichten, und gab jedem dafür drei Ringe.

Die Umstehenden amüsierten sich, und alle Kinder lachten und jubelten. Bald darauf war die Bude von Menschen umlagert.

»Miranda kann nur bis drei zählen«, lächelte Barny. »Es ist gut, daß wir nur drei Ringe auszugeben brauchen. Und wenn sie einmal einen Fehler macht und nur zwei gibt, dann sagt man ihr schon Bescheid.«

»Das macht sie prima«, lobte Dina. »Du mußt doch eigentlich gut verdienen, wenn du so eine Attraktion bist!«

»Ja«, sagte Barny, »ich habe noch nie in meinem Leben so viel Geld verdient wie hier. Aber ich darf es nicht behalten. Ich muß es Herrn Tonnerre geben. Ihm gehört der ganze Jahrmarkt, und er hat über das Geld zu bestimmen.«

»Tonnerre? Ein komischer Name«, murmelte Dina. »Ist er Franzose?«

Barny sah sehr erstaunt aus. »Woher weißt du das?«

»Tonnerre heißt auf Französisch Donner«, erklärte sie.

»Wirklich? Ich habe noch nie erlebt, daß jemand einen Namen hat, der so gut zu ihm paßt.«

»Wieso?« fragte Stubs abwesend. Er betrachtete Miranda, die gerade wieder die Ringe verteilte.

»Er hat eine tiefe Stimme, und er ist furchtbar dick«, sagte Barny.

»Wenn er geht, hört es sich an wie Donner, so stampft er. Außerdem ist er geizig und habgierig. Er bezahlt schlecht und wirft jeden hinaus, der nicht genug für ihn tut. Da ist er übrigens, da, bei den Elefanten!«

Sie sahen in die Richtung, in die Barny zeigte. Die Elefanten hoben mit ihren Rüsseln die Kinder hoch, die auf ihnen reiten sollten. Daneben stand ein riesiger Mann mit Beinen wie Säulen und ausladenden Schultern. Er schrie die geduldigen Tiere an, und seine Stimme dröhnte über den weiten Platz.

»Genauso, als wenn jemand das Radio auf höchste Lautstärke stellt«, grinste Robert. »Donner paßt wirklich sehr gut zu ihm. Und er sieht auch geradeso aus.«

»Ja, es ist nicht schön, für ihn zu arbeiten. Die meisten laufen auch bald wieder weg. Ich bin seit vier Monaten hier.«

Dina rümpfte die Nase. »Ich mag Herrn Donner nicht. Ist er vielleicht mit einer Frau Blitz verheiratet?« Barny lachte so, daß die anderen mitlachen mußten.

»Nein, verheiratet ist er nicht. Aber es gibt eine, die so genannt werden könnte. Das ist die alte Ma. Sie wird von allen gefürchtet, denn ihre Zunge ist scharf wie ein Messer. Sogar Tonnerre macht, daß er fortkommt, wenn sie anfängt, ihn zu beschimpfen. Seht mal, da drüben steht sie.«

Über einen großen, eisernen Kessel gebeugt, unter dem ein Feuer flackerte, stand eine alte Frau. Ohne aufzusehen, rührte und rührte sie mit einem langen Löffel in dem Topf. Sie hatte weißes, unordentliches Haar, eine lange, gebogene Nase und ein hervorspringendes Kinn.

»Es sieht so aus, als braute sie irgendeinen Zaubertrank«, kicherte Dina.

»Es gibt viele, die das glauben«, sagte Barny ernst. »Und viele haben Angst vor ihr. Es gibt nur einen, der sich überhaupt nicht vor ihr fürchtet, und das ist Jim, der Junge aus der Schießbude.«

»Ach, der mit den komischen gelben Haaren!« rief Stubs. »Wir kennen ihn schon. Er sieht aus wie ein Kobold, aber wie ein netter.«

»Die alte Ma ist seine Großmutter. Und er wird mit ihr fertig. Wagt euch nur nicht zu sehr in ihre Nähe, sonst springt sie euch an wie eine Katze.«

Die Kinder schwiegen, bis Dina fragte: »Ob wir die beiden Schimpansen einmal sehen können? Sie waren in der Zeitung mit aufgeführt. Sie haben so verrückte Namen, Tu und Mult.«

»Ja«, lachte Barny, »sie gehören Herrn Vosta. Den werdet ihr mögen. Er ist immer sehr nett zu Kindern. Für Tonnerre arbeitet er seit Jahren Tag und Nacht. Ich verstehe das nicht. Ich könnte es jedenfalls nicht aushalten, von diesem Mann herumgejagt zu werden.«

Sie standen an der Ringbude, sahen über den Markt und überlegten, wer von den Zirkusleuten wohl als Dieb in Frage käme. Wer von ihnen könnte derjenige sein, der durch verschlossene Türen und Fenster ging und die geheimnisvollen Diebstähle verübte?

Sie hatten Barny noch nichts von ihrem Verdacht erzählen können. Wenn sie alleine mit ihm waren, würden sie es sofort tun.

»Seht euch doch ein bißchen auf dem Markt um«, schlug ihr Freund jetzt vor, »ich könnte zwar mit euch gehen und Miranda alleine lassen. Sie ist sehr tüchtig. Aber wenn Tonnerre das sieht, gibt es ein ›Donnerwetter‹.«

»Gut«, sagte Robert, »und nachher kommen wir zurück. Fein, daß wir uns wiedergetroffen haben. Das Schönste, was ich mir vorstellen kann!«

X

Das Karussell fährt viel zu schnell

Sie gingen über den Markt und sahen sich alles an. Sie fuhren Karussell und stiegen in die Luftschaukel, sie ritten auf den Elefanten und bestaunten die Schimpansen. Nichts ließen sie aus.

»Kannst du das Karussell einmal so schnell laufen lassen, wie es nur geht?« fragte Stubs den Jungen.

»Halt dich fest«, grinste dieser. »Soll dein Hund mitfahren?«

Stubs schüttelte den Kopf. »Nein, er wird krank davon. Er kann ja solange bei dir bleiben.«

Stubs setzte sich auf einen Schwan und Dina und Robert jeder auf einen Löwen.

Und der Junge hielt sein Versprechen und brachte die Maschine auf Hochtouren. Sie mußten sich krampfhaft festhalten, um nicht heruntergerissen zu werden. Dina war kreidebleich, und die anderen Kinder schrien gellend.

Der Junge ließ das Karussell auslaufen und grinste. »Na, das war wohl was für dich?« Aber Stubs antwortete nicht. Er sah ganz grün aus und konnte kaum noch gehen.

Doch auch die Musik war so schnell gewesen, und Tonnerre wurde purpurrot vor Wut. Er schrie herüber, aber der Junge hörte nichts. Nun, als das Karussell so plätzlich hielt, stampfte er auf ihn zu.

»Du verfluchter Bengel!« brüllte er. »Willst du die Maschine in Klump fahren? Die Kundschaft krank machen? He?«

Er stieß ein wütendes Knurren aus, so daß sich Lümmel vor Angst verkroch, und versetzte dem Jungen eine schallende Ohrfeige.

»Herr Tonnerre!« schrie Stubs außer sich. »Herr Tonnerre, es ist meine Schuld! Ich wollte es gerne und habe ihm den doppelten Preis dafür gezahlt!«

Im ersten Augenblick sah es so aus, als wolle Tonnerre sich auch auf Stubs stürzen. Aber dann fuhr er wieder auf den Jungen los. »Doppelter Preis? Her mit dem Geld! Du hast wohl gedacht, du kannst es beiseite bringen!«

Dann packte er Stubs am Kragen. »Und du, mein Kleiner, du reitest jetzt auf meinem Elefanten. Für den doppelten Preis lasse ich ihn auch im Trab laufen.«

»Nein, nein!« schrie Stubs in höchster Not. »Ich meine, ich will schon reiten, aber nicht galoppieren. Das halte ich nämlich nicht mehr aus«, murmelte er.

Sie ritten alle drei auf dem großen Elefanten und wurden in beängstigender Weise von einer Seite auf die andere geschaukelt. Lümmel saß hinter einem Baum versteckt. Er fürchtete sich sehr vor den riesigen Tieren, die anscheinend hinten und vorne einen Schwanz hatten.

»Und nun, meine Lieben, geht ihr und sehr euch Billy Tell an«, befahl Tonnerre, als er ihnen herunterhalf. »Er ist ein sehr geschickter Mann. Es macht bum, und schon ist der Apfel unten.«

Robert grinste. »Sicher ist Wilhelm Tell Billys Ururgroßonkel.« Dina kicherte, und sie schlenderten hinüber.

Die alte Ma schlurfte an ihnen vorbei ins Zelt, in dem Jim sie mit einem Apfel auf dem Kopf vergnügt anfeixte.

»Hallo!« rief er. »Wollt ihr zugucken, wie er mir die Perücke herunterholt?«

Billy Tell sah großartig aus. Er trug ein Indianerkostüm und hätte noch großartiger ausgesehen, wenn es sauberer gewesen wäre. Sie mußten lange warten, bis genug Leute im Zelt waren. Billy Tell schien ziemlich gelangweilt. Er saß da, das Gewehr auf den Knien, während Jim den Apfel auf dem Kopf balancierte und hin und her ging, um das Eintrittsgeld zu kassieren.

Die Neuigkeit, daß Stubs dem Karusselljungen das Doppelte gegeben hatte, war schon zu ihm gedrungen.

»Sicher hast du Billy auch doppelt bezahlt, damit er mir beide Ohren abschießt«, grinste er.

Stubs grinste zurück. »Klar!«

Eine Weile später stand Jim regungslos an eine Metallplatte gelehnt. Billy Tell erhob sich endlich und ging ans andere Ende des Zeltes. Gleichmütig zielte er. Peng! Der Apfel zerplatzte in viele Stückchen, und Jim wischte sich die Augen.

Beim nächsten Schuß drehte Billy Jim den Rücken zu und zielte über die Schulter. Der zweite Treffer! Alle applaudierten begeistert. Lümmel aber verkroch sich hinter Stubs. Auf diesem Jahrmarkt wurde ihm ein Schrecken nach dem anderen eingejagt.

Jim kam auf die drei zu. »Prima Schuß, was? Ich kann's übrigens genauso gut. Einmal hab' ich einen Wetterhahn vom Kirchturm geholt.«

»Du und deine Märchen«, brummte Billy, »hier, reinige lieber mein Gewehr. Und bestellt der alten Ma, daß ich heute abend Würstchen essen will.«

»Ja, Vater«, sagte Jim. Die Kinder waren sehr erstaunt. Billy Tell war Jims Vater und die alte Ma seine Großmutter!

»Hast du keine Mutter?« fragte Stubs.

»Nein, eine Frau genügt vollkommen.« Jim zwinkerte zur Großmutter hinüber.

»Ma«, sagte er, als er an ihr vorbeikam, »Billy will heute abend Würstchen essen.«

»Was?« keifte die Alte. »Wie stellt er sich das denn vor? Würstchen kosten Geld. Die Kaninchen und Hasen, die er schießen kann, bekommt er umsonst. Denkt er, er hat das Gewehr nur, um Äpfel von deinem hohlen Kopf zu knallen? Wo steckt er überhaupt? Ich werde ihm das Schlemmen schon beibringen!«

»Aber er möchte doch welche haben!« schrie Jim und hielt die Hände hinter seine abstehenden Ohren, so daß sie ganz nach vorne gedrückt wurden, um alle Schimpfwörter, die ihm die Großmutter nachrief, besser verstehen zu können.

Stubs versuchte inzwischen, am Schießstand einen der Zelluloidbälle zu treffen, die auf einer Wasserfontäne tanzten.

Jim sah sich vorsichtig um. Beobachtete ihn auch niemand? Dann nahm er das Gewehr und – Peng! Peng! Peng! zersplitterten die Ping-Pong-Bälle hintereinander. Jim war ein guter Schütze, und Stubs glaubte ohne weiteres, daß er den Hahn vom Kirchturm geschossen hatte.

»Such dir einen Preis aus«, zischelte Jim nun dicht neben ihm. »Nimm, was du haben willst. Nimm einen von diesen hier.«

»Nein«, sagte Stubs, »ich habe doch gar nicht ...«

»Los, mach schon, hat doch keiner gesehen. Schnell, nimm die Sahnebonbons. Denk an deinen Hund.«

Es dauerte lange, bis Stubs ihm klargemacht hatte, daß er sich nichts aussuchen würde.

»Es war nett von dir«, sagte Stubs. »Aber es geht wirklich nicht. Und Lümmel kleben von den Sahnebonbons nur die Zähne zusammen.«

»Verrückt«, grinste Jim. »Na, hau ab. Die anderen schreien schon nach dir. Und wenn du in die Luftschaukel gehst, nimm das letzte Boot. Es fliegt am höchsten!«

Am Ende hatten die Kinder sehr viel Geld ausgegeben. Für den Rest kauften sie Türkischen Honig, Keks und Limonade. Dann gingen sie zu Barny, um es mit ihm zu teilen.

»Wann hörst du auf?« fragte Dina. »Wir müssen bald nach Hause. Kannst du mitkommen?«

»Gern!« Barny strahlte. »Jim vertritt mich. Ich bekomme jede Woche einen freien Abend. Tonnerre wird also nichts sagen. Aber ist es eurer Mutter auch recht?«

»Sie möchte dich schon lange kennenlernen«, sagte Robert. »Wir haben ihr alles erzählt. Von Rockingdown und wie wir uns trafen. Hast du ein Fahrrad?«

»Ich borge mir eins. Und Miranda kann auf meiner Schulter sitzen.«

»Oder sie geht mit in Lümmels Kasten«, schlug Stubs voller Eifer vor. Aber das wollte Miranda nicht. Sie setzte sich stolz auf die Lenkstange, und los ging's.

Der Jahrmarkt lag hinter ihnen. Leiser und leiser wurde die Musik und das Lachen und Schreien der vielen Menschen. Stubs wünschte, er könnte noch bleiben.

»Dreh dich nicht um«, sagte Robert. »Beeil dich, sonst kommen wir zu spät. Denk daran, daß wir Barny von unserem Geheimnis erzählen müssen.«

Ach ja, das Geheimnis. Barny würde ihnen helfen. Und wie erstaunt würde er sein!

XI

Vielleicht ist es die alte Ma

»Ich muß sehr vorsichtig sein«, murmelte Stubs und trat tüchtig in die Pedale, »damit mich der Alte nicht erwischt.«

»Heute abend ist es leicht, wegen Barny«, tröstete Robert. Und dann schrie er: »Paß doch auf, du Idiot! Du fährst ja in Schlaglöcher. Lümmel wäre beinahe herausgefallen!«

»Tut mir leid, Lümmel!« Stubs drehte sich ein wenig um und kam wieder bedenklich ins Wanken.

Barny hatte versucht, sich ein bißchen fein zu machen. Er trug eine Flanellhose und ein sauberes Hemd. Nur seine Schuhe sahen alt und abgetragen aus. ›Ich muß ihm ein Paar von meinen geben‹, dachte Robert. ›Die Sohlen hat er bestimmt schon durchgelaufen.‹

Hungrig und müde kamen die Kinder zu Hause an. Lümmel sprang aus der Kiste und lief sofort in die Küche. Vielleicht gab es dort einen Knochen? Aber Marie war nicht da. Nur ein gefüllter Napf stand auf dem Boden. Lümmel beschnupperte ihn vorsichtig.

Dann zog er die Nase kraus. War das etwa das Fressen für die Katze?

Sardine kam herein und fauchte ihn an. Er jagte hinter ihr her durch die Diele und über die Treppen in Roberts Zimmer. Dort sprang sie auf die Kommode.

Doch auf der Kommode saß schon jemand. Miranda! Sardine bekam einen Riesenschreck. Noch nie hatte sie ein solches Tier gesehen.

Sie flitzte davon, fauchend, mit funkelnden Augen und gesträubtem Fell. Miranda betrachtete sie voller Staunen. Was sollte denn das bedeuten?

Und plötzlich ergriff auch sie Angst. Sie sprang von der Kommode, hetzte über den Flur und in das nächstbeste Zimmer. Dort stand der Großonkel und bürstete sein silberweißes Haar. Voller Entsetzen sah er einen Affen auf sein Bett springen, eine Katze hereinjagen und Lümmel mit heraushängender Zunge hinterherfegen. Miranda sprang vom Bett, die drei rasten durchs Zimmer und waren im nächsten Augenblick wie ein Spuk verschwunden.

Der Großonkel sank in einen Sessel. Was für ein Haushalt! Hatte er recht gesehen? Ein Affe? Sein Schlafzimmer wurde zum Zirkus! Er würde mit Susanne sprechen. Affen, Hunde und Katzen, die einen belästigten! Es war eine Zumutung!

Inzwischen suchte Robert nach einem Paar Schuhe für Barny. Aber seine waren ihm bestimmt zu klein, und er erinnerte sich daran, daß der Großonkel einen ganzen Koffer voll hatte. Er könnte vielleicht ein Paar entbehren. Vorsichtig klopfte er an die Tür.

»Wer da?« fragte der Onkel erschreckt. In Gedanken an das eben Erlebte hätte er sich nicht gewundert, wenn jetzt draußen ein Elefant gestanden hätte.

»Ich bin's, Robert. Hast du vielleicht ein Paar Schuhe für mich?«

Was war über dieses Haus hereingebrochen? Zuerst Affen und nun ... Der Alte schüttelte den Kopf und sagte: »Was willst du denn mit meinen Schuhen? Sie werden dir gar nicht passen.«

»Sie sind für einen Freund, der zum Abendbrot gekommen ist«, erklärte Robert.

»Ja, kam er denn barfuß?« Und dann rief der alte Mann: »Der Affe! Der Affe ist wieder hier! Wer hat dieses wilde Tier ins Haus gebracht?«

Robert entschwand eilig. Wenn der Großonkel erfuhr, daß der Affe dem Jungen gehörte, dem er seine Schuhe geben sollte! »Komm, Miranda. Treib dich nicht herum. Du wirst meine Mutter furchtbar erschrecken, wenn sie dir begegnet.«

In einem Schrank auf dem Flur fand er endlich ein Paar Tennisschuhe von seinem Vater. Sie paßten Barny, der sich darüber sehr freute.

»Sehe ich nun auch ordentlich aus?« fragte er ängstlich, als Dina kam, um die Jungen zu holen.

»Du siehst gut aus«, beruhigte sie ihn und hoffte, daß die Eltern dasselbe denken würden. »Komm, Mutter wartet unten auf uns.«

Barny war ein bißchen unruhig. Er fürchtete, sich nicht richtig benehmen zu können. Aber das war eine unnötige Sorge. Er hatte von Natur aus gute Manieren. Als Frau Lynton den ängstlichen Ausdruck in seinen weit auseinanderstehenden blauen Augen sah, empfing sie ihn besonders herzlich.

»So, du bist also Barny! Ich habe schon viel von dir gehört. Richard, das ist Barny, der Junge, mit dem unsere drei diese haarsträubende Geschichte erlebten.«

Nicht weniger herzlich als seine Frau begrüßte Herr Lynton ihn. Barny gefiel ihm auf den ersten Blick. Er streckte ihm die Hand entgegen.

»Willkommen!« sagte er.

Der gute Vater! Robert freute sich. Manchmal konnte er ja ein wenig streng sein, aber wenn es darauf ankam, auch ganz besonders nett. Und Barny war sehr erleichtert. Was für liebe Eltern Dina und Robert hatten! Wie glücklich mußten sie sein!

»Mutter, du magst Miranda doch?« fragte Dina hastig, als sie sah, daß die Mutter das Äffchen mißtrauisch betrachtete. Miranda saß auf einer Stuhllehne und fand sich offensichtlich sehr schön! Sie trug nämlich einen Puppenhut, den Dina ihr gegeben hatte.

»Ach, du liebe Zeit!« lachte die Mutter. »Richard, sieh dir das an, wie ulkig. Ich mag sie sehr gerne, wenn sie mir nicht zu nahe kommt. Sonst habe ich ja nicht so viel für Affen übrig, aber dieser hier ...«

»Soll ich sie hinausbringen?« fragte Barny sofort.

»Nein, nein! Wenn ich es mit Sardine und Lümmel aushalten

kann, dann ist mir so ein kleines Tier auch nicht im Wege. Doch was wird der Großonkel dazu sagen?«

Da Lümmel des Großonkels Hausschuhe verschleppt hatte, kam dieser ein wenig später zum Essen. Er hatte sie lange suchen müssen. Er traf die ganze Familie friedlich um den Tisch vereint, und mit Schrecken sah er den Affen auf der Schulter eines fremden Jungen sitzen.

Barny fühlte sich sehr wohl an dem hübsch gedeckten Tisch mit den Blumen darauf. Er war glücklich, daß alle so freundlich zu ihm waren. Mit Dinas und Roberts Mutter würde er sich bestimmt ganz besonders gut verstehen.

»Hast du deinen Vater immer noch nicht gefunden, mein Junge?« wandte Herr Lynton sich an ihn.

»Nein. Ich habe ihn nach dem Tode meiner Mutter im vorletzten Sommer überall gesucht, aber ich glaube jetzt beinahe, ich werde ihn niemals finden. Sie wissen sicher, daß meine Mutter beim Zirkus arbeitete und mein Vater Schauspieler war.«

»Weißt du, unter welchem Namen er auftritt?«

Barny schüttelte den Kopf. »Nein. Ich weiß noch nicht einmal, wie er aussieht, und seinen richtigen Namen kenne ich auch nicht. Meine Mutter hat ihn mir nie gesagt. Und sie selbst arbeitete nach ihrer Heirat unter ihrem Mädchennamen weiter.«

»Ja, das sieht ziemlich hoffnungslos aus«, meinte Herr Lynton und fügte dann herzlich hinzu: »Aber du scheinst ein tüchtiger Junge zu sein und schon selber für dich sorgen zu können.«

Nach dem Essen gingen die Kinder ins Sommerhäuschen.

Während des Essens hatte Miranda sich sehr fein benommen. Ganz still saß sie auf Barnys Schulter, knabberte ab und zu an einem Stückchen Tomate und verzehrte zum Nachtisch sauber und appetitlich ein paar Aprikosen. Jetzt hockte sie auf Stubs' Schulter und steckte ihre kleinen Pfoten unter sein Hemd, um sie zu wärmen. Stubs mochte sie gern, und Lümmel war sehr eifersüchtig. Er versuchte, auf Stubs' Schoß zu springen, aber das durfte er nicht. Er sollte draußen Wache halten.

»Was wolltet ihr mir denn erzählen?« fragte Barny.

»Ja«, begann Robert, »es ist eine verrückte Geschichte, sogar unser Großonkel ist davon betroffen.« Und dann erzählte er alles, mehr als einmal von den anderen aufgeregt unterbrochen, wenn er etwas vergaß.

»Das wär's«, schloß er. »Wir wollen nun herausbekommen, ob jemand von den Zirkusleuten etwas damit zu tun hat, ob er mit dem Jahrmarkt immer an die Orte zieht, in denen etwas zu stehlen ist, und ober er mit alten, wertvollen Papieren Bescheid weiß.«

»Und dann möchten wir noch wissen, wer durch verschlossene Türen und Fenster gehen kann«, sagte Dina. »Es sieht so nach Zauber aus, nicht wahr?«

»Sicher ist es die alte Ma.« Das war natürlich Stubs.

Alle lachten. Barny überlegte lange. Endlich sagte er: »Ich kenne niemanden, der Interesse an solchen Dingen hat, außer Tonnerre. Er sammelt kleine, geschnitzte Elfenbeinfiguren. Daß er sich für alte Papiere interessiert, habe ich noch nie gehört. Ich glaube auch nicht, daß er klug genug ist, um zu wissen, ob sie wertvoll sind oder nicht.«

»Und er kann auch bestimmt nicht durch geschlossene Türen und Fenster gehen«, sagte Dina. »Und durch Schlüssellöcher kann er auch nicht kriechen.« Wieder lachten alle bei dem Gedanken an den riesigen Mann.

Barny schüttelte den Kopf. »Nein, das kann er sicher nicht.«

Eine Weile schwiegen sie. »Wer sucht die Orte aus, wo der Markt hinzieht?« fragte Dina plötzlich.

»Tonnerre. Ihm gehört er ja. Wieso? Ach, jetzt verstehe ich.« Barny schlug sich vor die Stirn. »Tonnerre hat es immer bestimmt, aber einer muß es ja auch tun.«

»Sammelt wirklich sonst niemand mehr im Zirkus so altes Zeug?« fragte Stubs und spielte mit Mirandas Schwanz.

»Nein, nur Mult, der eine der beiden Schimpansen«, lachte Barny. »Er sammelt Spielzeugtiere. Komisch, was? Wenn ihr ihm eins schenkt, liebt er euch sein Leben lang.«

»Sehr ulkig«, lachte Dina. »Und was sammelt Tu?«

»Süßigkeiten. Aber die halten nicht lange vor. Bonbons und Schokolade stiehlt er aus den Taschen. Paßt nur gut auf.«

»Wir müssen uns mit ihnen anfreunden«, sagte Dina, »vielleicht können sie uns noch nützen. Du weißt also wirlich niemanden, der es sein könnte?«

»Es bleiben nur noch Vosta und Billy Tell«, sagte Barny nachdenklich. »Aber ob Billy überhaupt lesen kann ...?«

»Vielleicht ist es ja auch gar keiner von den Zirkusleuten«, überlegte Dina. »Vielleicht wird es immer nur von den Dieben ausgenutzt, daß der Jahrmarkt in dem Ort ist, wo sie stehlen, weil dann sowieso so viele Menschen zusammenkommen. Ich bin ja gespannt, wo ihr jetzt hinzieht.«

»Habe ich euch das nicht gesagt?« fragte Barny. »Wir kommen ganz in eure Nähe, nach Rilloby, nur einen Kilometer von hier entfernt.«

»Wunderbar!« rief Stubs. »Ganz prima! Wir treffen uns dann jeden Tag, und ich werde auf Tonnerre aufpassen! Er ist es! Ich fühl's in meinen alten Knochen, daß er's ist!«

XII

Stubs ist furchtbar müde

Bis zum späten Abend blieben die Kinder im Sommerhäuschen beieinander. Nun, da sie Barny gefunden hatten und hofften, daß er ihnen helfen könnte, waren sie mehr als vorher darauf aus, dem Geheimnis auf die Spur zu kommen.

»Man müßte herausfinden, ob es in Rilloby irgendwelche Sammlungen gibt«, sagte Stubs.

»Das ist die Idee!« rief Dina.

»Ja«, sagte Robert, »dann müssen wir jetzt zuerst feststellen, wo das Museum liegt.«

»Museum?« rief Dina. »Wir wohnen schon seit Jahren hier. Wir wüßten doch, wenn es dort eins gäbe.«

»Es kann auch eine Privatsammlung sein«, meinte Robert. »Und ich weiß auch, wie wir herausbekommen, ob und wo es eine gibt. Wir fragen einfach den Großonkel!« sagte Robert triumphierend. »Er kennt ja jeden Fetzen Papier in ganz England.«

»Und wer fragt ihn?« erkundigte sich Robert.

»Ich nicht«, sagte Stubs prompt. »Dann denkt er, ich bin der Spitzel von der ›Grünen Hand‹.«

»Idiot!« murmelte Dina.

»Er würde es denken», beharrte Stubs. »Er mag ja sehr gelehrt sein, aber er glaubt dir jeden Blödsinn, den du ihm erzählst. Ihr hättet mal sehen sollen, wie ihm bei der Geschichte von der ›Grünen Hand‹ die Haare zu Berge standen.«

»Hör auf«, stöhnte Robert, »sonst träume ich noch davon, daß er dich etwas Unangenehmes fragt.«

Stubs fuhr auf, aber Dina sagte schnell: »Ich werde ihn bitten, in mein Poesiealbum zu schreiben. Dafür hat er etwas übrig. Dabei bringe ich das Gespräch auf das Sammeln von Unterschriften und dann auf alte Papiere, und dann frage ich ihn, ob es in Rilloby welche gibt. Er merkt bestimmt nichts.«

»Gut durchdacht«, grinste Robert. »Du kannst es ja gleich morgen früh tun. Und du, Stubs, machst dich für den Alten am besten unsichtbar.«

»Ja, ja«, brummte dieser, »erinnert mich bloß nicht daran.«

Nach einer Weile bemerkte Robert: »Es ist dunkel geworden.«

»Mutter wird uns gleich rufen«, sagte Dina und gähnte.

Barny stand auf. »Ich werde gehen. Es war ein sehr schöner Abend. Vielen Dank. Kommt ihr morgen?«

»Natürlich. Wir kommen jetzt jeden Tag, solange wir Ferien haben. Und du kannst uns immer besuchen. Mutter mag dich.«

»Vater auch«, sagte Robert sofort. »Schläft Miranda? Sie ist so still.«

»Ganz fest«, lachte Barny, »hier, unter meinem Hemd. Sie ist wie eine Wärmflasche und sehr müde. Sie hat heute tüchtig gearbeitet. Lümmel schläft auch.«

»Ein ausgezeichneter Wachhund!« Robert zog ihn an den Ohren. »Du Faulpelz, weißt du nicht, daß du aufpassen sollst?«

»Wuff«, machte Lümmel und sprang erschrocken hoch.

»Auf Wiedersehen, Barny«, sagte Dina. »Und vergiß nicht, Tonnerre zu beschatten.«

»Ich denke dran. Mein Wohnwagen steht gerade neben seinem. Bevor er seine Behausung verläßt, wird er wohl Licht machen.«

»Und dann folgst du ihm«, sagte Robert voller Eifer.

Barny verschwand in der Dunkelheit, und gleich darauf rief Frau Lynton die Kinder. Sie liefen den Gartenweg entlang.

»Da ist der Großonkel!« flüsterte Dina. »Er wartet auf dich.«

»Zum Kuckuck!« Stubs blieb stehen.

»Geh sofort ins Bett«, sagte Robert leise, »lauf über die Hintertreppe. Leg dich sofort hin. Zieh dich nicht aus. Und wenn er kommt, schläfst du.«

Zum größten Erstaunen Maries flitzte Stubs durch die Küche und fiel auf der Treppe über Sardine. Lümmel ergriff die günstige Gelegenheit, die Katze tüchtig in den Schwanz zu beißen. Voller Wut fauchte sie hinter ihm her.

Stubs lief ins Schlafzimmer, schlüpfte aus den Schuhen und kroch so weit unter die Decke, daß nur noch sein roter Haarschopf zu sehen war.

Inzwischen kamen Dina und Robert an der Haustür an. »Wo ist denn Stubs?« fragte die Mutter. »Der Großonkel möchte ihn sprechen.«

Dina machte ein unschuldiges Gesicht. »Ist er nicht zu Bett gegangen?«

»So?« Die Mutter war sehr erstaunt. Sonst machte es jedesmal große Mühe, ihn dazu zu bewegen. »Dann muß er aber sehr müde sein.«

»Ach«, gähnte Robert, »wir haben doch eine lange Radtour hinter uns. Ich schlafe auch schon halb. Gefällt dir Barny?«

»Sehr. Du kannst ihm bestellen, daß er jederzeit willkommen ist.«

»Vielen Dank.« Robert gab seiner Mutter einen Kuß. »Gute Nacht. Gute Nacht, Großonkel.«

»Gute Nacht«, sagte der Großonkel. »Äh, was ich noch sagen wollte, es ist vielleicht das richtigste, ich komme mit hinauf, um nachzusehen, ob Stubs schon schläft. Ich hätte sehr gerne mit ihm gesprochen.«

Frau Lynton ging ihm kopfschüttelnd nach. Was wollte er nur von dem Jungen? Hatte er doch etwas angestellt?

Außer seinen Haaren und den fest geschlossenen Augen war nichts von Stubs zu sehen. Lümmel lag zusammengerollt zu seinen Füßen.

»Er schläft ganz fest«, flüsterte Tante Susanne. »Wecke ihn nicht, laß ihn um Himmels willen in Ruhe!«

Stubs schnarchte ein bißchen. ›Verflixt!‹ dachte Robert, ›er tut mal wieder zuviel des Guten.‹

»Ich werde morgen mit ihm sprechen«, entschied der Großonkel. Und er und Frau Lynton gingen hinaus.

»Sie sind weg, Stubs«, sagte Robert und fing an, sich auszuziehen. Aber Stubs rührte sich nicht. Er schlief!

»So einer!« lachte Dina. »Laß ihn, er muß furchtbar müde sein, Lümmel auch. Gute Nacht, Robert.«

XIII

Dina tut das Ihre

Zu Stubs' unsagbarer Erleichterung hatte der Großonkel eine unruhige Nacht verbracht und ließ sich das Frühstück im Bett servieren.

»Ich dachte, ich müßte alles im Eiltempo herunterschlingen und verschwinden, wenn der Alte auftaucht«, grinste Stubs. »Aber nun werde ich mich gemütlich und in Ruhe schadlos halten.«

»Nach dem Essen gehen wir zum Jahrmarkt«, sagte Dina. »Heute vormittag muß ich Mutter helfen, Blumen begießen und meinen Schrank aufräumen. Wir packen wieder einen Korb und teilen mit Barny.«

»Vergiß nicht, den Großonkel zu fragen«, erinnerte Robert. »Und für dich, Stubs, hat Marie einen Auftrag.«

Aufträge mochte Stubs gar nicht. »Na gut«, murmelte er endlich, »dann werde ich mich mal in die Küche begeben. Ich glaube, Marie sagte vorhin so etwas von Walze und Wringmaschine. Ich muß dann nach Rilloby fahren.«

»Jahrelang wirst du dem Alten aus dem Wege sein«, kicherte Dina. »Du siehst dir die Spielzeugläden an, ißt Eis, und vielleicht vergißt du auch, wo du dein Rad abgestellt hast. Und bist du es wiederfindest, dauert es Jahre.«

»Mach keine dummen Witze!« grinste Stubs. »Übrigens, wenn du älter bist, siehst du bestimmt aus wie die alte Ma.«

»Bestimmt nicht! Und hau mich nicht!« rief Dina empört. »Überhaupt möchte ich mal wissen, warum kleine Jungen große Leute hauen.«

»Aus demselben Grunde, aus dem es große Mädchen tun!« schrie Stubs und entschwand in Richtung Küche. Er war sehr zufrieden mit sich.

In der Küche fragte er die Köchin, was er einkaufen solle. Sie starrte ihn voller Staunen an. »Du möchtest wohl Baisers zum Nachtisch haben?« fragte sie mißtrauisch.

»O nein, ich meine ja!« sagte Stubs eifrig. »Aber deswegen habe ich nicht gefragt. Ich meine, gegen Baisers habe ich nichts.« Er war vollkommen durcheinander. »Aber wenn du vielleicht sowieso welche machen willst, ich hätte wirklich nichts dagegen.«

»Aha!« sagte Marie. »Na, du sollst für deinen guten Willen belohnt werden. Also, wenn du mir eine Walze für meine Wringmaschine mitbringen würdest. Bis jetzt hat sich noch keiner gefunden, der das tun wollte.«

»Natürlich, Mariechen«, sagte Stubs, »sonst noch etwas?«

»Dann brauche ich noch geräucherte Fische, und auf dem Weg nach Rilloby kannst du vielleicht bei meiner Schwester vorbeigehen und bestellen, daß ich am Dienstag zu ihr komme. Und dann mußt du beim Schuhmacher noch meine Schuhe abholen ...«

»Einen Augenblick«, unterbrach Stubs hastig. Er fürchtete, daß die Reihe der Aufträge endlos und es wirklich Jahre dauern würde, bis er zurückkäme.

»Ich wollte nur noch sagen, daß ich Baisers zum Nachtisch mache«, lachte die Köchin.

»Prima!« strahlte Stubs. »Schreib doch bitte alles auf. Ich hole inzwischen mein Rad.«

Als er zurückkam, nahm er den langen Zettel. Marie hatte seine Abwesenheit benutzt, um noch einiges dazuzuschreiben. Wer weiß, wie lange es dauerte, bis sich wieder jemand fand, der für sie einholte.

»Zur Stärkung werde ich dir noch ein Fruchttörtchen geben«, lachte sie und ging in die Speisekammer. »Übrigens, dein Großonkel hat eben nach dir gefragt.«

Und plötzlich hatte Stubs gar keine Zeit mehr, auf das Törtchen zu warten. Er jagte zur Küche hinaus.

Inzwischen erkundigte sich der Großonkel bei seiner Nichte, die in der Diele die Blumen begoß: »Susanne, wo ist Stubs eigentlich?«

Frau Lynton beugte sich aus dem Fenster und rief in den Garten: »Dina, wo ist Stubs? Onkel Johann möchte ihn sprechen.«

»Er ist nach Rilloby gefahren. Er kauft dort eine Walze für die Wringmaschine, geht zum Schuhmacher und ...«

Die Mutter glaubte, nicht richtig zu hören. »Was ist denn nur mit ihm los?« fragte sie.

»Oh, er kann manchmal sehr hilfsbereit sein«, rief Dina und schwenkte einen Strauß Narzissen. »Mach dich aber darauf gefaßt, draß es Jahre dauert, bis er wiederkommt!«

»Seltsam«, murmelte der Großonkel, »glatt wie ein Aal, dieser Junge! Es scheint, er legt keinen Wert darauf, mich zu treffen.«

»Aber warum?« fragte Frau Lynton erstaunt. »Wie kommst du denn auf den Gedanken?«

Der alte Mann zog es vor, diese Frage nicht zu beantworten. »Äh, meine Liebe, ich werde heute zum Essen nicht da sein. Ich habe die Absicht, einen alten Freund in London zu besuchen.«

»Großonkel, Großonkel!« rief Dina, die in diesem Augenblick in die Diele gelaufen kam. »Willst du vielleicht noch etwas in mein Poesiealbum schreiben? Bitte!« Daß er ihr jetzt nur nicht entwischte!

Die Mutter schüttelte unwillig den Kopf. »Das hat Zeit, mein Kind. Du hörst doch, daß der Onkel zum Zug will.«

»Oh, ich fahre noch nicht.« Der alte Herr lächelte Dina wohlwollend an. »Ich habe da einen sehr schönen Spruch aus dem sechzehnten Jahrhundert, den ich in einem alten Dokument fand. Wenn du magst, werde ich ihn in der alten Schrift in dein Album schreiben.»

»Vielen Dank!« rief Dina. »Ich bringe es in das Arbeitszimmer. Da bist du doch?«

»Natürlich, mein Kind, natürlich.« Eine Weile später saß er am Schreibtisch und malte voller Sorgfalt einen Buchstaben nach dem anderen. Währenddessen sah Dina gelangweilt den Spatzen zu, die über das Fenstersims hüpften.

»Nun versuch es zu lesen«, ermunterte der Großonkel sie und betrachtete sein Werk wohlgefällig mit zur Seite gelegtem Kopf. Dina beugte sich über die Schrift und entzifferte sie mit seiner Hilfe.

»Ein schöner Spruch, nicht wahr?« sagte der Alte. »In der heutigen, ach so oberflächlichen Zeit findet man dergleichen nicht mehr.«

»Du verstehst wohl viel von solchen Dingen?« Dina war ganz Bewunderung.

»Ja, mein Kind. Ich habe immer großes Interesse an der Vergangenheit.«

»Du hast bestimmt schon viele schöne Sammlungen gesehen?« bohrte Dina weiter.

»Man kann sie nicht schön nennen. Sie sind außerordentlich interessant und wertvoll und zugleich der Spiegel ihrer Zeit.«

»Du kennst bestimmt alle alten Dokumente!» Dina sah ihn erwartungsvoll an.

Der Alte schüttelt den Kopf. »Nein, mein Kind, bei weitem nicht alle, nur die berühmtesten und die Chroniken der Herrenhäuser.«

»Gibt es hier vielleicht welche? Hier in der Nähe? Vieleicht in Rilloby?«

»Laß mich einen Augenblick überlegen«, antwortete der Onkel und runzelte die Stirn. »Da ist bloß Schloß Marloes. Die Sammlung ist ziemlich klein. Lord Marloes hat mehr für ausgestopfte Tiere übrig als für Dokumente. Schon als Kind pflegte er diese Liebhaberei.«

»Sind die Papiere wertvoll?« fragte Dina hastig.

»Ja, ja, ich glaube schon. Ich erinnere mich, daß ungefähr vor einem Jahr einige Amerikaner die Stirn hatten, Lord Marloes anzubieten, die Sammlung käuflich zu erwerben. Es sind Briefe aus dem Familiennachlaß. Lord Marloes würde sie um keinen Preis der Welt veräußern, ebensowenig wie seine ausgestopften Tiere. Wenn du magst, nehme ich dich einmal mit aufs Schloß.«

»Oh, vielen Dank!« rief Dina. »Vielen Dank!« Das hatte sie aber raffiniert eingefädelt! Alle würden sie mitkommen, sich umsehen und vielleicht sogar eine Skizze von der Lage der Räume machen.

»Ich werde anrufen und fragen, ob Lord Marloes aus der Stadt zurück ist«, sagte der Großonkel. »Ich nehme dich dann mit hinüber. Bei der Gelegenheit kannst du dir auch die ausgestopften Tiere ansehen. Es wird einige Stunden in Anspruch nehmen, mein Kind.«

»Vielen Dank!« sagte Dina wieder. »Wir freuen uns sehr, wenn wir mitkommen dürfen.«

Plötzlich stand der Großonkel auf. »Ich werde den Zug versäumen«, rief er erschrocken, »es ist schon reichlich spät!«

Er ging, und Dina klappte das Album zu. Sie war sehr zufrieden mit sich. Wunderbar hatte sie das gemacht!

Sie lief, um Robert zu suchen. »Robert!« rief sie. »Robert, wo bist du? Ich habe es herausbekommen!«

Die Mutter hörte sie rufen. ›Ich habe es herausbekommen!‹ Was sollte das nun wieder heißen? Sie schüttelte verwundert den Kopf. Wie sehr aber hätte sie sich erst über die Bedeutung dieser Worte gewundert!

XIV

Wieder auf dem Jahrmarkt

Vollbeladen kam Stubs nach Hause. »Es gibt für jeden zwei Baisers«, lachte Marie, »und für dich drei!«

»Tausend Dank, Mariechen!« rief er. »Aber ich muß schon sagen, diese verfluchte Walze war schwer! Nächstes Mal überlege ich es mir, ehe ich wieder so ein Ding hole.«

»Die hält Jahre«, beruhigte Marie ihn. »Lümmel, komm sofort aus der Speisekammer heraus. Wenn man nur einen einzigen Augenblick die Tür offen läßt, ist er schon drin.«

»Lümmel!« schrie Stubs. Der Hund kam angekrochen. In einer Speisekammer war es zu schön, viel schöner als in dem größten Kaninchenloch.

Robert und Dina erzählten Stubs aufgeregt, was sie erfahren hatten.

»Donnerwetter, bist du aber klug, Dina«, sagte er bewundernd. »War's sehr schwer, das herauszukriegen?«

»Ganz leicht«, lachte sie, »er hat gar nichts gemerkt.«

»Seht ihr!« triumphierte Stubs. »Ich hab's euch doch immer gesagt! Er glaubt einem alles.«

»Ja, er nimmt uns mit 'rüber zum Schloß, und wir machen uns dann eine Skizze von dem Zimmer, in dem die Papiere liegen. Vielleicht kann sie uns etwas nützen, wenn wirklich gestohlen wird.«

Sie gingen ins Eßzimmer und verschlangen zum Nachtisch mit großem Genuß die Baisers.

»Kannst du nicht jeden Vormittag für Marie einkaufen?« fragte Dina.

»Nein, das kann ich nicht«, grinste Stubs. »Wenn du wieder Baiser haben willst, mußt du schon selber etwas dafür tun. Ich habe die Nase voll. Mein Rad und ich sind beinahe zusammengebrochen. Und Lümmel mußte nebenherlaufen, weil der Gepäckträger so vollgepackt war mit all dem Zeug.«

»Fahrt ihr heute nachmittag zu Barny?« fragte die Mutter. »Wenn ja, nehmt ihm dieses Hemd mit. Es paßt Vater nicht mehr, und für Barny wird es gerade richtig sein.«

»Vielen Dank«, sagte Robert. »Ja, wir fahren. Du bist vielleicht ganz froh, wenn wir und der Großonkel einmal nicht da sind.«

Die Mutter lächelte. »Ach, der Großonkel, der macht nicht viel Arbeit. Er schließt die Türen hinter sich, putzt sich die Schuhe ab und niest in sein Taschentuch.«

»Der einzige, der nicht in sein Taschentuch niest, ist Lümmel«, sagte Dina. »Können wir noch eine Flasche Limonade mehr mitnehmen? Dann geben wir Barny eine ab.«

Als sie verschwunden waren, sank die Mutter erschöpft in einen Sessel. Nun hatte sie endlich Ruhe.

Schon von weitem schallte den Kindern der Lärm des Jahrmarktes entgegen. Barny wartete auf sie, lachte und winkte, und auch der Karusselljunge und Jim grinsten sie freundlich an. Nun, da die beiden wußten, daß die drei Barnys Freunde waren, konnten sie jederzeit gerne kommen, auch wenn sie kein Geld ausgaben.

Im Augenblick war niemand an der Ringbude. Tu und Mult, die beiden Schimpansen, hatten Vorstellung und die meisten Besucher in das große Zelt gelockt.

So konnten sie Barny alles gleich erzählen.

»Toll«, sagte der, »von Tonnerre kann ich euch übrigens nichts Besonderes berichten. Ich habe ihn zwar beobachtet, aber er hat nichts Verdächtiges unternommen. Und morgen ziehen wir schon nach Rilloby«, fügte er hinzu.

Stubs nickte. »Heute früh habe ich dort die Plakate gesehen. Sie hängen überall.« Er sah sich suchend um. »Wo ist eigentlich Miranda?«

»Bei Tu und Mult«, lachte Barny. »Sie lieben Miranda sehr. Besonders Mult. Er umsorgt sie wie eine Mutter ihr Baby.«

»Ach«, rief Dina, »wir müssen uns die beiden eigentlich ansehen. Oder sind sie schon fertig?«

»Ich bringe euch 'rüber«, erbot sich Barny. »Hier ist jetzt sowieso nichts los. Nehmt euch vor der alten Ma in acht. Sie hat heute ihren schlechten Tag. Sogar Tonnerre geht ihr aus dem Weg.«

Als sie nach der Alten Ausschau hielten, war zwar nichts von ihr zu sehen, aber sie hörten ihre keifende Stimme aus dem Wohnwagen. Jim lief an ihnen vorüber. »Ich muß zur Großmutter«, grinste er. »Wollt ihr mitkommen und euch versohlen lassen? Sie ist heute in Fahrt!«

Sie lachten und gingen weiter. Barny nickte dem Manne an der Kasse zu, ehe sie das Zelt betraten. Die Vorstellung schien bald zu Ende zu sein. Mult fuhr auf einem kleinen Rad, und Tu hockte auf der Lenkstange, von der aus er einen Purzelbaum nach dem anderen schlug, um jedesmal wieder sicher auf dem Lenker zu landen.

»Sie sind gut, nicht wahr?« fragte Barny.

Tu schlug einen letzten Purzelbaum und sprang auf Mults Kopf. Der schwang sich vom Rad, verbeugte sich, und Tu fiel herunter. Begeisterter Applaus und Jauchzen und Lachen der Kinder. Mult lief zu Vosta und legte seinen haarigen Arm um ihn, und Vosta klopfte ihm freundlich auf den Rücken und gab ihm einen Apfel.

Wie Zwillingsbrüder waren diese beiden Schimpansen angezogen. Sie trugen rote Hosen, rotgestreifte Pullover und kleine Matrosenmützen. Tu wurde ganz verrückt von all dem Klatschen und Schreien und fing an, rund um die Manege Saltos zu drehen. Zum Schluß lief er auf allen vieren.

Und plötzlich hockte jemand auf seinem Rücken. Es war Miranda, die meinte, eine bessere Gelegenheit zum Reiten würde sich so schnell nicht wieder bieten. Aber Mult griff schon nach ihr, nahm sie in die Arme, wiegte sie wie ein Baby hin und her und gluckste dabei vor Vergnügen.

»Meine Damen und Herren, die Vorstellung ist beendet!« rief Vosta. Aber niemand rührte sich.

Doch allmählich leerte sich das Zelt. Mit Miranda auf der Schulter ging Vosta zu den Kindern hinüber. Er hatte das Äffchen sehr gern. Im Augenblick war es damit beschäftigt, ihm den Schlips aufzuziehen und unentwegt dabei zu schnattern.

»Na, ihr drei«, sagter er, »wie gefallen euch meine beiden?«

»Sehr gut!« rief Stubs.

»Wie haben Sie ihnen denn das Radfahren beigebracht?« fragte Robert.

»Beibringen? Das brauchte ich nicht«, lachte Vosta. »Sie sahen mich eines Tages auf einem Fahrrad und haben es gleich nachgemacht. Wollt ihr nachher mit uns Tee trinken?«

Alle waren begeistert. Dina wandte sich an Barny. »Wie ist es mit dir? Kommst du mit?«

»Ja. Jim kann mich vielleicht noch einmal vertreten. Aber jetzt muß ich zurück. Wenn du aufs Karussell willst, Stubs, sag Jacky nicht wieder, daß er es so schnell laufen lassen soll. Tonnerre beobachtet euch schon die ganze Zeit.«

Ja, Tonnerre stand unbeweglich dort drüben und ließ keinen Blick von ihnen. Und dann rief er:

»Wollt ihr auf meinen Elefanten reiten? Ja? Nein?«

Doch dazu hatten die Kinder keine Lust. »Das möchtest du wohl«, murmelte Stubs. »Wir gehen lieber aufs Karussell, nicht, Lümmel?«

Es wurde ein schöner Nachmittag. Sie schlenderten von Bude zu Bude, sahen Brilliant, den Jongleur, guckten Miranda bei ihrer Arbeit zu und liefen dann hinüber zur Kegelbude. Dina war die einzige, die drei Kegel treffen konnte.

»Such dir einen Preis aus«, sagte der Junge. »Ich habe noch nie ein Mädchen gesehen, das seine Brüder überrundet hat. Hätte gar nicht gedacht, daß es so was gibt.«

Auf keinen Fall wollten Robert und Stubs das auf sich sitzen lassen, und sie gaben noch eine Menge Geld aus. Aber sie trafen nur einen Kegel, nicht mehr.

»Nur halb so gut wie eure Schwester«, grinste der Junge.

Zu Roberts größtem Erstaunen suchte Dina sich einen kleinen Spielzeughund aus. Er tippte sich an die Stirn.

»Wie ein Baby. Warum hast du nicht die blaue Vase genommen?«

»Abwarten!« lachte sie.

»Schade, daß Lümmel nicht mitmachen kann. Er hätte bestimmt gern etwas gewonnen«, sagte Stubs traurig.

»Man müßte ein Wettscharren veranstalten«, grinste Robert, »mit einem Kaninchenloch als ersten Preis. Ich habe noch nie einen Hund so schnell scharren sehen wir unseren Lümmel!«

»Und ich noch nie einen mit so wenig Erfolg«, kicherte Dina. »Und wenn er wirklich mal in eins hineinkäme, würde er bestimmt vor dem ersten Kaninchen, das ihm da unten begegnet, Reißaus nehmen.«

»Wuff!« machte Lümmel. Und Stubs streichelte ihn mit seiner schmutzigen Hand.

»Sie reden schlecht von dir. Aber kümmere dich nicht darum. Du bist der beste Hund. Der allerbeste!«

»Vosta ruft uns«, sagte Dina. »Wir sollen bestimmt zum Tee kommen. Nimm den Freßkorb, Robert. Ich hole Barny.«

Im Wohnwagen saßen die beiden Affen schon am gedeckten Tisch. Jeder von ihnen trug ein schneeweißes Lätzchen.

»Steht auf und verbeugt euch«, befahl Vosta. Und sie gehorchten und verbeugten sich mit ausgesuchter Höflichkeit.

»Das wird lustig!« lachte Dina, und damit hatte sie recht!

XV

Stubs kommt noch einmal davon

Es wurde die verrückteste Teestunde, die die Kinder je erlebt hatten. Besonders deshalb, weil Miranda und Lümmel dabei waren. Miranda benahm sich sehr schlecht, wie ein verwöhntes Kind. Überall hatte sie ihre Pfoten dazwischen, stahl etwas von Mults Teller, nahm eine Kleinigkeit von Tus und zog Lümmel an den langen Ohren.

»Wenn du noch weiter Blödsinn machst, bringe ich dich zu Tonnerre«, sagte Barny streng.

»Ach, laß sie doch«, bat Stubs, »sie ist doch zu nett. Guck nur, wie geschickt sie die Kirschen von der Torte holt.«

Und da war schon jemand, der Miranda auf die Pfoten klopfte. Tu war es, der genauso gern Kirschen fraß wie sie. Miranda fing an zu weinen, und Mult zog sie zu sich herüber und drückte sie tröstend gegen sein schneeweißes Lätzchen. Aber ihr Schwanz blieb auf dem Tisch liegen, und Tu hatte nichts Besseres zu tun, als kräftig daran zu ziehen. Sofort ließ Mult Miranda los und boxte Tu in die Rippen.

Vosta schlug mit der Faust auf den Tisch. »aufhören!« rief er. »Wißt ihr nicht, wie man sich benimmt, wenn Besuch da ist?«

Die beiden Schimpansen waren sehr beschämt. Tu nahm die Matrosenmütze ab und versteckte sein Gesicht dahinter. Und die Kinder schrien vor Lachen.

»Mir schmeckt's«, seufzte Stubs zufrieden und nahm sich das zweite Stück Kirschtorte. »Es ist wie im Schlaraffenland: Brot und Butter, Ananas mit Sahne, Kirschtorte und Biskuit, Tomaten, belegte Brötchen und Fruchttörtchen!«

Es war erstaunlich, was Stubs vertilgen konnte. Die anderen versuchten, mit ihm zu wetteifern, aber er schlug sie alle. Vosta schmunzelte. »Vergiß den Schinken nicht.« Stubs und Lümmel hatte er besonders ins Herz geschlossen.

Der Hund hatte seinen Kopf auf Vostas Füße gelegt, und Stubs war eifersüchtig. So etwas hatte Lümmel noch nie bei einem Fremden getan!

»Vosta kann mit allen Tieren umgehen«, erklärte Barny. »Die Elefanten mögen ihn lieber als Tonnerre, dem sie gehören.«

»Oh, Tonnerre«, brummte Vosta, unangenehm berührt, »die ganzen Jahre habe ich für ihn gearbeitet, und er schreit mich immer noch an. Brrr!«

»Brrr!« machte Mult, bückte sich und sah unter den Tisch. Dort lag Lümmel, noch immer mit dem Kopf auf Vostas Füßen. Und dann fuhr Mult plötzlich herunter und stürzte sich auf den Ahnungslosen. Er umarmte und drückte ihn, und Lümmel jaulte und zappelte so, daß Stubs ihn gewaltsam befreien mußte.

Barny lachte. »Er ist ganz verrückt mit Hunden und Katzen und mit Miranda. Er möchte sie alle bemuttern. Vosta, zeig uns doch einmal deine Stofftiersammlung.«

Vosta ging zu einem Schrank und öffnete ihn. Eine Anzahl von Stofftieren stand dort sauber aufgereiht. Mult streckte seine langen Arme nach ihnen aus.

Er setzte alle nebeneinander auf den Tisch, betrachtete sie liebevoll und achtete sorgfältig darauf, daß niemand sie ihm fortnahm.

Aber er hatte nicht mit Miranda gerechnet. Wie der Blitz war sie zwischen den Tieren, nahm den Teddybär, sprang durchs Fenster auf das Dach des Wohnwagens und blieb fröhlich schnatternd neben dem Schornstein hocken. Mult begann wütend zu knurren, aber Vosta hielt ihn zurück.

»Bleib hier. Es war dumm von mir, die Tiere herauszuholen, solange Miranda dabei war. Barny, kannst du den Bären zurückbekommen, ehe der Teufel los ist?«

Barny lief hinaus, schrie nach Miranda, und Mult heulte vor Wut.

Nun war der Augenblick gekommen, auf den Dina gewartet hatte. Rasch zog sie den kleinen Spielzeughund aus der Tasche und reichte ihn Mult.

Er betrachtete ihn voller Staunen. Dann stand er auf und nahm ihn zögernd, setzte ihn auf den Tisch und streichelte ihn.

Er vergaß den Bären, den Miranda ihm fortgenommen hatte, und sah nur noch den kleinen Spielzeughund.

»Er liebt ihn«, sagte Vosta. »Das war nett von dir, Dina. Ich fürchtete schon, er würde toben.«

Mult sah Vosta an und begann aufgeregt zu schnattern.

Vosta nickte. »Ja, er gehört dir. Du darfst ihn behalten.«

Der Schimpanse schnatterte wieder, und dieses Mal klang es sehr fröhlich. Dann stellte er die Stofftiere in den Schrank, auch den Teddybären, den Barny gerade zurückbrachte.

»Ein nettes Mädchen ist das, nicht wahr, Mult?« lachte Vosta. Der streckte seine langen Arme über den Tisch und klopfte Dinas Schultern.

»Er bedankt sich. Und Tu kommt sich ganz vernachlässigt vor.«

»Ja, Tu streckte die Pfoten aus, als wolle er sagen: ›Bekomme ich denn gar nichts?‹«

»Ich habe ihm ein paar Bonbons mitgebracht.« Stubs kramte eifrig in seinen Taschen. »Und ich Schokolade«, lachte Robert und fing auch an zu suchen.

Aber sie konnten beide nichts finden. »Ich muß die Tüte verloren haben«, sagte Stubs endlich. »So was!«

Barny lachte. »Ich glaube, Herr Vosta weißs, wo sie ist.«

Der wandte sich jetzt an Tu. »Dreh deine Taschen um! Zeig, was drin ist!«

Tu fing an zu wimmern und stand auf. Vosta griff in dessen Taschen und holte eine Tüte Bonbons und eine Tafel Schokolade heraus. Wieder hielt Tu seine Mütze vors Gesicht, schielte aber mit dem einen Auge über den Rand.

»Er kann sie behalten«, lachte Stubs. »Oh, er ist zu süß. Wenn ich groß bin, kaufe ich mir auch zwei Schimpansen.«

»Ja, es wird sehr hübsch sein, wenn mir dann eines Tages drei Affen entgegenkommen«, sagte Vosta mit unbewegtem Gesicht. Und Stubs schnob verächtlich durch die Nase.

Als sie ein Weilchen später alle zusammen die Treppe des Wohnwagens hinunterliefen, rief Barny plötzlich: »Tonnerre bringt die Elefanten fort!«

»Er geht mit ihnen nach Rilloby. Er geht immer einen Tag früher als wir. Die Elefanten sind sehr langsam.«

Stubs spitzte die Ohren. Tonnerre nicht da? Konnte man da in seiner Abwesenheit nicht ein bißchen schnüffeln? Den anderen wollte er davon nichts sagen. Er und Lümmel würden das schon alleine erledigen. Stubs wartete, bis Dina und Robert zum Karussell gingen, dann schlich er sich fort.

Lümmel war einigermaßen erstaunt darüber, daß sein Herrchen auf dem Wege zu Tonnerres Wohnwagen unablässig »Pst« und »Sch« machte. Es war doch hellichter Tag. Wozu dieser Aufwand? Und der Großonkel war doch nirgends zu sehen.

Der Wohnwagen stand verlassen. Niemand schien in der Nähe zu sein.

Stubs sprang auf ein Rad, um ins Fenster zu sehen. Aber die Vorhänge waren zugezogen. Auf der anderen Seite hatte er mehr Glück.

Die Einrichtung war einfach und bestand aus einem Bett, einem Klapptisch, einem Ofen und einem Stuhl.

Aber was war das unter dem Bett? Hatte es nicht Ähnlichkeit mit einem großen, schwarzen Kasten?

Waren da etwa die gestohlenen Papiere drin? Je länger Stubs hinsah, desto aufgeregter wurde er.

Schließlich konnte er es nicht mehr aushalten. Er lief zur Tür, aber sie war verschlossen. Er bückte sich und spähte durchs Schlüsselloch.

Und dann passierte es. Lümmel knurrte. Jemand schrie. Und Stubs bekam einen furchtbaren Schlag auf den Hosenboden.

Er verlor das Gleichgewicht, fiel von der Treppe, überschlug sich einmal, stand auf und jagte davon.

Eine grobe Stimme befahl ihm zurückzukommen. »Wirst du wohl hierbleiben! Ich werde dich lehren zu spionieren!«

Es war Tonnerre!

Er hatte seine Elefanten nur den Weg hinuntergeführt.

Entsetzt sahen Dina und Robert, wie Tonnerre Stubs wütend verfolgte.

»Wir verschwinden!« sagte Robert schnell. »Komm, wir gehen um die Bude und kriechen durchs Gitter. Was hat dieser Idiot da bloß angerichtet? Also, Barny, bis morgen in Rilloby.«

XVI

Die Tiere sind voller Motten

Auf der Rückfahrt erging es Stubs keineswegs besser. »Du Idiot«, zischte Robert, »uns Tonnerre auf den Hals zu hetzen, ihn aufmerksam auf uns zu machen! Was hast du dir eigentlich dabei gedacht?«

»Du mußt dich nicht wundern, Robert«, sagte Dina. »Er macht doch immer solchen Blödsinn. Am liebsten möchte ich gar nicht mehr auf den Jahrmarkt gehen.«

»Sei bloß still«, Stubs war furchtbar wütend. »Konnte ich wissen, daß der Kerl wieder auftauchte?«

»Ja, ja«, fauchte Robert, »du mit deinem Geschwätz. Mit deinem Geschwätz von der ›Grünen Hand‹ und dem Diebstahl in Ricklesham und deinem Schnüffeln um Tonnerres Wohnwagen!«

Dann schwiegen alle. Stubs war sehr unglücklich. Endlich sagte er: »Wie ein Gewitter fuhr er hinter mir her. Ich habe vielleicht Angst ausgestanden!«

»Nicht genug«, brummte Robert. Und Stubs machte keinen weiteren Versuch, sich mit den anderen zu versöhnen. Er hatte ja Lümmel! Lümmel war nie mit ihm böse. Niemals!

Zu Stubs' unsagbarer Erleichterung war der Großonkel noch nicht aus London zurück, als sie zu Hause ankamen. Nun würde er heute wenigstens vor ihm Ruhe haben.

Nach dem Essen meinte er, daß es am besten wäre, gleich ins Bett zu gehen. Für die anderen war er ja noch immer Luft.

Um halb neun Uhr erschien der Großonkel. Dina und Robert standen gerade auf.

»War es schön?« fragte Frau Lynton und nahm ihm den Mantel ab.

»Hochinteressant, meine Liebe, hochinteressant. Übrigens habe ich eine Neuigkeit für die Kinder. Wo stecken sie denn?«

In der Tür stieß er beinahe mit ihnen zusammen. »Also«, begann er, »heute vormittag hatte ich Gelegenheit, mit Lord Marloes zu sprechen. Morgen werden wir das Schloß besuchen.«

»Vielen Dank!« rief Dina. »Vielen Dank!« rief auch Robert.

Der alte Mann räusperte sich. »Auch ich freue mich. Es ist Jahre her, daß ich das Vergnügen hatte, die Sammlung zu betrachten. Ich werde meine Kenntnisse wieder auffrischen.«

Die Mutter warf den Kindern einen prüfenden Blick zu. Auf der Treppe fragte sie:

»Wollt ihr euch wirklich diese alten Papiere ansehen? Ich glaube kaum, daß ihr Geschmack daran findet. Und der gute Onkel Johann wird euch ein bißchen auf die Nerven fallen, wenn er anfängt, alles zu erklären.«

»Schon in Ordnung«, sagte Dina, »eigentlich ist es auch nur wegen der ausgestopften Tiere. Es soll da eine ganze Menge geben.«

»Ach so! Nun, der Großonkel wird sich freuen.«

Ja, das tat er. Am nächsten Morgen fuhren sie mit einem Taxi nach Rilloby. Der alte Mann lächelte vor sich hin. Er freute sich so, daß er ganz vergaß, Stubs über eine seltsame Angelegenheit zu befragen.

Lümmel durfte nicht mitkommen. »Es tut mir leid, aber Hunden ist das Besichtigen der Sammlung verboten«, scherzte er.

Das Schloß wirkte nicht wie ein Schloß, sondern eher wie ein großes Herrenhaus. Das hohe schmiedeeiserne Tor wurde von einem Pförtner geöffnet.

»Ihre Einladungskarte, bitte. In Ordnung, mein Herr. Heute morgen ist viel los. Sie sind der dritte Besucher. Wir haben ein richtiges kleines Museum. Vergessen Sie nicht, sich den weißen Dachs anzusehen. Ich habe ihn selber gefangen. Seine Lordschaft waren damals sehr zufrieden mit mir.«

»Natürlich«, sagte der Großonkel. Der Wagen fuhr die Auffahrt hinauf bis vor die Freitreppe. Ein Butler öffnete.

»Hier entlang, bitte.« Er sprach in genau der gleichen vornehmen Art wie der Großonkel. Stubs stieß Dina an. Die grinste. Sie wußte, was er meinte.

Sie kamen durch eine mit Fliesen ausgelegte Halle und gelangten über eine weite, geschwungene Treppe auf einen breiten Flur. Sie gingen über zwei andere Flure in einen schmalen Seitenflügel. Der Mann öffnete eine schwere Eichentür, die in einen Steingang führte, an dessen Ende wieder eine Tür war. Auch diese wurde aufgeschlossen.

Sie standen in einem großen Raum. Seine Wände waren von oben bis unten mit Bücherregalen bedeckt.

An der ihnen gegenüberliegenden Seite lag eine schmale Tür, die mit zwei verschiedenen Schlüsseln geöffnet wurde.

»Da haben Sie sich aber Mühe gegeben«, bewunderte Robert. »Zwei verschlossene Türen und jetzt noch eine doppelt verschlossene. Da kann doch wohl keiner einbrechen?«

»Nein«, sagte der Butler. »Seine Lordschaft halten außerordentlich viel von der Sammlung.« Er wandte sich an den Großonkel. »Hier sehen Sie die ausgestopften Tiere, und dort drüben in den Regalen finden Sie die Dokumente. Bevor ich mich zurückziehe, muß ich noch bemerken, daß Herr Jones, der die Sammlung verwaltet, die Papiere kontrolliert, bevor Sie das Haus verlassen. Es ist leider notwendig, da es Leute gibt, die sich an diesen wertvollen Dingen vergreifen. Heutzutage sind schlechte Menschen keine Seltenheit.«

»Natürlich«, sagte der Großonkel, »verfahren Sie in gewohnter Weise. Es wäre ein Jammer um diese Kostbarkeiten. In letzter Zeit hat es erschreckend viel Diebstähle gegeben.«

»Jawohl, mein Herr«, sagte der Butler und ging.

»Er schließt uns ein!« rief Dina erschrocken.

»Das ist üblich!« beruhigte der Großonkel. »Es ist eine weitere

Sicherheitsmaßnahme. Wir brauchen nur zu klingeln, wenn wir wieder gehen wollen. Ach, da ist ja noch jemand.«

Ja, es waren noch zwei Leute im Zimmer. Der erste war ein alter Mann, der sich so tief über die Papiere beugte, daß man noch nicht einmal sein Gesicht sah. Der zweite war jünger. Eine unwahrscheinliche Fülle von Haaren bedeckte seinen Kopf, reichte tief in den Nakken und über die Stirn bis dicht an die buschigen Augenbrauen, während der Mund und ein großer Teil der unteren Gesichtshälfte unter einem Bart verschwanden.

»Ein richtiger Affenmensch. Guck mal, dem wachsen die Haarbüschel sogar aus den Ohren!« flüsterte Stubs, sehr zu Dinas Mißfallen. Stubs' Flüstern war immer so, daß alle anderen es unbedingt verstehen mußten.

»Pst!« zischte Dina.

Der Affenmensch drehte sich um, betrachtete die Neuankömmlinge gleichmütig und wandte sich dann wieder den Papieren zu. Eine Seite nach der anderen schlug er um.

»Dina«, flüsterte Robert dicht an ihrem Ohr, »du gehst jetzt zu dem Alten und hörst ihm zu. Stubs und ich sehen uns inzwischen etwas um.«

Dina ging und stellte dem Großonkel Fragen über Fragen. Der begann lang und breit alles zu erklären, und die Ärmste langweilte sich tödlich. Sie verstand nicht ein Wort. Wo waren die Jungen denn nur? Sie sah sich vorsichtig um. Ach, da! Sie standen bei den ausgestopften Tieren, jämmerliche Gestalten, traurig und mottenzerfressen.

Der weiße Dachs schien ein vollkommen verstaubtes Fell zu haben. Zwei Füchse mit einer Menge Junge wirkten entsetzlich unnatürlich. Eine Polarkatze neben ihnen besaß nur noch ein Auge, das andere war herausgefallen und nicht wieder ersetzt worden. Zwei Eichhörnchen hockten vor ihrem Nest, das Junge auf dem Rand, auch halb von Motten zerfressen.

»Was soll denn das?« sagte Stubs angewidert. »Pfui Teufel! Denkt der Lord etwa, daß die schön sind?«

»Guck mal«, flüsterte Robert plötzlich und stieß Stubs an, »Was tut denn der da?«

Stubs spähte zu dem Affenmenschen hinüber, der etwas auf das Manuskript legte und es langsam hin und her bewegte.

»Es ist nur ein Vergrößerungsglas, du Dummkopf. Der Großonkel sieht auch immer durch so ein Ding. Du bist zu mißtrauisch.«

Robert zuckte die Schultern. »Hab' mich eben geirrt.« Dann fiel sein Blick auf den anderen Besucher. Mit der Nasenspitze berührte der fast die Papiere, und wenn er von Regal zu Regal ging, sah er bestimmt nichts als den Fußboden. Wir konnte jemand nur so gebeugt sein.

Robert war froh, als die beiden klingelten. Herr Jones, der die Dokumente verwaltete, ein kleiner, hagerer Mann, kam herein und verschloß die Tür hinter sich. In wenigen Minuten hatte er die Papiere geprüft. Den Tieren schenkte er nicht die geringste Beachtung.

»Wetten, daß er sich wünscht, daß diese Mottenfänger eines Tages geklaut werden?« zischelte Stubs, während die drei Männer hinausgingen und sie wieder eingeschlossen wurden.

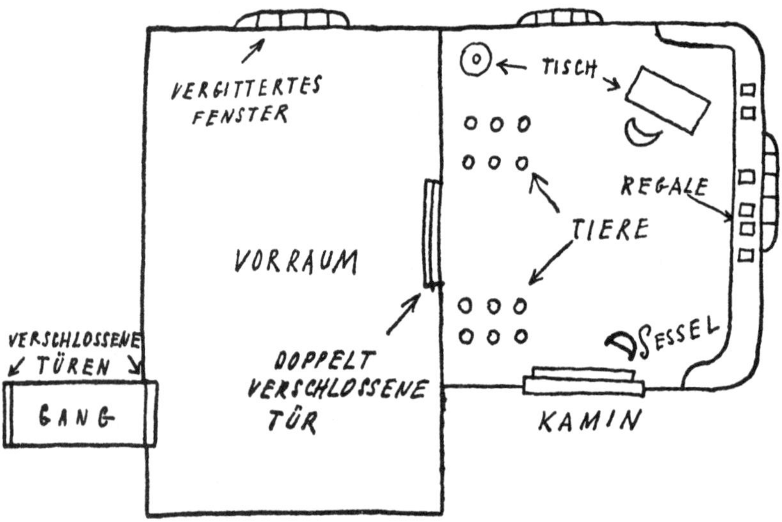

»Ich mache jetzt die Skizze«, sagte Robert leise.

Stubs sah Robert über die Schulter. »Zeichne den Steindurchgang und die Bibliothek mit. Donnerwetter, das könnte ich nicht. Was sind denn das für Fenster?«

»Sie sind vergittert. Hast du das nicht gesehen?«

Robert zeichnete die Regale und den Platz, an dem die ausgestopften Tiere standen, die Stühle, einen Tisch, einen Blumentisch und den Kamin.

Es war eine schwierige Arbeit, und Stubs bewunderte seinen Vetter gebührend.

Sie sahen schnell einmal zu Dina hinüber. Die Arme stand seit einer Stunde neben dem Großonkel und ließ seine Ergüsse über sich ergehen. Sie war ganz blaß.

»Die Gute«, murmelte Robert, »wollen wir sie einen Augenblick ablösen?«

»Nein«, sagte Stubs prompt. »Du kannst von mir aus hingehen. Mir würde schlecht. Ja«, überlegte er, »schlecht müßte einem von uns werden, dann würde der Alte bestimmt nach Hause gehen.«

»Quatsch!« brummte Robert. »Das fällt auf.«

Stubs runzelte die Stirn, und gleich darauf entdeckte er etwas: eine Uhr auf dem breiten Kaminsims. Es war halb elf. Stubs schlich hinüber, öffnete die kleine Glastür und stellte die Zeiger um eine Stunde vor. Robert brach in prustendes Lachen aus, das er hastig in ein nicht enden wollendes Niesen verwandelte.

Und dann ging Stubs zum Großonkel. »Äh ..., ich möchte dich ja nicht unterbrechen, aber meinst du nicht auch, daß wir gehen müssen? Die Uhr auf dem Kamin ist schon halb zwölf!«

»Wie die Zeit vergeht!« rief der Alte und beeilte sich zu klingeln. »Erstaunlich! Erstaunlich!«

XVII

Wohin geht Tonnerre?

Sie fuhren im Wagen nach Hause. Der Großonkel sprach weiter über die alten Papiere, und es schien, als wolle er nie wieder aufhören. Ergeben und gelangweilt hörten die Kinder zu und wünschten nichts sehnlicher, als wieder zu Hause zu sein. »Vielen Dank!« sagte Robert, als sie ausstiegen. »Es war prima!«

»Was war es?« fragte der Großonkel verwirrt.

»Na, toll, supertoll, eben prima!« erklärte Stubs.

»Das freut mich«, lächelte der alte Mann und dachte: ›Was für reizende Kinder. Ich werde sie bei Gelegenheit wieder mitnehmen.‹ – »Es ist wohl besser, ihr macht euch zum Essen zurecht. Hoffentlich ist die Mutter nicht böse, daß wir so spät zurückgekommen sind«, fügte er besorgt hinzu.

Aber die Mutter war nicht böse, sondern wie immer sehr freundlich. Im übrigen dauerte es noch lange, bis der Gong zum Essen rief, und der Großonkel wunderte sich.

Inzwischen tobte Lümmel vor Freude wie ein Verrückter über die Treppen und durch sämtliche Schlafzimmer. Und Sardine flüchtete auf die Standuhr, blieb dort sitzen und sah mit ihren grünen Augen auf sie herunter. Ihr Schwanz bewegte sich im gleichen Rhythmus wie das Pendel.

Der Großonkel schloß kopfschüttelnd die Tür hinter sich. Dieser Hund! Wenn er nicht bellte, dann kratzte er sich, und wenn er sich nicht kratzte, spielte er verrückt. Die einzige Art von Hunden, die ihm gefiel, waren ausgestopfte.

An diesem Tage konnten die Kinder Barny nicht besuchen. Der Vater war zu Hause und wünschte, daß sie ihm bei der Gartenarbeit halfen. Sie waren ganz zufrieden, denn sie glaubten, Barny habe heute beim Umzug nach Rilloby sowieso keine Zeit.

Stubs war sogar sehr zufrieden. Er dachte an Tonnerre und an den Schlag, den der ihm versetzt hatte. Er verspürte keine allzu große Lust, ihm heute schon wieder zu begegnen.

Am Abend kam Barny. Er pfiff draußen im Garten.

»Barny«, rief Robert, »hast du schon gegessen? Wir ja. Ich will Marie fragen, ob sie dir etwas zurechtmacht.«

»Das wäre nett«, sagte Barny, der während des Umzugs tüchtig gearbeitet hatte.

Sie gingen an die Küchentür, und als Marie Miranda sah, schrie sie:

»Hilfe! Ein Affe! Daß mir dieses wilde Tier nicht in meine Küche kommt!«

Aber so verwirrt war sie nun doch nicht, daß sie nicht ein paar Brötchen streichen und ein großes Stück Napfkuchen abschneiden konnte. Barny gab Miranda eine Scheibe Tomate.

»Ein Affe!« sagte Marie immer noch fassungslos. »Was wird als nächstes kommen?«

»Zwei Affen«, grinste Robert. »Wenn du nach Rilloby auf den Jahrmarkt gehst, kannst du zwei Schimpansen radfahren sehen.«

Sie schüttelte den Kopf. »Das glaube ich nicht. Das glaube ich nie und nimmer. Wenn das stimmt, esse ich meinen besten Sonntagshut.«

»Guten Appetit! Wenn du auf dem Markt warst, mußt du von da an deinen zweitbesten tragen.« Roberts Grinsen wurde immer breiter.

Die einzige Neuigkeit, die Barny mitbrachte, war die, daß Tonnerre bessere Laune hatte.

»Nanu«, wunderte sich Dina.

»Ja«, lachte Barny, »er hat seine Elefanten gereinigt. Er stellt immer eine Leiter an und bürstet die Falten in ihrer Haut mit Öl. Hinterher ist er jedesmal guter Laune.«

»Er hat mich geschlagen«, sagte Stubs erbittert. »Ich kann heute noch nicht wieder richtig sitzen.«

»Das geschieht dir recht«, kicherte Dina. »Wenn du immer das bekämst, was du verdienst, könntest du nie richtig sitzen.«

»Diese Bemerkung hättest du dir sparen können!« sagte Stubs wütend. Aber die anderen hörten schon gar nicht mehr hin.

»Was machen denn Tu und Mult?« fragte Dina. »Waren sie zufrieden mit dem Umzug?«

»Ja«, lachte Barny und gab Miranda ein Stückchen Kuchen. Gleich darauf sagte er erschrocken: »Oh, du kleiner Schmutzfink, jetzt hast du mir alles in die Haare geschmiert.«

Dina schüttelte sich. »Pfui Teufel! Wie willst du denn das Zeug wieder 'rauskriegen?«

»Ich weiß«, rief Robert. »Er kann ja baden!«

»Das ist nett«, sagte Barny erfreut. »Ich bin auch ganz schmutzig von der vielen Arbeit geworden.«

Lachend und schwatzend liefen sie alle den Flur hinunter!

Und dann betrachtete Barny voller Staunen den zartgelb gekachelten Raum mit der eingelassenen Badewanne. Und als Dina ihm ein großes weiches Badetuch brachte, mußte er an sein schmales Handtuch und die kleine Waschschüssel denken.

Miranda hockte auf dem Rand der Wanne und wunderte sich über das viele dampfende Wasser. Vorsichtig streckte sie eine Pfote hinein und zog sie sofort mit erschrecktem Schnattern wieder heraus.

»Bist du gebissen worden?« lachte Barny und legte die Seife in das Schälchen. Miranda nahm sie und beschnupperte sie lange. Sehr appetitlich!

Dann biß das Äffchen davon ab. Im nächsten Augenblick aber

beförderte es die Seife mit Schwung ins Wasser zurück und spuckte das abgebissene Stück hinterher.

»Miranda!« tadelte Barny. »So benimmt man sich doch nicht in einem feinen Badezimmer.«

Lümmel kratzte an der Tür. »Tut mir leid, Lümmel. Die Wanne ist besetzt. Du mußt noch etwas Geduld haben.«

Nach einer Weile hörte er die Kinder im Garten lachen und beeilte sich, zu ihnen zu kommen.

Es war eine warme, mondhelle Nacht, und Dina, Robert und Stubs brachten ihren Freund bis zum Markt. Miranda hocke auf Stubs' Schulter. Barny roch zu sehr nach der Seife, die so ekelhaft schmeckte.

Am Rande des Jahrmarkts kam ihnen jemand entgegen. Es war Tonnerre. Stubs verschwand wie der Blitz hinter einer Hecke, die anderen gingen auf ihn zu.

»Guten Abend«, sagte Barny höflich. Tonnerre blieb stehen.

»Ach, du bist es. Willst du auf meine Elefanten achten? Jim ist bei ihnen, aber sie sind nach dem Umzug sehr unruhig. Ich habe noch etwas zu erledigen.«

»Natürlich«, sagte Barny. »Wie lange wird es dauern?«

»Eine Stunde«, sagte Tonnerre und ging.

Robert stieß Barny an. »Wo will er jetzt noch hin? Du paßt auf die Elefanten auf, und ich folge ihm.«

Barny nickte und war verschwunden. Stubs kam hinter der Hecke hervorgekrochen.

»Wir gehen alle. Das wäre ja gelacht. Außerdem kann Lümmel seine Spur aufnehmen.«

»Das wird er nicht«, bestimmte Robert. »Du bringst Dina nach Hause, verstanden?«

Er ließ die beiden stehen und rannte den Weg hinunter, den Tonnerre gegangen war. Wohin? Er kam an eine Kreuzung und sah weit hinten eine große, dunkle Gestalt gegen den Himmel.

Robert pfiff leise durch die Zähne. Nach Schloß Marloes ging er!

XVIII

Ein Sonntagshut schmeckt gar nicht gut

Tonnerre ging mitten auf dem Wege, und seine hohe Gestalt warf einen langen Schatten bis hinüber in die Büsche, in deren Schutz sich Robert hielt.

Was wollte Tonnerre hier? Wollte er heute nacht schon einbrechen? Aber war es für einen Dieb schon dunkel genug?

»Wenn er über die Mauer steigt oder irgend etwas Verdächtiges unternimmt, rufe ich sofort die Polizei. Ich muß darauf achten, ob ich an einem Haus vorbeikomme, in dem ich vielleicht telefonieren kann!«

Er dachte an den Seitenflügel und die verschlossenen Räume mit den vergitterten Fenstern. Wenn Tonnerre da hineinkam, dann war er schon ein sehr kluger Mann! Tonnerre ging immer weiter und drehte sich nicht ein einziges Mal um. Er dachte nicht im Traum daran, daß ihm jemand folgen könne.

Jetzt sah Robert die Umrisse des Schlosses auftauchen, sah das Glas der vielen Scheiben im Mondlicht schimmern. Er versuchte, die vergitterten Fenster zu erkennen. Endlich entdeckte er sie. Wie wollte Tonnerre an diesen glatten Mauern bis dort oben hingelangen? Das war unmöglich!

Tonnerre machte vor dem großen schmiedeeisernen Tor halt. Er lehnte die Arme dagegen und sah lange Zeit in den Schloßpark. Robert hielt den Atem an. Was würde geschehen?

Es geschah nichts. Tonnerre ging rund um die Mauer und dann den Weg zurück, den er gekommen war.

›Alles umsonst!‹ dachte Robert enttäuscht. Aber plötzlich fuhr es ihm durch den Kopf. Hatte Tonnerre sich nur alles genau ansehen wollen? Würde er in einer anderen Nacht wiederkommen und einbrechen? Aber in welcher?

Robert beschloß, ihm bis zum Markt zu folgen. Von da lief er nach Hause.

Die Mutter war sehr böse mit ihm. »Die anderen sind längst im Bett. Weißt du nicht, wie spät es ist? Ich muß mich über dich wundern, Robert! Sicher warst du bei Barny. Ich mag ihn zwar sehr gern, aber daß du die Zeit bis in die Nacht mit ihm vertrödelst, dulde ich nicht!«

»Es tut mir leid«, sagte Robert. Er konnte ihr doch die Geschichte mit Tonnerre nicht erzählen!

Die anderen waren sehr enttäuscht, als sie hörten, daß Tonnerre nichts weiter unternommen hatte.

»Ich glaube, du hast recht, wenn du meinst, daß er nur die Lage peilen wollte«, sagte Dina und gähnte. »Gute Nacht. Morgen sprechen wir darüber. Jetzt bin ich zu müde.«

Am nächsten Tag gingen sie wieder auf den Jahrmarkt. Sie sahen Marie an einer Bude stehen, und Stubs lief zu ihr.

»Willst du wirklich deinen Sonntagshut essen?« fragte er. »Oder überlegst du dir's noch mal? Du wirst gleich zwei radfahrende Schimpansen erleben. Komm, ich kaufe dir eine Eintrittskarte. Ich war übrigens noch niemals dabei, wenn jemand seinen Hut ißt. Muß ein feiner Anblick sein!«

»Ach, sei still!« sagte sie und ging mit ihm ins Zelt. Die Vorstellung hatte gerade begonnen. Vosta nickte ihnen zu, und sie bekamen zwei Plätze in der ersten Reihe, was Stubs mit großer Genugtuung erfüllte. Marie fielen die Augen beinah aus dem Kopf, als sie Tu und Mult ihre Kunststücke machen sah. Weit vorgebeugt saß sie da und flüsterte unaufhörlich:

»Nein, so etwas! Gibt es das denn überhaupt? Nein, so etwas, so etwas Verrücktes!«

Stubs grinste. »Wie willst du ihn denn essen?« fragte er genießerisch. »Mit Messer und Gabel?«

»Sei still«, sagte sie und starrte die Schimpansen an. »Jetzt muß ich aufpassen.«

»Ja, ja«, sagte Stubs, »aber was machen wir nun mit dem Hut? Du hast schließlich dein Wort gegeben.«

Jetzt begann Marie sich ungemütlich zu fühlen. »Hör auf«, sagte sie wieder, »ein Hut kann nicht gegessen werden. Also, hör schon auf. Ich mache dir auch Baisers.« Und dann stieß sie einen Schrei aus. »Um Himmels willen, sorge dafür, daß das wilde Tier mich in Ruhe läßt!«

Tu kam auf Stubs zu, grinste über sein ganzes haariges Gesicht und klopfte ihm auf die Schulter. Dann betrachtete er Marie aufmerksam mit schiefgelegtem Kopf. Das schien eine Freundin von Stubs zu sein, und so wurde auch sie kräftig auf den Arm geklopft. Marie sprang auf, der Stuhl fiel um, und sie stürzte aus dem Zelt.

»So etwas!« murmelte sie vor sich hin. »So etwas!«

Stubs lief hinter ihr her. Er mußte sie ja noch an ihr Versprechen erinnern.

»Hut oder Baisers!« rief er im Vorbeilaufen. »Denk daran!«

»Mach, daß du wegkommst«, schnaubte sie. »Du mit deinen Hüten und deinen Baisers.«

Aber das hätte sie gar nicht zu sagen brauchen. Stubs machte sich schon aus dem Staube, denn Tonnerre trat eben in die Tür seines Wohnwagens. Stubs lief zur Ringbude und versteckte sich hinter den anderen. »Sie ißt den Hut doch nicht«, flüsterte er Robert zu, »dafür bekommen wir Baisers.«

»Eine gute Leistung!« grinste Robert. »Hallo, wer kommt denn da? Was will sie denn?«

Ja, da kam sie, die alte Ma. Ihren flinken Äffchenaugen schien nichts zu entgehen. Und dann sagte sie zu Barny:

»Hast du Jim irgendwo gesehen? Er soll mir helfen, das Süppchen zu rühren. Ich muß waschen, und beides auf einmal kann ich nicht tun.«

»Er ist bei den Elefanten«, sagte Barny. »Es sind so viele Leute dort, daß Herr Tonnerre Hilfe brauchte. Jim führt den zweiten.«

»Niemand hilft der alten Ma«, murmelte sie und wandte sich zum Gehen.

»Ich komme mit, ich rühre die Suppe!« schrie Stubs. Das war eine gute Gelegenheit, mit der Alten ein bißchen zu schwatzen.

»Du?« kicherte sie. »Das einzige, was du anrühren kannst, ist Unsinn. Na gut, komm mit.«

Aber Stubs bereute seine unüberlegte Hilfsbereitschaft bald. Er schimpfte leise vor sich hin. Glaubte sie etwa, er habe Riesenkräfte? Zuerst mußte er ungefähr ein halbes Dutzend Eimer Wasser vom Fluß holen, dann einen Berg Holz hacken, und endlich stand er an dem großen eisernen Topf und rührte in ihm mit einem langen eisernen Löffel, der heißer und immer heißer wurde.

»Was ist denn da drin?« fragte Stubs und schnupperte.

»Wer keine Fragen stellt, bekommt auch keine Lügen zur Antwort«, brummte die Alte und rieb ihre Wäsche, ohne aufzusehen.

Stubs grinste. Wenn er sich auf seine Nase verlassen konnte, und das konnte er, waren in dem Topf schätzungsweise ein Hase und ein Kaninchen, zwei Hühner und eine Ente. Stubs lief das Wasser im Munde zusammen. Am liebsten hätte er einen Teller davon gehabt.

Die alte Ma fing an zu erzählen, von Billy Tell, Vosta und vielen anderen, die er nicht kannte. Von Presto, dem Taschenspieler, Sticky Stanley, dem Clown, von Volla und seinem Bären, von Madame Petronella und ihren Papageien, alles Leute von anderen Jahrmärkten, die sie gekannt und niemals vergessen hatte. Stubs hörte voller Spannung zu. Es war eine nicht enden wollende Flut von Namen, und zu jedem wußte die Alte eine Geschichte.

»Und Tonnerre, kennst du den schon lange?« fragte Stubs atemlos.

»Lange? Viel zu lange!« rief sie und rieb die Wäsche so, daß der Seifenschaum nach allen Seiten spritzte. »Er hat immer schlechte Laune, hat immer schlechte Laune gehabt, immer geschrien. Aber ein toller Akrobat war er, so groß und plump wie er ist. Er tanzte besser auf dem Seil als irgendein anderer Mann auf dem Tanzboden.«

Stubs staunte. Tonnerre ein Akrobat? Das war doch nicht möglich! Dieses Walroß! Aber wenn Stubs daran dachte, wie leise er geschlichen war, als er ihn am Wohnwagen erwischte, und wenn er daran dachte, wie sicher und gewandt er auf die Elefanten stieg, dann glaubte er es.

»Arbeitet er jetzt auch noch als Akrobat?«

»Wer? Tonnerre?« Die Alte brach in ein heiseres Gelächter aus. »Der fette, alte Mann? Er ist nichts weiter als ein Elefant. Aber er kann immer noch seillaufen, und auch springen kann er noch.« Sie schwieg, wischte sich die Stirn und begann von neuem: »Das schlimmste sind seine Wutanfälle. Er hat vor niemandem Angst, nur vor einem Menschen fürchtet er sich, vor einem einzigen!«

»Und das bist du!« grinste Stubs. »Wie lange muß ich eigentlich noch rühren? Es duftet so verführerisch, daß ich den Löffel gleich ablecke.«

Die Alte kicherte wieder. Dieser Junge mit seiner unbekümmerten Art hatte es ihr angetan. »Du bleibst hier und ißt mit mir. Du und dein Hund. Wie heißt er doch? Stubs, nicht? Und du heißt Lümmel? Das war ein kluger Mensch, der dir diesen Namen gab, ein sehr gescheiter!«

»Das hast du falsch verstanden«, begann Stubs und sprang gleich darauf zur Seite, als sie mit einem Teller voll kochendheißer Suppe dicht an ihm vorüberging.

»Aus dem Weg, Lümmel!« kicherte sie, und Stubs und sein Hund brachten sich eilig in Sicherheit. »Nun iß. Es wird dir so schmecken, wie noch nie in deinem Leben. Die alte Ma kann kochen, jaja!«

XIX

Stubs schmeißt den Laden

Dina, Robert und Barny waren sprachlos vor Staunen, als sie sahen, daß die alte Ma einen großen Teller voll Suppe füllte und ihn vor Stubs stellte.

»Seht euch das an«, sagte Barny, »so etwas hat es noch nie gegeben. Noch nie hat die alte Ma jemanden eingeladen. Wie macht er das bloß? Eure Köchin verspricht ihm Baisers und ...«

»Nur durch Unverschämtheit, seine einzige Begabung!« lachte Robert. »Guck nur, jetzt bekommt Lümmel auch noch was.«

Endlich kam Stubs zurück. Er sah sehr zufrieden aus, und Lümmel war satt und so, als habe er in der kurzen Zeit ein paar Pfund zugenommen. Außerdem hatte er den Schluckauf.

»Du hast zuviel gefressen, mein Lieber. Benimm dich nicht so daneben. Laß das«, schimpfte Stubs.

Lümmel machte große Augen und bekam wieder einen Schluckauf. Er war sehr erstaunt. Dies und Niesen erstaunten ihn jedesmal von neuem. Beides kam so plötzlich, und man wußte nie, woher. Eine seltsame Sache. Er senkte den Kopf, um besser nachdenken zu können.

Plötzlich erging es Stubs nicht anders als ihm, und die anderen lachten. Er sah sie verächtlich an und beschloß, sich zu verziehen und ein paar Bonbons für Tu und Mult zu kaufen. Vosta kam gerade mit den beiden den Weg entlang, er ging in der Mitte und hielt sie an der Hand. Die Schimpansen zeigten sich gerne auf dem Markt und ließen sich von den Leuten bewundern.

Sie kamen geradewegs auf die Ringbude zu. Miranda schnatterte vor Freude und zeigte Tu und Mult voller Stolz die hölzernen Ringe, die sie an die Leute verteilte. Tu streckte die Pfote aus, um einen davon zu ergattern.

Barny schüttelte den Kopf. »Nein«, sagte er hastig, »du bekommst keinen.«

»Warum denn nicht?« fragte Robert.

»Weil er alles trifft, wonach er wirft. Und dann will er es haben und macht furchtbaren Lärm, wenn er es nicht bekommt.«

»Ach, laß ihn doch«, bat Dina. Und Stubs kam gelaufen und bettelte gleich mit. Er hatte die Taschen voller Süßigkeiten, von denen die schönsten für ihn selbst bestimmt waren. »Ja, laß ihn doch!« rief er. »Ich bezahle die Ringe.«

»Er kann ohne Bezahlung werfen«, sagte Barny und sah Stubs belustigt an. »Aber bitte, Herr Vosta, achten Sie darauf, daß er nichts von dem nimmt, was er gewonnen hat. Neulich war es ein Wecker.«

Tu griff gierig nach einem Ring und warf ihn. Er fiel über eine Puppe, und Tu schnatterte vor Freude. Einen Augenblick später lag der zweite um eine kleine Vase und der dritte über einem Päckchen Zigaretten, ohne daß er sie auch nur berührt hätte. Tu warf wunderbar.

Miranda sammelte die Ringe wieder ein und streifte sie über ihren Arm, dann hielt sie die kleine Pfote hin, um das Geld zu kassieren.

»Es ist in Ordnung, er braucht nicht zu bezahlen«, sagte Barny. »Aber er bekommt auch nichts. Nimm deine großen Pfoten weg, Tu.«

Tu machte ein bekümmertes Gesicht, und Stubs hatte sehr viel Mitleid mit ihm. Es war eine Gemeinheit, daß er für diese tollen

Würfe nicht belohnt werden sollte. Nun gut, dafür würde er jetzt die Süßigkeiten bekommen.

Er faßte in seine Hosentasche, aber es war nichts mehr darin.

»Tu«, schrie Stubs, »du hast die Bonbons geklaut! Taschendieb!« schrie er und schüttelte ihn. Und Tu drehte sich um und legte die Arme um seinen Hals.

»Laß mich sofort los, du Taschendieb! Herr Vosta, können Sie ihm das Zeug nicht wieder abnehmen? Ich habe es nämlich für beide gekauft.«

»Kehr deine Taschen um!« sagte Vosta streng. Tu wimmerte, doch er gehorchte, und eine Menge Päckchen und Tüten kam zum Vorschein.

»Du bist ungezogen«, sagte Vosta. »Jetzt gibt es nichts mehr. Keine Ringe zum Werfen und nichts zu naschen.«

»Nehmen Sie alles und heben Sie es für die beiden auf«, bat Stubs, und dann fragte er: »Kann Mult auch so gut treffen?«

»Ja«, lachte Vosta, »aber nur die Umstehenden. Und nun kommt, Tu und Mult, wir wollen Herrn Tonnerre gute Nacht sagen.«

Die Schimpasen gingen willig mit. Sie waren gern bei den Elefanten, und Stubs brüllte vor Lachen, als er sah, wie einer von ihnen Mult auf seinen Rüssel nahm und ihn sich auf seinen großen Kopf setzte. Da hockte Mult nun, schaukelte hin und her und schnatterte vergnügt.

»Ich möchte auch einen Zirkus haben«, überlegte Stubs, und seine Augen glänzten. »Stellt euch vor, ich hätte zwei Schimpansen, ein paar Elefanten, ein oder zwei Bären und mehrere kleine Affen.«

»Und du wärst der Oberaffe«, lachte Robert und sah auf seine Uhr. »Wir müssen jetzt nach Hause zum Abendbrot. Barny, kommst du mit?«

»Wenn es ginge, gern, aber es kann mich niemand vertreten. Du siehst, daß heute viel los ist, und Jim hat immer noch bei den Elefanten zu tun.«

»Schade. Nun komm, Stubs, sonst wird es zu spät«, drängte Robert.

»Ich kann nichts mehr essen«, stöhnte der. »Nach dem Süppchen, das mir die alte Ma vorgesetzt hat, kann ich einfach nicht mehr. Nehmt doch Barny mit, und ich bleibe so lange hier.«

»Und was sagt Tonnerre dazu?« wandte Barny ein. »Er wird dich sofort 'rauswerfen, wenn er dich sieht.« Alle schwiegen.

»Ich frage die alte Ma«, sagte Stubs plötzlich, »wenn die ja sagt, kann Tonnerre gar nichts machen, und wenn er sich auf den Kopf stellt.«

Ohne eine Antwort abzuwarten, lief er zu ihr. Sie spannte gerade eine Wäscheleine zwischen zwei Wohnwagen. »Ma«, begann er, »ich mag Herrn Tonnerre nicht fragen, da bin ich zu dir gekommen. Barny möchte heute abend gern fortgehen, und ich wollte ihn vertreten. Ich kann es bestimmt, wenn ich mir Mühe gebe.«

Die Alte kniff ein Auge zu. »Natürlich. Das kannst du, Lümmel, du und dein Hund Stubs, ihr könnt es bestimmt. Und mit Tonnerre werde ich schon fertig, verlaß dich drauf.«

»Guter Gedanke, dich Lümmel zu nennen«, grinste Robert bewundernd. »Na, sie wird ja wissen, warum sie es tut. Gute Idee, das muß ich sagen.«

Stubs zuckte die Schultern und ließ sich ausnahmsweise nicht aus der Ruhe bringen. »Hat sich gelohnt, das Hinterherlaufen, was?« Er war sehr zufrieden. Er übernahm jetzt die Bude, und alle sollten sich wundern, wieviel Geld er einheimste. Er würde den Laden schon schmeißen!

»Möchtest du Miranda behalten?« fragte Barny.

»Vielen Dank, das kann ich auch alleine«, wehrte Stubs ab. »Geht ihr nur, ich muß mich jetzt dem Geschäft widmen.«

Alle lachten, und dann gingen sie. Sie waren sehr hungrig. Stubs mußte wirklich etwas Wunderbares bei der alten Ma bekommen haben, daß er keinen Appetit mehr hatte.

»Inzwischen stellte sich dieser in der Ringbude in Positur, holte tief Luft, riß den Mund auf und schrie:

»Hereinspaziert, meine Herrschaften, hereinspaziert! Kommen Sie! Bestaunen Sie die Attraktion des Marktes! Hier gewinnen Sie Zigaretten, Schokolade, Puppen, Uhren, Löffel, Broschen und Nadeln, alles, was das Herz begehrt! Hereinspaziert! Hereinspaziert!«

Die Leute blieben stehen, lachten und amüsierten sich. Was war das für ein komischer kleiner Junge, mit seinen roten Haaren, den Sommersprossen und der frechen Stubsnase.

Immer mehr Menschen drängten sich um ihn und Lümmel, der sich nützlich machte und jeden Ring aufhob.

»Du bist genauso klug wie Miranda!« lobte Stubs, und Lümmel wedelte voller Begeisterung mit dem Schwanz.

Tonnerre merkte sofort, daß nicht Barny, sondern irgendein anderer in der Bude war. Er ging hinüber, und als er Stubs sah, wurde sein Gesicht finster wie ein Gewitter. Er sah so böse aus, daß Stubs furchtbar erschrak.

Aber da kam schon die Rettung in Gestalt der alten Ma. »Du läßt ihn in Ruhe!« schrie sie mit schriller Stimme. »Wenn du ihm auch nur ein Härchen krümmst, dann werde ich mich an deine Schandtaten erinnern, du ..., und dann ...!«

Doch Tonnerre war verschwunden. Die Hexe! Diese alte Hexe! Mußte sie schon wieder keifen? Na gut, er ging. Die Hauptsache war im Augenblick schließlich, daß der Junge Geld einbrachte. Daran hatte er nichts auszusetzen. Nur Geduld, eines Tages würde er ihn schon erwischen, diesen kleinen Schnüffler!

Als Barny zurückkam, schallte ihm Stubs' heisere Stimme entgegen. »Hereinspaziert! Hereinspaziert!«

»Du sollst sofort nach Hause kommen!« sagte er hastig. »Ich glaube, deiner Tante ist es nicht recht, daß du hier auf dem Markt geblieben bist. Vielen Dank übrigens. Oh, das viele Geld! Hast du das alles eingenommen?«

»Kleinigkeit!« brüstete sich Stubs. »Tonnerre kam und wurde grün und gelb vor Wut, als er sah, wie ich in all dem Geld watete. Ich habe mehr verdient als er mit seinen Elefanten. Ja, grün und gelb wurde er, aber ich habe ihm in die Augen gesehen!«

Barny, der Stubs' Vorliebe für Übertreibungen kannte, lachte. »Na, na«, und dann fügte er schnell hinzu: »Nochmals vielen Dank. Ohne dich hätte ich kein so schönes Abendbrot bekommen.«

Als Stubs das Wort Abendbrot hörte, bekam er plötzlich Hunger und erinnerte sich an eine Tüte Bonbons, die noch in seiner Hosentasche stecken mußte. Sie war verschwunden. Nun hatte dieser Tu ihm die auch noch gestohlen. Stubs war wütend. Dieser unverschämte Affe!

»Ich gehe schnell zu Vosta und versuche, ob ich wenigstens einen Rest zurückbekomme«, sagte er und lief davon.

Er klopfte an die Tür des Wohnwagens. Niemand öffnete. Nur ein leises Schnattern war zu hören und dann das Knacken von Holz. Tu und Mult schliefen immer bei Vosta. Er trennte sich nie von ihnen, auch nachts nicht.

»Herr Vosta?« Keine Antwort. Tu und Mult lagen ganz still in ihren Kojen und lauschten. Dann wickelte Tu sich aus seiner Decke, stand auf und öffnete die Tür.

In dem schmalen Raum brannte nur eine Petroleumlampe mit niedrig geschraubtem Docht.

»Du hast meine Bonbons«, sagte Stubs. »Dreh deine Taschen um!«

Aber Tu konnte die Taschen nicht umdrehen, weil er nichts anhatte. In seinem dunkelbraunen Fell stand er da, niedergeschlagen und jämmerlich. Lümmel beschnüffelte ihn interessiert. Als Mult das sah, sprang er aus dem Bett, packte Lümmel und nahm ihn in die Arme.

»Laß ihn sofort los!« befahl Stubs und entriß dem Schimpansen seinen geliebten Hund. »Geht zurück in eure Betten. Hört ihr!«

Und zu Stubs' größtem Erstaunen gehorchten die beiden. Sie krochen unter ihre Decken, sahen einander an und schnatterten. Auf dem Boden lagen die roten Jacken. In der einen Tasche schien etwas zu stecken. Stubs faßte hinein und zog seine in Papier eingewickelten Bonbons hervor.

»Gute Nacht«, sagte er. »Ich kaufe euch nie wieder etwas, wenn ihr so ungezogen seid. Also, gute Nacht, ihr Affen!«

XX

Ein aufregender Fund

Stubs ging zurück und hielt Barny seine schmutzige Hand voller Bonbons hin, aber der mochte keine Süßigkeiten.

»Geh nun«, bat er, »deine Tante wird böse sein und mich nie wieder einladen. Geh!«

Stubs lief davon. Er hatte unwahrscheinliches Glück. Als er nach Hause kam, telefonierte Tante Susanne gerade. Er schlängelte sich an ihr vorbei, gab ihr einen Kuß und war verschwunden, ehe sie sich umdrehen und auch nur ein Wort sagen konnte.

»Du kommst furchtbar spät«, murmelte Robert verschlafen. »Mutter hat mit uns geschimpft, daß wir dich auf dem Markt gelassen haben.«

Stubs gähnte. Ihm war jetzt alles gleichgültig. Er wußte nur, daß er zum Umfallen müde war. Er überlegte, ob er sich die Hände waschen sollte, kam zu dem Schluß, das sei nicht nötig, und fiel ins Bett.

Am nächsten Morgen geschah etwas, das die Kinder in ungeheure Aufregung versetzte.

Stubs hatte verschlafen und kam zu spät zum Frühstück. Onkel Richard, der großen Wert auf Pünktlichkeit legte, war sehr ungehalten. In aller Eile schlang Stubs seine Haferflocken hinunter. Mit Schrecken dachte er an die Unordnung, die er in Roberts Zimmer hinterlassen hatte. Er wollte schnell aufräumen, denn er hatte keine Lust, noch eine zweite Strafpredigt, diesmal von Tante Susanne, über sich ergehen zu lassen.

Er suchte die auf dem Fußboden verstreuten Sachen zusammen und deckte sein Bett ab. Unter dem Kopfkissen lag noch das Päckchen mit Süßigkeiten, das er gestern abend in Tus Tasche gefunden hatte. Er nahm es und hoffte, daß die Sahnebonbons Kopfkissen und Laken nicht verdorben hatten. Stubs atmete auf. Alles in Ordnung! Die Tüte war in ein Stück beschriebenes Papier eingewickelt. Er wunderte sich nicht weiter darüber, bis sein Blick auf ein Wort fiel:

»Marloes!«

Dieses Wort versetzte Stubs sofort in Alarmzustand. Hastig strich er den zerknitterten schmutzigen Zettel glatt, und dann las er:

Er starrte darauf und pfiff leise durch die Zähne. Robert kam ins Zimmer gelaufen und sah ihm über die Schulter.

»Was ist denn los? Woher hast du das?«

»Hör zu. Gestern abend hat Tu mir eine Tüte Bonbons geklaut. Ich bin in Vostas Wohnwagen gegangen und wollte sie wiederholen. Ich fand sie in Tus Jackentasche, und sie war in dieses Stückchen Papier eingewickelt. Lies mal!«

Stubs war hochrot vor Aufregung.

Robert beugte sich noch weiter vor. »Donnerwetter, ja! Oh, das sind die letzten Buchstaben von Schloß. Natürlich, Schloß Marloes, und das andere soll Mitternacht heißen. Das ist ein Stück von einer Nachricht, von einer Nachricht der Diebe! Das ist klar!«

Ohne ein Wort zu sagen, starrten sie sich einen Augenblick lang an. Dann drehte Stubs sich auf den Hacken um, raste zur Tür und schrie: »Dina!« Sie mußten es ihr erzählen!

Sie war genauso aufgeregt wie die beiden.

»Jetzt muß etwas geschehen. Wir müssen einen Schlachtplan machen.« Roberts Stimme war ganz heiser. »Wie ist Tu bloß zu diesem Zettel gekommen?«

»Ach«, sagte Stubs schnell, »er hebt doch alles auf, was 'rumliegt. Er kann ihn überall gefunden haben. Irgend jemand hat ihn zerrissen und weggeworfen.«

»Aber wer hat ihn geschrieben? Und für wen war er bestimmt?« überlegte Dina. »Ob es jemand von den Zirkusleuten ist?«

»Das ist doch ganz egal!« rief Stubs ungeduldig. »Wir wissen jedenfalls genau, daß derjenige, der den Zettel bekommen hat, sich um Mitternacht nach Schloß Marloes aufmacht. Und was er da will, ist ja sonnenklar! Enorm! Ich finde es einfach enorm!«

»Ja, wirklich«, sagte Robert. »Ich möchte nur, zum Kuckuck noch mal, wissen, ob sich die beiden, die da verabredet sind, auch treffen.«

»Es gibt nur einen einzigen Weg, wie wir das herausbekommen können«, sagte Stubs leise, und seine Augen leuchteten. »Einen einzigen Weg! Wir müssen nachts nach Schloß Marloes gehen und aufpassen!«

Alle schwiegen, und endlich sagte Robert: »Aber wir wissen nicht, in welcher Nacht. Und wir wissen nicht, ob Montag, Dienstag oder Mittwoch. Wir hätten den ganzen Zettel haben müssen.«

»Dann gehen wir eben immer«, sagte Stubs prompt.

Wieder schwiegen sie. Dann fragte Dina: »Wißt ihr, wie lange der Jahrmarkt in Rilloby bleibt?«

»Barny hat gesagt bis Mittwoch, und heute ist Donnerstag. Es sind also genau sechs Nächte bis dahin. Und in irgendeiner Nacht passiert es.«

»Sollen wir nicht lieber die Polizei benachrichtigen?« fragte Dina. Die Jungen sahen sie mitleidig an.

»Wie bitte?« fragte Robert. »Wir haben eine Spur, und du willst alles verderben? Was willst du ihnen denn erzählen? Ein bißchen was von deinen Ahnungen, wie? Und von unserem Verdacht auf Tonnerre? Und von diesem kleinen Zettel hier? Sie werden uns auslachen!«

»Natürlich«, höhnte Stubs, der überhaupt nicht begriff, wie man eine so tolle Sache verraten mochte, »natürlich, typisch Mädchen, typisch Dina!«

»Ja, ja«, sagte Dina, »ich tu's ja gar nicht. Ich kann mir nur nicht vorstellen, wie ihr, wenn ihr immer unterwegs seid, den nächsten Tag verbringen wollt. Wie Schlafwandler, was?«

»Es steht Mitternacht da«, erklärte Robert ungeduldig. »Und das heißt, daß es um Mitternacht passiert. Hinterher gehen wir ins Bett.«

»Na ja, wenn du schlafen kannst, ich kann es bestimmt nicht. Aber ich sage nichts mehr. Wir müssen uns jetzt vor allen Dingen einen guten Plan machen.«

Und damit waren sie so beschäftigt, daß sie alles andere vergaßen. Die Mutter kam herein und wunderte sich sehr. Die Betten waren nicht gemacht, und noch nicht einmal Lümmel hatten sie gebürstet.

»Ich bin nur gespannt, was für einen Unsinn ihr wieder vorhabt«, sagte sie. »Dina, denk an die Arbeit! Wenn in zehn Minuten nicht alles in Ordnung ist, werde ich böse.«

Nach dem Essen fuhren sie sofort auf den Markt. Sie stürzten sich auf Barny, zogen ihn in eine Ecke und erzählten ihm alles.

Barny betrachtete den Zettel lange, und dann sagte er: »Donnerwetter, Dinas Vermutung war also richtig. Es gibt hier jemanden, der mit der Sache zu tun hat.«

»In der letzten Nacht ist Tonnerre zum Schloß gegangen!« sagte Dina. »Ich kann mir nur nicht denken, daß er an diesen glatten Mauern hochklettert.«

»Er war früher Akrobat.« Stubs erinnerte sich plötzlich an das, was die alte Ma erzählt hatte. »Er kann heute noch seillaufen, obwohl er so dick ist.«

»Und wie soll er durch verschlossene Türen gehen?«

»Vielleicht ein Nachschlüssel, oder wie diese Dinger heißen, oder vielleicht einen Dietrich, oder vielleicht ...«

»Vielleicht, vielleicht, vielleicht«, äffte Dina nach. »Wenn man nur wüßte, wie alles zusammenhängt. Eigentlich ist es ja Quatsch, zu denken, daß es Tonnerre ist. Aber warum geht er denn abends zum Schloß? Und warum sucht er immer die Orte aus, in denen es wertvolle Papiere gibt?«

»Es ist trotzdem eine prima Sache«, strahlte Stubs. »Und wir werden sie aufdecken. Wir brauchen uns nur im Schloßpark zu verstekken und aufzupassen!«

»Ganz einfach!« sagte Dina. »Und wie willst du in das Grundstück hineinkommen? Willst du durch das verschlossene Tor oder durch die Mauer gehen?«

»Doch ganz einfach!« beschwichtigte Barny. »Wir nehmen eine Strickleiter, befestigen sie an den Eisenspitzen, die auf der Mauer sind, und klettern hinüber.«

Dina rümpfte die Nase. »Vielen Dank, ich möchte nicht auf Eisenspitzen sitzen.«

Stubs betrachtete sie voller Verachtung. »Laßt sie doch in Ruhe. Sie braucht ja nicht mitzumachen.«

»Sie hat vollkommen recht«, sagte Barny. »Ich möchte auch nicht auf Eisenspitzen sitzen. Wer möchte das schon. Wir nehmen ein paar Säcke mit und legen sie zusammen. Das gibt das schönste Polster.«

»Und dann verstecken wir uns im Gebüsch und warten, ob etwas passiert.« Stubs' Augen glänzten. »Prima, endlich kommt Leben in die Bude. Heute nacht geht's los.«

»Ja, heute nacht«, sagte Barny. »Wir treffen uns um elf Uhr in der Nähe des Tores. Und seid vorsichtig. Es könnte sein, daß wir dort nicht alleine sind!«

XXI

Um Mitternacht am Schloß

Den Rest des Tages über war Stubs völlig außer Rand und Band. Er pfiff durchdringend ohne Unterlaß, und der arme Großonkel hielt sich die Ohren zu. Wo immer er auch hinflüchtete, konnte er sich von Stubs' musikalischer Begabung überzeugen. Was war nur mit diesem Jungen los?

Endlich kam der Abend. Zu Frau Lyntons größtem Erstaunen aßen Stubs und Dina kaum etwas. Nur Robert hatte Appetit wie immer. Ihn konnte so leicht nichts aus der Ruhe bringen.

»Fühlst du dich nicht wohl, mein Liebling?« fragte die Tante Stubs besorgt. »Und was ist mit dir, Dina?«

»Uns geht's gut«, sagten die beiden wie aus einem Munde. Und als Frau Lynton ihre roten Backen und ihr fröhliches Lachen sah, glaubte sie ihnen.

»Ihr habt bestimmt wieder zuviel Süßigkeiten und Eis genascht.

Das nächstemal werde ich es mir überlegen, ob ich euch ein so gutes Abendbrot vorsetze, wenn ihr nichts anrührt.«

Zur gewohnten Zeit sagten sie gute Nacht und gingen hinauf. Ohne sich auszuziehen, legten sie sich hin. Robert schlief sofort ein. Aber um halb elf Uhr wachte er auf.

»Schlafen Vater und Mutter schon?« flüsterte er.

»Ja, sie sind früh 'raufgegangen«, erwiderte Dina leise. »Nur in Großonkels Zimmer ist noch Licht. Wetten, daß er wieder liest?«

Sie schlichen die Treppe hinunter und achteten darauf, daß sie nicht etwa über Sardine fielen. Doch sie war nicht da. Sie hatte heute nacht wohl etwas anderes zu tun. Lümmel kroch unentwegt wedelnd hinter ihnen her. Ging es auf Kaninchenjagd?

Sie liefen durch den mondbeschienenen Garten und dann über die Felder nach Schloß Marloes. Es war kein weiter Weg.

Sie kamen an das große, eiserne Tor und schlichen in den Schatten des dichten Gebüsches. Plötzlich stieß Dina einen leisen Schrei aus.

»Robert! Da ist jemand!« flüsterte sie. »Ich bin an jemanden gestoßen!«

Und dann raschelte Laub, und Barny trat neben sie mit Miranda auf der Schulter.

»Tut mir leid, Dina, daß ich dich erschreckt habe. Aber mir ist es genauso ergangen. Du warst so leise, daß ich dich nicht gehört habe.«

»Hast du irgend jemanden gesehen?« fragte Robert.

»Niemanden. Kommt, wir müssen uns eine Stelle suchen, an der wir über die Mauer steigen können. Ich habe eine Strickleiter mitgebracht und ein paar alte Säcke. Die könnt ihr tragen, ich nehme die Leiter.«

Barny ging voraus und hielt sich immer im Schatten des Gebüsches. Endlich kamen sie an eine Stelle, die ihnen geeignet schien. Die Mauer machte hier einen Bogen, und es sah aus, als stünden die Eisenspitzen nicht so dicht nebeneinander. »Hier wird's gehen!« sagte Barny leise. »Was meinst du, Stubs, warnt Lümmel uns, wenn er etwas Verdächtiges hört?«

»Natürlich!« sagte Stubs gekränkt. »Lümmel, man zweifelt an deinen Fähigkeiten. Mach mir keine Schande und paß gut auf. Hörst du? Du mußt aufpassen!«

»Wuff!« sagte Lümmel und begriff sofort. Er setzte sich in Positur, spitzte die Ohren und starrte in die Dunkelheit, als wolle er sie mit einem Blick durchbohren.

Inzwischen waren die vier sehr beschäftigt. Barny versuchte, die Strickleiter mit Schwung über die Mauer zu werfen. Beim zweiten Mal gelang es. Die oberste Sprosse blieb hinter einer der Eisenspitzen hängen. Leichtfüßig wie eine Katze kletterte er hinauf. »Die Säcke«, befahl er.

Barny legte sie auf die scharfgeschliffenen Spitzen, setzte sich, zog die Leiter bis zur Hälfte hoch und ließ sie an der anderen Seite wieder hinuntergleiten.

›Toll!‹ dachte Robert bewundernd. ›Die eine Hälfte der Leiter auf der einen Seite, die andere auf der gegenüberliegenden, in der Mitte ein dickes Polster, um sich gegen die Eisenspitzen zu schützen, ich wäre nie darauf gekommen!‹

»Los«, flüsterte Barny, »kommt!«

Den Anfang machte Dina. Auf der Mauer angelangt, blieb sie einen Augenblick neben Barny sitzen. Dann half er ihr hinunter in den Schloßpark. Die größte Schwierigkeit machte es, Lümmel zu befördern. Unter Prusten und Stöhnen zog Stubs ihn hinter sich her.

»Wir können ihn nicht draußen lassen«, japste er. »Himmel, bist du schwer. Oh, er fällt! Wenn wir ihn hinunterlassen, bricht er sich bestimmt die Beine.«

Eine Minute später kam ein Jaulen aus der Dunkelheit. Und Dina rief leise von unten: »Alles in Ordnung! Er hat sich nichts getan. Er ist wie Sardine und fällt immer wieder auf seine dicken Pfoten.«

Barny zog die Leiter ein. Dieser Teil der Mauer lag in völliger Dunkelheit, und niemand würde die Säcke da oben liegen sehen. Barny sprang.

»Wo wollen wir uns verstecken?« flüsterte Robert.

Barny überlegte. »Da hinten bei den hohen Bäumen. Von da aus können wir die vergitterten Fenster am besten beobachten.«

Sie krochen, manchmal auf den Knien, von Gebüsch zu Gebüsch, bis sie endlich unter den Bäumen waren. Wenn jemand einsteigen sollte, mußten sie ihn auf alle Fälle von hier aus sehen.

Sie fanden einen geeigneten Platz unter einem Busch. Sie drängten sich aneinander und schoben die Zweige beiseite. Nun konnte ihnen nichts mehr entgehen. Von irgendwoher kam der helle Klang einer Kirchturmuhr durch die Nacht. Und dann begann die große Glocke dunkel zu schlagen.

»Eins, zwei, drei ...«, zählte Stubs leise. »Mitternacht! Achtung! Ruhe! Lümmel, keinen Laut!«

Nichts war zu hören. Nur ein Käuzchen schrie.

Die Kinder sahen kleine, helle Wölkchen über den Himmel ziehen und warteten geduldig, und Lümmel hatte die Ohren aufgestellt. Dina wunderte sich immer, daß er so gut hören konnte, obwohl er doch das dichte Fell darüber hatte. Aber Fell darüber oder nicht, er hörte für zwei.

Die Uhr schlug ein Viertel nach zwölf, dann halb eins. Stubs gähnte, Dina fror, und Miranda kroch unter Barnys Hemd, um zu schlafen.

Ein Viertel vor eins. Alles blieb still. Nicht der leiseste Lufthauch bewegte die Zweige der Bäume. Keine Maus, keine Ratte, kein Kaninchen ließ sich blicken.

»Er kommt heute bestimmt nicht mehr. Es ist lange nach Mitternacht. Wir wollen gehen.«

Niemand hatte etwas dagegen einzuwenden. Sie froren und waren müde. Die Aufregung war verflogen, und alle sehnten sich nach ihrem Bett. Lümmel seufzte erleichtert, als er merkte, daß diese, wie ihm schien, sinnlose Sitzung beendet war. Noch nie in seinem Leben hatte er so steife Beine bekommen.

»Kommt«, sagte Dina, »für heute habe ich genug. Morgen versuchen wir es wieder.«

Sie gingen zurück und hielten sich wie vorher im Schatten, in dem Gedanken, daß doch jemand in der Nähe sein könnte.

Dann stiegen sie über die Mauer, als letzter Barny, der die Leiter von den Eisenspitzen nahm. Er warf sie Robert zu.

»Die Säcke lassen wir einfach hier. Hoffentlich findet sie niemand«, sagte er, sprang mit einem großen Satz herunter und landete auf Händen und Knien. Zum Glück hatte er sich nichts getan.

»Meinst du wirklich, daß man die Säcke nicht sehen kann?« fragte Dina ängstlich.

»Ich glaube nicht«, sagte Barny. »Durch die hohen Bäume fällt kaum ein Lichtstrahl. Die Strickleiter verstecke ich hier unter diesem

Busch. Es ist besser so, dann brauche ich sie nicht immer hin und her zu schleppen.«

Sie verschwanden so leise, wie sie gekommen waren. An der Wegkreuzung sagten sie Barny gute Nacht, und die Kinder liefen übers Feld nach Hause.

»Na, vielleicht klappt's morgen«, sagte Robert zu Dina, ehe er in sein Zimmer ging. »O je, bin ich müde!«

Wie nicht anders zu erwarten, verschliefen sie, und die Mutter meinte, sie sollten von nun an eine Stunde früher zu Bett gehen.

Aber an diesem Tage geschah etwas, das ihre Pläne zunichte machte. Dina, Robert und Barny wurden krank. Sie hatten auf dem Markt mit Wurst belegte Brötchen gegessen, nur Stubs aß welche mit Tomate, und er blieb als einziger gesund.

Sie waren so krank, daß die Mutter annahm, die Wurst sei nicht einwandfrei gewesen. Barny bat Jim, ihn zu vertreten und wankte in seinen Wohnwagen. Dina und Robert kamen noch bis in die Diele, dann wurde Dina ohnmächtig.

Stubs raste zu Tante Susanne. »Sie sind furchtbar krank! Es kommt von den Wurstbrötchen! Bestimmt! Du mußt sofort zu ihnen gehen!«

Die Mutter brachte die beiden zu Bett, und Stubs erschrak, so elend sahen sie aus.

»Was wird denn heute nacht?« flüsterte er. »Willst du mit?«

»Nein«, murmelte Robert. »Ich glaube, ich kann nie wieder aufstehen.« Dina antwortete überhaupt nicht, und Stubs schlich mit dem völlig verwirrten Lümmel hinaus. Auf der Treppe fiel er über Sardine.

Tante Susanne sah ihn streng an. »Wie kannst du solchen Lärm machen! Das verstehe ich nicht. Du weißt doch, daß es den beiden sehr schlecht geht.«

»Natürlich!« fauchte Stubs. »So etwas liebe ich! Wie konnte ich wissen, daß dieses Biest auf der Treppe liegt. Sardine solltest du ausschimpfen!«

»Stubs! Wie redest du mit mir?« sagte Tante Susanne. Aber der war schon verschwunden.

Und was sollte heute nacht werden? Irgend jemand mußte doch aufpassen. Na gut, dann würde er, Stubs, allein gehen!

XXII

Stubs schläft eine halbe Stunde

An diesem Abend ging Stubs aus zwei Gründen sehr früh zu Bett. Der erste war der, daß Tante Susanne, durch die Pflege der beiden in Anspruch genommen, sich gar nicht um ihn kümmerte, und er sich recht überflüssig vorkam, und der zweite, daß er, ehe er nach Schloß Marloes ging, noch ein bißchen schlafen wollte.

Nach dem Essen lief er also sofort hinauf. Er stellte den Wecker auf ein Viertel nach elf, legte ihn unter sein Kopfkissen und hoffte, daß Robert von dem Klingeln nicht wach werden würde.

Robert war vor Erschöpfung eingeschlafen. Ohne sich auszuziehen, kroch Stubs unter die Decke, schloß die Augen und wachte erst auf, als der Wecker rasselte. Lümmel sprang erschrocken vom Bett und bellte.

»Halt die Klappe, du Idiot!« Einen Augenblick lang lag Stubs noch, ohne sich zu rühren. Hatte jemand das Rasseln gehört?

Aber alles blieb still. Nur Robert murmelte im Schlaf. Behutsam stand Stubs auf, tastete nach seinen Sachen und merkte voller Staunen, daß er angezogen war. Dann nahm er seinen Mantel, denn er hatte in der letzten Nacht gefroren. Und frieren war keineswegs sein Fall.

»Komm, Lümmel. Und laß dir nicht einfallen, hinter dem Sardinenbiest herzujagen, sonst kannst du was erleben.«

Vorsichtig schlichen sie die Treppe hinunter, und bald darauf rannten sie über die Felder. Und Lümmel freute sich sehr. Gab es vielleicht heute eine Kaninchenjagd?

Als sie vor der Schloßmauer standen, schlug die Kirchturmuhr dreimal. »Viertel vor zwölf«, murmelte Stubs. »Höchste Zeit!« Und er fing an, fieberhaft nach der Strickleiter zu suchen. »Zum Kukkuck, wo ist sie denn? Hat Barny sie hier überhaupt versteckt.«

Nein, sie war nicht da. Aber Lümmel, der sich eifrig an der Suche beteiligte und sie als kleinen Ersatz für eine Kaninchenjagd ansah, fand endlich den richtigen Busch.

Und dann kamen aufregende fünf Minuten, in denen Stubs vergebens versuchte, die Strickleiter über die Eisenspitzen zu werfen. Es war gar nicht so leicht, wie es bei Barny ausgesehen hatte, und Stubs wurde heiß und immer heißer.

»Rauf mit dir, du Biest!« murmelte er, und jetzt blieb die Leiter tatsächlich an einer Eisenspitze hängen.

Stubs kletterte hinauf, ruhte sich einen Augenblick aus, zog genau wie Barny die eine Hälfte nach und war sehr stolz.

Als er auf der anderen Seite hinunterstieg, begann es Mitternacht zu schlagen. Die Schläge verhallten, und in den letzten, schwachen Ton hinein hörte er ein leises Winseln.

»Ach je, ich habe Lümmel vergessen! Aber ich kann ihn alleine doch nicht heraufbekommen!«

Er kletterte wieder zurück und flüsterte über die Mauer: »Alles in Ordnung! Ich komme gleich wieder. Halt inzwischen Wache, hörst du?«

Lümmel setzte sich und winselte kurz. Er würde Wache halten, gut. Aber es war nicht recht von seinem Herrchen, ihn hier allein zu lassen.

Stubs kroch zu den Bäumen hinüber, unter denen sie in der

vorigen Nacht gesessen hatten. Der Mond schien, aber große, dunkle Wolken zogen über den Himmel. Manchmal war alles in sanfte Helligkeit getaucht, und manchmal wurde es ganz dunkel. Stubs hockte sich unter einen Busch und wartete.

Er war sehr zufrieden mit sich. Als einziger hatte er nichts von diesen Wurstbrötchen gegessen. Als einziger war er hierhergekommen, ganz allein, nur mit Lümmel. Und er hatte keine Angst, überhaupt keine! Mutig wie ein Löwe war er. Ja, er war sehr zufrieden. Und er würde auf die Dinge, die da kommen sollten, in aller Ruhe warten.

Der Mond verschwand hinter einer Wolke. Wieder wurde es dunkel. Und in dieser Dunkelheit meinte Stubs, ein Geräusch zu hören. War es nahe oder weiter entfernt? Er lauschte angestrengt, und dann hörte er es wieder. Es mußte vom Schloß kommen. Ungeduldig wartete er auf den Mond.

Und als er endlich alles wieder mit seinem fahlen Licht erhellte, erschrak Stubs furchtbar. Ein schwarzer Schatten kletterte an der Mauer des Seitenflügels empor. Immer höher, ohne Unterbrechung, leicht und geschmeidig. Wer war es? Bei der großen Entfernung konnte Stubs es nicht erkennen. Vielleicht Tonnerre? Nein, dazu war die schattenhafte Gestalt zu klein. Oder täuschte ihn das trügerische Mondlicht?

Er sah die Gestalt an der Regenrinne hinaufklettern bis zu einem Fenstersims, weiter in das Efeugerank hinein und immer weiter. Das war der Dieb! Kein Zweifel!

Aber wie konnte er durch die vergitterten Fenster kommen? Die Eisenstangen lagen so dicht beieinander. Stubs hielt den Atem an und starrte und starrte. Und dann war es dunkel, eine Wolke zog über den Mond.

Als er wieder hervorkam, war die Gestalt wie ein Spuk verschwunden. Stubs begann zu zittern. Die Haare standen ihm zu Berge, und trotz seines Mantels fror er.

Vor seinen Augen flimmerte es. Stand dort nicht jemand auf dem Dach? Nein, nein, das war nur der Umriß eines schmalen Fensters. Aber dort neben dem Schornstein, bewegte sich da nicht etwas? Ach nein, es war nur sein langer Schatten.

Stubs schloß die Augen. Ihm wurde schwindlig. Warum nur war

er hierhergekommen? Warum nur hatte er sich so mutig gefühlt? Er wagte nicht noch einmal einen Blick zum Schloß hinüber. Er fürchtete, von neuem Gestalten auftauchen und verschwinden zu sehen. ›Oh, Lümmel, Lümmel! Wärst du nur nicht auf der anderen Seite der Mauer! Hätte ich dich nur mitgenommen!‹

Und dann hörte er wieder etwas. Irgend jemand kroch durch die Büsche. Stubs' Zähne schlugen aufeinander, und er wurde steif vor Entsetzen. Entfernte es sich jetzt? Nein, es kam näher und näher! Dann krachten Zweige, und das Laub raschelte.

Stubs meinte, sterben zu müssen.

Da stieß etwas gegen seinen Rücken. Stubs gab sich auf. Und nun hörte er ein leises Winseln. Er war so erleichtert, daß ihm die Tränen in die Augen schossen. Es war Lümmel!

Er nahm seinen Kopf in die Hände, und Lümmel leckte ihm das Gesicht. »Lümmel«, flüsterte Stubs. »Lümmel, bist du es wirklich? Wie bist du nur hierhergekommen? Über die Leiter gestiegen? Ach, ich bin ja so glücklich!«

Und auch Lümmel war glücklich. Er hatte es nicht mehr aushalten können und ein Loch, das er unter der Mauer fand, unter größten Schwierigkeiten erweitert, bis er, auf dem Bauche rutschend, hindurchkriechen konnte.

Nun war alles in Ordnung. Er hatte sein Herrchen wieder.

Die schreckliche Angst war verflogen. Stubs legte den Arm um Lümmels Hals und flüsterte ihm alles ins Ohr, was er erlebt hatte. Und dann begann Lümmel zu knurren. Sein warmer Atem strich über Stubs' Hals.

»Was ist? Was ist los? Kommt der Dieb zurück?« Aber er konnte nichts sehen. Der Mond war wieder hinter einer Wolke verschwunden. Lümmel knurrte weiter, leise und drohend, und Stubs wagte sich nicht zu rühren. Kamen nicht wieder Geräusche vom Schloß her?

Einen Augenblick zeigte sich der Mond hinter einer großen Wolke. Stubs traute seinen Augen nicht. Kletterte da nicht ein neuer Schatten die Wände hinauf? Doch er war nicht sicher. Nur über eines war er sich völlig im klaren, daß er hier unter dem Busch bleiben würde. Diesen unheimlichen Gestalten durfte er nicht begegnen.

Er kuschelte sich an Lümmel und legte den Kopf auf sein warmes, seidenweiches Fell, und der Hund leckte ihn zärtlich.

War es nicht unbegreiflich, daß Stubs einschlief? Als er aufwachte, erinnerte er sich zuerst an nichts. Dann aber durchfuhr es ihn mit Schrecken. Um Himmels willen, wie spät war es? Er wartete, bis die Uhr schlug. Eine halbe Stunde lang hatte er geschlafen. Er mußte nach Hause. Wahrscheinlich war der Dieb schon lange verschwunden. Teufel! Er konnte den anderen etwas erzählen.

Mit Lümmel zusammen kroch Stubs aus dem Busch. Wieder schien der Mond, und das Schloß lag in gespenstischem Licht. Nichts Verdächtiges war mehr zu sehen. Mit einem Seufzer der Erleichterung machte sich Stubs auf den Weg zur Mauer.

Aber irgendwann mußte er sich zu weit links gehalten und den Weg verloren haben. Denn plötzlich stand er vor dem großen schmiedeeisernen Tor. Er erschrak.

Er lief zurück, an einer Gruppe von hohen Bäumen vorüber, und wenig später stand er vor einer kleinen Senkung. Und von dort aus starrten ihn im Mondlicht viele Paare glühender Augen an. Er sah schmale Körper, aber es waren die entsetzlichen Blicke, die ihm das Blut in den Adern gefrieren ließen. Die starr wie Glas wirkenden Augen schienen ihn hinterhältig zu beobachten.

Lümmel knurrte. Sein Atem stand weiß in der Luft, und dann begann er zu winseln. Da wußte Stubs, daß auch er sich fürchtete. Und der Junge floh! Er jagte davon, blieb an Büschen hängen und zerkratzte sich die Beine an Sträuchern. Nur fort von diesen glühenden Augen, die auf ihn warteten.

Wie er die Strickleiter fand, wußte er nicht. Er kletterte hinauf, riß sie von der Eisenspitze, warf sie auf die Erde und sprang. Er schlug sich die Knie auf, sein Knöchel schmerzte.

Lümmel rannte auf der anderen Seite zu dem Loch unter der Mauer, kroch hindurch und lief zu Stubs, der noch auf dem Boden saß. Stubs schlang die Arme um seinen Hals.

»Wir gehen jetzt nach Hause«, flüsterte er. »Bleib nur bei mir. Irgend etwas stimmt hier nicht.«

Ach ja, nach Hause! Genau das war es, was Lümmel auch wollte. Auch er hatte sich gefürchtet und war müde. Beide liefen über die Felder und kamen endlich ans Ziel.

Robert schlief ganz fest. Beinahe hätte Stubs ihn geweckt, doch er erinnerte sich zur rechten Zeit daran, daß er ja krank war.

Aber ganz früh am Morgen hielt Stubs es nicht länger aus, weckte ihn, zog ihn in Dinas Zimmer und legte los.

»Ich habe in der Nacht etwas erlebt! Etwas ganz Tolles! Ihr werdet es kaum glauben. Hört zu!«

XXIII

Sie haben geknurrt und gefaucht

Sehr erfreut waren Robert und Dina nicht darüber, so früh aus dem Schlaf gerissen zu werden, denn sie fühlten sich immer noch nicht gut. Aber als sie hörten, worum es ging, waren sie sofort hellwach und vergaßen alles andere.

Zu Stubs späterem Leidwesen übertrieb er wieder ein wenig und schmückte die ganze Geschichte nach seinem Gutdünken aus. Er erzählte, wie er über die Mauer gestiegen war, wie Lümmel draußen blieb, wie er unter dem Busch gesessen und gewartet hatte und wie die dunkle Gestalt an der Schloßmauer hinaufgeklettert war.

»Ihr hättet es sehen sollen!« rief er mit wildem Blick. »An der Regenrinne hoch und dann ins Efeu. Wie ein Akrobat.«

»War es Tonnerre?« fragte Robert atemlos.

»Vielleicht«, sagte Stubs unbestimmt. »Im Mondlicht kann man das nicht genau erkennen. Aber einer stand unten an der Mauer, der sollte wahrscheinlich Wache schieben, und einer auf dem Dach, und einer ...«

Nach Stubs' Erzählung hätte man meinen können, das ganze Grundstück sei mit Dieben bevölkert gewesen. Robert sah ihn schnell von der Seite an. Er kannte ihn und seine Vorliebe für Übertreibung.

»Es kommt noch schlimmer«, flüsterte Stubs und rollte die Augen. »Ich habe etwas Fürchterliches gesehen. Lümmel auch. Und er hatte Angst.«

»Du etwa nicht?« fragte Dina.

Er sah sie voller Verachtung an. »Ich habe mich wie ein Löwe gehalten!« sagte er mit Betonung. Alles war vergessen, der wahnsinnige Schrecken und auch die kopflose Flucht. »Hört zu. Wir kamen an eine Senkung. Da warteten irgendwelche Sachen mit glühenden Augen auf uns.«

Alles war still. »Was für Sachen?« fragte Dina endlich. »Katzen?«

»Harmlose Katzen?« fauchte Stubs. »Natürlich nicht. Es war furchtbar«, stöhnte er genießerisch. »Ich weiß nicht, wessen Augen es waren, aber das eine wußte ich, daß sie auf uns warteten! Es war schrecklich!«

»Und ich möchte wetten, daß du das tatest, was jeder andere auch getan hätte, nämlich die Beine in die Hand genommen«, sagte Robert.

»Ich habe mich natürlich nicht länger als nötig aufgehalten. Das hättest du auch nicht gemacht.«

»Nein, ich wäre weggelaufen. Und diese Biester? Haben sie geknurrt oder gefaucht oder ...«

»Ach, alles durcheinander«, unterbrach Stubs wegwerfend. »Aber das war ja das wenigste. Ein oder zwei bewegten sich langsam auf uns zu.«

Dina und Robert sahen einander an. »Könntest du uns die Stelle zeigen?« fragte Robert endlich.

»Am Tag immer«, sagte Stubs prompt, »in der Nacht nicht. Laßt uns doch heute hingehen.«

Aber sie blieben zu Hause. Stubs kam zu spät hinunter. Und nur dadurch, daß er Robert und Dina das Frühstück ans Bett brachte, entging er einer Strafpredigt. Als er sich schließlich an den Tisch setzte, beachtete ihn niemand. Alle hatten sich über die Zeitung gebeugt und sprachen aufgeregt durcheinander.

»Was ist denn los?« fragte Stubs neugierig. Und ohne daß ihm jemand geantwortet hätte, wußte er plötzlich alles. Der Diebstahl! Natürlich!

Da stand es ja!

›Seltsamer Diebstahl im Schloß Marloes! Ausgestopfte Tiere entwendet und im Grundstück zurückgelassen. Ist der Dieb ein Wahnsinniger? Wie konnte er durch verschlossene Türen und Fenster eindringen?‹

Stubs las über die Schulter seiner Tante hinweg diese Nachricht. Der Dieb hatte also nur diese vermotteten Tiere mitgenommen, weiter nichts.

Langsam wurde er feuerrot. Verdammt! Jetzt wußte er, wem die glühenden Augen gehörten. Warum, um Himmels willen, hatte er nur erzählt, daß die Dinger geknurrt und sich bewegt hätten. Er mußte verrückt gewesen sein.

Ohne ein Wort zu sagen, würgte Stubs sein Frühstück hinunter. Wie aus weiter Ferne drang das Gespräch der anderen an sein Ohr. Er war völlig verwirrt. Warum hatte der Dieb diese lächerlichen Biester mitgenommen? Warum nicht die wertvollen Papiere? War er vielleicht wirklich wahnsinnig? Dann mußte ein anderer die Papiere stehlen.

Wie konnte ein Verrückter aber so raffiniert sein, auf diese geheimnisvolle Art in den alten verriegelten Kasten zu steigen? Er hatte ihn doch gesehen!

Plötzlich wurde Stubs aus seinen Gedanken gerissen.

»Hier noch eine kleine Notiz«, hörte er den Großonkel aufgeregt sagen. »Man hat eine Spur gefunden.«

»Was?« fragten Onkel Richard und Tante Susanne wie aus einem Munde.

Der Großonkel las mit zitternder Stimme. »In dem Grundstück fanden Beamte der Kriminalpolizei einen grünen Handschuh.«

Er starrte Stubs an – der Junge wurde blaß. Welcher Teufel hatte ihn nur geritten, als er diese gräßliche Geschichte erfand? Sein ganzes Leben lang würde sie ihn verfolgen.

»Ich denke«, sagte der alte Mann langsam, »ich denke, es ist die ›Grüne Hand‹. Was meinst du, Stubs?«

Onkel Richard und Tante Susanne sahen einander fassungslos an.

Stubs wurde wieder feuerrot und verschluckte sich beinahe an dem letzten Bissen. Er schob den Stuhl zurück und stand auf.

»Ich ... ich weiß überhaupt nichts, gar nichts von einer ›Grünen Hand‹«, stotterte er. »Ich gehe jetzt zu Dina und Robert.«

Als er verschwunden war, fragte Onkel Richard: »›Grüne Hand?‹ Was soll denn das bedeuten? Es hört sich an wie aus einem Kriminalroman. Lächerlich!«

»Nun halte ich die Zeit für gekommen, euch etwas anzuvertrauen«, begann der Großonkel mit Würde. »Zuerst glaubte ich an einen Dummejungenstreich, jetzt aber sieht alles anders aus.«

Und dann erzählte er die ganze Geschichte, die Stubs ihm aufgetischt hatte. Davon, daß die Verbrecher ihn zu Versuchen benutzen wollten, daß er geflohen war und daß sich die Bande die ›Grüne Hand‹ nannte, weil sie grüne Handschuhe trug. Das Unheimlichste aber war, daß Stubs den geplanten Diebstahl in Ricklesham voraussagte.

»Und wieder ein Diebstahl«, schloß der alte Mann. »Und ein grüner Handschuh wurde am Tatort gefunden.«

»Er hat dir einen Bären aufgebunden«, beruhigte Tante Susanne. »Er ist ein ungezogener Junge. Ich werde mit ihm sprechen.«

»Ja, aber der grüne Handschuh! Er existiert ja tatsächlich!«

»Zufälle!« wehrte Onkel Richard ungeduldig ab. »Stubs weiß überhaupt nichts. Er verdient eine Tracht Prügel.«

»Richard!« Der alte Mann war außer sich. »Das tust du nicht! Hätte ich geahnt, daß du ihn bestrafen willst, hätte ich dich niemals eingeweiht.«

»Ein tüchtiger Denkzettel ist eigentlich längst fällig. Er hat schon viel zuviel auf dem Kerbholz.«

Herr Lynton ging hinaus, und der Großonkel seufzte. In was für Dinge wurde er da verwickelt. Und zu denken, daß man in Schloß Marloes eingebrochen und nicht die wertvollen Papiere, sondern die ausgestopften Tiere entwendet hatte. Außergewöhnlich! Außergewöhnlich!

Als er glaubte, daß der Onkel und die Tante gegangen waren, kam Stubs hereingeschlichen.

»Was hast du ihnen erzählt?« fragte er. »Onkel Richard ist wütend. Er hat die Haustür zugeknallt.«

»Nur das, was du mir erzählt hast, mein lieber Junge. Sie glauben die ganze Geschichte übrigens nicht. Und es tut mir leid, dir sagen zu müssen, daß dein Onkel dich übers Knie legen will.«

»Du hättest mich nicht verraten dürfen«, jammerte der arme Stubs. »Wo ich mir doch in der letzten Nacht das Gelenk verstaucht und das Knie verletzt habe. Und nun soll ich auch noch verhauen werden! Das ist gemein. Und überhaupt weiß ich mehr als jeder andere von dem Diebstahl.«

»So«, sagte der Großonkel verwirrt. Doch dann fügte er mißtrauisch hinzu: »Ist das auch wieder eins von deinen Märchen? Sag die Wahrheit!«

»Ich sage gar nichts mehr«, schnüffelte Stubs unter Tränen. »Du hast ja nicht dichtgehalten. Und nun soll ich auch noch geschlagen werden! Das ist gemein. Ich wünschte, die ›Grüne Hand‹ wäre hier, dann würde ich sie euch auf den Hals hetzen. Und darüber würde ich mich freuen!«

Er ging hinaus, und die Tür fiel krachend hinter ihm ins Schloß. Der alte Mann war vollkommen verstört. Was war nur zu tun? Nein, welch ein schwieriges, welch ein außergewöhnliches Kind!

XXIV

Lümmel kennt den Dieb

Plötzlich geschahen ganz unvorhergesehene Dinge. Zuerst kam die Polizei.

»Ach je, Inspektor Williams mit irgend jemand im Schlepptau, sieht aus wie ein Detektiv«, rief Robert.

»Was will denn der hier?« sagte Dina. Bei diesen Worten wurden Stubs' Knie weich. Um Himmels willen, der Alte hatte nicht dichtgehalten!

Er nahm Lümmel am Halsband, rannte den Flur hinunter, kroch in den kleinen Abstellraum und schloß die Tür hinter sich. Nun war es soweit! Nun würde die Polizei unbequeme Fragen über diese blöden grünen Handschuhe stellen.

»Niemals wieder erzähle ich solche Märchen«, flüsterte er Lümmel ins Ohr. »Ewig wird mich dieser Quatsch verfolgen. Und da kann ich sagen, was ich will, niemand wird mir glauben, daß meine grünen Handschuhe erfunden waren.«

Der Inspektor fragte nach dem Großonkel, und er und sein Kollege wurden ins Arbeitszimmer geführt.

»Herr Johann Lynton? Ich komme im Auftrag von Lord Marloes, der Sie um eine Unterredung bitten läßt. Der Lord hat die Absicht, die Dokumente woanders unterzubringen, da es sich ja leider inzwischen herausstellte, daß der Dieb in diesen so gut gesicherten Raum eindringen konnte. Eine seltsame Angelegenheit, nicht wahr? Die wertvollen Papiere hat er nicht angerührt, dafür aber die ausgestopften Tiere in den Park gebracht. Meiner Meinung nach ist der Dieb ein Wahnsinniger.«

»Sehr seltsam«, stimmte der Großonkel zu. »Wünscht Lord Marloes, daß ich etwas für ihn tue?«

»Ja, er wäre ihnen dankbar, wenn Sie dem Verwalter, Herrn Jones, Anweisung hinsichtlich der Verpackung der Papiere gäben.«

»Ich bin erfreut«, sagte der Alte mit bewegter Stimme, »ich bin überaus erfreut.«

»Und noch etwas«, begann der Beamte wieder. »Als Sie neulich das Schloß besuchten, hielten sich gleichzeitig mit Ihnen zwei Männer dort auf. Erinnern Sie sich?«

»Ja, ich erinnere mich. Warum?«

»Nun, jeder, der die Papiere besichtigt, muß sich vorher ausweisen, und Name und Adresse werden notiert. Der Paß des Herrn Professor Cummings, eines alten gebeugten Mannes, ist in Ordnung, während der des zweiten Besuchers, eines gewissen Smith ...«

»Gefälscht ist?« unterbrach der Großonkel aufgeregt. »Halten Sie es für möglich, daß zwischen ihm und demjenigen, der die ausgestopften Tiere stehlen wollte, ein Zusammenhang besteht, ich meine, daß er mit ihm identisch ist? Das kann ich mir nicht denken.«

»Ja, es scheint ziemlich unwahrscheinlich. Trotzdem müssen wir jede Spur verfolgen. Wir brauchten also unbedingt eine Beschreibung dieses Smith. Können Sie sie uns vielleicht geben?«

»Leider nicht, ich habe ihn kaum bemerkt. Aber warten Sie, möglicherweise können die Kinder Ihnen behilflich sein. Diesen Rackern entgeht nichts.«

»Sind sie im Hause?« fragte der Inspektor.

Der alte Herr stand auf, ging eilig zur Tür und rief: »Robert, ein

Beamter der Kriminalpolizei möchte euch sprechen. Kommt bitte herunter.«

Robert lief aufgeregt zu Dina, sagte ihr Bescheid, und dann schrie er: »Stubs, wo bist du? Die Polizei will was von uns!«

Stubs erstarrte, er fing an zu zittern und hatte das Gefühl, er könne keinen Schritt tun. Also doch, der Alte hatte ihn verraten und die ganze Geschichte von der ›Grünen Hand‹ erzählt.

»Wo bist du?« schrie Robert wieder. Und plötzlich öffnete er die Tür des Abstellraumes. »Was machst du denn hier?« sagte er erstaunt. »Ganz allein mit Lümmel? Hast du mich nicht gehört? Komm, mach schnell.«

Stubs stand auf und stolperte mit wackligen Beinen hinter den anderen die Treppe hinunter.

»Guten Morgen, meine Herrschaften, ich muß mit euch reden«, sagte der Inspektor und lachte. »Ihr erinnert euch sicher an die beiden Herren, die mit euch zusammen die Papiere besichtigten?«

Stubs atmete erleichtert auf. Vielleicht hatte der Alte ja doch dichtgehalten.

Robert nickte. »Der eine war ein ganz alter Mann. Er ging so gebeugt, daß man sein Gesicht gar nicht richtig erkennen konnte, und der andere war so behaart, daß ...«

»Behaart?« fragte der Inspektor.

»Ja«, lachte Dina, »er hatte furchtbar viele Haare auf dem Kopf, ganz dicke Augenbrauen und einen dichten Bart. Außer den Augen konnte man vor lauter Haaren überhaupt nichts sehen, sogar aus den Ohren wuchsen sie ihm.«

»War er groß?«

»Ja«, sagte Dina, »ziemlich. Warum wollen Sie das wissen?«

Der Mann in Zivil blätterte in seinem Notizbuch. »Deine Beschreibung stimmt genau mit der überein, die einige Leute von einem Mann gaben, der vor einiger Zeit zwei Sammlungen besuchte, die bald darauf gestohlen wurden.«

Alle schwiegen.

»Dann meinen Sie, daß es derselbe gewesen ist, der die Papiere gestohlen und auch die Tiere aus dem Schloß geschleppt hat?« fragte Robert endlich. »Aber was wollte er mit diesen vermotteten Viechern?«

»Das kann ich dir auch nicht sagen. Würdest du den Mann wiedererkennen?«

»Ja, wenn er immer noch so viele Haare hat. Aber vielleicht waren die ja gar nicht echt.«

»Höchstwahrscheinlich nicht«, sagte der Inspektor. »Hast du zufällig auf seine Hände geachtet?«

Die Kinder überlegten. »Ich sah, wie er ein Vergrößerungsglas über die Seiten schob. Er hatte ganz gewöhnliche Hände. Übrigens waren sie nicht sehr behaart«, sagte Robert eifrig. »Eigentlich hätten sie das ja sein müssen.«

»Meinst du, daß ihm dieser hier passen würde?« fragte der Inspektor und zog langsam und mit spitzen Fingern etwas aus der Tasche.

Ein grüner Handschuh baumelte vor des Großonkels Augen. Er und Stubs starrten wie gebannt darauf, und Stubs konnte direkt hören, was der Alte dachte: ›Die »Grüne Hand«!‹

Auch Dina und Robert waren starr vor Staunen. Und Lümmel fing an, aufgeregt zu schnuppern, wie wild zu springen und nach dem grünen Ding zu schnappen.

»Weiß er denn, wem er gehört?« fragte Stubs fassungslos. »Er benimmt sich genau so, als wenn er es wüßte.«

»Also ein weiterer Hinweis«, stellte der Detektiv befriedigt fest. »Wenn du glaubst, daß dein Hund den Besitzer des Handschuhs kennt, verengt sich der Kreis der Verdächtigen um ein beträchtliches. Es muß jemand sein, dem ihr schon einmal begegnet seid.«

»Donnerwetter!« sagte Robert und dachte an Tonnerre. Er betrachtete den Handschuh noch einmal genau. Er war schmal und aus feinem, weichem Leder gemacht. Nein, Tonnerre würde er niemals passen. Er hatte keine so kleinen Hände. Wirklich nicht? Robert merkte, daß er von ihm nichts weiter wußte, als daß er groß und schwer war.

Nun nahm Stubs das weiche Leder in die Hand. Lümmel sprang jetzt an ihm hoch und winselte und bellte ununterbrochen. Wenn er nur sprechen könnte! Was für einen Namen würde er nennen?

»Wem gehört er?« fragte Stubs.

»Wuff!« machte Lümmel.

Der Detektiv griff hastig nach dem kostbaren Beweisstück. Er fürchtete, Lümmel könnte es zerreißen.

»Ihr habt meine Frage nicht beantwortet«, sagte der Inspektor, »ich hätte gerne gewußt, ob ihr meint, daß der sogenannte Herr Smith diesen Handschuh tragen könnte?«

Die Kinder dachten nach.

»Es könnte sein«, meinte Robert.

»Vielleicht«, sagte Dina.

»Nicht unmöglich«, überlegte Stubs.

»Sehr aufschlußreich«, lachte der Inspektor. »Na, haltet die Augen offen. Vielleicht begegnet euch eines Tages jemand mit dem anderen grünen Handschuh.«

Die Kinder grinsten. Stubs entschwand als letzter und warf dem Großonkel einen dankbaren Blick zu. Wahrhaftig, hatte sich anständig benommen, der Alte!

Lümmel lief hinter ihnen her, und Robert streichelte ihn. »Also, du weißt, wem dieser grüne Lappen gehört? Und wo ist der andere? Kannst du ihn nicht finden?«

»Wuff! Wuff!« machte Stubs' Liebling begeistert. Er kam sich sehr wichtig vor, wie immer, wenn alle ihn so beachteten. Ausgelassen fegte er umher, und sein Bauch hing ihm bis auf die Erde.

»Komische Sache mit dem Affenmenschen«, murmelte Dina. »Ob er der Dieb ist? Vielleicht hat er sich damals umsehen wollen?«

»Vielleicht«, sagte Robert. »Es ist alles so durcheinander. Der Affenmensch, der grüne Handschuh, die vermotteten Biester, die sie in den Park geschleppt haben, und Lümmel, der den Dieb kennt. Warum sagst du nichts, Lümmel? Verrückte Angelegenheit!«

XXV

Vielleicht ist es der Nikolaus

Robert und Dina fühlten sich wieder ganz gesund und beschlossen, am Nachmittag nach Barny zu sehen und ihm, wenn irgend möglich, alles zu erzählen.

»Ja, lauft nur«, sagte die Mutter. »Ein bißchen frische Luft wird euch guttun. Aber seid vorsichtig, falls ihr auf dem Markt etwas zu essen kauft. Ihr wißt ja, wie es euch ergehen kann.«

In wilder Freude jagte Lümmel neben ihnen her. Ging es nun endlich auf Kaninchenjagd? Doch immer, wenn er sich gerade in die Büsche schlagen wollte, wurde er zurückgerufen.

Auch Barny war wieder gesund. In der Nacht hatte er sich sehr schlecht gefühlt, war gegen Morgen eingeschlafen und erst um zehn Uhr wieder aufgewacht. Nun pfiff er schon ganz vergnügt, während er in der Ringbude Ordnung schaffte.

»Am Sonnabend kommen immer besonders viele Leute«, erklärte er. »Und ich mag es gerne, wenn alles blank und sauber ist. He,

Miranda, laß Lümmel in Ruhe! Wenn du ihn an seinen langen Ohren ziehst, wird er sich furchtbar an dir rächen.«

Und das war es gerade, was der arme Lümmel nicht konnte. Denn Miranda saß auf dem runden Dach, guckte frech herunter und ließ ihren Schwanz zwar verführerisch, aber immer außer Reichweite vor seiner Nase baumeln.

»Barny, hast du die Zeitung gelesen?« fragte Robert schnell.

Barny schüttelte den Kopf. »Warum?« Gleich darauf aber rief er: »Donnerwetter! Es ist tatsächlich eingebrochen worden, ja? Und wir sind nicht dabeigewesen!«

»Pst«, flüsterte Dina. »Wir haben dir wahnsinnig viel zu erzählen. Kannst du vielleicht für eine halbe Stunde irgendwo hinkommen, wo uns keiner hört und sieht?«

»Ja, ja«, sagte er aufgeregt. »Ich muß nur noch schnell hier fertig werden, und dann komme ich. Seht ihr euch inzwischen einmal die Schimpansen an. Ich finde, sie sehen heute so traurig aus.«

Und so war es. Sie saßen, ohne sich zu rühren, engumschlungen in einer Ecke, mit so traurigen Gesichtern, daß es kaum anzusehen war.

»Haben sie etwa auch Wurstbrötchen gegessen?« fragte Stubs. Aber Vosta antwortete kurz und ungeduldig.

»Sei nicht dumm. So etwas bekommen sie nie. Tonnerre hat sie angeschrien, und das können sie nicht vertragen.«

»Ich auch nicht«, sagte Robert und hielt sich die Ohren zu. Tonnerre schrie schon wieder, und gleich darauf kam Jim gelaufen und preßte heulend die Hand an den Kopf.

»Für nichts und wieder nichts bin ich geschlagen worden!« jammerte er und zeigte den Kindern sein feuerrotes Ohr. »Er hat gesagt, ich hätte ihm sein Geld geklaut. Dieser Kerl, dieser gemeine! Aber morgen oder übermorgen tu ich's! Verlaßt euch drauf!«

»Nein, nein, das darfst du nicht«, sagte Dina.

»Und warum nicht?« fragte der arme Jim bockig. »Hier, seht euch das an. Für nichts und wieder nichts. Aber ich hole mir schon mein Schmerzensgeld. Dann sind wir quitt.«

»Das schon«, sagte Robert, »aber du wirst hinterher nur unglücklich sein. Tu's lieber nicht, Jim.«

Aber das verstand er nicht. Er würde es schon so machen, wie er es für richtig hielt. Und er würde sich ungeheuer erleichtert fühlen, wenn er Tonnerre eins ausgewischt hatte.

Die Kinder verließen den schlechtgelaunten Vosta und die beiden trauigen Schimpansen, die immer noch unbeweglich in derselben Stellung in ihrer Ecke hockten.

Als sie zu Barny kamen, führte er sie in den Wohnwagen, den er mit einem anderen Jungen teilte.

»Was ist los?« fragte er aufgeregt. »Was steht in der Zeitung? Macht schnell.«

Unterwegs hatten sie eine gekauft, die sie ihm nun gaben, ohne ein Wort zu sagen. Und Barny machte, während er las, ein immer verständnisloseres Gesicht.

»Ausgestopfte Tiere?« fragte er endlich. »Sind die denn wertvoll?«

»Nein«, sagte Robert, »wir haben sie selber gesehen. Ekelhafte, mottenzerfressene Biester.«

»Und ich habe sie in der letzten Nacht im Schloßpark entdeckt«, sagte Stubs möglichst gleichgültig. »Und zwar an derselben Stelle, an der die Polizei sie gefunden hat.« Barny starrte ihn an.

»Was? Du bist alleine dort gewesen? Ganz alleine? Das war aber mutig!«

Stubs wurde rot vor Stolz. Und dann erzählte er alles ganz ausführlich, und Barny hörte gespannt zu.

»Kennst du jemanden hier auf dem Jahrmarkt, der grüne Handschuhe trägt?« fragte Dina plötzlich. »Er muß sehr kleine, schmale Hände haben und wie ein Akrobat von Sims zu Sims springen und steile Mauern hinaufklettern können.«

»Trägt Tonnerre vielleicht welche?« flüsterte Stubs.

»Nein«, sagte Barny, »hier gibt es niemanden mit grünen Handschuhen. Man würde ihn auslachen.«

»Ist hier irgend jemand Akrobat und hat schmale Hände?« fragte Dina. »Irgend jemand?«

Barny dachte nach. Dann sagte er langsam: »Vosta! Er war Akrobat. Und er hat Hände wie eine Frau.«

»Könnte er es sein?« fragte Robert aufgeregt. »Sah die Gestalt, die an der Mauer hochkletterte, wie Vosta aus?« Stubs überlegte.

»Ich weiß nicht. Ich konnte ihn ja nicht genau erkennen. Ich weiß nur, daß er ganz enorm klettern konnte. Ihr könnt's euch gar nicht vorstellen: vom Sims zur Regenrinne und dann in den Efeu – immer höher.«

Barny runzelte die Stirn. »Vosta kann es doch nicht gewesen sein. Solch ein Idiot ist er nicht, daß er die falschen Sachen nimmt. Derjenige, der die Papiere stehlen wollte, wußte entweder selbst Bescheid, oder es war ihm alles genau gesagt worden. Vosta hätte nie so einen Blödsinn gemacht.«

Robert zog das Notizbuch aus der Tasche, um sich die Skizze noch einmal anzusehen.

»Wir haben ganz vergessen, daß der Kerl durch das verriegelte Fenster gekommen sein muß. In der Zeitung steht nämlich, daß die Tür eine Alarmvorrichtung hat.«

Sie sahen alle ratlos auf die Zeichnung. Es war klar, daß der Dieb durch das Fenster hatte einsteigen wollen. Aber es war ja nicht geöffnet worden. Und wie hätte er sich auch durch die Gitterstäbe zwängen sollen?

»Gebt es auf!« sagte Robert. »Es könnte höchstens sein, daß der Nikolaus durch den Schornstein gestiegen ist. Natürlich«, grinste er, »der ist es gewesen! Stubs, sah die Gestalt wie der Nikolaus aus?«

»Sei nicht blöde!« brummte Stubs. »Übrigens habe ich ja wirklich einen Schatten neben dem Schornstein gesehen.«

»Ach, du hast überall Schatten gesehen«, sagte Dina wegwerfend. »Bei dir weiß man ja nie, was los ist, weil du immer so viel dazudichtest.«

»Könnt ihr euch vorstellen, daß er tatsächlich durch den Kamin gekommen ist?« fragte Robert plötzlich. »Ich meine es jetzt ganz ernst.« Er zeigte auf die Zeichnung. »Seht mal, es ist ja einer im Zimmer.«

»Der war aber nicht besonders groß«, erinnerte sich Stubs. »Vielleicht hätte ich mich noch durchquetschen können, aber Tonnerre oder Vosta?«

»Dann kommt der Kamin also auch nicht in Frage«, seufzte Robert, »und die Türen nicht und die Fenster nicht. Und trotzdem ist jemand im Zimmer gewesen und hat all die vermotteten Biester 'rausgeschleppt.«

»Nicht alle auf einmal«, erklärte Stubs, »dazu waren es ja viel zu viele. Ich wette, daß er dauernd 'rauf- und 'runtergeklettert ist, während ich schlief.«

»Geschlafen hast du?« sagte Dina fassungslos. »Du hast geschlafen? Davon hast du uns ja überhaupt nichts erzählt.«

»Ich habe es vergessen«, murmelte Stubs.

Plötzlich hörten sie Schritte, die Tür wurde aufgerissen, und Tonnerre stand da.

»Aha!« brüllte er. »So amüsierst du dich. Mit deinen feinen Freunden und mit Lesen!«

Er griff nach der Zeitung und zerriß sie. Stubs begann zu zittern.

»Mach, daß du an die Arbeit kommst! Und ihr verschwindet! Und du, mein kleiner Schnüffler«, wandte er sich an Stubs, »du bleibst hier! Mit dir habe ich noch ein Wörtchen zu reden. Komm, mein kleiner Schnüffler, komm!«

Der arme Stubs wurde gepackt und hinausgezerrt, noch ehe die anderen begriffen, was geschah. Robert und Barny stürzten hinter den beiden her. Aber es war nicht anders, als gingen Hunde einen wütenden Stier an. Tonnerre war rasend vor Wut.

Wie gehetzt rannte Barny weiter. »Ma!« schrie er. »Alte Ma! Tonnerre will Stubs etwas tun!«

Keine Antwort. Wo mochte sie sein? Vielleicht drüben am Fluß? Um Himmels willen, dann war es zu spät! Konnte denn niemand helfen?

O doch, einen gab es, der in allerletzter Minute eingriff. Lümmel! Als er sah, daß sein geliebtes Herrchen in so großer Not war, stürzte er in den Wohnwagen, schnappte nach Tonnerres Beinen und biß ihn so, daß er Stubs mit einem Aufschrei losließ.

Lümmel schoß wie der Blitz unter das Wandbett, Stubs jagte hinaus, die Stufen der Treppe mit einem Satz nehmend, und Tonnerre hinter ihm her.

Lümmel fegte unter dem Bett hervor und trug etwas zwischen den Zähnen. Er raste die Treppe hinunter, ließ den Gegenstand auf den Boden fallen und jagte weiter, außer sich vor Rachedurst.

Dina, die wie gelähmt allem zugesehen hatte, bückte sich nach dem Gegenstand und starrte fassungslos darauf.

Es war ein grüner Handschuh! Der Handschuh, der zu dem gehörte, den der Inspektor ihnen heute morgen gezeigt hatte!

XXVI

Ich bin der Boß der ›Grünen Hand‹

Dina hob den Handschuh auf und stopfte ihn in ihre Rocktasche.

Stubs war nun in Sicherheit. Lümmel hatte Tonnerre derartig verletzt, daß er die Verfolgung aufgeben mußte und dem Flüchtenden nur noch ein paar wüste Drohungen nachschrie. Die Leute, die sich angesammelt hatten, standen herum und starrten auf die Szene, ohne sich zu rühren.

»Verschwindet jetzt«, flüsterte Barny Robert zu. »Sieh, Stubs rennt schon dahinten über die Felder. Ich packe meine Sachen und verlasse noch heute den Markt. Ich mag nicht mehr hier arbeiten. Dieser gräßliche Tonnerre! Ich komme so schnell wie möglich und sage euch Bescheid, wie alles weitergegangen ist.«

»Passiert dir auch nichts, Barny?« fragte Dina ängstlich, während Robert sie hinter sich herzog.

»Ich passe schon auf«, beruhigte er. »Tonnerre hat heute schlechte

Laune. Die hat er immer, wenn irgend etwas nicht so geht, wie er es sich denkt. Habt ihr seine Hände gesehen? Riesig! Nie und nimmer kann er die grünen Handschuhe tragen.«

Dina konnte ihm jetzt von ihrem Fund nichts erzählen, denn Robert schleifte sie beinahe hinter sich her. Sie liefen über die Felder zu dem armen Stubs.

Der hockte auf einem Zaun, sah ganz bleich aus und grinste schwach.

»Na endlich! Ich zittere immer noch. Von jetzt an werde ich jede Nacht von Tonnerre träumen.«

»Kommt schnell«, sagte Dina hastig, »ich muß euch unbedingt etwas zeigen.«

Ein paarmal drehte sich Lümmel um. Kam Tonnerre etwa hinter ihnen her? Mußte er sein Herrchen wieder beschützen? Aber niemand war zu sehen.

Dina lief und lief, und die Jungen konnten kaum Schritt mit ihr halten. Wie würden sie staunen! »Laßt uns ins Sommerhäuschen gehen. Da stört uns keiner.«

Als sie die Tür öffneten, sprang Sardine von der Fensterbank und umstrich sie schnurrend. Lümmel beachtete sie gar nicht. Er war im Augenblick viel zu stolz, um sich mit einem so unbedeutenden Ding, wie Sardine es war, zu beschäftigen. Er hatte den großen Tonnerre gebissen!

Dina griff in ihre Tasche und zog langsam den grünen Handschuh heraus. Entgeistert starrten Robert und Stubs ihn an.

»Wo hast du denn den her? Hat die Polizei ihn liegenlassen?« fragte Robert.

Dina schüttelte den Kopf. »Nein, das ist der zweite. Was sagt ihr nun?«

»Donnerwetter!« rief Robert und riß ihn ihr aus der Hand. »Wo hast du ihn gefunden?«

»Ich? Lümmel war's! Als Tonnerre Stubs in den Wohnwagen zerrte, ist Lümmel doch hinterher. Und als er wieder herausrannte, trug er den Handschuh in der Schnauze.«

Robert drehte und wendete ihn. »Verrückt«, murmelte er, »viel zu klein für Tonnerre. Es kann nur so sein, daß er die Dinger dem Dieb gibt.«

»Natürlich!« Jetzt nahm Stubs den Handschuh und ließ ihn vor Lümmels Nase baumeln. Der Hund führte genau denselben Tanz auf wie am Vormittag.

»Seht euch das bloß an. Dieser Lümmel ist ja ganz wild. Es muß doch jemand vom Jahrmarkt sein.«

»Vosta«, sagte Robert, »ich möchte wetten, daß es Vosta ist! Er hat ganz schmale Hände. Ich habe sie mir heute morgen angesehen.«

Dina zog den Handschuh über, machte ein geheimnisvolles Gesicht und sagte mit hohler Stimme:

»Die ›Grüne Hand‹! Ich bin der Boß der ›Grünen Hand‹! Seht mein Zeichen!«

In diesem Augenblick kam der Großonkel, ein Buch in der Hand, auf das Sommerhäuschen zu. Als er diese schrecklichen Worte hörte, blieb er wie angewurzelt stehen.

Um Himmels willen, was war das? Im Türspalt tauchte eine grüne Hand auf, die ihm einladend zu winken schien.

Dem alten Mann trat der Angstschweiß auf die Stirn. Umkehren war sein erster Gedanke, der zweite aber Stubs. Sie hatten das Kind ausfindig gemacht, wollten ihm etwas tun! Er mußte es retten. Er stürzte vorwärts, riß die Tür auf und erstarrte fassungslos. Er stand Dina, Robert, Stubs und Lümmel gegenüber. Dina schob die Hand mit dem grünen Handschuh langsam hinter den Rücken.

»Was bedeutet das?« fragte er außer Atem mit zitternder Stimme. »Dina, woher hast du dieses Beweisstück?«

Stille! Dina warf den Jungen unter gesenkten Wimpern einen schnellen, hilfesuchenden Blick zu.

»Nun? Wollt ihr mir endlich erklären, was ihr hier treibt? Oder muß ich erst die Eltern rufen? Eines ist wohl vollkommen sicher, nämlich, daß ihr Kinder euch mit einer Angelegenheit befaßt, die nur die Polizei und die Erwachsenen angeht.»

»Wir müssen's wohl sagen«, murmelte Robert, »sonst geraten wir noch in den Verdacht, daß wir etwas mit der Sache zu tun haben. Also gut, wir erzählen dir jetzt alles. Aber du wirst dich wundern. Es ist eine ganz verrückte Geschichte!«

Und Dina sagte: »Zuerst mußt du vor allen Dingen wissen, daß Stubs ›Grüne Hand‹ nur ausgemachter Blödsinn war und mit diesen grünen Handschuhen nichts zu tun hat.«

»Nun gut.« Der alte Mann setzte sich. »Stubs, sorge dafür, daß dein Hund sich nicht kratzt. Es scheint, als habe er in meiner Gegenwart nichts anderes vor. Und nun fangt an.«

Robert unternahm es, alles zu berichten, und der alte Mann hörte kopfschüttelnd zu. Am interessantesten fand er Stubs' nächtliche Begegnung mit den ausgestopften Tieren im Schloßpark.

»Aha«, sagte er, »ich hoffe, dies war eine gute Lehre für dich, mein Sohn. Und was Herrn Tonnerre betrifft, so halte ich es für das beste, ihn der Polizei zu übergeben, um ihn ein wenig über die grünen Handschuhe zu befragen.«

›Das wäre gut!‹ dachte Stubs. ›Dann bekäme dieser gräßliche Kerl seine wohlverdiente Strafe für alles, was er mir angetan hat!‹

»Den Handschuh gebt ihr mir!« bestimmte der Großonkel. »Und merkt euch eines: Haltet euch in Zukunft von Dingen fern, die nun einmal zu gefährlich für Kinder sind.«

Aber weder die Polizei noch der Großonkel konnten Licht in diese dunkle Angelegenheit bringen. Tonnerre, von dem Inspektor über den grünen Handschuh befragt, wies den Verdacht weit von sich. Wie käme er, Tonnerre, mit den riesigen Händen wohl zu einem so kleinen Handschuh? Einzig und allein sein Daumen würde Platz darin haben. Nein, nein, irgend jemand hatte ihn ins Unglück stürzen wollen und den lächerlichen Lappen in seinen Wagen geworfen.

»Sie haben den Handschuh für den Dieb aufbewahrt!« fuhr der Inspektor auf ihn los. Wieder und wieder stellte er dieselbe Frage, doch Tonnerre schüttelte jedesmal betrübt den Kopf. Es war nichts aus ihm herauszubringen.

»Nein, wie sollte ich mit jemandem zu tun haben, der ausgestopfte Tiere stiehlt? Wozu könnte ich sie gebrauchen? Ich habe ja selber lebendige. Nein, es tut mir leid, Herr Inspektor.«

Und der mußte ihn laufenlassen. Er konnte ihm nichts beweisen. Weder, daß er den Handschuh aufbewahrt hatte, noch, daß er den Dieb kannte. Als Tonnerre sich wenig später auf dem Markt zeigte, sah er so finster aus, daß alle ihm aus dem Wege gingen.

Dann wurde Vosta verhört. Konnte er an Mauern hochsteigen? Wußte er etwas über den Handschuh? Gehörte er ihm? Würde er ihn, bitte, einmal überziehen?

Er tat es. Er paßte ihm nicht.

Die beiden Schimpansen beobachteten die Polizisten aufmerksam. Immer noch saßen sie bedrückt beisammen in einer Ecke.

Aber als sie das grüne Leder sahen, zeigten sie plötzlich großes Interesse, kamen näher und befühlten es behutsam.

»Alles Neue macht ihnen Spaß«, erklärte Vosta. »Nun verschwindet! Setzt euch!« Er wandte sich wieder an den Inspektor: »Achten Sie auf Ihr Taschentuch. Ehe Sie sich's versehen, haben die beiden Gauner es Ihnen gestohlen. Besonders Tu ist ganz schlimm. Er ist ein richtiger Taschendieb.«

Auch aus Vosta war nichts herauszubekommen. Er wußte, genau wie Tonnerre, nichts. Überhaupt nichts.

Der Inspektor steckte die Handschuhe ein. Er spürte genau, daß die beiden Männer etwas verheimlichten. Aber er konnte ihnen nichts beweisen, und so mußte er unverrichteterdinge wieder gehen.

Vosta sah ihm nach, bis er seinen Blicken entschwunden war, dann schnitt er eine Grimasse.

Er merkte nicht, wie Tu Mult etwas zeigte, wie der seine Pfote danach ausstreckte und es hastig unter die Bettdecke schob.

Tu hatte etwas aus des Inspektors Tasche gestohlen. Die grünen Handschuhe! Mult war ganz verrückt nach ihnen. Er würde sie anziehen, wenn Vosta hinausgegangen war. Denn der würde sie ihm wegnehmen, das wußte er genau. Aber er wußte auch, daß sie jetzt unter der Decke lagen, und er würde sie schon hervorholen, wenn es soweit war!

XXVII

Sonntag ist ein friedlicher Tag

Der nächste Tag war ein Sonntag. Nach all den aufregenden Ereignissen blieb es ruhig und friedlich.

Barny kam schon am Vormittag mit Miranda. Er pfiff, und Robert öffnete das Fenster und rief: »Ich komme gleich. Geh zu den anderen ins Gartenhäuschen.«

Dina, Stubs und Lümmel empfingen ihn freudestrahlend.

»Ihr habt euch ja so fein gemacht?« lachte Barny sie an. »Seid ihr eingeladen? Und Stubs ist ganz sauber!«

»Heute ist doch Sonntag«, sagte Dina erstaunt. »Wir sind gerade in der Kirche gewesen. Gehst du nicht hin?«

»Nein, aber ich möchte auch. Hallo, Robert!«

»Hallo, Barny! Bist du weg von Tonnerre?«

»Nein, ich muß noch bleiben, bis wir Rilloby verlassen. Er ist übrigens jetzt einigermaßen erträglich. Die Polizei hat ihm wohl einen tüchtigen Schrecken eingejagt. Hat sich denn nun die ganze Angelegenheit etwas aufgeklärt?«

Robert schüttelte den Kopf. »Nein! Man kann sich auch kaum noch vorstellen, daß sich überhaupt jemals etwas aufklären wird. Und durch die komischen grünen Handschuhe ist alles noch verrückter geworden.«

»Morgen kann ich nicht kommen«, sagte Barny nach einer Weile. »Vosta muß fort, warum, weiß ich nicht. Ich soll auf die Schimpansen aufpassen, und Jim übernimmt die Ringbude. Und ihr laßt euch lieber nicht auf dem Markt blicken. Ihr wirkt auf Tonnerre wie das rote Tuch auf den Stier.«

»Kannst du denn heute wenigstens hierbleiben?« fragte Dina sofort. »Heute ist doch kein Jahrmarkt.«

»Ja, wenn ihr meint?« Barnys Augen leuchteten. »Aber wird es euren Eltern recht sein?«

»Ach, die haben nichts dagegen«, rief Dina, »wenn wir keinen Lärm machen. Meistens lesen wir sonntags.«

»Gebt ihr mir etwas von Shakespeare?« bat Barny. »Dann sage ich den ganzen Tag kein Wort mehr.«

Die anderen lachten, doch gleich darauf vestummten sie. Sie erinnerten sich daran, daß Barny diesen Dichter so gerne las, weil sein Vater, den er nicht kannte, in vielen Shakespearestücken mitgewirkt hatte.

»Ich gebe dir Hamlet«, sagte Robert, »das wird dir gefallen.«

Die Mutter freute sich sehr über den Besuch, doch der Großonkel war nicht sonderlich begeistert. Zu diesen drei wilden Kindern noch eines, das überdies einen Affen mitbrachte.

»Wie soll ich meine Memoiren vollenden?« seufzte er. »Hunde, Katzen und Affen, wo man geht und steht. Nirgends ein friedliches Plätzchen!«

»Du kannst dein Mittagsschläfchen im Arbeitszimmer halten«, schlug Frau Lynton vor. »Die Kinder schicke ich hinaus, es ist ja ein schöner Tag.«

»Ich sagte Memoiren und nicht Mittagsschläfchen.« Der Großonkel schüttelte den Kopf und verschwand. Er legte Papier und Federhalter zurecht, überschrieb einen schneeweißen Bogen mit: Fünftes Kapitel, lehnte sich im Armsessel zurück und schlief ein.

»Seid leise!« warnte die Mutter. »Gebt acht, daß Miranda nicht ins Fenster springt, sorgt dafür, daß Lümmel nicht bellt und daß Sardine nicht ins Arbeitszimmer läuft.«

»Natürlich«, sagte Robert. »Ich werde den Vögeln sagen, daß sie aufhören sollen zu singen, die Mücken aus dem Garten jagen, und dem Ohrwurm, der heute früh über den Weg kroch, werde ich ...«

»Robert, Robert!« Die Mutter drohte ihm lächelnd. »Nun geht ins Sommerhäuschen und verhaltet euch ruhig.«

Barny war glücklich. Er fühlte sich wie zu Hause und so, als gehöre er zu ihnen allen.

›Hätte ich doch auch jemanden, der mich liebt‹, dachte er. ›Fände ich nur meinen Vater! Dann würde ich mit ihm zusammen wohnen und wäre nie mehr allein!‹

Später sprachen sie wieder alle miteinander über die grünen Handschuhe, über Vosta, Tonnerre und das Schloß. Was für eine seltsame Sache!

»Schön wär's, wenn alles noch einmal herauskäme!« sagte Dina.

Barny ging sehr ungern, und auch Miranda wäre am liebsten noch geblieben. Sie hatte sich sehr wohl gefühlt. »Vielleicht komme ich am Dienstag wieder«, sagte er. »Am Mittwoch zieht der Jahrmarkt weiter, aber ich gehe ja nicht mit. Ich habe keine Lust mehr, nach allem was passiert ist.«

»Und was machst du dann?« fragte Dina.

»Ach, ich werde schon etwas anderes finden. Und schreiben werde ich euch nun immer regelmäßig, von jedem Ort aus. Und im Sommer suche ich mir ganz in der Nähe eine Arbeit.«

Er ging, und bald darauf lagen die Kinder im Bett. Sie waren todmüde. »Komisch«, gähnte Stubs, »ich kann die Augen kaum noch offenhalten. Dabei haben wir den ganzen Tag doch nichts getan, noch nicht einmal mit Lümmel sind wir herumgetobt.«

»Wuff!« machte Lümmel voller Hoffnung, als er diese Worte hörte. Aber so spät am Abend gab es natürlich keinen Spaziergang mehr, und enttäuscht rollte er sich zusammen.

Am nächsten Tag bereitete sich der Großonkel für die Fahrt nach Schloß Marloes vor, um die Papiere einzupacken. Wie er inzwischen erfahren hatte, sollten sie in einem Safe untergebracht werden.

»Um drei Uhr werde ich abgeholt«, sagte er. »Dina kann gerne mitkommen. Sie ist ja so interessiert an diesen Kostbarkeiten. Zudem könnte sie sich nützlich machen.«

Dina war entsetzt. Um Himmels willen, jetzt sollte sie wieder stundenlang trockene Vorträge über sich ergehen lassen. Und ganz alleine, ohne die anderen. Verzweifelt sah sie Robert und Stubs an.

Die arme Dina! Robert war sofort entschlossen, ihr zu helfen. Übrigens konnte man nicht wissen, wozu es gut war, wenn er sich in dem Raum dort oben noch einmal umguckte. Vielleicht entdeckte er etwas, was der Polizei entgangen war, vielleicht sogar die Stelle, durch die der Dieb eingedrungen war.

›Es ist ja auch nicht ausgeschlossen, daß es einen geheimen Eingang gibt!‹ dachte er plötzlich. Noch niemals vorher war ihm dieser Gedanke gekommen.

Er sah sich schon den ganzen Raum untersuchen, vor allen Dingen den Kamin. Möglicherweise konnte er doch der Zugang sein und am Ende auch groß genug für einen Mann wie Tonnerre.

»Darf ich mitkommen?« fragte er höflich.

»Ich auch, ich auch!« bettelte Stubs. »Ich möchte mir zu gerne den Park noch einmal ansehen. Glaubst du, daß Lord Marloes es erlaubt?«

»Alle wollt ihr mich begleiten? Wirklich?« Der alte Mann war gerührt. »Gut, gut, ich nehme euch mit. Ich denke, der Lord hat nichts dagegen einzuwenden. Besonders dann nicht, wenn du dich ordentlich benimmst, mein Sohn!« wandte er sich lächelnd an Stubs.

Lümmel wurde nicht erwähnt, und Stubs wußte, der Großonkel war der Meinung, sein Liebling habe in dem Wagen keinen Platz.

»Ich gehe gern spazieren«, begann er deshalb mit unschuldigem Blick. »Würde es dir etwas ausmachen, wenn ich über die Felder laufe und wir uns am Tor treffen?«

»Nicht das geringste, mein Kind.« Der Alte nickte ihm freundlich zu. Dann rieb er sich die Hände und meinte: »Ein hochinteressanter Nachmittag liegt vor uns, den wir alle in vollen Zügen genießen werden.«

»Wir müssen aber pünktlich zum Abendbrot zurück sein!« schrie Stubs. »Es gibt Baisers!«

»Nanu, woher weißt du das denn?« fragte Dina.

Stubs strahlte. »Von Marie. Gestern wollte sie doch schon wieder nicht ihren Sonntagshut essen, und darum gibt es heute abend Baisers!«

Tante Susanne sah ihn mißtrauisch an. »Was ist denn das für eine Geschichte? O Stubs, du hast Marie geärgert, du hast dich über ihren Hut lustig gemacht.«

»Aber Tante Susanne«, entrüstete er sich, »es ist ein wunderschöner Hut, mit drei Rosen, einem Strauß Veilchen und fünf weißen Nelken drauf. Was meinst du, wie sie weinen würde, wenn sie ihn essen müßte.«

»Es gibt Zeiten, in denen ich fürchte, du bist nicht ganz richtig im Kopf«, sagte die Tante langsam. »Was denken deine Lehrer nur von dir?«

»Genau dasselbe wie du«, grinste Stubs freundlich. »Von mir denken immer alle dasselbe. Aber darum kümmere ich mich nicht.«

Tante Susanne verbiß sich das Lachen. »Du und dein Lümmel«, sagte sie. Wer sollte gegen diesen Jungen ankommen?

Am Nachmittag fuhr der Wagen vor, und der Großonkel, Dina und Robert stiegen ein. Die beiden anderen waren schon verschwunden.

»Es wird herrlich«, schwärmte der Großonkel. »Gibt es etwas Schöneres, als sich in vergangene Zeiten zurückzuversetzen?«

Es wurde nicht herrlich, doch das konnte er nicht wissen!

XXVIII

Ist Mult verrückt geworden?

Stubs und Lümmel warteten schon am Tor.

»Ich habe nicht gesagt, daß du den Hund mitbringen sollst.« Der Großonkel runzelte die Stirn.

»Du hast aber auch nicht gesagt, daß ich ihn nicht mitbringen soll«, widersprach Stubs sofort.

»Du wirst draußen bleiben müssen, mein Kind. Ich sagte schon einmal, daß es Hunden nicht gestattet ist, die Dokumente zu besichtigen.«

Dagegen hatte Stubs nichts einzuwenden. Er war sehr zufrieden, daß er noch einmal in aller Ruhe im Park herumschnüffeln konnte. Vielleicht fand er sogar irgendwelche Spuren? Ob die Säcke noch auf der Mauer lagen? Und die Strickleiter noch unter dem Busch?

›Wahrscheinlich ist alles noch da‹, dachte er. ›Die Polizei ist nicht besonders intelligent. Ja, wenn ich Polizist wäre, dann ...!‹

Der Großonkel zeigte seinen Paß, und während er, Dina und Robert ins Schloß gingen, jagten Stubs und Lümmel davon.

Robert konnte es gar nicht erwarten, in das Zimmer im Seitenflügel zu kommen. Der Butler schloß die erste Tür auf, die zweite und endlich die letzte. Wieder waren sie in dem Raum mit den hohen Regalen, in denen die kostbaren Papiere lagen.

Auch Dina sah sich neugierig um. Die Hälfte der ausgestopften Tiere fehlte. Sicher standen sie jetzt auf irgendeinem Revier und starrten die Polizisten mit ihren gläsernen Augen an. Nur die kleineren Tiere hatte der Dieb herausgetragen. Die jungen Füchse, die Eichhörnchen, die Polarkatze und den weißen Dachs.

»Wir müssen die Dokumente sorgfältig durchsehen, ehe wir sie verpacken«, begann der Großonkel seine langwierigen und umständlichen Erklärungen. »Und nun diese besonders wertvollen und interessanten ...«

Der Blick, den Dina Robert zuwarf, hätte einen Stein erweichen können. Aber was half's? Sie mußte es wohl ertragen.

Inzwischen betrachtete Robert den Kamin. Anscheinend wurde er nie benutzt, denn es gab weder Feuerzange noch Schaufel, nur einen schmiedeeisernen Ofenschirm.

Robert bückte sich und versuchte, in den Schornstein zu sehen. Er war sehr eng, und es schien unmöglich, hindurchzukommen, falls er sich nach oben hin nicht noch verbreiterte.

Und wie stand es mit der Feuerstelle? Seltsamerweise war sie voll von kleinen Mörtelstücken und Ruß.

›Sie können natürlich dadurch heruntergefallen sein, daß jemand durch den Schornstein stieg‹, dachte er. ›Aber so etwas passiert auch oft von selber.‹ Robert fühlte sich beinahe wie ein Detektiv.

Er ging ans Fenster, und dann sah er etwas, was ihn mit größtem Erstaunen erfüllte. »Kommt bloß mal her!« schrie er plötzlich, so daß Dina und der Großonkel vor Schreck zusammenfuhren. »Was geht denn da vor?«

Und auch Stubs unten im Garten hatte sich furchtbar erschrocken. Er und Lümmel waren auf friedlicher Kaninchenjagd, als sie plötzlich ein Geräusch hörten. Stubs drehte sich um und sah hinter einem Busch ein haariges, grinsendes Gesicht auftauchen und sofort wieder verschwinden. Er stand starr vor Schreck.

»Verflixt!« flüsterte er und machte einen Schritt zurück. Doch Lümmel stürzte sich voller Freude in die Büsche. Stubs war sprachlos. Warum knurrte er nicht? Und einen Augenblick später hörte er Barnys Stimme. »Komm sofort hierher, du Ausreißer! Hörst du! Wo hast du dich denn schon wieder versteckt?«

»Barny!« schrie Stubs. »Was machst du denn hier? Wo bist du überhaupt? Ist Lümmel bei dir?«

»Stubs, du?« rief Barny wieder. »Hast du Mult gesehen? Ich glaube, er ist verrückt geworden.«

»Mult?« Jetzt begriff Stubs. »Ja, natürlich, eben hat er mich aus dem Rhododendron angegrinst. Aber nun ist er verschwunden, und Lümmel scheint er mitgenommen zu haben.«

Stubs lief in die Richtung, aus der Barnys Stimme gekommen war. Hinter der Mauer mußte er sein. Und da rief er von neuem.

»Ich suche die Strickleiter. Ich muß Mult unbedingt finden. Er ist vollkommen durchgedreht.«

Nach einer Weile erschien er oben auf der Mauer, setzte sich und hielt Ausschau.

»Wieso ist er verrückt?« fragte Stubs. »Und warum ist er gerade hierhergelaufen?«

»Frag mich nicht«, stöhnte Barny. »Wir waren in Vostas Wohnwagen, als Tu plötzlich ein Paar grüne Handschuhe unter seiner Bettdecke hervorzog.« – »Wie bitte? Was faselst du da?«

»Höchstwahrscheinlich hat Tu sie dem Polizisten aus der Tasche gestohlen. Ich möchte wetten, daß es so war. Jedenfalls nahm Mult sie, und sie paßten wie angegossen. So, als wären sie für ihn gemacht. Er schnatterte wild, und dann rüttelte er an der Schranktür, hinter der seine Spielzeugtiere stehen.«

Barny schwieg einen Augenblick, kniff die Augen zusammen und spähte hinüber in den Park. Endlich fuhr er fort:

»Nun, ich hatte den Schlüssel nicht. Vosta trägt ihn immer bei sich, aber der war ja nicht da. Und dann fing Mult an, verrückt zu spielen. Zuerst stierte er vor sich hin, und es sah so aus, als überlegte er etwas. Dann schlug er die Arme um die Schultern, so wie man es macht, wenn man friert und warm werden will. Und plötzlich heulte er, sprang aus dem Fenster und raste quer über den Markt.«

»Teufel auch!« murmelte Stubs.

»Ich lief hinterher, aber er war schon wie der Blitz über die Mauer gesprungen. Ich verstehe überhaupt nicht, was er hier will.«

Doch ehe Stubs antworten konnte, sagte eine tiefe Stimme:

»Es tut mir leid, daß ich stören muß. Ich hätte gern einiges über die Leiter gewußt.« Barny fiel vor Schreck beinahe von der Mauer.

Ein Polizist! »Woher kommen Sie denn?«

»Ich stand hinter den Bäumen, um denjenigen zu überraschen, der die Leiter versteckt und die Säcke auf die Mauer gelegt hat. Wir nehmen an«, fuhr er mit befriedigtem Lächeln fort, »daß derjenige zurückkommen würde, womit wir, wie man sieht, recht hatten. Ich muß dich nun bitten, mir zur Wache zu folgen!«

»Nein!« sagte Barny und kletterte an der anderen Seite herunter. »Schnell«, flüsterte er, »wir müssen Mult finden. Miranda ist auch hinter ihm her. Den Polizisten sind wir gleich los. Da kannst du dich drauf verlassen.«

Er zog den verwirrten Stubs in die Büsche und flüsterte wieder: »Zeig mir die Stelle, wo du ihn gesehen hast. Vielleicht ist er noch dort. Oder wenigstens in der Nähe.«

Während der Polizist unter Prusten und Schnaufen eine Sprosse der Strickleiter nach der anderen erklomm, liefen Stubs und Barny zur Senkung, und dort sahen sie Mult, Miranda und Lümmel.

Mult war in einer seltsamen Verfassung. Er hockte auf der Erde, hielt den Kopf mit beiden Händen, schaukelte unaufhörlich vor und zurück und wimmerte leise vor sich hin. Das Äffchen streichelte ihn tröstend, und der Spaniel leckte ihn zärtlich.

Eigentümlich sah der Schimpanse aus mit seinen roten Hosen, dem rotgestreiften Hemd und den grünen Handschuhen.

Plötzlich sprang er auf, jagte mit wildem Heulen davon, und die beiden anderen liefen winselnd hinter ihm her. Sie spürten, daß etwas Schreckliches mit ihm passiert sein mußte.

Mult jagte zwischen den Bäumen hindurch auf das Schloß zu, und Barny rief in beschwörendem Ton: »Komm zurück! Komm zum guten Barny!«

Das war es, was Robert gesehen hatte. Er sah den Schimpansen vorwärts stürzen, gefolgt von Miranda und Lümmel, ihnen auf dem Fuße Barny und Stubs und ganz weit hinten mit Riesenschritten einen Polizisten.

Kein Wunder, daß Robert meinte, seinen Augen nicht trauen zu können. Aber was nun kam, war noch unglaublicher.

Mult kletterte die Mauer des Schlosses empor, von Fenstersims zu Fenstersims, weiter hinauf an der Regenrinne und dann ins Efeugerank.

»Er ist es gewesen!« schrie Stubs. »Mult ist es gewesen, den ich in der Nacht gesehen habe!«

Der war jetzt auf dem Dach angelangt, rannte zum Schornstein, sprang hinein und war verschwunden.

Im Zimmer starrten der Großonkel, Dina und Robert einander an. Sie hatten den Schimpansen aus den Augen verloren, als er begann, die Mauer hinaufzusteigen. Nur einmal noch sahen sie ihn auf dem Fenstersims. Wohin, um alles in der Welt, wollte er?

Dann kam ein kratzendes Geräusch aus dem Kamin. Robert rannte hinüber. Zwei haarige Beine erschienen, und dann ließ Mult sich herunterfallen.

Da stand er nun und sah die drei erschrocken an. »Mult«, sagte Dina leise, »was willst du?«

Ach, das war das freundliche Mädchen, das ihm den Spielzeughund geschenkt hatte. Er fürchtete sich nicht mehr und kroch heraus.

Der Großonkel erschrak. Noch nie hatte er ein solches Tier aus so großer Nähe gesehen. Und wie es schien, war es wütend und wild. Noch mehr aber erschrak er, als Dina die grünbehandschuhte Pfote ergriff. Jetzt würde das Ungeheuer das Kind beißen!

Aber es biß nicht. Mult streichelte Dinas Arme, und dann sah er sich suchend um. Er schnüffelte und rannte hinüber zu den Regalen, auf denen die Papiere ausgebreitet lagen.

Alle beobachteten ihn mit steigender Spannung. Was würde er jetzt tun? Er beroch einen Papierstoß, nahm ab und zu ein Blatt heraus, beschnüffelte den nächsten und legte auch hier ein paar Bogen zur Seite. Dem armen Onkel blieb beinahe das Herz stehen.

Robert berührte leicht Dinas Arm. »Die Lösung des Rätsels«, flüsterte er. »Wie konnten wir nur so blind sein!«

XXIX

Welch eine Sachkenntnis!

Atemlos beobachteten sie, wie der Schimpanse die Papiere weiter durchsuchte. Er schien genau zu wissen, welche er nehmen sollte. Er war ganz ruhig.

»Wie kommt dieses Tier dazu, mit derartiger Sachkenntnis auszuwählen?« sagte der Großonkel, und seine Stimme zitterte. »Ich kann von hier aus erkennen, daß er nur die wertvollsten nimmt. Woher weiß er es?« – »Er schnüffelt sie alle an.«

»Ich hab's!« rief Robert plötzlich. »Erinnerst du dich an den Affenmenschen, der das Vergrößerungsglas so dicht über die Seiten gleiten ließ?«

Dina nickte. »Natürlich.«

»Es muß etwas an dem Glas gewesen sein, womit er sie bestreute. Das Zeug hinterließ irgendeinen Geruch, an dem Mult nun merkt, was er nehmen soll. Sieh doch, er schnuppert immer noch.«

»Bemerkenswert, höchst bemerkenswert!« sagte der Großonkel verdutzt. »Ich meine, er ist dressiert. Schimpansen müssen außergewöhnlich klug sein.«

»O ja«, rief Robert, »das sind sie. Übrigens ist das Präparieren von Gegenständen ein alter Zirkustrick. Wer hat dich dressiert, Mult?«

Als Mult seinen Namen hörte, sah er auf, brummte etwas, und seine grünbehandschuhten Hände arbeiteten mit unheimlicher Geschwindigkeit weiter.

»Keine Fingerabdrücke, nicht ein einziger!« staunte Robert. »Wenn ich nur wüßte, warum er ausgerechnet heute nachmittag hierhergekommen ist und nicht in der Nacht?«

»Vielleicht sah er die Handschuhe, und die haben ihn daran erinnert«, überlegte Dina. Dann stieß sie Robert an. »Sieh nur, was macht er denn jetzt?«

Er hatte die ausgestopften Tiere entdeckt! Er warf seine Papiere auf den Fußboden, wimmerte, rannte hinüber und nahm einen Fuchs in seine Arme. Der Großonkel hob die Bogen auf und legte sie in eine Schublade. Später wollte er sie auf den Geruch hin prüfen, der den Schimpansen dazu befähigte, in dieser Weise zu verfahren.

Mult hatte sich inzwischen in eine Ecke gehockt und liebkoste den ausgestopften Fuchs. Dina stieß Robert wieder an.

»Ich glaube, ich weiß jetzt, was in der Nacht damals passiert ist. Er wollte die Papiere holen, sah diese Biester und vergaß alles. Er ist ja so verrückt nach diesem Zeug. Wahrscheinlich hat er gedacht, sie seien für ihn bestimmt.«

»Und er hat sie alle, eins nach dem anderen, in den Park gebracht«, fuhr Robert leise fort, »all die kleinen, weil die am leichtesten zu tragen waren. Und nachher mußte er sie in der Senkung lassen. Armer Mult!«

»Und deshalb waren beide am nächsten Tag auch so traurig!« sagte Dina schnell. »Irgend jemand hatte Mult ausgeschimpft. Weißt du noch, wie er und Tu ganz still Arm in Arm im Wohnwagen saßen?«

Robert nickte. »Aber wer hat sie ausgeschimpft? Vosta?«

»Vielleicht. Und Tonnerre wahrscheinlich auch. Vosta sagte es jedenfalls, weißt du noch? Tonnerre hat was mit der Sache zu tun, bestimmt!«

Mult stellte jetzt den Fuchs an seinen Platz zurück, nahm einen völlig mottenzerfressenen Hund, und auch den liebkoste er. Dann lief er mit ihm zum Kamin, wohl um zu sehen, ob es möglich war, ihn hinaufzutragen.

Plötzlich wurden vor der Tür Stimmen laut. Der Affe erschrak, lief zu Dina, um sich hinter ihr zu verstecken, und schnatterte wild. Sie streichelte ihn. »Hab keine Angst.«

Die Tür wurde geöffnet. Und herein kamen Barny, Stubs, Miranda und Lümmel, Herr Jones, der Butler und der Polizist.

»Ist Mult hier?« schrie Stubs. »Er ist in den Schornstein gesprungen!«

»Da ist er ja!« rief Barny, lief zu ihm, und Mult streckte seine Arme aus. Er liebte Barny sehr. Miranda sprang leise schnatternd auf Mults Schulter, der jetzt wieder ganz zufrieden und glücklich aussah.

Der Polizist starrte mit offenem Munde. Hilfesuchend sah er den Großonkel an, der in diesem Durcheinander von Kindern und Tieren der einzig Vernünftige zu sein schien.

»Vielleicht können Sie mir helfen und mir erklären, was dies alles zu bedeuten hat?«

»Wachtmeister«, sagte der Großonkel mit außerordentlich fester Stimme, »wir haben den Dieb gefunden, der die ausgestopften Tiere stahl. Und soeben hat er vor unseren Augen einige wertvolle Papiere an sich genommen.«

»Ich werde ihn sofort verhaften. Wer ist es?«

»Der Schimpanse!« Der alte Herr zeigte auf Mult. »Aber seien Sie vorsichtig.«

Stubs schnob verächtlich durch die Nase, als er das erschrockene Gesicht des Polizisten sah. Lümmel wurde unterdessen die ganze Geschichte zu dumm, und er fing an, sich ausgiebig zu kratzen. Mult setzte den ausgestopften Hund auf den Boden, nahm Miranda in die Arme und kraulte sie.

»Ich finde dieses Tier rührend«, ließ sich der Großonkel plötzlich vernehmen. »Sie können es keinesfalls bestrafen. Derjenige, der dieses unschuldige Geschöpf zu solchen Taten verführte, muß zur Verantwortung gezogen werden.«

Wieder hörte man Schritte. Der Inspektor kam herein. Kaum im

Schloß angelangt, hatte der Wachtmeister ihn telefonisch verständigt.

Er sah sich erstaunt um. »Eine seltsame Gesellschaft, das muß ich sagen. Donnerwetter, da sind ja auch die grünen Handschuhe!« Er betrachtete Mult interessiert, dem unter diesen Blicken unheimlich zumute wurde. Das war ja der Mann, aus dessen Tasche Tu die Handschuhe geholt hatte. Sofort zog er sie aus und warf sie auf den Boden.

Der Wachtmeister wandte sich an den Inspektor, aber Barny wollte ihm zuvorkommen. »Ich kann Ihnen alles erkären«, rief er hastig. »Ich verstehe jetzt alles! Ich weiß, warum Mult so verrückt geworden ist, als er die Handschuhe sah. Ich weiß, warum ...«

»Erzähl mir's nachher, ja?« unterbrach der Inspektor ihn. »Herr Lynton, würden Sie sich wohl zu dieser Angelegenheit äußern?«

Nach und nach berichtete jeder, was er wußte, und der Inspektor hörte aufmerksam mit wachsendem Staunen zu. Endlich zeigten sie ihm die Papiere, die der Schimpanse ausgesucht hatte, und genau wie Mult beschnüffelte er die Bogen sorgfältig.

»Ich rieche etwas«, murmelte er unter heftigem Schnüffeln. »Raffiniert. Aber wer hat den Affen hergeschickt?«

Einer nach dem anderen tat es ihm gleich, und alle stellten einen schwachen, angenehmen, aber nicht zu bestimmenden Duft fest.

Der Inspektor runzelte die Stirn. »Also, auf diese Art wurden die Diebstähle ausgeführt. Jemand suchte die Papiere aus und zugleich einen Eingang, durch den zwar kein erwachsener Mann, aber der Schimpanse in den betreffenden Raum gelangen könnte. Ein Kamin, ein Oberlicht oder ein Ventilator fanden sich wohl immer.«

»Ein sehr bemerkenswerter, ein außerordentlich erfolgreicher Plan«, warf der Großonkel ein. »Mein lieber Inspektor, wenn Sie den Mann, der vor einigen Tagen die Papiere mit seinem Vergrößerungsglas präparierte, wenn Sie diesen Mann faßten, dann hätten Sie den wahren Täter.«

»Ja«, rief Barny aufgeregt, »aber es müssen noch zwei Helfershelfer da sein. Der erste ist Vosta, denn er wird Mult an den Tatort gebracht haben, und der zweite ist derjenige, der den Zettel geschrieben hat, den wir fanden.«

»Es gibt viel zu tun. Und ich denke, wir fangen gleich an. Nehmt den Schimpansen. Wir wollen zum Jahrmarkt gehen und sehen, ob Vosta da ist.«

Herr Jones und der Butler, die beide vor Verwunderung die ganze Zeit über kein Wort gesagt hatten, brachten alle bis vor das Schloß. Der Inspektor nahm die Papiere mit, die Mult so sorgfältig ausgesucht hatte. Der Schimpanse lief neben Barny die Treppe hinunter, hielt dessen Hand und erzählte ihm aufgeregt schnatternd etwas.

Zwei Wagen standen vor dem Tor, das Taxi und ein Wagen der Polizei.

»Wir haben alle Platz«, rief der Inspektor, »auch der Schimpanse, der Affe und der Hund. Alles in Ordnung? Und nun zum Jahrmarkt!«

XXX

Er ist es!

Vosta, inzwischen zum Jahrmarkt zurückgekehrt, hatte nur Tu vorgefunden und sah den Inspektor nun voller Schrecken an. Mult lief eilig auf Vosta zu und umarmte ihn.

»Wo bist du gewesen?« fragte er. »Und du?« wandte er sich an Barny. »Wo warst du? Du solltest die Schimpansen doch nicht allein lassen.«

»Illia Juan Vosta«, begann der Inspektor, »ich habe einige Fragen an Sie zu richten und muß Sie gleichzeitig darauf aufmerksam machen, daß alles, was Sie von jetzt an sagen, gegen Sie verwendet werden kann.«

Vosta sprang auf. »Ich habe nichts getan!« flüsterte er.

»Sie haben die Schimpansen darauf dressiert, einzubrechen und zu stehlen!« sagte der Inspektor kalt. »Wir wissen, daß die Papiere mit einer Substanz präpariert wurden, deren Geruch die Affen kannten. Wir haben die Dokumente übrigens sichergestellt. Wir wissen ferner ...«

»Ich habe nichts getan, ich habe nichts getan!« schrie Vosta. »Ich habe immer gesagt, daß es mit den Schimpansen Unsinn ist. Ich habe nichts damit zu tun!«

»Geben Sie es zu, daß Sie die Tiere an den Tatort brachten!« sagte der Inspektor mit einer Stimme, die Stubs die Haare zu Berge stehen ließ. »Geben Sie es zu, Vosta!«

»Sie gehören nicht mir. Ich habe sie nicht dressiert. Sie waren es schon, als ich sie bekam.«

»Wer gab sie Ihnen?«

Vosta sah den Inspektor entsetzt an. »Tonnerre«, sagte er endlich, »Tonnerre hat sie abgerichtet: Tu zum Taschendiebstahl und Mult zu allem anderen. Mult ist sehr klug. Sie können ihm alles beibringen.«

»Warum haben Sie die Schimpansen übernommen?«

Die Kinder lauschten atemlos. Wie schrecklich war das alles!

»Ich war Akrobat«, murmelte Vosta. »Ich verletzte mir das Rückgrat, und Tonnerre bot mir Arbeit, wenn ich ihm hin und wieder einen Gefallen dafür täte.«

Der Inspektor nickte. »Und welcher Art die waren, das wissen wir nun. Sie führten Mult an die in Frage kommenden Häuser, und Sie nahmen die Papiere, die Tonnerre gekennzeichnet hatte, in Empfang.«

»Er kennzeichnete sie nicht. Er hatte keine Ahnung von solchen Sachen«, erklärte Vosta. »Er gab sie an irgend jemanden weiter, an jemanden, der alles vorbereitet hatte und der auch bestimmte, wohin wir gingen. Wir wußten niemals vorher, an welchem Ort wir als nächstes arbeiten würden.«

»Natürlich, der Zirkus mußte immer dahin, wo ein neuer Diebstahl geplant war. Ganz hübsch eingefädelt. Und nun möchte ich von Ihnen den Namen des Mannes erfahren. Er hat übrigens die Dokumente nach Amerika verkauft und ein Vermögen damit gemacht.«

»Den Namen weiß ich nicht. Warum fragen Sie nicht Tonnerre? Ich bin nur ein ganz kleiner Handlanger.«

»Es ist der Affenmensch!« schrie Stubs. »Wir wissen es ganz genau: Kennst du ihn, Vosta?«

»Dir antworte ich überhaupt nicht«, fauchte der, »wenn ihr verdammten Gören eure Nase nicht überall hineingesteckt hättet ...«

»Halten Sie den Mund!« sagte der Inspektor. »Wachtmeister, Sie bleiben bei ihm, und ich werde diesem Tonnerre einmal auf den Zahn fühlen. Er scheint zwar auch nur ein Handlanger zu sein, aber ein bißchen mehr wird er wohl wissen. Vielleicht verrät er uns den Namen dieses Burschen.«

Barny führte ihn zu Tonnerres Wohnwagen. Die Zirkusleute hatten sich versammelt, jetzt traten sie zurück, und die alte Ma schrie:

»Er hat Besuch und furchtbare Laune. Machen Sie sich auf etwas gefaßt!«

Der Inspektor antwortete nicht. Er schlug mit der Faust gegen Tonnerres Wohnwagentür.

»Schert euch zum Teufel!« schrie es von innen. »Habt ihr nicht begriffen, daß ich nicht gestört werden will?«

»Öffnen Sie!« sagte der Inspektor ruhig.

Im nächsten Augenblick stand Tonnerre vor ihm. Seine Augen funkelten vor Wut. Er zog die Tür hinter sich zu und schnaubte:

»Sagen Sie schon, was Sie wollen! Und verschwinden Sie, verstanden?« Dann machte er eine Bewegung auf die Kinder zu, die ihn entsetzt anstarrten.

»Wer ist Ihr Besuch, Tonnerre?« fragte der Inspektor mit sanfter Stimme. »Ich hätte gern seine Bekanntschaft gemacht.«

»Er ist ein Freund von mir, ein Ehrenmann, verstehen Sie? Ich möchte nicht, daß Sie ihn behelligen. Mit Leuten wie Sie hat er nichts zu schaffen. Und was wollen Sie von mir? Machen Sie's kurz, ich habe nicht viel Zeit.«

»Ich sagte es doch schon, ich möchte Ihren Besuch kennenlernen. Warum verstecken Sie ihn?«

Stubs zitterte vor Aufregung. Ha! Sein Freund saß in der Patsche. So leicht würde sich der Mann des Gesetzes nicht abschütteln lassen, o nein! Jetzt ging es Tonnerre an den Kragen, bestimmt! Und wer war der da drinnen im Wohnwagen?

›Ich wette, es ist der Affenmensch!‹ dachte Stubs. ›Ich wette, er ist gekommen, um die Papiere zu holen. Und nun ist er wütend, daß Tonnerre sie ihm nicht geben kann. Und deshalb hat der so schlechte Laune. Es ist bestimmt der Affenmensch!‹

Tonnerre rührte sich nicht. Aber plötzlich wurde die Tür hinter ihm geöffnet, und der Besucher sah verwundert auf die Ansammlung von Menschen.

»Ich glaube, ich bin zu ungelegener Zeit gekommen, Tonnerre«, sagte er dann höflich. »Ich komme lieber ein andermal wieder.«

Er stieg die Stufen hinunter, aber der Inspektor vertrat ihm den Weg. »Ihr Name, bitte?«

Die vier Kinder starrten den Mann enttäuscht an. Das war nicht der Affenmensch. Dieser hier war glattrasiert und hatte schwarzes, graumeliertes Har.

»Mein Name ist Thomas Colville«, sagte der Mann. »Die Angelegenheit, die mich zu Herrn Tonnerre führte, ist rein privater Natur. Herr Tonnerre und ich sind langjährige Freunde. Es tut mir leid zu sehen, daß er in Schwierigkeiten zu sein scheint. Ich will nicht stören.«

»Sie sind nicht etwa gekommen, um Papiere von Tonnerre zu holen, die er für Sie besorgte?« fragte der Inspektor.

»Ich weiß nicht, was Sie meinen«, sagte der Mann ungeduldig.

Stubs starrte ihn an. Nein, er war es nicht. Er hatte überhaupt keine Ähnlichkeit mit dem Affenmenschen. Nur die Größe stimmte.

Langsam ging er um ihn herum, ganz langsam, ohne einen Blick von ihm zu wenden. Der Mann strich sich mit einer nervösen Handbewegung über das Haar.

Und plötzlich stieß Stubs einen markerschütternden Schrei aus, so daß Lümmel wild bellend auf sein Herrchen zustürzte. War er wieder in Not? Wollte man ihm wieder etwas tun?

»Er ist es!« rief Stubs. »Es ist der Affenmensch! Ich habe damals gesehen, daß ihm die Haarbüschel aus den Ohren wuchsen. Bei dem hier ist es auch so! Er ist es!«

Niemand wußte später mehr genau zu sagen, was weiter geschah, so schnell ging alles. Der Mann raste davon, der Wachtmeister versuchte vergebens, ihm den Weg zu versperren, aber Jim stellte ihm ein Bein und brachte ihn zu Fall. Tonnerre, völlig außer sich, stürzte sich rasend vor Wut auf den Inspektor, Lümmel biß ihn ins Bein, und alles schrie und brüllte durcheinander.

»Du nimmst jetzt deinen kleinen Bruder und deine Schwester und gehst«, wandte sich der Inspektor an Robert. »Macht schnell!«

drängte er. »Wer weiß, was hier noch passiert. Telefoniert mit der nächsten Polizeistation. Sie sollen ein halbes Dutzend Leute schikken. Beeilt euch!«

Sie jagten davon. Robert war ein bißchen enttäuscht. Er wäre gern geblieben, aber der Inspektor hatte recht, es war wohl besser so. Sie rannten weiter und hörten hinter sich das erregte Trompeten der Elefanten und das Heulen der beiden Schimpansen.

Der Großonkel saß noch immer geduldig wartend im Wagen, obwohl ihn der Lärm vom Jahrmarkt mit steigender Unruhe erfüllte.

»Großonkel, Großonkel!« schrie Robert. »Da drüben ist was los! Wir müssen sofort eine Polizeistation anrufen, damit sie noch Leute schicken.«

»Um Himmels willen!« rief der alte Mann und gab dem Chauffeur mit zitternder Stimme die Anweisung, zum nächsten Revier zu fahren.

Es dauerte nur eine Minute, bis Robert seinen Auftrag erledigt hatte, und der Großonkel sagte, immer noch außer sich:

»Ich muß nach Hause. Derartige Aufregungen sind nichts für mein Herz. Nein, nein, in was bin ich da hineingeraten, in eine Geschichte mit Verbrechern und Schimpansen. So leid es mir tut, ich muß euch verlassen.«

»Aber es war doch prima!« protestierte Stubs.

Der alte Mann sah ihn entgeistert an. »Prima? Ich fand es entsetzlich! Dieser Tonnerre, dieser gräßliche Mensch! Er sah so finster aus wie ein, wie ein ...«

»Gewitter!« ergänzte Dina.

»Wie das Oberhaupt einer schrecklichen Bande!« flüsterte der arme alte Mann.

»Die ›Grüne Hand‹!« strahlte Stubs. »Die ›Grüne Hand‹!«

XXXI

Stubs grinst verheißungsvoll

Der Großonkel hielt Wort. Kaum zu Hause angelangt, sprach er mit Frau Lynton, hastete die Treppe hinauf und packte seine Koffer.

Die Mutter sah die Kinder durchdringend an. »Was habt ihr mit ihm gemacht? Was ist los?«

»Nichts«, sagte Robert ungeduldig, »wir müssen dir unbedingt etwas erzählen. Wir haben etwas ganz Aufregendes erlebt!«

»Erzählt es eurem Vater und kommt dann zum Abendbrot. Es ist sowieso reichlich spät geworden. Außerdem hat Marie Baisers zum Nachtisch gemacht.«

»Sie hat sich also noch immer nicht entschlossen, ihren Sonntagshut zu essen«, stellte Stubs beruhigt fest.

»Ich weiß überhaupt nicht, wo ich anfangen soll«, stöhnte Robert.

»Beim Waschen«, meinte die Mutter, »geht hinauf und wascht euch. Mit euren Neuigkeiten hat es bestimmt noch Zeit. So wichtig wird's nicht sein.«

»So wichtig wird's nicht sein!« äffte Stubs nach, als sie die Treppe hinaufliefen. »Na, warte nur! Dich werden wir zappeln lassen!«

Beim Essen schwiegen die Kinder erst eine ganze Weile. Endlich begann Stubs, in gleichmütigem Ton und so viele Kunstpausen wie möglich einlegend, in denen er genießerisch weiteraß, zu erzählen. Die Eltern starrten die Kinder an und hörten fassungslos zu. Und jedesmal, wenn Stubs wieder eine Pause machte, zerknüllte Onkel Richard nervös seine Serviette, und die Mutter seufzte und warf einen Blick auf Dina und Robert, die völlig teilnahmslos schienen.

Aber dann konnte Stubs es nicht mehr aushalten. »Ihr hättet ihn sehen sollen!« schrie er und fuchtelte wild mit der Gabel in der Luft. »Ihr hättet ihn sehen sollen, wie er an der Mauer hochturnte.«

»Ihr hättet sehen sollen, wie er durch den Kamin kam!« rief Robert, alle Zurückhaltung vergessend, während er geschickt Stubs' wilden Gabelstößen auswich.

»Ihr hättet sehen sollen, wie er an den Papieren schnüffelte!« rief Dina, und ihr Gesicht war hochrot vor Aufregung.

Es wurde ein turbulenter Abend. Der Großonkel, fertig mit Kofferpacken, aß ein wenig und berichtete mit noch immer zitternder Stimme, was er von dieser, wie er sagte, entsetzlichen Geschichte wußte. Lord Marloes rief an, um von seinem alten Freund Genaueres über die Vorgänge im Schloß zu erfahren und ihn gleichzeitig in die Stadt einzuladen. Und der Inspektor kam, um einige Fragen zur Vervollständigung seines Berichtes zu stellen. Marie besorgte ein Taxi, und der Großonkel fuhr ab.

Und dann kam Barny. Er stand draußen im Dunkeln und pfiff leise.

»Barny!« schrie Stubs und stieß vor lauter Aufregung seinen Stuhl um, als er ans Fenster lief.

»Er soll hereinkommen«, sagte Tante Susanne. »Sicher hat er auch noch allerhand zu erzählen. Was seid ihr nur für eine verrückte Gesellschaft!«

»Komm 'rein!« schrie Stubs, und Lümmel rannte in den Garten und bellte aus Leibeskräften. Einen Augenblick blieb Barny zögernd in der Tür stehen, er sah ganz blaß und verstört aus.

Miranda hockte auf seiner Schulter, schnatterte vergnügt, als sie ihre Freunde sah, und sprang zu Stubs hinüber.

»Laß sie mir nicht zu nahe kommen!« bat die Mutter. »Ich mag sie gern, aber ihr wißt ja, am liebsten habe ich sie aus der Entfernung.«

»Und was ist inzwischen auf dem Markt passiert?« fragte Robert gespannt.

»Nicht mehr viel«, sagte Barny. »Tonnerre und Vosta wurden verhaftet. Sie kommen wohl nicht mehr zurück, ich denke, man hat sie ins Gefängnis geschafft.«

»Sie haben doch nicht Tu und Mult auch eingesperrt?« fragte Stubs entsetzt.

Barny schüttelte den Kopf. »Nein, natürlich nicht. Billy Tell bekommt sie. Ich wollte sie nehmen, aber sie sagen, ich hätte Tonnerre und Vosta die Polizei auf den Hals gehetzt.«

»Das hast du doch gar nicht getan!« schrien die Kinder.

»Aber sie denken es. Sie haben Miranda und mich davongejagt. Morgen zieht der Jahrmarkt weiter, einer geht hierhin und der andere dahin. Mich wollte keiner.«

»Und Jim? Und die alte Ma?« fragte Stubs.

»Ach, Jim ist in Ordnung. Aber er muß das tun, was die anderen sagen. Zirkusleute mögen die Polizei nicht. Und denjenigen, von dem sie denken, daß er etwas mit ihr zu tun hat, den mögen sie auch nicht.«

»Das ist gemein!« sagte Dina und weinte beinahe. »Es war doch nicht deine Schuld, daß Tonnerre, Vosta und der Affenmensch gefaßt wurden.«

»Und was ist mit dem passiert?« fragte Robert. »Haben sie den auch mitgenommen?«

»Natürlich, er war ja der Auftraggeber, Tonnerre und Vosta wurden von ihm bezahlt. Eigentlich bin ich sehr froh, daß dieser gräßliche Tonnerre nun eingesperrt ist. Er hat ein schwarzes Herz.«

»Das hat die alte Ma auch gesagt!« rief Robert, und dann fragte er: »Und was wird nun mit dir, Barny? Wo gehst du jetzt hin? Wo schläfst du heute?«

»Ach, es ist eine schöne Nacht. Ich schlafe in einer Scheune, ganz in der Nähe. Der Bauer hat es mir erlaubt.«

»Das tust du nicht!« sagte Frau Lynton plötzlich.

Barny und die anderen sahen sie erstaunt an.

»Des Großonkels Zimmer ist frei geworden, und wenn Dina mir hilft, können wir es für dich herrichten. Du kannst so lange bleiben, bis die Ferien zu Ende sind. Unterdessen werden wir schon eine Arbeit für dich finden.«

Barny war überglücklich. »Vielen Dank«, begann er, doch er kam nicht weiter. Stubs raste an ihm vorbei, warf die Arme um den Hals seiner Tante und drückte sie kräftig.

»Ich wollte dich darum bitten, ich wollte es, ich wollte es! Ich habe immer zu mir gesagt: ›Frag, ob Barny bleiben kann, frag, ob Barny bleiben kann.‹ Und nun hast du es erlaubt!«

Barny strahlte. »Zwei Wochen!« sagte er. »Zwei lange Wochen! Aber Miranda? Sie mögen doch keine Affen?«

»Ich werde es schon mit ihr aushalten, wenn sie nicht gerade auf meine Schulter springt«, lächelte Frau Lynton tapfer. »An Lümmel habe ich mich schließlich auch gewöhnt, und zuerst glaubte ich, ich könnte es nie.«

»Es wird wunderbar!« rief Dina. »Wir vier und Miranda und Lümmel.«

»Und Sardine!« lachte Robert und warf einen Blick auf die Katze, die lautlos und geschmeidig hereinkam und den Spaniel in einer Art betrachtete, die keinen Zweifel daran ließ, daß sie ihn im nächsten Augenblick anspringen würde.

»Und friedlich, hoffe ich!« fügte die Mutter im Hinausgehen hinzu.

Die Kinder grinsten. Stubs streichelte Miranda, die unter dem Hemd hervor ihre kleine Pfote ausstreckte und sein Ohr kraulte.

»Friedlich«, murmelte er, »friedlich ist ein feiner Ausdruck für langweilig. Und das soll's bei uns nie werden, was, Miranda? Was, Lümmel? Dafür werdet ihr schon sorgen, nicht wahr? Und ich natürlich auch!« Er kniff ein Auge zu und sah die anderen verheißungsvoll an.

Rätsel
um den geheimen Hafen

I

Amerika, eine Insel des Friedens

»Stubs, sagte ich dir nicht, du solltest Lümmel anbinden?«

Stubs schoß wie ein geölter Blitz die Treppe herunter, »Aber, Tante Susanne, das habe ich doch getan. Hat er sich schon wieder losgerissen? Hat er schon wieder Dummheiten gemacht?« Lümmel, der schwarze Spaniel, saß hechelnd, mit weit heraushängender Zunge, mitten auf einer zerrissenen Zeitung, umgeben von Papierfetzen, und sah genauso aus, als lache er.

»Das war einmal deines Onkels Morgenlektüre«, sagte Tante Susanne vorwurfsvoll, »und er hat sie noch nicht einmal gesehen. Du weißt, ich habe noch viel für die Reise vorzubereiten. Ich kann dieses Untier auf keinen Fall hier gebrauchen. Also, richte dich danach und achte auf ihn!«

»Mutter, ich werde ihn in meinem Zimmer einsperren«, rief Dina und schwenkte einen großen Strauß Gladiolen, den sie gerade im Garten gepflückt hatte. »Ich schließe einfach ab, dann ist er sicher.«

»Er ist sicher,« lachte die Mutter, »aber in deinem Zimmer dann nichts mehr vor ihm! Nun, macht, was ihr wollt, die Hauptsache ist, ihr schafft ihn mir aus dem Weg. Wenn er uns dauernd stört, werden Vater und ich bis zum Nachmittag auf keinen Fall fertig.«

Die Lyntons waren im Begriff, eine Reise nach Amerika anzutreten. Währenddessen sollten die drei Kinder und Lümmel mit Fräulein Pfeffer, Frau Lyntons alter Erzieherin, an die See fahren. Sie hatte die Kinder schon oft betreut, wenn die Eltern verreist waren.

Stubs war gestern erst angekommen, nachdem er die erste Woche der Ferien bei anderen Verwandten verbracht hatte. Doch bei den Lyntons fühlte er sich am glücklichsten, denn Tante Susanne ersetzte ihm in ihrer liebevollen Art die Mutter. Er bewunderte sie ebensosehr, wie er seinen Onkel Richard respektierte. Und das wollte bei Stubs etwas heißen!

Der Onkel allerdings bezeichnete seinen Neffen als eine wahre Landplage, womit er manchmal nicht ganz unrecht hatte.

Dina nahm Lümmel am Halsband und lief mit ihm hinauf. Oben, im Schatten verborgen, wartete schon Sardine, die Katze. Fauchend sprang sie den armen Hund an, der tat einen erschreckten Satz, und Dina wäre beinahe rücklings die Treppe hinuntergestürzt. Sie stieß einen Schrei aus, und ihr Vater, der eben aus einer Tür trat, rief ärgerlich:

»Dieses Haus ist eine Irrenanstalt! Wo ist Fräulein Pfeffer? Kann sie nicht dafür sorgen, daß ihr alle still in einer Ecke bleibt, bis wir abgefahren sind? Wahrhaftig, Amerika wird mir wie eine Insel des Friedens erscheinen, nach diesem Durcheinander hier. Sobald ihr aus der Schule kommt, ist der Teufel los.«

»Ach, das sagst du immer«, lachte Dina und griff fester in Lümmels Halsband. »Und wenn wir wieder fort sind, vermißt du uns. Ich wollte, ihr würdet uns mitnehmen!«

»Das hätte gerade noch gefehlt! Das erste, was ihr tätet, wäre, über Bord zu fallen. Und Robert und Stubs würden den ganzen Tag im Maschinenraum hocken und nur zu den Mahlzeiten völlig verdreckt auftauchen!«

»Oh, Onkel, dürfen wir das wirklich?« schrie Stubs, der die Treppe heraufstürmte. »Es wäre einfach supertoll!«

Herr Lynton schüttelte den Kopf und starrte seinen Neffen an. »Wo hast du nur immer diese Ausdrücke her? Diese unmöglichen Ausdrücke!«

»Wetten, daß ein König manchmal auch ›supertoll‹ sagt? Ich glaube ...«

»Geh zur Seite«, unterbrach der Onkel ihn ungeduldig, »erst Dina mit dem Hund, und nun du mit deinem ewigen Unsinn. Außerdem bin ich überzeugt, daß Sardine, wie immer, irgendwo auf mich wartet, um es zu erleben, wie ich über sie stolpere. Dieses Haus ist ein Irrenhaus – ein Irrenhaus, sage ich!«

»Richard, Lieber, komm doch bitte herunter und hilf mir, die Koffer zu schließen. Sie stehen im Arbeitszimmer. Dort sind wir vor den Störenfrieden sicher.«

»Sie nennt uns Störenfriede!« entrüstete sich Stubs und beugte sich über das Geländer. »Hallo, Tante Susanne!«

Unten fiel eine Tür ins Schloß, Stubs gab es auf und half, den widerstrebenden Lümmel den Flur entlang in Dinas Schlafzimmer zu zerren.

Dort fanden sie Fräulein Pfeffer damit beschäftigt, Kleider aus dem Schrank zu nehmen, denn sie versuchte, schon ein wenig zu packen, solange Frau Lynton sie nicht brauchte.

»Hallo!« schrie Stubs, als habe er sie seit Wochen nicht gesehen, faßte sie um die Taille und preßte sie an sich, bis sie nach Luft schnappte.

»Hör auf! Hör auf!« rief das arme Fräulein Pfeffer außer Atem, und ihre Augen zwinkerten heftig hinter den dicken Brillengläsern. »Warum auf einmal so liebevoll? Was hast du nun schon wieder für Wünsche?«

»Keine«, sagte er gekränkt. »Ich freue mich bloß, daß Ferien sind. Wochenlang keine Schule, und morgen geht's los. Wohin fahren wir überhaupt? Alle hüllen sich in Schweigen«.

Robert rannte, die Arme voller Badezeug, herein. »Ach, da sind Sie ja, ich habe alles gefunden.«

Sie nickte ihm freundlich zu. »Vielen Dank. Leg die Sachen aufs Bett und sorge dafür, daß Lümmel nicht drangeht. Stubs, es wäre wohl am besten, du verschwändest mit ihm.«

»Er soll hier eingesperrt werden«, erklärte Stubs brummig.

»Das ist unmöglich, vollkommen unmöglich!« wehrte sich Fräulein Pfeffer entsetzt. »Ich habe zu tun und nicht die geringste Lust, mich mit diesem verrückten Tier einschließen zu lassen.«

»Er ist nicht verrückt. Lümmel, bis du verrückt?«

Lümmel warf sich sofort auf den Rücken, strampelte mit allen vieren in der Luft und schielte sein Herrchen mit wehmütigen, Anerkennung heischenden Blicken an.

»Radle nur davon«, ermunterte Fräulein Pfeffer ihn, »oder bleibe so liegen und strample meinetwegen den ganzen Vormittag, das stört mich nicht.«

»Mir hat immer noch niemand gesagt, wohin wir fahren«, begann Stubs von neuem, und seine Augen bekamen den gleichen wehmütigen Ausdruck wie die seines Hundes.

»Na, hör mal«, grinste Robert, »du bist doch gestern erst angekommen. Und wenn man bedenkt, daß du praktisch den ganzen Abend damit zugebracht hast, uns von dem Kricketspiel am letzten Sonnabend zu erzählen und uns jeden Schritt zu beschreiben, den du getan, und jeden, den du nicht getan hast, und was für Pullover ihr getragen habt und was für welche die Gegenpartei und was du getan hättest, wenn du ins Endspiel gekommen wärest, und was ...«

»Werd bloß nicht komisch«, unterbrach Stubs ihn wütend. »Fräulein Pfeffer, sagen Sie mir doch endlich, wie die Sache nun morgen vor sich geht.«

»Also gut«, seufzte sie, »wir fahren sehr früh am Morgen ab, zuerst bis Woodlingham, steigen um in einen Bummelzug nach Rockypool und nehmen dann ein Taxi nach Rubadub. So, nun weißt du es, und nun höre auf zu fragen.«

»Rubadub?« rief Stubs. »Ein blödsinniger Name! So was gibt's doch gar nicht!«

»So was gibt es«, sagte Dina. »Du kannst dich auf der Karte davon überzeugen. Ich finde den Namen gar nicht so blödsinnig. Fräulein Pfeffer ist als kleines Mädchen da gewesen, nicht wahr, Fräulein Pfeffer?«

»Ja«, sagte sie und zog eine Kommodenschublade auf. »Dina, nimm deine Sachen und lege sie drüben auf das Bett. Ja, ich bin oft in Rubadub gewesen. Es war der hübscheste kleine Ort an der Küste, den man sich denken kann. Kein Kurbetrieb, nur wenige Häuser und ein einziges Gasthaus, und ihr werdet niemals erraten, wie es heißt.«

»Rubadubgasthaus?« fragte Robert.

»Nein, es heißt ›Drei Mann in einem Faß‹. Der Himmel mag wissen, wie es zu diesem ungewöhnlichen Namen gekommen ist. Übrigens gibt es ganz in der Nähe einen Strudel zwischen seltsam geformten Felsen. Der eine sieht aus wie ein Waschbrett, und unter ihm quirlt und brodelt und kocht das Wasser.«

»Wie in einem Waschfaß«, lachte Dina.

Fräulein Pfeffer nickte. »Genauso. Das Dorf hat seinen Namen von dem Strudel, nehme ich an. Er heißt nämlich Rubadubstrudel.«

»Klingt gut«, brummte Stubs anerkennend. »Klingt alles gut, besonders ›Drei Mann in einem Faß‹. Wohnen wir da?«

»Ja, das tun wir. Ich habe als kleines Mädchen auch dort gewohnt, und ich fand es sehr gemütlich. Meine Nichte besuchte es im letzten Jahr und lobte es so sehr, daß ich, als eure Mutter etwas Passendes für euch suchte, gleich daran dachte.«

»Ich freue mich!« sagte Dina. »Ich mag es gerne, wenn es keinen Kurbetrieb gibt, keine Promenade und Konzerte und so was.«

»O doch, jetzt gibt es das alles und noch viel mehr. Sogar einen riesigen Hafen der Kriegsmarine hinter dem Strudel. Neue Unterseeboote werden dort getestet.«

»Kriegsmarine!« schrie Stubs. »Ein Hafen der Kriegsmarine! Den muß ich mir ansehen!«

»Er ist geheim, Stubs, sogar streng geheim. Und gut bewacht, so gut, daß noch nicht einmal ein so neugieriger kleiner Junge wie du ihn besichtigen könnte. Schlag dir das nur aus dem Kopf.«

Frau Lynton rief aus der Diele: »Fräulein Pfeffer, können Sie mir bitte einen Augenblick helfen?«

»Ja«, rief sie zurück, legte einen Faltenrock über den Stuhl und eilte zur Tür hinaus.

»Klingt alles gut«, wiederholte Stubs und kraulte Lümmels weiches Fell. »Schade, daß Tante Susanne nicht mitfährt. Auf Onkel Richard kann ich zur Not noch verzichten. Früher oder später droht er mir doch mit einer Tracht Prügel.«

»Es bleibt leider immer nur bei den Drohungen«, kicherte Dina. »In den letzten Ferien waren es übrigens zwei. Das erste Mal wegen der Hausschuhe, die Lümmel zerfetzt hatte, und das zweite Mal, weil du frech warst.«

Stubs machte ein betrübtes Gesicht. »Frech«, murmelte er, »ich entsinne mich gar nicht mehr. Außerdem muß man bei Onkel Richard jedes Wort auf die Goldwaage legen. Er ist in dieser Beziehung etwas empfindlich.«

»Ich auch«, grinste Robert, »auch bei mir wäre es angebracht, jedes Wort auf die Goldwaage zu legen. Am besten, du fängst gleich damit an. Verflixt, Lümmel hat einen Badeanzug erwischt!«

In diesem Augenblick schlug der Gong, und die drei brachen in wildes Freudengeheul aus. »Mittagessen!« schrie Stubs. »Endlich! Ich dachte, wir bekämen heute überhaupt nichts. Los, Lümmel!«

Gleich darauf stürmten sie wie ein Ungewitter die Treppe hinunter. Und Herr Lynton stöhnte: »Ein Tollhaus! Wie glücklich werde ich sein, die ruhige, friedvolle Küste Amerikas zu erblicken!«

11

Wie man einen Koffen am besten befördert

Nach dem Essen fuhren Herr und Frau Lynton ab. Alles war in bester Ordnung, das Gepäck für die ›Queen Elizabeth‹ zur rechten Zeit aufgegeben worden und die Schiffskarten sicher in Herrn Lyntons Brieftasche verwahrt.

Er verabschiedete sich lächelnd von Fräulein Pfeffer, drückte ihr die Hand und sagte: »Achten Sie bitte darauf, daß die drei nicht zuviel Unsinn treiben, und sorgen Sie dafür, soweit es Ihnen möglich ist, daß Stubs sich einigermaßen normal benimmt. Wir schreiben sofort aus New York. Unsere Adressen wissen Sie, nicht wahr?«

»Ja, ja, natürlich. Ich hoffe, Sie haben eine gute Überfahrt. Und um die Kinder machen Sie sich keine Sorgen.«

»Und nur keine gefährlichen Unternehmungen«, bat Frau Lynton und umarmte ihre alte Erzieherin. »Sie wissen ja, sie haben eine

Vorliebe für recht ungewöhnliche Dinge, besonders, wenn sie zusammen sind.«

»Auf Wiedersehen, Mutter, vergiß nicht zu schreiben!«

»Auf Wiedersehen, Tante Susanne, hoffentlich geratet ihr nicht in einen Sturm und werdet schiffbrüchig.«

»Auf Wiedersehen, Kinder. Es wird schon alles gutgehen.«

»Wo ist Lümmel?« fragte Stubs. »Er muß sich doch auch verabschieden. Verflixt, wo ist er denn? Lümmel, Lümmel, Lümmel!«

»Mach nicht solchen Lärm«, ermahnte Fräulein Pfeffer. »Ich habe ihn im Schlafzimmer eingeschlossen.«

Sie gingen zum Wagen, und plötzlich stieß Stubs einen Schrei aus. Er zeigte hinauf zu einem halbgeöffneten Fenster, durch das Lümmel sich gerade zu zwängen drohte.

»Er sagt ›Auf Wiedersehn‹!« schrie Stubs. »Los, Lümmel, bell!«

»Der Hund wird noch herausspringen«, sagte Herr Lynton und gab Gas. Er verspürte nicht die geringste Lust, das bevorstehende Unglück mit anzusehen.

Stubs raste die Treppe hinauf und konnte seinen Liebling gerade noch daran hindern, sich hinunterzustürzen. »Dieses Tier!« stöhnte Fräulein Pfeffer. »Dieses Tier! Ich möchte nur wissen, was die Wirtsleute in Rubadub zu ihm sagen werden. Sie erklärten sich zwar einverstanden mit seinem Kommen, aber sie kennen ihn ja nicht. Hat er immer noch die Angewohnheit, Bürsten und Matten zu verschleppen?«

»Immer noch«, lachte Dina, »und seitdem wir im Mai bei ihrer Kusine waren, sammelt er auch noch Handtücher.«

»Das darf er dort natürlich nicht«, seufzte Fräulein Pfeffer, vor deren geistigem Auge bereits sämtliche Gäste erschienen, die dem Handtücher tragenden Lümmel nachjagten.

»Wie sollen wir ihm das austreiben? Er tut doch, was er will«, grinste Robert. »Er sitzt da, läßt die Zunge heraushängen, sieht aus, als ob er lacht, und trommelt mit dem Schwanz auf den Boden. Das macht Ihnen aber nichts aus, Sie mögen ihn trotzdem, nicht wahr?«

»Nun«, die alte Erzieherin lächelte und zwinkerte hinter ihren Brillengläsern, »manchmal bin ich im Zweifel. Doch jetzt müssen wir uns beeilen, wenn wir bis morgen fertig werden wollen. Ihr müßt mir wohl ein wenig beim Packen helfen.«

Lümmel kam die Treppe heruntergelaufen und wirkte sehr zufrieden mit sich, denn er hatte ausnahmsweise der Versuchung widerstanden, ein Handtuch oder eine Bürste mitzunehmen. Und hinter ihm her hüpfte Stubs.

»Wir gehen spazieren!« verkündete er.

»O nein«, widersprach Robert, »das tut ihr nicht! Du willst dich nur drücken, und wir sollen alles alleine machen. Das könnte dir so passen! Du wirst schön hierbleiben und dich betätigen!«

»Ich hätte gar nichts gegen einen kleinen Spaziergang einzuwenden«, sagte Fräulein Pfeffer hastig. Der Gedanke, die Arbeit ohne diese beiden Unruhestifter beenden zu können, war zu verlockend. »Ein bißchen Bewegung wird Lümmel guttun«, setzte sie mit einem Zwinkern hinzu.

»Pah«, brummte Robert, »Stubs drückt sich immer«.

»Geh, mein Kind, aber sei zum Tee zurück.« Fräulein Pfeffer eilte davon, und Stubs verschwand aufatmend in Begleitung seines Lieblings.

Die anderen verbrachten einen arbeitsreichen Nachmittag. Zum Schluß beschriftete Dina sorgfältig ein Dutzend Anhängeschilder, und Robert verschloß den großen Koffer.

»Ich helfe euch, ihn hinunterzubringen«, erbot sich Fräulein Pfeffer, »ich muß nur vorher noch Dinas Sandalen holen und sie in ihr Köfferchen legen.«

Aber Robert winkte ab. »Das lassen Sie nur meine Sorge sein.« Und im Vollgefühl seiner Kräfte zerrte er den Koffer bis zur Treppe, schob ihn über die erste Stufe und gab ihm einen tüchtigen Stoß.

Mit Donnergetöse polterte er in ständig größer werdender Geschwindigkeit hinunter. Sardine rannte um ihr Leben, denn sie hatte wie immer geduldig gewartet, daß jemand über sie fiele. Sie machte einen verzweifelten Luftsprung und sauste hinauf, geradewegs in Dinas Zimmer, aus dem in diesem Augenblick das arme Fräulein Pfeffer, weiß wie eine Wand, stürzte. Sardine schoß an ihr vorbei, landete mit gesträubtem Fell auf dem Bett, und Fräulein Pfeffer hetzte weiter. »Robert!« schrie sie. »Robert, ist dir etwas passiert?«

Unten in der Diele stand Marie, die Köchin, alarmiert von dem gewaltigen Lärm, und betrachtete mit in die Seite gestemmten Armen die Spuren, die der schwere Koffer auf ihrem blankgebohnerten Fußboden hinterlassen hatte.

»Koffer die Treppe 'runterzuschmeißen!« brummte sie kopfschüttelnd und ging zurück in die Küche.

»Warum seid ihr nur alle so aufgeregt?« fragte Robert erstaunt. »Er ist doch gut angekommen, direkt bis zur Eingangstür geschlittert. War doch eine prima Idee! Kein Heben, kein Schleppen, hat uns viel Mühe gespart.«

Fräulein Pfeffer warf ihm einen vernichtenden Blick zu und verschwand wieder in Dinas Zimmer, ohne auch nur ein Wort gesagt zu haben.

›Man darf sie nicht eine Minute alleine lassen‹, dachte sie, und ihr Herz schlug noch immer laut und wild. ›Wenn Robert nun auch noch so anfängt.‹

Ein wenig später kam Robert zögernd herein. »Es tut mir leid«, entschuldigte er sich, »ich hatte keine Ahnung, daß es so krachen würde. Lassen Sie mich das andere Gepäck hinuntertragen. Sie können sich dann etwas ausruhen.«

»Danke«, sagte Fräulein Pfeffer erfreut. Diese Art von kleinen Zwischenfällen durfte man wohl nicht zu tragisch nehmen. Im Grunde waren es doch gute Kinder. Trotzdem glaubte sie, auf eine Ermahnung nicht verzichten zu können. »Du bist schon zu groß für derartig unbedachte Handlungen, ein bißchen mehr Überlegung solltest du doch haben.«

»Nur keine Gardinenpredigten«, wehrte er düster ab. »Das besorgen andere schon zur Genüge, und Ihnen steht es gar nicht.«

Die alte Erzieherin lächelte und zwinkerte ein bißchen verlegen. Sie gab ihm einen kleinen Klaps, und er verschwand zufrieden grinsend. Er mochte sie gern und war ausgesprochen unglücklich, wenn sie einmal böse wurde.

Endlich hatten sie alle Vorbereitungen getroffen, und es war inzwischen Zeit geworden, Tee zu trinken. Stubs kam pünktlich zurück mit ungeheurem Appetit und einem müden Lümmel. Er lief schnurstracks zu Marie in die Küche.

»Mariechen, hast du zufällig wieder die gute Sandtorte gebacken, an die ich in jeder Schulstunde gedacht habe? Es ist überhaupt das einzige, woran ich dort denke«.

»Ach du«, sagte sie, ging in die Speisekammer und öffnete eine riesige Dose. Stubs betrachtete genießerisch den verheißungsvoll duftenden Inhalt und umarmte sie stürmisch.

»Du bist die Beste!« rief er. »Es macht dir doch nichts aus, wenn wir alles aufessen? Eigentlich ist es auch nur ein Kompliment, wenn wir nichts übriglassen.«

»Ach, du«, sagte Marie wieder, »du versteckst es.«

»Bei meinem ständigen Hunger ist das auch nötig«, grinste er. Marie griff nach einer Bratpfanne, schwang sie und jagte ihn lachend davon. Ja, er verstand es! Frau Lynton behauptete übrigens, seine Gegenwart sporne die Köchin zu ungeahnten Leistungen im Kuchenbacken an.

»Komm nur wieder her«, rief die Köchin jetzt, während sie anfing, die Sandtorte aufzuschneiden. »Du kannst sie gleich mitnehmen. Weißt du, was dein Vetter sich heute nachmittag geleistet hat? Den großen Koffer die Treppe 'runtergeschmissen! Mich hat beinahe der Schlag getroffen!«

»Tatsächlich? Der gute alte Robert«, sagte Stubs anerkennend, »er macht sich. Ich wollte, ich wäre dabeigewesen, als er mit dem Zeug um sich warf.«

»Laß die Finger von dem Kuchen und bring den Hund aus der Küche. Mir ist noch nie in meinem Leben ein Hund begegnet wie deiner. Geht durch verschlossene Speisekammertüren! Er ist ein Wunder, sage ich immer!«

»Stimmt! Ich freue mich, daß du ihn so zu würdigen weißt. Verflixt, da kommt Sardine, dann verziehen wir uns lieber.«

Beide traten den Rückzug an, denn sie wußten, Sardine würde ihnen sofort klarmachen, daß die Küche ihr Reich war.

Es gab eine gemütliche Teestunde mit der Sandtorte, die sie Stubs zu verdanken hatten, mit frischer Butter und goldgelbem Honig. Danach räumten sie ihre Zimmer auf, und Lümmel half dabei auf seine Weise. Er trug fleißig alle Vorleger auf den Flur, so daß jeder, der nicht ausgesprochen hellseherische Fähigkeiten besaß, darüber fallen mußte.

»Es wird allmählich Zeit, daß dieses verzogene Tier Vernunft annimmt«, sagte Dina ärgerlich, die eben im Dunkeln über eine Ansammlung von Vorlegern gestolpert war. »Er ist beinahe zwei Jahre alt, umgerechnet also schon vierzehn, ein bißchen mehr Überlegung sollte er doch haben.«

Robert warf Fräulein Pfeffer einen Blick zu und grinste. »Noch eine Gardinenpredigt! Hast du gehört, Lümmel?«

»Wie spät mag es wohl sein?« Fräulein Pfeffer sah auf ihre Uhr. »Oh, schon nach acht. Ich glaube, es ist das richtigste, ihr geht jetzt zu Bett. Wir haben einen langen, anstrengenden Tag vor uns, und ich wollte noch ein paar Briefe schreiben.«

»Gut«, sagte Dina, »hoffentlich kann ich überhaupt schlafen. Ich finde, man ist immer so aufgeregt, wenn man verreisen will. Ich denke dann an Baden, Faulenzen, Spazierengehen ...«

»Wuff«, machte Lümmel. Wie immer beteiligte er sich sofort an der Unterhaltung, wenn das Wort ›spazierengehen‹ fiel.

»Kluger Hund«, lobte Dina, »sehr kluger Hund!«

III

Dieser Junge redet wie ein Buch

Der nächste Tag war insofern besonders aufregend, als die Kinder sonst meistens mit dem Wagen in die Ferien fuhren und eine Reise mit dem Zug deshalb etwas Ungewöhnliches für sie bedeutete. Sie fanden ein leeres Abteil, setzten sich jeder erwartungsvoll auf einen Eckplatz, und Lümmel lief von einem zum anderen und hechelte ohne Unterlaß.

Es wurde eine lange Fahrt, eine Fahrt von Küste zu Küste, manchmal mit Aufenthalten an den verschiedenen Stationen, wenn Wagen an- oder abgehängt werden mußten.

Das interessierte Stubs natürlich sehr. Er sprach darüber mit jedem, dem Lokomotivführer, dem Schaffner und dem Stationsvorsteher.

Als er wieder einmal von einem kleinen Schwatz auf dem Bahnsteig zurückkam, verkündete er: »Stellt euch vor, von den fünfzehn

Wagen, mit denen der Zug abfuhr, sind nur noch zwei dieselben, unserer und der dahinter. Alle anderen sind abgehängt worden. Natürlich sind auch wieder welche dazugekommen«.

»Na und?« gähnte Dina. »Solange sie uns nicht irgendwo auf ein Nebengleis schieben, ist mir das völlig egal.«

»Typisch Mädchen«, brummte Stubs verächtlich, »keinen Sinn fürs Eisenbahnwesen. Ich finde das hochinteressant. Wir fahren mit fünfzehn Wagen los, hängen sechs in Linning ab und nehmen dafür fünf andere mit. Drei bleiben in Berklemere, dafür kommen in Fingerpit zwei neue dazu. Nun laßt mich mal rechnen.«

»Das klingt ja wie höhere Mathematik«, sagte Fräulein Pfeffer schläfrig. »Wir hängen sechs ab und lassen fünf irgendwo und vergessen, den Rest mitzunehmen. Bitte, nennt mir den Namen des Lokomotivführers.«

»Ha, ha, wie komisch«, sagte Stubs. »Aber wäre es nicht an der Zeit, endlich etwas zu essen?«

Nach Stunden hielt der Zug in Woodlingham, und die Kinder weckten Fräulein Pfeffer, die sanft und süß geschlafen hatte. »Es ist nur gut, daß wir Menschen mit Verantwortungsbewußtsein sind und aufgepaßt haben, wo wir umsteigen müssen.«

»Welch ein Unsinn, Robert«, widersprach Fräulein Pfeffer kopfschüttelnd und augenzwinkernd, »es ist doch einfach undenkbar, daß ich bei diesem Rattern und Rumpeln geschlafen haben soll.«

Und dann fuhr das Bummelbähnchen in Rockypool ein. Stubs, der herausgebracht hatte, daß noch zehn Minuten Aufenthalt waren, unterhielt sich angeregt mit dem Mann auf der Lokomotive.

Er sah nicht, daß eine neue am Ende des Zuges angekuppelt wurde. Er hörte nur plötzlich ein schrilles Pfeifen und das aufgeregte Schreien der anderen.

»Stubs, schnell! Steig ein! Schnell!«

Er rannte, erwischte den letzten Wagen und zog den armen Lümmel erbarmungslos am Halsband herauf. »Du meine Güte!« schnaufte er, »beinahe hätte ich den Anschluß verpaßt. Ich konnte doch nicht wissen, daß das Biest auf einmal in die andere Richtung fährt«, wandte er sich an eine Bauersfrau, die ihn erstaunt anstarrte. »Finden Sie das nicht auch sehr ungewöhnlich?«

»Hä?« war die ungenaue Antwort der Alten.

»Ich meine, der Zug kam mit der Lokomotive vorne an, wie immer, und dann fährt er ab mit einer hintendran.« Er redete sich in Hitze, weil er sich so dumm vorkam. Schien es schließlich nicht an der Zeit, diese Mißstände einmal zur Sprache zu bringen?

»Hä?« machte die Bäuerin wieder und nickte mit dem Kopf. Stubs sah sie zufrieden an. Leute, die nichts als ›Hä‹ sagten und dazu nickten, waren gute Zuhörer. Er beschloß, noch länger in diesem Abteil zu bleiben, denn er hatte gar keine Lust, die Vorwürfe Fräulein Pfeffers über sich ergehen zu lassen, weil er beinahe den Zug versäumt hätte.

Auf der dritten Station stiegen zwei Männer in Marineuniform ein. Aha! Wahrscheinlich gehörten sie zum geheimen Unterseeboothafen. Wäre prima, wenn er mit ihnen ins Gespräch kommen könnte. Dann würde er vielleicht etwas Interessantes erfahren und hätte den anderen tolle Sachen zu erzählen! Die Männer zogen jeder eine Zeitung aus der Tasche und verschwanden beinahe gleichzeitig dahinter.

»Verzeihung, meine Herren«, begann Stubs, »ist es noch weit bis Rockypool? Ich muß nämlich dort aussteigen.«

»Das wirst du schon selber sehen«, knurrte der eine.

»Sie sind wohl nicht zufällig von dem geheimen Unterseeboothafen?« versuchte Stubs es von neuem. »Ich habe mich von Jugend auf für U-Boote interessiert, habe sie immer in der Badewanne schwimmen lassen und ...«

»Schätze, das tust du heute noch«, unterbrach ihn der Mann, »halt die Klappe!«

Der so in seinen Hoffnungen Getäuschte schwieg gekränkt. Doch dann tröstete er sich damit, so zu tun, als wäre er ein Detektiv, der die beiden ekligen Kerle unter die Lupe nehmen müsse, und er fixierte sie mit zusammengekniffenen Augen. Beide waren glattrasiert, der eine hatte ein Muttermal am Kinn und der andere außergewöhnlich stark hervorstehende Zähne. ›Eigentlich sehen sie gar nicht so schlimm aus‹, dachte er, ›schade, daß sie sich nicht mir mir unterhalten wollen.‹ Er starrte sie gedankenverloren an.

»Irgendwas nicht in Ordnung mit meinem Gesicht?« fragte der eine plötzlich. »Wie wär's, wenn du zur Abwechslung mal zum Fenster 'rausgucktest?«

Stubs runzelte die Stirn. Dann weckte er Lümmel, der unter dem Sitz eingeschlafen war, und begann mit ihm eine Unterhaltung. Die alte Frau schnarchte mit weit offenem Mund in ihrer Ecke.

»Halt endlich die Klappe«, knurrte der Mann wieder. »Du schwatzt und schwatzt und schwatzt.«

Die Bäuerin war aufgewacht und kicherte.

»Da haben Sie recht«, sagte sie, »redet wie ein Buch, der Junge. Bei dem kommt kein anderer zu Wort.«

Stubs sah sie wütend von der Seite an, und als der Zug das nächste Mal hielt, verließ er mit viel Würde das Abteil. Dina und Robert hingen aus dem Fenster und sahen ihm entgegen.

»Warum bist du nicht früher gekommen? War was Besonderes los?«

»Klar«, nickte Stubs und stieg zu ihnen, »ich saß mit zwei Männern vom Unterseeboothafen zusammen. Und ich sage euch, was die alles wissen!«

»Als ob sie gerade den Mund auftäten, wenn du kommst!« grinste Robert.

»Na gut, wenn du mir nicht glaubst, dann eben nicht.«

Robert starrte ihn an. Es war doch ganz unmöglich, daß jemand diesem kleinen Idioten wichtige militärische Geheimnisse verriet. Andererseits war er immer gleich mit jedem gut Freund. Vielleicht sagte er doch die Wahrheit?

»Los, red schon. Was hast du gehört?« fragte er endlich. »Was waren das für Männer?«

»Ihre Namen kenne ich nicht. Nach solchen Nebensächlichkeiten habe ich natürlich nicht gefragt. Aber wie sie aussehen, kann ich dir genau beschreiben. Ich gucke mir immer alle Leute genau an. Man weiß nie, wozu es doch einmal gut ist.«

Und dann gab er einen ausführlichen Bericht über geschwungene Augenbrauen, abgekaute Fingernägel, vorstehende Zähne und den verkrüppelten kleinen Finger an der Hand des einen.

»Ganz gut«, brummte Robert und wunderte sich, wie schon so oft, über Stubs' Beobachtungsgabe. Wenn er sich auch sonst manchmal furchtbar dumm benahm, in dieser Beziehung war er nicht zu schlagen. »Du solltest zur Polizei gehen, wahrhaftig!«

Das ging Stubs 'runter wie Honig, und er wollte sich gerade darüber verbreiten, wie glücklich die Polizei zu schätzen wäre, wenn er sich entschlösse, in ihren Dienst zu treten, als der Zug sein Tempo verlangsamte und in einen Bahnhof einfuhr.

»Rockypool!« rief der Schaffner, und Fräulein Pfeffer erhob sich hastig.

»Wir sind da. Robert, lauf und sieh nach, ob sich unsere Koffer noch im Gepäckwagen befinden. Bei dem seltsamen Verfahren der Bahn wäre es nicht ausgeschlossen, daß man sie irgendwo auf der Strecke gelassen hat.«

Robert verschwand, und als Stubs ausstieg, verhedderte er sich, wie immer bei solchen Gelegenheiten, in Lümmels Leine und hätte sich beinahe auf den Hosenboden gesetzt.

Nach ein paar Minuten kam Robert mit der guten Nachricht zurück, daß alle Koffer noch vorhanden wären. »Soll ich ein Taxi holen, Fräulein Pfeffer?«

»Nein, danke, das ist nicht nötig. Ich habe der Wirtin geschrieben, sie möchte eins zum Bahnhof schicken. Es wird vermutlich schon warten.«

Als sie zur Sperre gingen, hielt Stubs seinen Vetter an und zeigte verstohlen auf zwei Männer, die sich dicht an ihnen vorbeidrängten, und Robert erkannte sie sofort nach der genauen Beschreibung, die ihm eben geliefert worden war. Er starrte ihnen nach, und auch er fand es sehr aufregend, in einem geheimen Unterseeboothafen stationiert zu sein.

Die Taxe wartete tatsächlich. Der Fahrer half dem Gepäckträger, die Koffer zu verstauen, und legte einen Teil auf den Sitz neben sich.

»Ist es weit bis Rubadub?« fragte Stubs. Der Mann schüttelte den Kopf.

»Knapp drei Kilometer.«

Sie stiegen ein, und Stubs sah zum Fenster hinaus. Die Landschaft wirkte wild und einsam, Heide und Moor, mit hier und da aufblitzenden Wassertümpeln.

Sie rumpelten die Landstraße entlang, und Stubs warf Lümmel einen auffallend besorgten Blick zu.

»Hoffentlich wird er nicht seekrank«, murmelte er.

»Nur das nicht!« sagte Fräulein Pfeffer entsetzt.

»Ich will mich lieber mit ihm zu dem Fahrer setzen«, sagte er plötzlich und klopfte an die Scheibe vor sich. »Bitte, halten Sie einen Augenblick, ich komme zu Ihnen.«

Die Taxe hielt, und Stubs quetschte sich, den erstaunten Lümmel auf dem Arm, mit Müh und Not zwischen Koffer und Fahrer.

»Kann jetzt prima sehen«, flüsterte er selig grinsend dem Mann neben sich zu.

»Und ich überhaupt nichts mehr«, murrte Dina, an deren feines Gehör er gar nicht gedacht hatte. »Wetten, daß Lümmel sich pudelwohl fühlt? Dieser gräßliche Bengel wollte bloß auf den besten Platz.«

»Ach, laß ihn nur«, beschwichtigte Fräulein Pfeffer, die sehr müde war und absolut keine Lust verspürte, ihre schwachen Kräfte mit denen Stubs' zu messen. »Wir sind außerdem gleich am Ziel.«

Es dauerte nicht lange, und der Wagen fuhr in den kleinen Ort, dessen Häuser in einem Halbkreis vor den Klippen lagen und auf die Bucht hinaussahen. Eine breite Promenade führte am Strand entlang und ein Landungssteg bis weit ins Meer.

»Wunderbar!« rief Dina strahlend. »Und das da ist doch sicher das Gasthaus? Wie gemütlich es aussieht!«

»Ja, hier werden wir wohnen«, nickte Fräulein Pfeffer, »im ›Drei Mann in einem Faß‹. Und nun hinaus mit euch!«

IV

Herr Faß ist gut erzogen

Einer nach dem anderen sprang aus dem Wagen, und der Fahrer ging zur Tür des Gasthauses und rief hinein:

»Hallo, Dummy, eure Gäste sind angekommen!«

Die Kinder standen und starrten auf das alte Schild. Aber sie konnten nicht erkennen, ob es die drei Männer in dem Faß zeigte, es war zu verblichen und verwittert.

»Das Haus stammt bestimmt noch aus dem Mittelalter. Wenn man es ansieht, fühlt man sich um Hunderte von Jahren zurückversetzt. Mir geht es jedenfalls so.«

Dina hatte recht. Es mußte uralt sein, lehnte mit der Rückfront an den Klippen, hatte hölzerne Läden an den Fenstern, und die Scheiben blitzten und funkelten. Zwei Schornsteine ragten aus dem ganz mit Moos bewachsenen Dach, und nur hier und da leuchtete das Rot der Ziegel hervor. Die Eingangstür wäre eines Schlosses würdig gewesen, fest und stark, mit einem riesigen Türklopfer in Form eines Segelschiffes. Stubs fühlte natürlich sofort ein unwiderstehliches Verlangen, ihn in Bewegung zu setzen. Aber ehe er dazu kam, öffnete sich die Tür ein wenig, und jemand steckte den Kopf durch den Spalt.

›Ein Junge‹, dachten die Kinder, doch als er nun herauskam, sahen sie, daß es ein Erwachsener war. Er war kleiner als Robert, sein Kopf etwas zu groß für den Körper und der Ausdruck seines Gesichtes der eines Kindes mit runden, erstaunten Augen.

»Komm, Dummy, hilf mir«, rief der Fahrer und machte sich am Gepäck zu schaffen. Dummy stampfte schwerfällig herbei. Er trug marineblaue Hosen mit hellem Paspel an den Seitennähten, eine Weste über dem dunklen Hemd und darüber eine Lederschürze. Scheu grinste er die Kinder von der Seite an.

Mit Leichtigkeit hob er die schweren Koffer, lud sie auf seine Schulter und stapfte zurück ins Haus.

»Er ist hier Mädchen für alles«, erklärte der Taxifahrer, »ein guter Kerl, stark wie ein Pferd und freundlich wie ein Kind. Nur wenn er in Wut gerät, möchte ich ihm lieber nicht begegnen.«

»Ich mag ihn«, sagte Dina, »er lacht so freundlich.«

Der Mann nickte. »Mit Kindern kommt er gut zurecht, aber mit Erwachsenen nicht immer. Wenn sie zum Beispiel etwas an ihm auszusetzen haben, wird er böse, brummt und knurrt und sieht aus, als wollte er sie gleich über die Klippen ins Meer befördern. Und eins rate ich euch, lacht nie über den alten Dummy, demjenigen geht's schlecht, habe ich mir erzählen lassen.«

Fräulein Pfeffer fand, daß es nun genug des Schwatzens sei. Sie sah, wie Stubs mit offenem Munde lauschte, und wußte, daß er sich nun gleich erkundigen würde, wem es denn schlecht ergangen wäre.

»Was bekommen Sie?« fragte sie deshalb schnell und öffnete ihr Portemonnaie. »Schönen Dank, daß Sie uns so pünktlich abgeholt haben.«

Der Taxifahrer tippte an die Mütze, versenkte den Fahrpreis und das reichliche Trinkgeld in seiner Jackentasche und fuhr davon.

Dummy erschien wieder und hinter ihm die Wirtin, eine außergewöhnlich große und außergewöhnlich stattliche Frau mit verdrießlichem Gesicht. Sie besaß nicht nur ein Doppelkinn, sondern deren gleich mehrere, und Stubs starrte sie, ganz in Bewunderung versunken, an. Das Haar trug sie hochgekämmt, was ihrem Aussehen noch mehr Würde verlieh.

»Guten Tag«, sagte sie mit tiefer Stimme und trat auf die Ankömmlinge zu. »Der Zug muß heute einmal keine Verspätung gehabt haben. Ich hatte Sie noch gar nicht erwartet. Kommen Sie herein. Ihre Zimmer sind bereit.«

»Vielen Dank, Frau, äh, Frau ...« sagte Fräulein Pfeffer verwirrt beim Anblick dieser pompösen Erscheinung.

»Mein Name ist Plump, Frau Plump.«

»Paßt ausgezeichnet«, murmelte Stubs, als sie durch die Halle gingen.

Dina gluckste. »Ob es auch kleine Plumps gibt? Sicher sehen sie alle wie die Mutter aus. Meine Güte, ist das eine steile Treppe.«

»Passen Sie an den Biegungen auf«, ermahnte Frau Plump mit ihrer ehrfurchtgebietenden Stimme. »Nanu, was war denn das?«

Es war Lümmel! Lümmel, der sich losgerissen hatte und hinaufstürmte. Er hatte die Kurve zu kurz genommen und Frau Plump ins Wanken gebracht. Kein Wunder bei seinem Tempo!

»Haben Sie sich erschrocken? Das tut mir leid«, sagte Stubs höflich und sanft. »Es ist nur mein Spaniel. Er ist immer sehr aufgeregt, wenn er in eine neue Umgebung kommt. Sie haben doch nichts gegen Hunde? Fräulein Pfeffer sagte, ich dürfte ihn mitbringen.«

»Gegen guterzogene nicht.« Frau Plump sprach mit Betonung und führte sie durch den langen Flur mit vielen Türen. »Ich habe selber einen, einen guterzogenen!«

»Wie heißt er denn?« fragte Stubs interessiert.

»Herr Faß. Den Namen hat ihm mein Mann gegeben, nach unserem Gasthaus. Das ist so einer seiner Späße. Ich hätte ihn lieber Fips genannt, ich meine den Hund, aber jetzt, wo er alt und fett geworden ist, der Hund, versteht sich, finde ich, paßt der Name ganz gut.«

Sie ging ihnen ein paar Stufen voraus bis zu einer kleinen Galerie, auf die vier Türen mündeten.

»Hier habe ich Sie untergebracht«, erklärte sie stolz und öffnete die eine. »Es ist mein bestes Zimmer, vielleicht wollen Sie hier wohnen, Fräulein Pfeffer?«

»Ja, gerne«, sagte Fräulein Pfeffer erfreut, »hier habe ich als kleines Mädchen auch einmal geschlafen. Oh, die herrliche Aussicht! Sie hat mich damals schon so entzückt.«

Sie ging zu dem kleinen Fenster und stieß es weit auf. Die Kinder standen neben ihr.

Sie sahen hinunter auf die steilen Felsenriffe, den weißen Sand, das an diesem Augusttage tiefblaue Meer und die Wellen, die leise an den Strand schlugen.

›Ein friedliches Geräusch‹, dachte Dina, ›eins, wobei man träumen kann, aber wie muß es brausen und toben, wenn im Herbst die Stürme kommen. Hoffentlich hat mein Zimmer dieselbe Aussicht.‹

Es hatte sie. Doch der Raum war kleiner, an der einen Seite abgeschrägt, und dicke Holzbalken zogen sich durch die weißgekalkten Wände.

Die Jungen fanden ihr Zimmer toll, Stubs sagte ›supertoll‹, und sie riefen Dina, damit sie es sich ansah. Es war sehr groß, mit einem eingebauten eichenen Schrank und einem riesigen Doppelbett. Der Fußboden war uneben, und die Kinder würden von jetzt an Hunderte von Malen über die Dielen laufen, ehe ihre Ferien zu Ende gingen.

»Ich finde es hier furchtbar gemütlich, ihr auch?« fragte Dina.

»Ziemlich«, grinste Robert, »und wenn man bedenkt, daß das Haus bestimmt schon so alt wie der Tower in London ist, natürlich besonders. Wenn die Wände erzählen könnten, was die wohl alles erlebt haben!«

»Erlebt, erlebt«, brummte Stubs, »mich würde höchstens interessieren, was hier gegessen wurde, nehme an, sehr gut und viel.«

»Natürlich«, sagte Dina, »du denkst mal wieder ans Essen, wie immer! Frag doch die Wände! Dir erzählen sie es vielleicht.«

»Glaub nur nicht, daß du mich beleidigen kannst«, knurrte er. »Außerdem hätte ich auch gar nichts gegen eine kleine Erfrischung einzuwenden. Und was ist nun? Packen wir aus oder nicht? Und wo ist eigentlich Fräulein Pfeffer?«

In diesem Augenblick kam sie herein und scheuchte Lümmel sofort von dem breiten Bett. »Stubs, du hast doch gehört, daß Frau Plump von wohlerzogenen Hunden sprach, nicht wahr? Du mußt unbedingt dafür sorgen, daß Lümmel sich hier besser benimmt als zu Hause, sonst bekommst du Ärger.«

»Paßt der Name nicht wunderbar zu ihr? Sie ist enorm, pompös, einfach majestätisch!«

»Sei nicht albern, Stubs«, sagte Fräulein Pfeffer ungeduldig, »beeilt euch, und kommt dann hinunter zum Tee. Frau Plump sagte, sie brächte ihn, sobald wir fertig wären.«

»Gut, ich bin soweit«, sagte Stubs.

»O nein, das bist du keineswegs!« widersprach die alte Erzieherin. »Wasch dich und kämm dir die Haare, und außerdem scheint es geraten, daß du dich ein wenig abbürstest. Du erweckst den Eindruck, als habest du die Reise nicht auf dem Sitz, sondern unter ihm zugebracht.« Mit diesen Worten ging sie hinaus.

»Ja, ja, ich fliege, ich eile, um alle Wünsche zu erfüllen«, murmelte er und warf ihr einen wütenden Blick nach.

Dina lachte. »Sie hat ganz recht, du siehst aus wie ein wildgewordener Handfeger.«

»Das hat sie nicht gesagt.«

»Aber gemeint«, grinste Robert.

»Mach, daß du vom Bett 'runterkommst. Lümmel. Du hast doch gehört, was die Pfefferbüchse angeordnet hat!«

»Pfefferbüchse?« wiederholte Robert. »Wenn du frech bist, wirst du nicht nur Ärger mit Frau Plump, sondern auch mit der Streubüchse, äh, ich meine mit Fräulein Pfeffer kriegen. Übrigens finde ich es jammerschade, daß unser Zimmer nicht auch die schöne Aussicht auf das Meer hat.«

»Die hier ist viel interessanter«, stellte Stubs fest und sah hinaus. »Lauter Dächer und Fenster, hinter denen andere Leute wohnen.«

Es war wirklich ein ungewöhnlicher Ausblick. Das Gasthaus lag höher als die angrenzenden Häuser, und sie konnten über die Giebel und in ein paar Dachfenster sehen. Aus einem Schornstein stieg dichter Rauch.

»Ich werde höchstwahrscheinlich einmal eine kleine Kletterpartie unternehmen. Darin bin ich ganz groß«, verkündete Stubs und schrubbte sein Gesicht mit Hingabe. »Hab' sogar schon mal Wasser in einen Schornstein gegossen.«

»Prahlhans!« sagte Robert. »Kümmere dich lieber um deinen Hund, der liegt nämlich wieder auf dem Bett. Ich glaube, es ist das beste, wir legen eine Decke darauf. Ich wüßte jedenfalls nicht, wie wir ihm diese schlechte Angewohnheit austreiben sollen. Komm, Lümmel, Teezeit.«

Gleich darauf stiegen sie mit Fräulein Pfeffer und Dina zusammen die gewundene Treppe hinab. Sie gingen vorsichtig, denn seitlich an den Biegungen wurden die Stufen sehr schmal. Doch Lümmel kümmerte sich nicht um solche Kleinigkeiten, rannte voraus, rutschte ab und kugelte kopfüber hinunter.

»Kannst du dich nicht anständig benehmen?« zischte Stubs. »Was soll Herr Faß von dir denken?«

V

Man weiß ja, wie Kinder so sind

Der Tee wurde im Speisesaal des Gasthauses serviert. Es war ein großer, ziemlich dunkler Raum, mit Eichenbalken an der Decke, einem riesigen Kamin und vielen polierten Türen.

Stubs, wie sollte es anders sein, schmeckte es. Wie ein Verhungernder stürzte er sich auf alles, auf das frische Schwarzbrot, die Butter und die selbstgemachte Pflaumenmarmelade, und ohne auch nur die kleinste Pause einzulegen, stopfte er eine Scheibe Brot nach der anderen in den Mund.

»Du bist auch zu gefräßig«, sagte Dina, »mit dir wird es immer schlimmer. Hübsch ist es hier. Seht mal, die vielen Geweihe und die alten Stiche an den Wänden und die beiden Aquarien da drüben. Und habt ihr schon einmal eine so große Sammlung von Reitpeitschen gesehen wie die neben dem Kamin?«

»Reitpeitschen?« Stubs unterbrach für einen Augenblick seine angenehme Beschäftigung. »Ich sammle auch welche. Die muß ich nachher unbedingt unter die Lupe nehmen. Vielleicht sind welche darunter, die ich noch nicht habe.«

»Ach, du Angeber, du hast meiner Ansicht nach sechs oder sieben, nicht wahr, und dort hängen mindestens siebzig oder achtzig«, lachte Dina. »Sieh dir lieber einmal die Uhr an!«

Es war eine alte Standuhr, die größte, die die Kinder je gesehen hatten. Sie reichte beinahe bis zur Decke, und ihr Ticken war so stark, daß man es selbst in der entferntesten Ecke des großen Raumes hören konnte. Und jetzt begann sie fünfmal zu schlagen, laut und dröhnend wie eine Kirchturmuhr.

»Ist hier eigentlich alles noch so, wie es war, als Sie damals herkamen, Fräulein Pfeffer?« fragte Robert. »Können Sie sich an diese Uhr erinnern?«

»O ja.« Fräulein Pfeffer lächelte und zwinkerte hinter ihren dikken Brillengläsern, »ich entsinne mich noch sehr gut, besonders daran, daß ich mich einmal im Uhrenkasten versteckt hielt, um alle, die vorüberkamen, zu erschrecken, indem ich wie ein Hund knurrte und bellte.« Stubs hatte aufmerksam zugehört.

»Toll! Hätte ich Ihnen gar nicht zugetraut«, sagte er anerkennend. »Wirklich, ein prima Idee, muß ich mir merken.«

»Um Himmels willen, nein!« bat die alte Erzieherin, die es sofort bitter bereute, ihre Unart so leichtsinnig verraten zu haben. »Bitte, Stubs«, fügte sie beinahe beschwörend hinzu, »benimm dich ordentlich. Ich möchte auf keinen Fall, daß Frau Plump euch für schlecht erzogen hält und euch danach behandelt.«

Stubs brummte beruhigend und fragte dann: »Sie muß doch damals auch ein kleines Mädchen gewesen sein, war sie älter als Sie?«

»Ich glaube nicht. Sie war ein nettes kleines Ding. Wie hieß sie doch? O ja, ich weiß: Gloria.«

»Gloria Plump!« rief Dina entzückt.

»Pst«, machte Fräulein Pfeffer und warf einen besorgten Blick in die Runde. »Damals hieß sie noch Gloria Tregonnan. Hunderte von Jahren soll dies Gasthaus im Besitz ihrer Familie sein«.

Frau Plump erschien in der Tür, um sich zu vergewissern, daß es ihren Gästen schmeckte. Sie trat an den Tisch und sah zu ihrem Erstaunen nichts Eßbares mehr. »Oh«, sagte sie, »soll ich noch etwas bringen lassen?«

»Nein, nein, vielen Dank!« wehrte Fräulein Pfeffer verlegen zwinkernd ab. Es war sicher, daß neben Stubs sein unter dem Tisch sitzender Hund den Löwenanteil vertilgt hatte. Ohne Zweifel war das der Grund, aus dem sich Lümmel bis jetzt so ungewöhnlich ruhig verhielt. Sie runzelte die Stirn und sah zu Stubs hinüber, der schon den Mund auftat, um zu verkünden, daß er gut und gerne noch etwas vertragen könne. Unter ihren Blicken aber klappte er ihn sofort wieder zu.

»Ich werde jetzt hinaufgehen und auspacken, währenddessen könnt ihr ein wenig an den Strand laufen. Doch vergeßt nicht, eure Strickjacken anzuziehen, gegen Abend wird es kühl am Wasser. Hört ihr!«

Sie stürmten davon, und Fräulein Pfeffer schenkte sich noch eine Tasse Tee ein, um sie in Ruhe zu genießen, als Frau Plump zurückkam.

»Ja, ja, da hat man so seine liebe Not«, sagte sie mitfühlend, »ja, ja, die Jugend von heute. Wenn man bedenkt, wir zu unserer Zeit, wir durften uns zwar sehen, aber nicht hören lassen.«

»Oh, so schlimm sind sie nicht«, nahm Fräulein Pfeffer die drei in Schutz, »nur manchmal ein bißchen wild. Ist Ihr Haus gut besucht?« erkundigts sie sich dann.

»Im Augenblick sind wir nicht voll besetzt. Unten in der Stadt, nahe am Strand, wurde voriges Jahr ein neues Hotel gebaut. Dadurch haben wir natürlich ein paar Gäste verloren. Das ›Drei Mann in einem Faß‹ ist ein bißchen altmodisch und liegt auch nicht sehr günstig.«

Fräulein Pfeffer sah zu einigen Tischen hinüber, auf denen Blumen und Schalen mit Obst standen. »Nun, wie ich sehe, hat die Konkurrenz nicht allzuviel ausrichten können.«

»I bewahre! Da hätten wir zum Beispiel zuerst drei Artisten. Die geben jeden Abend eine Vorstellung im Varieté unten am Landungssteg. Sie sollen sehr gut sein, wird gesagt. ›Rubadub Rollocks‹ nennen sie sich. Was das bedeutet, weiß ich nicht, komischer Name, finde ich. ›Kommt zu den Rubadub Rollocks‹ steht überall auf den Plakaten an den Anschlagsäulen.«

»Oh, das wird die Kinder freuen«, lächelte Fräulein Pfeffer, »sie sehen sich so was gerne an. Sicher ist es sehr lustig.«

»Ja, sehr«, nickte Frau Plump. »Zur Saison gibt es hier immer solche Veranstaltungen. Diesmal ist sogar ein Zauberer dabei, er soll auch ganz großartig sein und hat viel Zulauf. Das ist mal was anderes. Er wohnt auch bei mir, und dann noch Fräulein Iris Nachtigall, eine Sängerin. Nachtigall, das ist natürlich nicht ihr richtiger Name, sie nennt sich nur so.« Frau Plump schmunzelte. »Paßt gut, was?«

»Da beherbergen Sie ja eine Menge interessanter Leute«, sagte Fräulein Pfeffer, der der kleine Schwatz Spaß machte.

Frau Plump nickte. »Außerdem haben wir noch so einen alten Herrn, einen gewissen Professor James. Ich wollte Sie übrigens bitten, den Kindern zu sagen, daß sie ihn nicht ärgern. Sie nehmen es mir doch nicht übel? Aber man weiß ja, wie Kinder so sind. Er ist ein bißchen seltsam, mag keine Hunde, noch nicht einmal einen wohlerzogenen Herrn Faß, und er ist ziemlich taub, der Professor, versteht sich, und hitzig obendrein.«

»Ich werde die Kinder informieren«, beeilte Fräulein Pfeffer sich, sie zu beruhigen. Sie beschloß, die drei sobald wie möglich ins Gebet zu nehmen, besonders Stubs, und ihm anzuraten, auf Lümmel zu achten, wenn Professor James in der Nähe war.

»Und dann haben wir noch Fräulein Trill. Das wären alle«, fuhr Frau Plump fort. »Sie ist soweit ganz in Ordnung, schwatzt nur ein bißchen viel und überschwenglich. Spricht von herzigen Hunden und Katzen, wunderwunderhübschen Schmetterlingen, süßen Vögelchen und so. Na, Sie können es sich schon vorstellen. Hoffentlich lachen Ihre Trabanten nicht über sie, man weiß ja, wie Kinder so sind.«

›Du meine Güte!‹ dachte das arme Fräulein Pfeffer. ›Ich muß ihnen heute abend ins Gewissen reden!‹

Das Schwätzchen dehnte sich länger aus als beabsichtigt, denn die Sprache kam darauf, daß sie als kleines Mädchen schon einmal hier war und sie und Frau Plump sich also lange kannten. Die Wirtin nickte und schmunzelte, und beide tauschten Erinnerungen aus.

Endlich ging Fräulein Pfeffer hinauf, um auszupacken, und saß bald danach am Fenster und genoß die herrliche Aussicht. Wie friedlich und still es hier war! Eine Gegend, wie geschaffen zur Erholung!

In diesem Augenblick erschütterte eine ungeheure Detonation das ganze Haus. Fräulein Pfeffer fuhr entsetzt hoch. Um Himmels willen, was war geschehen?

Sie lief auf die Galerie und stieß mit Dummy zusammen, der ein paar Koffer schleppte. Er lächelte sie schüchtern an.

»Was war das für ein furchtbares Getöse?« fragte sie mit zitternder Stimme.

Statt einer Antwort ließ er den einen Koffer auf den Boden fallen, sagte: »Bum!« und wiederholte dasselbe mit dem anderen.

»Nicht, nicht! Ich wollte wissen, woher diese schreckliche Detonation rührte!«

Dummy nahm ihren Arm und zog sie zu einer kleinen Tür, hinter der eine schmale Treppe steil hinaufführte. Er erklomm sie schwerfällig, und Fräulein Pfeffer folgte ihm erstaunt bis zu einer großen Dachluke, die nur zum Teil verglast war.

»Bum, bum«, wiederholte er leise und zeigte hinaus.

Sie standen jetzt auf gleicher Höhe mit den Spitzen der Klippen, die hinter dem Gasthaus aufragten. Und genau der Dachluke gegenüber klaffte ein Spalt in den Felsen, durch den man das Meer jenseits der Riffe sehen konnte.

Dieser Anblick überraschte Fräulein Pfeffer sehr, und sie blickte gespannt hinüber, denn sie wußte, daß da draußen irgendwo der Unterseeboothafen lag, gut verborgen und vom Lande abgeschlossen. Streng geheime Versuche wurden dort ausgeführt. Vielleicht stand die Detonation im Zusammenhang mit einem dieser Experimente?

Bum! Wieder fuhr Fräulein Pfeffer zusammen. Und weit draußen stieg eine hohe Fontäne aus dem Wasser, und eine dunkle Rauchwolke schwebte darüber.

»Bum, bum«, sagte Dummy, zeigte über das Wasser und grinste. Es schien, als könne er gar nichts anderes sagen.

»Sehr interessant«, nickte Fräulein Pfeffer, »vielen Dank, daß Sie es mir gezeigt haben.« Er lächelte sie wieder von der Seite an, und sie nickte ihm freundlich zu. ›Armer Kerl‹, dachte sie.

Dann kehrte sie in ihr Zimmer zurück. Wenn die Kinder nach Hause kämen, würde sie ihnen von der Dachluke erzählen, denn sicher würden sie diese Entdeckung sehr aufregend finden. Sie nahm die letzten Sachen aus dem Koffer und summte leise vor sich hin. Sie freute sich auf diese Ferienwochen voller Sonne und Nichtstun und darauf, mit den drei Kindern zusammen zu sein, die ihr so ans Herz gewachsen waren.

Inzwischen verbrachten Dina, Robert und Stubs einen herrlichen Nachmittag. Sie liefen am Strand entlang, fanden die verschiedensten Muscheln, die dort zu Hunderten lagen, kletterten auf die Felsen, und Stubs rutschte natürlich aus, fiel ins Wasser und tropfte wie eine gebadete Katze.

Später schlenderten sie die Promenade hinunter, blieben am Landungssteg stehen und betrachteten die Plakate.

»Kommt zu den Rubadub Rollocks«, las Robert. »Da müssen wir hin. Seht mal, ein Zauberer ist auch dabei, Mathias Marvel, den müssen wir unbedingt sehen.«

Sie bewunderten die Fotografien der zwölf Clowns und fanden, daß sie sehr komisch und vielversprechend aussahen.

»Hoffentlich tritt keine Sängerin auf«, sagte Stubs, »die sind immer eklig. Ihr Gezwitscher ist die reinste Zeitverschwendung. Clowns und Zauberer finde ich tausendmal interessanter. Tanzen geht ja noch, aber Singen, dabei könnte ich die Wände hochgehen.«

»Lümmel ist auf den Steg gelaufen«, rief Robert plötzlich. »Lümmel, komm her, Lümmel, Lümmel!«

Aber der hatte schon die Hälfte des Weges zurückgelegt und kümmerte sich nicht im geringsten um das verzweifelte Rufen. Vom Ende des Stegs kam ein verlockender Fischgeruch zu ihm, und niemand hätte ihn zurückhalten können.

»Wir müssen die zwanzig Pfennig opfern, um ihn zu holen«, überlegte Stubs. »Hat einer zwanzig Pfennig?«

»Ja, du«, sagte Robert, »von mir bekommst du sie jedenfalls nicht, ich habe nämlich kein Geld mehr, und schließlich ist es ja dein Hund.«

So mußte der arme Stubs also sein Portemonnaie zücken, sich von zwanzig Pfennigen trennen und ganz am Ende des langen Stegs einen ausgesprochen mißvergnügten Lümmel von einem Haufen fauliger Fische fortzerren.

»Hörst du nicht, wie wütend die Möwen auf dich sind, du Ausreißer?« sagte er. »Der Fisch ist für sie bestimmt. Du bist auch zu gefräßig, willst du den armen Tieren überhaupt nichts gönnen?«

VI

Ich heiße Trill

Kurz vor sieben Uhr erschienen die drei wieder zum Abendessen im Gasthaus.

»Schön, daß ihr so pünktlich seid«, sagte Fräulein Pfeffer erfreut und sah ihnen lächelnd entgegen. »Nun, habt ihr euch ein wenig umgesehen?«

Robert nickte. »Es ist prima hier! Haben Sie die Explosion auch gehört? Ein Mann erzählte uns, sie käme von dem Unterseeboothafen. Ich wollte, wir könnten ihn uns einmal ansehen.«

Fräulein Pfeffer schüttelte den Kopf. »Das ist unmöglich, du weißt es doch. Aber weil ihr so früh gekommen seid, will ich euch rasch noch etwas zeigen, kommt!«

Sie stieg vor ihnen die schmale Treppe hinauf, die Kinder folgten ihr neugierig, und Robert stieß einen Ruf des Staunens aus, denn er war der erste an der Luke.

»Donnerwetter, man kann den Hafen sehen!« rief er aufgeregt.

»Laß mich mal«, drängte Stubs. »Dina, halt Lümmel fest. Er benimmt sich wie ein Verrückter und zerkratzt mir noch meine Hose. Toll! Eine tolle Aussicht! Und von da ist der Krach gekommen?«

»Ja«, sagte Fräulein Pfeffer, »es stieg eine Fontäne auf, und über ihr schwebte eine dunkle Rauchwolke.«

»Ich bleibe hier sitzen und warte auf den nächsten Knall«, verkündete er.

»Das wirst du nicht«, bestimmte Fräulein Pfeffer, »wir gehen jetzt alle zum Essen.«

Sie stiegen die Treppe hinunter und öffneten die Tür, die auf die Galerie führte. Im Flur begegnete ihnen ein Mann, ein großer, dünner Mann, mit langem, magerem Gesicht und tiefliegenden Augen, mit denen er sie durchdringend anstarrte. Anscheinend fand er es sehr ungewöhnlich, jemanden von dort oben kommen zu sehen.

Auch die Kinder starrten ihn an, und Dina dachte: ›Was für einen unheimlichen Blick er hat, als ob er einen durchbohren wollte.‹

»Guten Abend«, grüßte Fräulein Pfeffer höflich, die als letzte die Stufen herunterkam.

»Guten Abend«, sagte der Mann, verschwand in seinem Zimmer, und die Tür schloß sich mit einem leisen Klicken hinter ihm.

Fräulein Pfeffer nahm an, daß dieser Gast einer der Artisten sein mußte, doch sicher keiner der Clowns. Dieser hier sah aus, als habe er noch nie in seinem Leben einen Spaß gemacht. Seinem Blick nach zu urteilen, war er höchstwahrscheinlich Mathias Marvel, der Zauberer.

»Dem ist wohl die Petersilie verhagelt«, grinste Stubs, »vielleicht ist er auch heute früh mit dem linken Bein zuerst aufgestanden.«

»Beeilt euch, und zieht euch um«, ermahnte Fräulein Pfeffer, »und vergeßt nicht, euch die Hände zu waschen. Das gilt besonders für dich, Stubs. Und benehmt auch bitte ordentlich, und denkt daran, daß sich noch mehr Gäste im Speisesaal befinden.«

»Um Himmels willen«, stöhnte Robert, »das ist furchtbar, das ist ja furchtbar! Na, Stubs muß sich auf alle Fälle umziehen. Er tropft immer noch, und überall, wo er gestanden hat, bleibt eine Pfütze zurück. Er ist nämlich ins Wasser gefallen.«

Fräulein Pfeffer schlug die Hände über dem Kopf zusammen, beugte sich weit vor und betrachtete ihn eingehend durch ihre dicken Brillengläser. »Zieh dich sofort um! Du mußt so schnell wie möglich aus den nassen Sachen herauskommen!« rief sie entsetzt.

Als dann der Gong durch das Haus dröhnte, waren die Kinder bereit, sogar Lümmel. »Ich habe ihm den Sand aus dem Fell gebürstet«, erklärte Stubs stolz. »Sieht er nicht prima aus? Ich möchte gerne, daß er einen guten Eindruck auf Herrn Faß macht.«

Sie waren die ersten im Speisesaal. Aus der Küche kam der appetitliche Duft von Tomatensuppe. Stubs schnupperte genießerisch und äußerst geräuschvoll, und Fräulein Pfeffer warf ihm einen ihrer scharfen Blicke zu.

Ein Hund watschelte herein, ungeheuer fett, mit düsterem, traurigem Aussehen, mit dicken Falten auf der Stirn und tief herabhängenden Backen.

»Das muß Herr Faß sein«, vermutete Stubs ganz richtig und betrachtete dieses Monstrum voller Andacht und Staunen. »Seht euch das an! Guten Abend, Herr Faß. Darf ich Ihnen meinen Hund vorstellen? Herr Lümmel, Herr Faß.«

»Wuff«, machte Lümmel höflich und außerordentlich beeindruckt.

»Grrr«, machte Herr Faß und entblößte in furchterregender Weise die Zähne. Lümmel zog sich eilig zurück und geriet dem Kellner zwischen die Beine, der gerade die Suppe brachte.

Herr Faß watschelte zu einer Decke vor dem Kamin und ließ sich mit einem langen, sehr menschlich klingenden Stöhnen darauf nieder. Er sah einen nach dem anderen nachdenklich und leidend an, legte dann den dicken Kopf auf die Pfoten und seufzte noch einmal tief.

Lümmel betrachtete ihn ehrfürchtig. Was für ein Hund! Was für ein Prachtexemplar von einem Hund! Er selber kam sich wie ein Zwirnsfaden vor, beschloß, so bescheiden wie möglich zu wirken, und legte sich auf seines Herrchens Füße.

Der Kellner stellte eben vor jeden einen Teller mit Tomatensuppe, als die anderen Gäste hereinkamen. Ohne Schwierigkeit konnte Fräulein Pfeffer sie alle sofort nach Frau Plumps Beschreibung erkennen.

Als erster erschien Herr Marvel, der Zauberer, der Mann, dem sie auf dem Flur begegnet waren. Ihm folgte einer, der sehr lustig aussah, mit großen abstehenden Ohren und einem breiten Lachen. Er winkte zu den Kindern hinüber und scherzte mit dem Kellner, und Fräulein Pfeffer dachte: ›Vermutlich der Clown.‹

Ein wenig später setzte sich ein junges Mädchen von ungefähr zwanzig Jahren zu den beiden, und Fräulein Pfeffer kam zu dem Schluß, daß dies die Sängerin Iris Nachtigall sein mußte.

Die beiden letzten kamen zusammen. Ein Mann mit mißmutigem Gesicht und eine Dame in mittleren Jahren. Alles an ihr schien zu flattern, der Chiffonschal, den sie um den Hals gelegt hatte, die Rüschen und Volants an dem Kleid, das Batisttüchlein in ihrer Hand und die kleine Schleife im wildgelockten Haar.

›Fräulein Trill und Professor James‹, dachte Fräulein Pfeffer, während sie ihre Suppe löffelte, und die Kinder beobachteten die Neuangekommenen interessiert.

»Wo ist dieser Hund?« fragte der Professor, kaum daß er das Zimmer betreten hatte. »Wo ist dieser Hund? Hoffentlich nicht in der Nähe meines Tisches!«

Herr Faß hob nicht einmal den Kopf. Professor James starrte ihn mißvergnügt an, und Herr Faß erwiderte den Blick voller Verachtung.

»Ha, da bist du ja. Bleib auf deiner Decke, und komm mir nicht zu nahe. Kellner, was gibt es für Suppe?«

»Tomatensuppe, mein Herr«, antwortete der noch sehr junge Mann, der sich mit Stubs schon angefreundet hatte.

»Was soll das? Sprechen Sie lauter«, sagte der Professor ungehalten. »Heute nuscheln alle.«

Der Kellner hob die Stimme: »Tomatensuppe, mein Herr.«

»Ich verstehe kein Wort. Sprechen Sie doch lauter.«

»Tomatensuppe hat er gesagt!« brüllte Stubs voller Hilfsbereitschaft. Alle fuhren erschreckt zusammen, sogar Professor James.

»Wer schreit da so? Wer schreit denn da so? Davon muß man ja taub werden!« Er bedachte die Kinder mit einem seiner mißvergnügten Blicke. Stubs holte gerade tief Luft, um in der gleichen Lautstärke wie eben zu erklären, daß er es gewesen sei, als Fräulein Pfeffer die Stirn runzelte und ihn beschwörend ansah.

»Kann ich bitte noch ein bißchen Suppe bekommen?« fragte er deshalb im Flüsterton.

Ein glucksendes Lachen kam vom nächsten Tisch. Fräulein Trill beugte sich weit herüber, und ihre Armbänder klirrten leise.

»Ist er nicht süß?« wandte sie sich an Fräulein Pfeffer. »Wie er versuchte zu helfen. Und wie reizend, dieser gesunde Appetit!«

Stubs war völlig vernichtet. Süß sollte er sein! Dina und Robert verschluckten sich fast vor Lachen.

»Was für nette Kinderchen«, säuselte Fräulein Trill weiter. »Sind Sie die glückliche Mutter?«

»Nein«, entgegnete die alte Erzieherin höflich, aber kühl, »ich beaufsichtige sie nur.« Diese Dame schien eine von den Menschen zu sein, die man besser mied. Sonst würde es nicht lange dauern, und die Kinder machten sich über sie lustig. »Mein Name ist Pfeffer, Fräulein Pfeffer«, fügte sie hinzu.

»Ich heiße Trill, Fräulein Trill. Wir können uns ein bißchen zusammensetzen, wenn Ihre Banditen im Bett liegen, ja? Ich liebe Kinder so sehr, Sie auch? Und Hunde, sie sind zu herzig!«

Wer mochte wohl dieses redselige, säuselnde Wesen sein? Lümmel, neugierig geworden, kam langsam unter dem Tisch hervor. Das war ein Signal für einen neuen Entzückungsausbruch!

»Oh, welch ein Liebling! Und gerade Spaniels mag ich so gerne! Komm her, mein Herzchen. Soll ich einmal mit dir spazierengehen, ja, soll ich das?«

Lümmel sah sie scheel an und verschwand wieder unter dem Tisch. Herr Faß ließ einen Ton hören, der wie ein ungnädiges Schnalzen klang. Er erhob sich und sank dann wieder auf seine Decke, diesmal aber den breiten Rücken Fräulein Trill zugekehrt.

»Und wie heißt ihr denn?« fuhr sie fort, die die schwere Kunst, heiße Suppe zu essen und gleichzeitig zu reden, vollendet beherrschte. »Wie heißt das kleine Mädchen?«

»Dina, aber ich bin kein kleines Mädchen.«

»Und ich heiße Robert.«

»Und ich Stubs, Fräulein Triller.« Er sah sie strahlend an, und Dina kicherte.

»Mein Name ist Trill, nicht Triller«, berichtigte sie. »Und wie gefällt es euch in Rubadub? Welch reizender, seltsamer Name!«

»Zu reizend und zu süß Fräulein Triller«, pflichtete Stubs mit fröhlicher Miene bei. »Ich könnte immer trillern vor lauter Freude, daß ich hier bin.«

»Stubs!« ließ sich Fräulein Pfeffer mit solch fürchterlich drohender Stimme vernehmen, daß er den Kopf einzog und schwieg und Fräulein Trill erstaunt von einem zum anderen sah: »Eßt jetzt, und ich will kein weiteres Wort von euch hören«, schloß sie, während sie sich vorstellt, wie eine künftige Unterhaltung zwischen den Kindern und Fräulein Trill verlaufen würde.

Und Stubs, ausnahmsweise sehr beeindruckt von dem ungewohnt strengen Ton, begann schweigend sein Hühnchen zu essen.

»Dürfen wir uns nicht wieder unterhalten?« fragte Dina leise. »Ich meine, wir untereinander!«

Fräulein Trill war jetzt in ein angeregtes Gespräch mit dem Clown verwickelt, der sich genau wie Stubs großartig auf ihre Kosten zu amüsieren schien, und Fräulein Pfeffer ging um so lieber auf Dinas Vorschlag ein, als sie hoffte, die Aufmerksamkeit der drei von dem Nebentisch abzulenken.

»Gut, aber ich habe euch gewarnt«, sagte sie, »und bitte, geht gleich nach dem Essen hinaus.«

»Ja, wir werden spazierengehen«, riefen alle erleichtert.

Fräulein Pfeffer nickte zufrieden. Doch sie ahnte, daß diese Ferien wohl nicht ganz so ruhig und friedlich verlaufen würden, wie sie gehofft hatte!

VII

Barny ruft an

Die drei unternahmen nur einen kurzen Spaziergang, denn Fräulein Pfeffer hatte sie gebeten, nicht zu lange fortzubleiben. Es war noch hell, doch als sie über die Promenade zurückgingen, sahen sie in einiger Entfernung Lichter in der Dämmerung.

»Dort ist ein Jahrmarkt«, erklärte Robert, »da müssen wir hin.«

»Oh, eine Avusbahn!« rief Dina. »Wir sind schon einmal damit gefahren, weißt du noch, Robert?«

»Los«, schrie Stubs, »laßt uns eine Runde drehen!« Aber niemand hatte Geld mitgenommen, und so konnten sie nur zusehen. Der Jahrmarkt war klein, kaum daß er diesen Namen verdiente. Neben der Avusbahn gab es noch ein Karussell, eine Eisbude und eine mit Süßigkeiten. Etwas abseits stand ein Mann mit einer Drehorgel.

»Eine Drehorgel!« schrie Stubs. »Schade, daß ich nicht so ein Ding habe, damit könnte ich im Gasthaus ein bißchen Stimmung machen.«

»Von mir aus gerne«, kicherte Dina, »aber die anderen werden wohl darauf verzichten. Besonders der Professor, der alte Knabe, der würde auf der Stelle wahnsinnig.«

»Du irrst dich«, grinste Robert, »Frau Plump würde wahnsinnig, denn der Professor würde sofort abreisen.«

»Ich glaube nicht, daß es Fräulein Pfeffer recht ist, wenn wir uns hier aufhalten«, sagte Dina plötzlich. Der Jahrmarkt hatte sich allmählich belebt, und sie fand, daß die meisten Leute ringsum nicht besonders vertrauenserweckend wirkten.

Eine Menge Matrosen war darunter, die sich unter Johlen und Pfeifen in die kleinen Autos zwängten.

Einer von ihnen rempelte die Kinder an. »Was haben solche Gören hier zu suchen?« grölte er, und Robert hielt es für richtiger, zu gehen.

Stubs war enttäuscht. »Wir sind doch eben erst gekommen.«

»Wir verschwinden«, sagte Robert leise. »Wir sehen uns noch einmal die Bilder vom Varieté am Landungssteg an.«

Die Vorstellung hatte schon begonnen. Als sie das Drehkreuz erreichten, hörten sie Gesang aus der Ferne. »Das ist bestimmt Iris Nachtigall, sie singt sehr, sehr schön, findet ihr nicht auch?« sagte Stubs und starrte aufs Wasser. »Ich mag sie am liebsten von den dreien.«

»Und ich den Clown«, lachte Dina, »er ist der netteste von allen. Außerdem hat er so komische abstehende Ohren, richtige Segelfliegerohren.«

Der Gesang verstummte, und nun spielte jemand auf einem Banjo. Stubs, der ein Meister im Nachahmen dieses Instrumentes war, stellte sich in Positur und begann ein imaginäres Banjo zu zupfen und brachte dabei ein Geräusch zwischen den Zähnen hervor, das dem des richtigen Banjos täuschend ähnlich war.

Dina und Robert lachten.

»Großer Erfolg, was?« strahlte Stubs. »Habe ich in der Schule auch immer, wenn ich eine meiner beliebten Vorstellungen gebe. Ich kann auch Zither spielen, hört mal!«

Er setzte sich, tat, als läge eine Zither auf seinen Knien, und ahmte ihren Klang nicht weniger täuschend nach als den des Banjos.

Ein Mann schlenderte über den Landungssteg, blieb stehen und lauschte. Er trug das Kostüm eines Clowns und ging hier auf und ab, um ein wenig Luft zu schöpfen. Er beobachtete Stubs amüsiert.

»Hallo, du«, rief er, »wohnst du nicht im ›Drei Mann in einem Faß?‹ Das machst du gar nicht übel. Warum kommst du nicht einmal zum Wettbewerb der Kinder? Jede Woche ist einer. Ich glaube, du gewinnst.«

Stubs hörte auf, seine Zither zu bearbeiten, und grinste. »Sie sind der Clown, nicht wahr? In Ihrem Kostüm habe ich Sie gar nicht erkannt.«

Der Mann wackelte mit den großen abstehenden Ohren, zog eine Grimasse und nickte. »Ja, der bin ich, aber glaub nur nicht, daß es komisch ist, immer komisch zu sein. Das wird allmählich auch langweilig.«

Er versuchte ein paar verrückte Tanzschritte, stolperte über seine eigenen Füße und saß plötzlich mit einem erstaunten Grinsen auf den Holzbohlen. Die Kinder brüllten vor Lachen, und Lümmel geriet ganz außer sich und zog und zerrte an der Leine, um durch das Drehkreuz auf den Steg zu gelangen.

»Die Kinderwettbewerbe sind sehr lustig«, fuhr der Mann fort und stand mit einer schnellen Bewegung auf. »Jeder kann mitmachen. Der erste Preis ist fünf Mark für das beste Mädchen und fünf Mark für den besten Jungen. Du solltest kommen und es versuchen. Was du machst, ist egal, ob du tanzt, singst oder zauberst. Aber du würdest einen guten Clown abgeben, damit schaffst du es bestimmt.«

Er nickte Stubs zu, und der wußte nicht genau, ob er diese Bemerkung als Kompliment auffassen konnte.

Robert grinste. »Ja, das ist das Richtige für ihn, er tut den ganzen Tag sowieso nichts anderes als Blödsinn reden.«

Stubs boxte ihn in die Seite, der Mann lachte und wandte sich zum Gehen. Die Banjomusik war verklungen, und er mußte zurück auf die Bühne. Er warf seine Zigarette ins Wasser.

»Also, bis morgen«, sagte er, »morgen im Gasthaus bei Mutter Plump und Herrn Faß, der aufpaßt, daß jeder seinen Teller leer ißt.«

Stubs schnitt eine Grimasse, und der Mann lachte wieder.

»Du solltest zu uns kommen und mein Partner werden. Wir würden großen Erfolg haben. Na, dann gute Nacht.«

Er ging schnell den Steg hinunter, und Stubs starrte ihm nach, immer noch nicht ganz sicher, ob er sich nicht vielleicht nur einen Spaß mit ihm erlaubt hatte.

»Wie du das gemacht hast«, brummte Robert, »ich könnte das nie! Aber es ist schon ziemlich spät. Wenn wir nicht bald erscheinen, wird Fräulein Pfeffer sich ängstigen und eine entsetzliche Suchaktion starten.«

Sie gingen zurück ins Gasthaus und wurden schon vor der Tür von ihr erwartet. »Dina, Robert, Stubs, wer, glaubt ihr, hat eben angerufen?«

»Wer?« fragten alle wie aus einem Munde.

»Barny!« sagte Fräulein Pfeffer.

»Barny!« schrien sie. »Barny! Ist er etwa hier in der Nähe?«

»Kommt herein, ich werde es euch erzählen«, sagte sie und ging eilig voraus in die Diele, in der sich niemand mehr aufhielt.

»Ich saß hier«, begann sie und zwinkerte heftig hinter den Brillengläsern, »als Frau Plump kam und bestellte, ein Herr Barnabas wäre für euch am Telefon, und mich fragte, ob ich nicht statt eurer an den Apparat gehen wolle. Ich kam im Augenblick gar nicht darauf, wer Herr Barnabas sein könnte.«

»Weiter«, sagte Robert.

»Also, ich ging, und es war Barny. Er ist krank gewesen, und ich glaube, er fühlt sich ein bißchen einsam und sehnt sich danach, mit euch dreien zusammen zu sein. Er nannte mir eine Telefonnummer und wartet nun in einem Laden auf euren Anruf.«

»Die Nummer!« schrien sie. »Schnell, wie ist die Nummer?«

Fräulein Pfeffer gab sie ihnen, und sie jagten davon. Wenn er nur irgendwo hier in der Nähe wäre! Vielleicht könnte er dann nach Rubadub kommen.

Sie hatten Barny und sein kleines Äffchen Miranda durch einen seltsamen Zufall kennengelernt und waren seit dem Tage mit ihm befreundet. Er stand ganz alleine in der Welt und arbeitete beim Zirkus oder auf Jahrmärkten.

Die Kinder drängten sich in die Telefonzelle. Robert wählte, und Barny war sofort da. »Hallo, bist du es, Robert?«

»Hallo, Barny! Von wo sprichst du? Wir haben gehört, daß du krank warst. Geht es dir wieder besser? Und was macht Mirande?«

»Oh, sie ist vergnügt wie immer. Ich hatte mich erkältet, wahrscheinlich, als ich im Regen unter einer Hecke schlief. Ich habe zwei Wochen in einer Scheune gelegen, und Miranda hat für mich gesorgt.«

»Die gute, kleine Miranda«, sagte Robert, »wo bist du denn jetzt? Und woher weißt du überhaupt, daß wir hier sind?«

»Eure Köchin sagte es mir, ich habe bei euch zu Hause angerufen. Hör zu, morgen kann mich jemand nach Rubadub mitnehmen. Ich fühle mich ein bißchen einsam. Wahrscheinlich kommt es daher, daß ich krank war.«

Es sah Barny gar nicht ähnlich, sich einsam zu fühlen, und es mußte ihm schon sehr schlecht gehen, wenn er so etwas sagte.

»O ja, Barny, komm! Du wohnst natürlich bei uns im Gasthaus. Aber warte, ich glaube, Frau Plump wird Miranda nicht haben wollen, so ein Pech!«

»Nein, nein, das ist nicht nötig. Außerdem habe ich im Augenblick kein Geld. Ich muß sehen, daß ich dort irgendeine Arbeit finde. Und bei dem schönen, warmen Wetter kann ich ja draußen schlafen.«

»Na ja, das wird sich schon finden, wenn du erst hier bist. Es ist herrlich, daß du kommst! Grüße Miranda! Lümmel wird bestimmt verrückt vor Wiedersehensfreude.«

»Also, bis morgen«, sagte Barny, »ich freue mich auch!« Dann hörte Robert ein Knacken in der Leitung, Barny hatte aufgelegt.

Sie drängten sich alle drei auf einmal aus der schmalen Tür, und Dina und Stubs bestürmten Robert mit Fragen. Sie brannten darauf, alles genau zu erfahren.

Sie liefen zurück in die Diele, wo Fräulein Pfeffer auf sie wartete, und Robert berichtete das ganze Gespräch, Wort für Wort.

»Und morgen ist er hier«, schloß er, »es wird wunderbar!«

»Prima, prima, prima!« rief Stubs, der Barny sehr bewunderte und Miranda, das Äffchen, sehr gerne mochte.

»Und nun geht schnell zu Bett«, lächelte Fräulein Pfeffer, »und bitte, seid morgen früh pünktlich zum Frühstück unten.«

VIII

Barny kommt

Die drei schliefen so tief und fest, daß sie nicht einmal den Gong, der zum Frühstück rief, hörten. Doch kaum verhallte der letzte Ton, da kam Fräulein Pfeffer, noch im Morgenmantel, zu ihnen hineingehastet. »Wacht auf, Kinderchen!« rief sie, und ihre Augen zwinkerten heftig. »Auch ich habe verschlafen. Nein, wie peinlich! Was soll Frau Plump von uns denken, wenn wir uns gerade am ersten Morgen so verspäten. Wacht auf, Kinderchen, und beeilt euch, bitte, ja?«

»Nein!« brummte Stubs und drehte sich auf die andere Seite.

»Nun gut«, sagte sie und wandte sich zum Gehen, »ich möchte dich nur darauf aufmerksam machen, daß Barny in Kürze hier sein wird!«

»Barny!« schrie Stubs und fuhr wie von der Tarantel gestochen hoch. »Ich habe ja ganz vergessen, daß Barny kommt!«

Fräulein Pfeffer lief hinaus, weckte Dina, lief wieder zurück in ihr Zimmer und zog sich in aller Eile an. Als sie bald danach den Speisesaal betraten, saß nur noch ein einziger Gast an einem der Tische. Fräulein Trill!

»Haben die lieben Kleinen verschlafen?« begrüßte sie alle mit strahlendem Lächeln. »Und das herzige Hundchen auch?«

Das herzige Hündchen hatte zwar verschlafen, war dafür jetzt aber um so munterer. Es lief zu dieser redseligen Dame, schnappte deren Serviette und machte sich davon. Fräulein Trill quietschte laut. »Oh, du Böser, du Böser! Bring sie sofort zurück, hörst du?«

»Lümmel!« brüllte Stubs voller Genuß. »Bring sie dem guten Fräulein Triller sofort zurück, hörst du?«

Ob solchen Stimmaufwandes fiel Fräulein Trill beinahe vom Stuhl. In diesem Augenblick erschien Herr Faß in der Tür, starrte Lümmel an, sah leidender aus denn je, und seine faltigen Backen schienen noch tiefer herabzuhängen als sonst. Lümmel zog sich vorsichtig zurück und ließ die Serviette Serviette sein. Herr Faß schnupperte daran, nahm sie zwischen die Zähne und watschelte zum Kamin. Er ließ sie auf seine Decke fallen und legte sich unter Stöhnen und Seufzen darauf.

»Siehst du, Lümmel, das nächste Mal wird er dich nehmen und sich auf dich legen«, drohte Stubs, der inbrünstig hoffte, daß er nicht gezwungen sein würde, diesem Ungeheuer seine Beute entreißen zu müssen.

»Der liebe, liebe Herr Faß, ein zu reizendes Hundchen, nicht wahr?« säuselte Fräulein Trill. »Ich liebe Hunde unsagbar und Katzen auch, die zarten, kleinen Dinger.«

»Unsere Katze Sardine würde Ihnen bestimmt gefallen, Fräulein Triller«, begann Stubs, »sie mag es so gerne, wenn man im Dunkeln auf der Treppe über sie fällt, das zarte, kleine Ding. Und der Affe von unserem Freund, der würde Ihnen ...«

»Sicher, sicher«, unterbrach Fräulein Trill hastig, »aber ich heiße Trill und nicht Triller.«

»Oh, ich vergesse es immer wieder. Seien Sie bitte nicht böse«, entschuldigte sich Stubs und schielte zu Fräulein Pfeffer hinüber, die ihm einen ihrer scharfen Blicke zuwarf. Trotzdem fuhr er ungerührt fort: »Ihr Name erinnert mich immer an ein Liedchen, das ich als Kind sang: ›Trillre, trillre, du süßer Vogel‹ oder so ähnlich. Ich liebe

Vögel so, Sie auch, Fräulein Triller? Sie sind so süß, die gefiederten Freunde. Und ich liebe ...«

»Willst du so freundlich sein und mir ein Taschentuch herunterholen, Stubs?« unterbrach die alte Erzieherin diesen Redestrom. Sein albernes Geschwätz ließ Dina hilflos in sich hineinkichern, und Robert grinste von einem Ohr zum anderen. Selbst Fräulein Pfeffer hatte Mühe, ein Lächeln zu unterdrücken.

»Seit wann sind Sie denn vergeßlich?« begann Stubs mit unschuldigem Augenaufschlag, brach aber sofort ab, als er ihren Blick sah. Mit sanftmütiger Miene erhob er sich, um das Gewünschte zu holen. Fräulein Trill lächelte strahlend und sah aus, als wolle sie im nächsten Augenblick ihrer Freude über hilfsbereite kleine Jungen Ausdruck geben. Doch Fräulein Pfeffer verhinderte den zu erwartenden Ausbruch, indem sie mit den Kindern eine Unterhaltung begann. »Ich möchte nur wissen, wann Barny hier sein wird. Sagte er etwas darüber? Wir werden wohl Ausschau nach ihm halten müssen.«

Dieses Thema war so interessant, daß die drei Fräulein Trill sofort vergaßen. Und die erhob sich auch bald, verließ den Raum mit raschelnden Röcken und leise klirrenden Armbändern, und das einzige, was zurückblieb, war eine Duftwolke betäubenden Parfüms.

Stubs schnupperte, grinste und sagte: »Marke Triller!«

Fräulein Pfeffer ergriff die Gelegenheit, um ihm sehr bestimmt klarzumachen, was sie von Undiszipliniertheit und Unhöflichkeit hielt, und drohte ihm, unter heftigem Augenzwinkern, derart fürchterliche Strafen an, daß er ganz vernichtet in seinen Stuhl zurücksank.

»Es tut mir ja sehr leid«, sagte er schwach, »aber ich kann einfach nicht anders, wenn sie anfängt zu trillern. Das ist doch nicht Ihr Ernst, Fräulein Pfeffer, ich werde doch nicht eine ganze Woche lang keinen Kuchen bekommen? So grausam können Sie doch nicht sein?«

»Oh, ich kann«, entgegnete sie streng, »flegelhaftes Benehmen dulde ich auf keinen Fall, merke dir das! Und nun seht zu, daß ihr fertig werdet, sonst können wir uns gleich bis zum Mittagessen hier aufhalten«.

An diesem Vormittag badeten sie. Das Wasser war warm, ein leichter Wind ging, und es war herrlich, sich in die sanft anrollenden Wellen zu stürzen.

Trotzdem vergaßen sie nicht, ein paarmal nach Barny Ausschau zu halten. Aber sie sahen ihn nicht. Am Nachmittag gingen sie wieder an den Strand, um zu faulenzen und zu lesen. Sie lagen in der prallen Sonne, fingen an, krebsrot zu werden, und Fräulein Pfeffer befürchtete, sie würden einen Sonnenbrand bekommen.

»Lümmel müßte auch einen Badeanzug tragen«, sagte Dina und streichelte sein heißes Fell. »Seht nur, wie er hechelt. Willst du ein Eis haben, Lümmel?«

Er hob sofort den Kopf. ›Eis‹ war eines der Worte, die er immer verstand. Aber alle waren zu faul, um welches zu holen. Das einzige, was sie noch fertigbrachten, war, sich in den Schatten zu rollen. Und Lümmel ließ enttäuscht die Ohren hängen. Daran zu denken, daß sie ihm Hoffnung gemacht hatten, für nichts und wieder nichts!

Einer nach dem anderen schlief ein. Dina lag auf dem Rücken, einen Strohhut über dem Gesicht, Robert zusammengerollt auf der Seite, Stubs auf dem Bauch, und Fräulein Pfeffer schnarchte sanft in einem Liegestuhl mit Sonnendach.

Jemand kam durch den Sand gerannt, jemand sprang in Stubs' Haar und zog ein paarmal kräftig daran.

Er öffnete die Augen und rief wütend: »Mensch, mach, daß du wegkommst! – Wer ist das überhaupt?«

Er drehte sich um, und plötzlich kuschelte sich etwas leise schnatternd an seinen Hals.

»Miranda!« schrie er, und Lümmel fing wie verrückt an zu bellen. »Oh, Miranda, du bist es! Hallo, seht doch nur, Miranda ist da! Und wo ist Barnay?«

Alle waren hochgefahren, Lümmel raste wie ein Wilder um sie herum, wirbelte in einer dichten Wolke den Sand um sie auf, und Miranda sprang von Schulter zu Schulter, umarmte jeden und schnatterte aufgeregt.

Stubs legte die Hand über die Augen und sah die Promenade hinunter. Und dann sah er ihn und erkannte ihn gleich. »Barny! Barny, hier sind wir!«

Barny winkte, sprang mit einem Satz auf den Strand, und die drei stürmten ihm entgegen.

»Da bist du ja! Und dünn bist du geworden!«

Und dann liefen sie zu Fräulein Pfeffer und hockten sich zu ihren Füßen in den Sand. Barny strahlte. Seine seltsam weit auseinanderliegenden Augen waren so leuchtend blau wie immer und sein weizenblondes Haar beinahe noch heller als sonst. Er sah sie einen nach dem anderen an und lachte.

»Schön, euch wiederzusehen! Es scheint mir, als wären Jahre vergangen, seit wir zusammen in Glockenburg waren. Und gut seht ihr aus.«

»Und du gar nicht, noch nicht einmal braun bist du«, sagte Robert.

Barny zuckte die Schultern. »Ach, ich bin schon wieder in Ordnung, bei Mirandas Pflege kein Wunder. Ihr hättet sie nur sehen sollen, wie sie mir das Essen brachte, das der Bauer ihr für mich gab. Glaubt ihr, sie hätte je einen Tropfen verschüttet, wenn sie ein Glas Milch holte? Niemals! Nicht wahr, Miranda?«

Alle konnten sich vorstellen, wie schrecklich es gewesen sein mußte, allein und krank in einer Scheune zu liegen, nur von einem kleinen Äffchen betreut. Und alle konnten sich vorstellen, wieviel Angst Miranda ausgestanden hatte.

»Verdammt einsam mußt du gewesen sein«, murmelte Stubs endlich, der Barny am besten verstand, da er selber keine Eltern mehr hatte.

»Ach, ich bin nicht immer einsam. Aber ich wünschte natürlich, meine Mutter lebte noch oder ich könnte meinen Vater finden. Wenn ich daran denke, daß ich einen Vater habe und nicht weiß, wer er ist und wo er ist, könnte ich verrückt werden!«

›Der arme Junge‹, dachte Fräulein Pfeffer, und sie erinnerte sich, wie sie ihn damals in Rockingdown kennenlernte und er ihr seine Geschichte erzählte. Daß seine Mutter mit einem Schauspieler verheiratet gewesen war, daß sie aber zurückkehrte in das Zirkusleben, das sie so liebte, und daß Barny dort geboren wurde, ohne daß sein Vater je etwas davon erfuhr.

Barny war in dem Glauben aufgewachsen, sein Vater sei tot. Erst als seine Mutter sehr krank wurde, hatte sie ihm erzählt, daß sein Vater noch lebte und er ihn suchen müsse. Seinen Namen aber erfuhr er nicht mehr, denn seine Mutter arbeitete als Artistin wieder unter ihrem Mädchennamen.

Und Barny suchte und suchte. War sein Vater noch immer Schauspieler? Er hatte viel in Shakespearestücken mitgewirkt, das war alles, was er von ihm wußte.

»Wir werden ihn finden«, sagte Stubs, »wir müssen ihn einfach finden. Es muß doch einen Weg geben, verflixt noch mal!«

IX

Der Zauberer macht ein Angebot

Barny fühlte sich viel besser, nun, da er mit seinen Freunden sprechen konnte. Während seiner Krankheit hatte er sich oft Gedanken gemacht, und es war ihm nicht gelungen, sie zu verscheuchen.

»Aber jetzt ist alles anders, nicht wahr?« sagte Robert. »Jetzt wo du uns alles erzählt hast. Und wir werden dir helfen, bestimmt!«

»Ja, ich bin froh, daß ich hier bin. Aber ich hätte nicht so viel von meinen Sorgen reden sollen.«

»Wozu wären wir denn Freunde, wenn wir nicht deine Sorgen mit dir teilten?«

Barny nickte. »Aber ich kann euch sicher gar keinen Gegendienst erweisen, ich glaube, ihr habt gar keine.«

»Hast du eine Ahnung!« widersprach Stubs trübsinnig. »Du weißt nicht, was ich für Kummer mit Onkel Richard habe. Der Gedanke, daß sein hitziges Wesen ihn übermannen und er mich verhauen könnte, läßt mich keine Nacht mehr schlafen. Das sind Sorgen, sage ich dir. Und das schlimmste ist, niemand will sie mit mir teilen.«

Alle lachten, und Fräulein Pfeffer sagte: »Vergeßt nicht, daß unter Freunden auch die Freuden geteilt werden, und deshalb schlage ich vor, den Tee jetzt miteinander zu teilen.«

»Was? So spät ist es schon?« schrie Stubs. »Stellt euch vor, vor lauter Glück habe ich das Essen vergessen!«

Dina kicherte. »Was für ein tolles Kompliment für Barny. Ein tolleres wird er niemals wieder bekommen.«

Auch Barny lachte. Immer wieder fühlte er sich sofort wohl bei seinen drei Freunden. Frau Plump hatte sich herabgelassen, ihnen einen Picknickkorb zurechtzumachen. Und nun packten sie Unmengen von belegten Broten, Brötchen und Kuchen aus.

Stubs war des Lobes voll. »Ich hätte ihr gar nicht zugetraut, daß sie uns so viel mitgeben würde, bei ihrem brummigen Aussehen. Sie scheint ein Herz für mich Hungerleidenden zu haben.«

»Sie hofft wahrscheinlich, daß du dann zum Abendbrot nichts mehr ißt.« Fräulein Pfeffer zwinkerte den anderen hinter ihren Brillengläsern zu.

Stubs grinste. »Eine trügerische Hoffnung, jedenfalls was mich betrifft. Die Erwachsenen haben mein ganzes Mitgefühl«, fuhr er fort, während er nach einem dicken Stück Kuchen griff, »niemals können sie 'reinhauen, immer müssen sie Angst haben, daß man sie für gefräßig hält.«

»Du hast wohl gar keine Lust, einmal erwachsen zu werden, was?« erkundigte sich Dina interessiert. »Es wäre auch traurig«, fügte sie hinzu. »Weder sechs Eiswaffeln hintereinander noch Schokolade in rauhen Mengen, ganz zu schweigen von anderen Freßfesten!«

»Hör auf!« schrie Stubs. »Komm, Barny, nimm dir von dem Obstkuchen, er ist wunderbar.«

Doch Barny hatte keinen rechten Appetit, und Fräulein Pfeffer vermutete, daß er wirklich sehr krank gewesen sein mußte. Und sie wünschte, sie könnte ihn mit ins Gasthaus nehmen und ihn ein bißchen herausfüttern. Aber das war unmöglich. Frau Plump hätte sich niemals mit Mirandas Gegenwart einverstanden erklärt.

»Ich wollte, du würdest bei uns wohnen«, sagte Robert.

Barny schüttelte den Kopf. »Das geht nicht, das weißt du. Außerdem habe ich schon eine Arbeit gefunden.«

Alle starrten ihn bewundernd an. Wie hatte er das so schnell fertiggebracht?

»Und was für eine?« fragte Dina.

»Es gibt hier in Rubadub einen kleinen Jahrmarkt mit einer Avusbahn und ...«

»O ja, da waren wir gestern abend! Hast du dort etwas gefunden?«

»Ja, ich verstehe ein wenig von Maschinen, und ich soll mich um die Autos kümmern, sie ölen und so. Das ist keine besonders schwere Arbeit, und ich verdiene erst einmal Geld.«

»Hoffentlich hast du noch Zeit für uns?« fragte Stubs eifrig.

»Ja, ich glaube, ich werde jeden Tag gegen fünf Uhr anfangen. Ich bin ganz froh, daß es so schnell geklappt hat. Im Augenblick sehe ich nicht sehr salonfähig aus, und ich kann mir dann gleich neue Sachen kaufen.«

Lümmel war immer noch außer sich vor Freude über Barnys und Mirandas Erscheinen. Er raste mit Höchstgeschwindigkeit den Strand hinauf und hinunter, bellte wie verrückt, wenn er an ihnen vorüberflitzte, jagte ein paarmal um Miranda herum und wieder weiter mit sechzig Kilometern in der Stunde.

»Wie ein D-Zug«, stellte Stubs bewundernd fest. »Paßt auf, gleich ist er müde und wird sich neben Miranda legen, und dann wird er natürlich keine Ruhe vor ihr haben.«

Ein paar Minuten später bestätigte sich Stubs' Hellseherei. Lümmel, völlig außer Atem, pustend wie eine Lokomotive, ließ sich in den Sand fallen. Und da war Miranda schon bei ihm, sprang auf seinen Rücken und zog ihn an seinen langen, weichen Ohren. Er fuhr hoch und versuchte sie abzuschütteln, aber sie saß wie immer fest im Sattel und schnatterte aufgeregt.

Er raste mit ihr davon, in der Hoffnung, sich auf diese Weise von ihr zu befreien. Zum größten Vergnügen aller Badegäste gelang es ihm nicht, und Miranda sprang ab, lief zurück zu Barny und landete in seinen Armen, bevor Lümmel sie einholte.

Ein Mann kam langsam auf sie zu, ein großer, dünner Mann, den die Kinder sofort erkannten. Es war der Zauberer. Er hatte Barny und sein Äffchen beobachtet und fand, der Junge sah so aus, als müsse er Geld verdienen.

»Hallo, du!« rief er, noch ein Stück von ihnen entfernt. »Suchst du Arbeit? Ich bin der Magier vom Varieté unten am Landungssteg. Wenn du Lust hast, kannst du mit deinem Affen zu mir kommen. Ich zahle gut. Wie denkst du darüber?«

Barny hob bedauernd die Schultern. »Es tut mir leid, ich bin schon bei der Avusbahn auf dem Jahrmarkt beschäftigt, für eine Woche erst einmal. Wenn es mir dort nicht gefällt, komme ich gerne zu Ihnen.«

Der Zauberer nickte und ging weiter, und Barny sagte leise: »Habt ihr seine Augen gesehen? Ein seltsamer Bursche. Ich glaube, es ist kein Spaß, bei ihm zu arbeiten und immer diese stechenden Blicke im Rücken zu spüren.«

»Ist doch egal«, brummte Stubs, »mir würde niemals jemand so eine tolle Stellung anbieten, so was passiert mir nie. Ich wette, ich müßte Jahre herumlaufen, um Arbeit zu bekommen.«

Es wurde ein herrlicher, fauler Nachmittag. Gegen sechs Uhr erhob sich Fräulein Pfeffer, um einen kleinen Spaziergang zu machen. Die Kinder erzählten Barny von den Gästen, besonders ausführlich von Fräulein Trill. »Von der Triller mit dem Triller«, grinste Stubs, und von Dummy, dem kleinen, freundlichen Hausdiener. Barny hob erstaunt den Kopf.

»Dummy?« frage er. »Wie sieht er aus?«

Sie beschrieben ihn genau. »Er ist wie ein Kind«, sagte Robert, »aber sehr stark. Er hat runde blaue Augen und ist nicht sehr groß.«

»Und er kann auch sehr wütend werden, hat uns der Taxifahrer erzählt«, rief Stubs. »Warum fragst du? Kennst du ihn etwa?«

»Ja, ich kenne ihn. Er muß es sein. Er war mit uns zusammen bei einem Zirkus, es ist schon ein paar Jahre her. Er hing sehr an meiner Mutter, denn sie war immer freundlich zu ihm. Der alte Dummy! ich mochte ihn gern, er hat ein gutes Herz, aber es ist wahr, wenn er in Wut gerät, ist er gefährlich, denn er hat solche Kräfte, daß er einen Mann in die Luft werfen könnte.«

»Donnerwetter«, staunte Stubs. »Du mußt ihn dir ansehen, dann weißt du ja, ob er es ist. Und wir werden ihm heute abend gleich von dir erzählen.«

Sie sprachen noch eine Weile miteinander, bis Fräulein Pfeffer den Strand entlangkam. Trotz des Sonnenschirms, der ihr Gesicht beschattete, zwinkerten ihre Augen heftig hinter den Brillengläsern. »Zeit zum Abendessen, Kinderchen«, nickte sie ihnen freundlich zu.

Und Dina, Robert und Stubs sprangen auf und sagten: »Auf Wiedersehen, Barny, bis morgen!«

X

Schläft der Professor?

Nach dem Abendessen faßten die Kinder den Entschluß, noch einmal auf den Jahrmarkt zu gehen, doch Fräulein Pfeffer meinte: »Barny arbeitet heute zum erstenmal dort, ihr würdet ihn nur stören.«

»Ach wo«, murmelte Stubs, aber Robert sah ein, daß sie recht hatte. Sie würden ihn nur ablenken, und er bekam vielleicht Ärger.

So beschlossen sie, Dummy zu suchen, um in Erfahrung zu bringen, ob er Barny kannte. Frau Plump war sehr erstaunt, als die drei fragten: »Können wir einen Augenblick mit ihm sprechen?«

»Wir glauben nämlich, wir haben einen Freund von ihm getroffen«, erklärte Robert. »Wir wollen es ihm erzählen und hören, ob es stimmt.»

Frau Plump schüttelte den Kopf. »Aus dem bekommt ihr nichts heraus, der spricht ja kaum ein Wort.«

»Dürfen wir es nicht trotzdem versuchen?« fragte Robert. Sie zuckte die Schultern und sagte widerwillig: »Er ist im Hof.«

Sie gingen durch die große Küche, von der aus eine Tür hinausführte. Der Hof war eng und vollgestellt mit Kisten und Kasten, Batterien von leeren Flaschen und einer Reihe von Mülleimern. Eine große bunte Katze thronte auf dem Deckel des einen.

Als die Kinder und Lümmel erschienen, war sie mit einem Satz auf der Mauer.

Dummy fegte die Steine mit einem großen Besen und drehte sich um, als Lümmel gegen die Mauer sprang und wie ein Wahnsinniger bellte. Er sah die drei an und lächelte.

»Wuff, wuff«, machte er und zeigte auf ihn.

»Hallo, Dummy«, rief Stubs, »wir wollen dich etwas fragen.«

Dummys Gesicht verfinsterte sich. Er mochte es nicht, wenn man ihn fragte. Das bedeutete soviel, daß er antworten mußte, und das Sprechen fiel ihm schwer.

Dina lachte freundlich und sagte beruhigend. »Wir wollen dir nur etwas erzählen. Wir haben einen Freund von dir getroffen, weißt du. Einen vom Zirkus, er heißt Barny.«

Dummy runzelte die Stirn, und nach einer Weile schüttelte er den Kopf. Die Kinder waren sehr enttäuscht.

»Aber er muß es doch sein«, sagte Robert leise. »Barny meinte doch gleich, es wäre sein Dummy, nach unserer Beschreibung. Zu verwechseln ist er auf keinen Fall.«

Einen Augenblick standen sie ratlos, und plötzlich hatte Dina eine Idee.

»Dummy«, begann sie von neuem, »Barny hat ein Äffchen, ein kleines braunes Äffchen, es heißt Miranda. Erinnerst du dich nicht?«

Ein glückliches Lachen erhellte sein Gesicht. Er warf den Besen weg, streckte die Arme aus und tat, als wiege er jemanden.

»Äffchen«, sagte er, und dann mit großer Anstrengung: »Barny!« Er nickte ein paarmal heftig. »Barny, Barny, Barny!« sagte er und sah sich suchend um.

»Er arbeitet unten auf dem Jahrmarkt, bei der Avusbahn«, erklärte Dina.

»Gut, gut, gut«, nickte Dummy entzückt. Dann sah er Frau Plump am Fenster, griff hastig nach dem Besen und begann, wie wild zu fegen. Frau Plump klopfte an die Scheibe.

»Kommt, wir wollen lieber gehen«, flüsterte Robert, »er ist jetzt so aufgeregt. Wetten, daß er, wenn er mit seiner Arbeit fertig ist, geradewegs zum Jahrmarkt läuft?«

»Ich habe ihn gern«, sagte Dina. »Wenn die Leute netter zu ihm wären, wäre er bestimmt nicht so verängstigt und scheu. Ich glaube gar nicht, daß er so dumm ist.«

»Ich werde sehr, sehr nett zu ihm sein«, verkündete Stubs eifrig. »Er kommt mir vor wie Lümmel, so treu und zutraulich.«

»Er ist überhaupt nicht wie Lümmel«, lachte Dina, »der ist verrückt. Sieh nur, er springt immer noch an der Mauer hoch. Komm her, du Dummer, die Katze lacht dich doch nur aus.«

Sie gingen zurück durch die Küche, über den dunklen Flur und blieben einen Augenblick stehen, um zu überlegen, was sie heute abend anfangen sollten.

»Wir könnten uns ja in die Diele setzen und Karten spielen«, schlug Stubs vor, »aber wenn die Triller da ist, verzichte ich lieber.«

Fräulein Trill war nicht da, dafür aber Professor James, der wie fast immer in seinem Sessel saß und schlief. »Der stört uns nicht«, posaunte Stubs. »Erstens schläft er, und zweitens ist er stocktaub und versteht sowieso kein Wort!«

Robert grinste, lief hinauf und holte die Karten.

Sie setzten sich an einen kleinen Tisch, Robert teilte aus und sah noch einmal verstohlen zu dem Professor hinüber.

Nach einer Weile wurde es ihnen langweilig, und sie überlegten, was sie noch unternehmen könnten. Plötzlich fiel Stubs die kleine Stiege ein, die zu der Dachluke führte, von der aus man zu dem Hafen sehen konnte.

»Man müßte auf dem Dach bis an den Spalt in den Felsen kriechen, sich da hinsetzen und diesen geheimen Verein beobachten. Vielleicht sehen wir irgend etwas Interessantes.«

»Bestimmt nicht«, sagte Robert. »Wozu die Luke wohl überhaupt da ist?«

»Vielleicht für den Schornsteinfeger«, überlegte Dina.

»Unsinn!« Stubs war diese Erklärung viel zu wenig aufregend. »Fräulein Pfeffer hat mir erzählt, daß früher an der Küste geschmuggelt wurde. Wahrscheinlich haben sie von hier aus den Schmugglerschiffen Blinkzeichen gegeben, daß die Luft rein war.«

»Oder Strandräuber haben sie benutzt, um nachts Schiffe auf die Felsen zu locken«, sagte Dina.

»So eine Gemeinheit!« empörte sich Stubs.

»Vielleicht hättest du selber mitgemacht, wenn du damals gelebt hättest«, kicherte sie. »Einen Schokolade- oder einen Sahneeiskahn hättest du bestimmt gekapert. Stubs, der Seeräuber, gut, was?«

»Nie hätte ich so etwas getan!« schrie er und wurde rot wie eine Tomate. »Nie!«

Robert grinste, hielt das Kartenspiel in der Hand, blätterte es mit dem Daumen auf und ließ die Karten wieder zurückschnippen. Sein Blick fiel zufällig in den Spiegel, der ihm gerade gegenüberhing, und er sah in die weit geöffneten Augen des Professors!

Er fuhr herum. Aber nein, der Professor schlief und schnarchte leise mit halbgeöffnetem Munde.

Das war doch nicht möglich! Sollte er sich so getäuscht haben? Tat der Alte vielleicht nur so?

Dina und Stubs zankten sich noch immer über die Seeräuber.

»Schrei nicht so«, sagte sie, »du wirst uns noch das alte Scheusal auf den Hals hetzen.«

»Ist mir doch egal!« schrie Stubs. »Ich wünschte, Lümmel würde ihm auf den Bauch springen und ihm einen ordentlichen Schrecken einjagen!«

Robert warf von neuem einen verstohlenen Blick in den Spiegel. Der Professor hatte die Augen geöffnet! Jetzt war es ganz sicher. Er sah zu ihnen hinüber, und es schien, als folge er ihrem Gespräch mit großem Interesse.

Robert drehte sich ganz plötzlich um, aber wieder waren die Augen des alten Mannes geschlossen. Er tat also wirklich nur so, als schliefe er! Doch warum? Um zu lauschen? Er war doch taub! Oder etwa nicht? Was sollte das bedeuten?

Robert trommelte mit den Fingern auf die Tischplatte und pfiff leise. Wenn dieser Alte Spaß daran hatte, vorzugeben, er wäre taub und schliefe, ihm sollte es recht sein. Sollte er tun, was er nicht lassen konnte. Aber eine Unverschämtheit war es doch!

Er entschloß sich, der Sache auf den Grund zu gehen, pfiff leise und brach plötzlich ab. Er hatte eine tolle Idee. Er beugte sich weit über den Tisch und machte Stubs ein Zeichen, und der begriff sofort, daß etwas los war, und sah ihn erwartungsvoll an.

»Hör zu«, begann er mit heiserer Stimme, »niemand ist hier, nur dieser alte Trottel, dieser alte, taube Trottel, der außerdem noch schnarcht. Wir können also unbesorgt ein paar Worte über die Angelegenheit verlieren.«

»Aha«, sagte Stubs, »aha! Ich weiß Bescheid!« Er war gespannt, was Robert vorhatte, und bereit, jeden Blödsinn mitzumachen. »Du meinst die Sache mit dem Flüsterer und dem mit den falschen Papieren?«

»Stimmt«, zischte Robert. »Einmal werden wir ihnen ihr Losungswort entreißen und ihnen die Hölle heiß machen! Wir müssen den Verkleideten im Auge behalten, den mit dem falschen Bart.«

»Gut, und vergiß den verkrüppelten kleinen Finger nicht!« berauschte sich Stubs an dem Einfall, den Matrosen aus dem Zug in dieser Geschichte unterzubringen.

Dina starrte die beiden mit offenem Munde an. Waren sie total übergeschnappt? Was sollte dieser Quatsch bedeuten?

Robert sah rasch in den Spiegel. Die Augen des Professors waren weit geöffnet! Er lauschte! Das geschah ihm recht. Wenn der Alte diesen haarsträubenden Unsinn glaubte, hatte er auf alle Fälle etwas, worüber er heute abend nachdenken konnte.

Eine Stimme ließ sie plötzlich zusammenfahren. »Ihr seid noch nicht hinaufgegangen?« rief Fräulein Pfeffer. »Ihr …« Sie unterbrach sich. »Oh, der Professor, ich habe ihn gar nicht bemerkt, sonst hätte ich nicht so laut gesprochen.«

»Ach, das schadet nichts!« posaunte Robert und gab seinem Stuhl einen tüchtigen Stoß. »Ach, das schadet gar nichts! Der schläft, der hört kein Wort, kein einziges!«

XI

Futter für einen kleinen Esel

Am nächsten Morgen trafen sie sich alle am Strand, und Barny erzählte den dreien, daß Dummy tatsächlich sein alter Freund vom Zirkus war. »Gestern abend, gerade nach der Arbeit, kam mein Chef zu mir und sagte: ›Da ist jemand für dich.‹ Und herein kam der alte Dummy.« – »Hat er sich gefreut, als er dich sah?« fragte Dina.

»O ja, das hat er. Er nahm meine beiden Hände und schüttelte sie so, daß er mir beinahe die Arme ausgekugelt hätte. Und dann entdeckte Miranda ihn und geriet ganz außer sich. Sie vergißt niemanden, den sie einmal gekannt hat. Sie sprang ihm in die Arme, und er schaukelte sie und summte dazu, wie er es früher immer tat, als sie noch ein winziges Ding war. Ich habe beinahe geheult.«

»Hat er denn mit dir gesprochen?« fragte Robert. »Ich denke immer, er kann es überhaupt nicht.«

»Doch, doch, nur – er ist kein Engländer und hat die Sprache nie richtig gelernt. Gestern abend konnte er vor Freude zuerst wirklich nichts sagen, aber dann haben wir uns unterhalten.«

»Über was?« fragte Dina. »Über alte Freunde?«

»Ja, und über meine Mutter.« Barny schwieg einen Augenblick. »Er wußte nicht, daß sie tot ist. Er weinte, als ich es ihm erzählte, denn sie war immer so gut zu ihm. Übrigens fand er, daß ich ihr immer weniger ähnlich sehe, je älter ich werde.«

»Wieso?« fragte Robert.

»Wahrscheinlich, weil sie dunkel war, ich aber blond bin, sie hatte braune Augen, ich blaue, und sie war klein, und ich bin groß.«

»Dann wirst du bestimmt wie dein Vater aussehen«, überlegte Dina. »Dadurch finden wir ihn vielleicht schneller.«

»Ach ja, ich wollte, ich fände ihn. Aber vielleicht wäre er mir auch fremd, vielleicht wollte er mich gar nicht haben.«

»Ach wo!« schrie Stubs. »Wie kannst du nur so was sagen! Wenn wir nur, verflixt noch mal, seinen Namen wüßten, dann wäre alles ganz einfach.«

Die Kinder schwiegen, und alle dachten daran, wie aussichtslos es war, Barnys Vater zu finden. Er hätte in derselben Stadt wohnen können, und es hätte ihnen nichts genützt.

Robert nahm sich vor, Fräulein Pfeffer um Rat zu fragen. Sie würde besser als sie wissen, was man unternehmen konnte.

Lümmel erschien und trug etwas in der Schnauze. »Was hast du denn da schon wieder?« fragte Stubs. »Schon wieder einen fetten Krebs?«

Nein, es war kein Krebs, es war eine Haarbürste. Stubs nahm sie und warf seinem Liebling einen wütenden Blick zu. »Hast du immer noch nicht begriffen, daß wir hier nicht zu Hause sind? Habe ich dir nicht hundertmal gesagt, daß du keine Bürsten verschleppen sollst? Und wem gehört sie?«

»Wuff«, machte Lümmel, nicht im geringsten beeindruckt.

»Glaubst du, daß er sie aus dem Gasthaus geholt hat?« fragte Robert. »Dann muß er total übergeschnappt sein.«

»Übergeschnappt?« lachte Dina. »Der ist ganz normal, er will Miranda nur etwas zeigen, was sie nicht kann.«

»Leider«, grinste Barny, »denn sie macht alles gleich nach. Hoffentlich fängt sie jetzt nicht auch mit diesem Unsinn an, das könnte unangenehm für mich werden.«

»Das wird es erst einmal für Lümmel«, sagte Stubs und verabfolgte ihm einen Klaps. Lümmel zog sich eilig zurück und setzte sich aus Versehen auf Miranda, sprang aber sofort wieder hoch, denn sie hatte ihn tüchtig in den Schwanz gekniffen.

»Geschieht dir ganz recht«, brummte Stubs und betrachtete die Bürste genau. Sie zeigte auf der Oberfläche die Anfangsbuchstaben eines Namens, in Silber graviert: M M.

»Mathias Marvel!« rief Dina. »Dem Zauberer gehört sie, bestimmt! Er wohnt ja auf demselben Flur wie wir. Wahrscheinlich war die Tür nur angelehnt. Übrigens habe ich Lümmel gestern schon dabei erwischt, wie er aus einem fremden Zimmer kam.«

»Ich werde das Ding Herrn Marvel heute abend zurückgeben«, entschied Stubs, »ich habe keine Lust, jetzt ins Gasthaus zu laufen. Kommt, wir wollen baden.«

Alle waren einverstanden, nur Miranda verzichtete lieber. Sie sprang dicht vor den anrollenden Wellen hin und her, vor und zurück und war ängstlich darauf bedacht, daß auch nicht ein Härchen naß wurde. Nach und nach versammelte sich eine Menge Kinder um sie, und ihr Lachen hallte über den Strand. Lümmel schwamm unterdessen neben Stubs her, Barny aber war weit voraus. Er war glücklich, wieder bei seinen Freunden zu sein.

»Hast du heute nachmittag Zeit, Barny?« fragte Robert, als sie später am Strand lagen und sich von der Sonne trocknen ließen.

»Ja, ich fange erst um sechs Uhr an. Was habt ihr vor?«

»Wissen wir noch nicht«, gähnte Stubs, »aber ich hätte Lust, ein Boot zu mieten.«

Robert nickte. »Prima! Wollen wir zum Rubadubstrudel rudern? Den möchte ich gerne sehen.«

»Und wo ist er?« fragte Barny interessiert.

»Ach, gar nicht so weit, in den Riffen, hinter denen der Unterseeboothafen liegt.«

»Gut«, sagte Barny, »dann fahren wir heute nachmittag hinaus. Ich habe noch nie einen Strudel gesehen.«

Inzwischen war es Zeit zum Essen geworden, und Robert, Dina und Stubs liefen nach Hause. Sie liefen hinauf, wuschen sich, und Stubs sagte:

»Ich will die Bürste lieber gleich zurückbringen. Hoffentlich ist Herr Marvel nicht da, dann kann ich mich hineinschleichen. Vielleicht hat er auch noch gar nicht gemerkt, daß sie weg ist. Dann brauche ich ihm nicht zu sagen, daß Lümmel sie verschleppt hat.«

Er klopfte leise an die Tür und lauschte. Nichts war zu hören. Vorsichtig drückte er die Klinke herunter, und die Tür öffnete sich geräuschlos.

Er trat ein paar Schritte und blieb plötzlich stehen.

Herr Marvel saß an einem ganz mit Karten bedeckten Tisch, auf denen große Zahlen standen. Er nahm eine nach der anderen und schrieb eifrig. Stubs wußte nicht, was er tun sollte, und räusperte sich endlich verlegen.

Herr Marvel sprang auf, starrte ihn an und schob die Karten mit einer hastigen Bewegung zusammen. »Was willst du? Wie kannst du es wagen, hier einzudringen?« Dann schien es ihm zum Bewußtsein zu kommen, daß es nur ein kleiner Junge war, der dort stand, und er zwang sich zu einem Lächeln.

»Ich bin gerade damit beschäftigt, einen meiner Tricks auszuarbeiten, war tief in Gedanken versunken und habe dich nicht kommen hören. Was willst du denn?«

»Äh, es, äh, es tut mir leid«, stotterte Stubs, erschreckt über den unfreundlichen Empfang. »Es ist nur wegen Lümmel, er hat heute morgen Ihre Haarbürste stibitzt, und ich wollte sie zurückbringen.«

»Oh, vielen Dank«, sagte Herr Marvel, legte sie auf den Tisch und zog Stubs zu sich heran. »Warum wäscht du dir die Ohren nicht, mein Junge?«

»Das tue ich doch«, sagte Stubs verstört.

»So? Dir wachsen ja schon Kartoffeln dahinter.« Mit diesen Worten zog der Zauberer je eine Kartoffel hinter Stubs' Ohren hervor. Der starrte mit offenem Munde darauf.

»Und warum bist du so leichtsinnig und trägst deine Armbanduhr in der Tasche?« fuhr Herr Marvel fort. »Man könnte sie dir stehlen, so, wie ich es jetzt tue.« Er griff in Stubs' Hosentasche und zeigte ihm eine funkelnagelneue Uhr.

Stubs war sprachlos.

»Und was ist das?« fragte er und hielt Stubs zwei Mohrrüben unter die Nase, die er aus der anderen Hosentasche gezaubert hatte.

»Futter für einen kleinen Esel, wie?« Herr Marvel lachte leise. »Du magst doch Mohrrüben? Dann kannst du sie ja gleich aufessen!«

XII

Strudel pflegen die Menschen tief herabzuziehen

Die anderen waren schon im Speisesaal versammelt, als Stubs mit hochrotem Gesicht herunterkam. Fräulein Pfeffer betrachtete ihn verwundert und vorwurfsvoll und fragte: »Warum kommst du jetzt erst? Wo warst du nur so lange?«

»Ich wurde aufgehalten«, sagte Stubs möglichst gleichgültig. »Herr Marvel mußte erst die Kartoffeln hinter meinen Ohren entfernen und eine Uhr und das Gemüse aus meinen Hosentaschen holen.«

»Hat er etwa Zaubertricks an dir ausprobiert?« schrie Dina. »Du hast Glück! Aber das mit den Kartoffeln glaube ich nicht!«

Stubs maß sie mit einem verächtlichen Blick. »Das ist deine Sache.« Und dann wandte er sich an die anderen. »Der war zuerst ganz schön wütend, als ich plötzlich in seiner Bude auftauchte, ist, wie von der Tarantel gestochen, hochgefahren und hat seine Karten versteckt, als ob ich ihm seine Kunststückchen abgucken wollte. Ich bin mir übrigens immer noch nicht im klaren, ob ich ihn nett finden soll oder nicht.«

In diesem Augenblick erschien Herr Marvel in der Tür, und Fräulein Pfeffer gab Stubs einen Wink. Und dann kamen der Clown und Iris Nachtigall herein. Stubs sah sie sofort, grinste sie an, und sie lachte zurück.

»Sie ist furchtbar nett«, flüsterte er, »ich habe heute vormittag mit ihr gesprochen. Sie sagte, wir sollten einmal ins Varieté kommen, sie würde dann alle meine Lieblingslieder singen!«

»Ha«, rief Robert, »hoffentlich kennt sie dann dein Leib- und Magenlied ›Sing, Nachtigall, sing‹!«

»Halt die Klappe«, zischte Stubs, »oder hast du Lust, einen meiner berüchtigten rechten Schwinger zu kassieren?«

»Benimm dich«, ermahnte Fräulein Pfeffer und erhob ihrerseits die Stimme. Stubs schielte sie unter seinen dicken blonden Augenbrauen hervor finster an.

Ein Vogel flog durch das geöffnete Fenster, flatterte erschreckt wieder hinaus, und Stubs ergriff die günstige Gelegenheit, um Fräulein Pfeffer eins auszuwischen.

»Haben Sie den kleinen Vogel gesehen, Fräulein Triller?« flötete er. »Er hat getrillert. Ich liebe Vögel so sehr, Sie auch?«

Fräulein Trill sah ihn kühl an und meinte dann, zu der alten Erzieherin gewandt: »Ihr kleiner Junge scheint ein sehr schlechtes Gedächtnis für Namen zu haben, nicht wahr? Es ist traurig, aber mancher lernt es nie!«

»Schade«, flüsterte Robert, »eins zu null für die Triller.« Der Clown, der interessiert zugehört hatte, brach in schallendes Gelächter aus, was Stubs maßlos erbitterte. Er begann hastig, von etwas anderem zu sprechen, sonst hätten sie sich noch länger auf seine Kosten amüsiert. »Fräulein Pfeffer, wir nehmen uns heute nachmittag ein Boot und rudern zum Strudel.«

»Aber nicht allein«, bestimmte sie, »versucht, einen Fischer zu finden.« Die drei waren sehr enttäuscht.

»Warum?« fragte Robert. »Sie wissen, doch, daß wir gut rudern können.«

»Davon weiß ich gar nichts. Ich weiß nur, daß ihr auf keinen Fall alleine fahrt!«

»Sehr richtig«, sagte jemand ganz unerwartet, »ein außerordentlich gefährlicher Platz, besser für Kinder, ihn zu meiden!«

Es war Herr Marvel. Und Professor James legte die Hand hinters Ohr und fragte: »Wie? Wovon ist die Rede?«

»Vom Rubadubstrudel«, brüllte Stubs, und alle fuhren zusammen.

»Ah! Ein gefährlicher Platz«, nickte der Professor. »Dahin sollten Sie sie nicht lassen. Besser für Kinder, sich davon fernzuhalten!«

»Das würde ich auch raten«, ließ sich Fräulein Trill vernehmen und sah so aus, als liefe ihr eine Gänsehaut über den Rücken. »Strudel pflegen die Menschen tief herabzuziehen, tief, tief! Es ist gräßlich, nur daran zu denken!«

»Aber, Fräulein Pfeffer, das ist doch gerade das Sehenswürdige», jammerte Stubs. »Wir rudern auch nicht alleine. Seien Sie kein Feigling, bitte!«

»Nehmt Binns«, mischte sich der Clown ins Gespräch, »ich bin schon oft mit ihm gefahren. Er weiß mit dem Strudel genau Bescheid und rudert die Feriengäste seit Jahren dorthin.«

»Also gut«, nickte Fräulein Pfeffer, »ich werde euch selbst zum Bootssteg bringen, und vielleicht entschließe ich mich sogar, euch zu begleiten.«

»Prima«, sagte Robert. »Das ist also abgemacht. Barny und Miranda kommen auch mit.«

Als sie nach dem Essen aufbrechen wollten, sprach der Clown Fräulein Pfeffer an.

»Sie sollten heute abend mit den dreien in die Vorstellung kommen. Heute ist der Kinderwettbewerb, vielleicht gewinnt eins von ihnen einen Preis. Sagen Sie dem Kleinen, er soll sein Banjo und seine Zither mitbringen. Er wird Riesenerfolg haben!«

Er ging davon, und die alte Erzieherin sah ihm erstaunt und heftig zwinkernd nach. »Aber du hast doch gar kein Banjo und auch keine Zither, Stubs, nicht wahr?« fragte sie ratlos. »Was meinte er nur?«

»Ach, er hat nur Spaß gemacht«, murmelte Stubs. »Das sollte wohl ein guter Witz sein. Aber es wäre prima, wenn wir heute abend hingingen. Ich möchte den Zauberer gern sehen.«

»Und Iris Nachtigall gern hören, wenn sie dein Leib- und Magenlied singt«, grinste Robert und entfloh, als Stubs sich auf ihn stürzen wollte.

Unten an der Mole trafen sie Barny und Miranda, und Fräulein Pfeffer fand einen vertrauenerweckend aussehenden Fischer, der sich bereit erklärte, sie zum Strudel zu rudern.

»Zu Ihren Diensten, meine Dame«, sagte er. »Und Angst brauchen Sie keine zu haben. Wenn einer in den Strudel fällt, hole ich ihn schon wieder heraus, ich habe einen starken Bootshaken.«

Das klang nicht beruhigend. Doch Fräulein Pfeffer wollte ihr Versprechen halten. Die Kinder wären zu traurig gewesen.

»Ich hoffe«, sagte sie, »der Hund und das Äffchen stören Sie nicht?«

»Keine Sorge«, beruhigte der Mann lachend. »Ich hätte meinen Papagei mitbringen sollen, dann hätte der auch mal nette Gesellschaft gehabt. So, und nun kann's losgehen. Willst du ein Ruder nehmen, junger Mann?« Barny nickte, und sie glitten schnell über das Wasser und drehten dann links bei.

»Hinter diesem Felsen ist der Strudel«, erklärte der Mann. »Zwischen den beiden dort müssen wir durch, und dann sind wir da und müssen aufpassen, daß wir nicht hineingeraten.«

»Wuff«, machte Lümmel, der sich die Zeit damit vertrieb, von einem Ende des Bootes zum anderen und wieder zurück zu jagen. Miranda saß währenddessen auf Barnys Schulter und freute sich, daß sie durch rhythmische Bewegung seiner Arme hin- und hergeschaukelt wurde.

Als sie die Felsen umschifft hatten, sahen sie in ihrer Mitte einen schmalen, gewundenen Tunnel. Es schien, als habe sich das Meer einen Weg gebahnt, um in die Bucht zu strömen.

Die hohen Felsen ließen nur ein paar Sonnenstrahlen in die enge Durchfahrt fallen, in die sie nun hineinruderten. Nach einer Weile hörten sie ein immer stärker werdendes Brausen und Brodeln und Zischen.

»Der Rubadubstrudel!« sagte der Fischer. »Jetzt müssen wir scharf aufpassen!«

Langsam glitten sie weiter und spürten plötzlich einen Ruck. Selbst die äußersten Ausläufer des Strudels versuchten, alles, was in ihren Bereich geriet, in seine Mitte zu ziehen.

Sie ruderten um eine Biegung, drehten dann schnell bei, und der Fischer warf ein Tau um einen Pfahl, der vor einem flachen Felsvorsprung aus dem Wasser ragte.

Vor ihnen lag der Strudel. Das Wasser zischte, brodelte, kochte und sprühte hoch auf nach allen Seiten. Und dann sank es mit einem gräßlichen Gurgeln in sich zusammen.

»Das ist ein feines Ding«, sagte der Fischer, »das beste, das ich je gesehen habe. Und ich habe schon viele gesehen. Will jemand aussteigen und auf den Felsen gehen? Dann kann ich euch auch das Waschbrett zeigen.«

Einer nach dem andern sprang hinüber, sogar Fräulein Pfeffer, die völlig fasziniert von dem quirlenden, ruhelosen Wasser schien. Sie kletterten auf einen schmalen Sims, der an den Klippen entlangführte.

Dann erreichten sie eine Plattform, die direkt über den Strudel hinausragte. Der Blick in die brodelnde Tiefe war atemberaubend. Der Mann nahm ein Stück Holz, warf es in die wildkreisenden Wassermassen, und in wenigen Sekunden war es in dem wirbelnden Trichter verschwunden.

»Das sieht kein Mensch wieder«, sagte er. »Geht nicht zu nahe an den Rand und rutscht nicht aus.«

Fräulein Pfeffer faßte unter heftigem Augenzwinkern Stubs' Arm und wünschte, sie wären wieder im Boot. Aber der alte Mann war noch nicht fertig.

»Nun paßt auf, wenn der Strudel das nächste Mal in sich zusammenfällt, könnt ihr den Felsen sehen, der wie ein Waschbrett aussieht. Er ist gerade gegenüber.«

Das Wasser wallte auf, brodelte, sprühte hoch empor und sank dann in sich zusammen, tiefer und tiefer. Und dann sahen sie den Felsen. Er ragte senkrecht in die Höhe, war länglich geformt und von oben bis unten geriffelt.

»Neptuns Waschbrett«, lachte der Fischer. »Wahrscheinlich haben die Nixen ihm darauf seinen Sonntagsstaat gewaschen.«

»Das wäre nicht gegangen«, sagte Dina, »die Kleider wären in die Tiefe gezogen worden.«

»Das hat den Nixen sicher besonderen Spaß gemacht. Weißt du, was die Leute sagen? Sie sagen, daß in alten Zeiten Strandräuber und Schmuggler ihre Feinde hier verschwinden ließen.«

»Nicht!« rief Dina entsetzt. »Ich werde heute nacht davon träumen. Gibt es sonst noch etwas zu sehen?«

»Ja, jetzt zeige ich euch noch das Luftloch.«

XIII

Eine seltsame alte Geschichte

Sie gingen auf dem Sims zurück, bis zu einer natürlichen Treppe im Felsen, stiegen da hinauf und standen endlich auf dem Grat.

Dort oben war der Wind sehr stark, er trieb Dina die Haare ins Gesicht, und Fräulein Pfeffer nahm ängstlich ihren Arm.

Von hier aus konnten sie den Unterseeboothafen überblicken, und der Mann sagte: »Ihr wißt sicher, was dort vor sich geht? Streng geheime Versuche. Niemand darf hinein, noch nicht einmal wir Fischer. Früher, als ich noch ein Junge war, kannte ich da jede Ecke. Seht euch an, wie geschützt er ist.«

Der Hafen war vollständig von Felsen eingeschlossen, und kein Schiff konnte ihn verlassen, ohne kontrolliert zu werden. Oben auf den Klippen patrouillierten Soldaten Tag und Nacht.

»Seht ihr«, sagte der Fischer, »einer beobachtet uns durch sein Fernglas. Aber er weiß, daß wir nicht weiterkommen. Wer es versucht, fliegt sofort in die Luft, alles ist vermint!«

»Wie außerordentlich gefährlich!« sagte Fräulein Pfeffer nervös und zwinkerte heftig.

»Kein Grund zur Sorge, meine Dame, das ganze Gebiet ist mit Stacheldraht abgesperrt.«

»Und wo ist nun das Luftloch?« fragte Robert.

»Seht mal da hinüber.« Der Fischer zeigte zum Land, wo die Felsen, auf denen sie standen, begannen.

Und plötzlich sahen sie, ganz nahe der Küste, einen riesigen Wasserstrahl daraus hervorschießen. – »Was ist denn das?« fragte Dina.

»Das ist das Luftloch! Habt ihr noch nie eins gesehen? Es gibt viele an unserer Küste, manche groß, manche kleiner. Von dem da führt ein Gang vom Land in den Felsen bis zum Strudel. Und wenn Flut ist, wie jetzt, wird ein Teil des Wassers vom Strudel in den Gang gepreßt und auf der anderen Seite wieder hinausgeschleudert. Paßt auf, gleich kommt eine neue Ladung.«

Stubs war begeistert. »Und das passiert nur bei Flut? Warum nicht immer?«

»Bei Ebbe sinkt das Wasser so tief, daß es unter dem Gang steht«, sagte der Fischer.

»Und wo ist der Eingang?« fragte Robert. »Wahrscheinlich kann man ihn bei Flut gar nicht sehen.«

»Doch, doch, wenn sie zurückgeht. Vielleicht kann ich ihn euch nachher zeigen. Es gibt übrigens eine seltsame alte Geschichte darüber.«

»Was für eine?« fragte Stubs. Für seltsame alte Geschichten interessierte er sich immer.

»Nun«, begann der Mann, »es wird erzählt, daß vor vielen, vielen Jahren Schmuggler jemanden los sein wollten, ihn in der Nacht hierherschleppten und in den Strudel warfen.« Er schwieg einen Augenblick, und Stubs drängte: »Und was dann?«

»Der Bursche, den sie hineingeworfen hatten, war ein starker Kerl. Ehe der Sog ihn hinunterzog, warf er sich mit aller Kraft gegen die Klippen. Er konnte sich an einem Felsvorsprung festhalten, aber er konnte sich nicht mehr daran hochziehen.«

»Wurde er gerettet?« fragte Dina atemlos.

»Die Flut ging zurück, und das Wasser sank mehr und mehr, und der Mann ließ sich tiefer und tiefer am Felsen herunter, bis er schließlich direkt vor sich eine schwarze Öffnung sah.«

»Die Öffnung zu dem Gang!« sagte Robert.

»Richtig, die war es. Und der Mann kroch durch den Gang bis zum Luftloch. Er war gerettet. Und stellt euch vor, was die Kerle, die glaubten, er wäre ertrunken, für Gesichter gemacht haben, als er plötzlich wieder auftauchte. Gerannt werden sie sein, als wäre der Teufel hinter ihnen her.«

»Klar«, sagte Stubs, und seine Augen leuchteten. »Geschieht ihnen recht, diesen Biestern!«

»Hoffentlich sind sie erwischt worden und haben ihre Strafe bekommen.«

Sie standen noch eine Weile und sahen hinüber zu der Stelle, aus der in regelmäßigen Abständen das Wasser mit ungeheurer Gewalt herausschoß. Langsam gingen sie zurück. Der Strudel kreiste noch immer in endlosem Rhythmus, das Wasser brodelte, zischte, stieg und wurde dann gurgelnd in die Tiefe gezogen.

»Seht euch Lümmel an«, sagte Stubs, »er ist still wie ein Mäuschen. Du hast Angst, mein Lieber, was?«

Ja, Lümmel fühlte sich nicht wohl in seiner Haut und versuchte, sich so weit wie möglich von diesem unheimlichen Platz zu entfernen. Er zog und zerrte an der Leine, an die sein Herrchen ihn genommen hatte.

Miranda aber schlief fest unter Barnys Hemd. Ihr war es langweilig geworden.

»Sie haben uns den Eingang noch nicht gezeigt«, erinnerte Stubs.

Der Mann nickte. »Während ich das Boot losmache, könnt ihr warten, bis das Wasser wieder in den Strudel gezogen wird. Ihr müßt auf den Felsen mit dem großen Buckel achten, darunter ist die Öffnung. Vielleicht ist es schon soweit, und ihr könnt sie erkennen.«

Stubs, Robert und Barny blieben und warteten. Sie entdeckten den Felsen sofort, aber den Eingang sahen sie nicht. Die Flut war wohl doch noch zu hoch.

»Ein prima Nachmittag«, stellte Robert zufrieden fest, als sie zurückruderten. »Kann ich alles gut verwenden, wenn wir wie immer den unvermeidlichen Aufsatz liefern müssen: ›Mein schönstes Ferienerlebnis‹ oder so. Die Geschichte von dem Mann, der in den Strudel geworfen wurde, könnte ich auch darin unterbringen. Muß übrigens entsetzlich gewesen sein, durch den Gang zu kriechen, immer in der Angst, von der Flut eingeholt zu werden.«

Alle schwiegen. »Ich bin hungrig«, sagte Stubs plötzlich, »hat jemand ein bißchen Schokolade?«

Doch nicht ein Stückchen war übriggeblieben, und er mußte sich gedulden, bis sie an Land waren. Fräulein Pfeffer bezahlte den Fischer, und dann gingen sie in die Stadt, um Tee zu trinken. Stubs hatte am Vormittag eine kleine Konditorei ausfindig gemacht, in der es ausgezeichnete Mandeltorten gab.

»Toll, sage ich euch«, schwärmte er, »ich habe mir heute morgen schon ein Stück einverleibt, schmeckte grandios!«

»Das Zeug liegt schwer«, sagte Robert grinsend, »wenn du zuviel davon ißt, träumst du heute nacht bestimmt, du würdest in den Strudel gezogen.«

»Das ist es mir wert«, sagte Stubs genießerisch und war sehr enttäuscht, als Fräulein Pfeffer ihm auch jetzt nicht mehr als ein Stück zugestand.

Später schlenderten sie die Promenade entlang, blieben am Landungssteg stehen und betrachteten die Plakate mit dem Programm der Varietévorstellung.

»Scheint gut zu sein«, murmelte Stubs und las: »Kommen Sie! Lachen sie über Fred, den Clown, das Wunder der Komik! Staunen Sie über den einmaligen Mathias Marvel und seine Magie! Erleben Sie Gesang und Tanz, dargeboten von der weltberühmten Sängerin Iris Nachtigall und dem weltberühmten Tanzpaar Judy Jordan und John Jordan! Heute abend der große allwöchentliche Kinderwettbewerb!«

»Prima!« sagte er. »Vielleicht gewinne ich den ersten Preis, fünf Mark könnte ich gut gebrauchen. Ich weiß überhaupt nicht, wo mein Geld immer bleibt.«

»Aber ich! Soll ich es dir verraten?« fragte Robert hilfsbereit. Doch Stubs wollte es gar nicht wissen. »Barny«, sagte er, »du und Miranda, ihr beide müßt mitmachen, ihr hättet einen Riesenerfolg!«

»Ich habe keine Zeit, das weißt du ja«, lachte Barny und streichelte Miranda zärtlich.

»Ach ja, stimmt. Na, dann werde ich mich mal wieder opfern müssen, um die Ehre der Familie zu retten«, brummte Stubs, begann sein imaginäres Banjo zu spielen und brachte wieder dieses an den Nerven zerrende, metallisch summende Geräusch zwischen den Zähnen hervor.

»Bitte, nicht hier auf der Straße!« ermahnte Fräulein Pfeffer. »Ist es übrigens dies, womit du heute abend die Ehre der Familie zu retten gedenkst? Weißt du«, fügte sie augenzwinkernd hinzu, »ich werde dann bestimmt so aufgeregt sein, daß ich gar nicht weiß, wohin ich sehen soll, wenn du auf der Bühne stehst.«

Stubs grinste. »Ach tun Sie das, was alle tun, und sehen Sie nur auf mich. Dann vergeht Ihnen die Aufregung schon.«

»Ich finde die Zither besser«, sagte Dina.

»Und wie wär's mit einer Mundharmonika?« Er tat, als zöge er eine aus der Tasche, klopfte sie aus, setzte sie an die Lippen und ließ eine Reihe von Tönen hören, die nicht von der einer Mundharmonika zu unterscheiden waren.

»Nun ist es genug«, bestimmte Fräulein Pfeffer hastig, als sich eine Menge neugieriger Kinder um sie versammelte.

»Ich könnte mir meinen Lebensunterhalt gut und gerne auf diese Weise verdienen«, behauptete Stubs kühn. »Ich brauchte mich nur an eine belebte Ecke zu setzen und solche Musik zu machen. Wetten, daß der Hut, den ich hinhalten würde, im Handumdrehen mit Groschen bis zum Rand voll wäre?«

»Wetten, daß du einen Vogel hast?« lachte Dina. »Komm endlich!«

XIV

In der Vorstellung

»Wir kommen!« rief Stubs beim Abendessen zu Iris Nachtigall hinüber. »Wir kommen heute in die Vorstellung, und klatschen werden wir, daß die Wände wackeln!«

»Das ist schön!« Sie lachte ihn freundlich an. »Und wir werden uns sehr große Mühe geben!«

»Vergiß nicht, Ohren und Hals zu waschen, junger Mann, damit ich nicht noch mehr Kartoffeln finde«, sagte Herr Marvel.

Bei dem allgemeinen Gelächter, das diesen Worten folgte, runzelte Stubs die Stirn und entschloß sich augenblicklich, Herrn Marvel nicht den geringsten Beifall zu spenden. Was fiel diesem Ekel eigentlich ein, hier in aller Öffentlichkeit von ungewaschenen Ohren zu reden?

»Ich werde heute auch dabeisein«, ließ sich Fräulein Trill vernehmen. »Es ist doch Kinderwettbewerb, nicht wahr? Ich finde es zu süß, wenn die lieben Kleinen ihre lustigen Liedchen und Gedichte vortragen, diese Lieblinge!«

Stubs war gar nicht begeistert. Damit hatte er nicht gerechnet. Der Gedanke, daß Fräulein Trill zusah, wenn er auf der Bühne stand, war ihm ziemlich widerwärtig.

Die wandte sich jetzt mit strahlendem Lächeln an Fräulein Pfeffer. »Will eines Ihrer lieben Kinderchen sich an dem Wettbewerb beteiligen? Das kleine Mädchen vielleicht? Ich bin sicher, es tanzt wie eine Elfe!«

Wenn es etwas gab, was Dina nicht mochte, so war es das, ein kleines Mädchen genannt zu werden. Sie war rot und sah verlegen zu der alten Erzieherin hinüber.

»Meinen Sie Dina?« sagte Fräulein Pfeffer und betrachtete Fräulein Trill kühl durch ihre dicken Brillengläser. »Ich wundere mich immer, wenn man sie ein kleines Mädchen nennt. Sie ist doch schon recht groß, kaum kleiner als Sie selbst.«

Dina hätte sie für diese Worte umarmen können und warf ihr einen dankbaren Blick zu. Warum begriffen manche Erwachsene nie, daß Kinder es verabscheuten, nicht für voll genommen zu werden. Sie saß ganz gerade, um noch größer zu erscheinen.

»Warum machen Sie nicht mit, Fräulein Trill?« fragte Stubs unschuldig. »Sicher können Sie trillern wie eine Lerche!«

Der Clown lachte auf, zog schnell sein Taschentuch und tat, als würde er von einem Hustenanfall geschüttelt. Fräulein Pfeffer warf Stubs einen ihrer scharfen Blicke zu, aber anscheinend war diese Bemerkung als Kompliment aufgefaßt worden.

»Tatsächlich, ich habe als Kind ganz reizend gesungen, du hast es erraten. Du bist ein süßer kluger Junge, nicht wahr?«

»Sie könnten einmal für Iris Nachtigall einspringen, wenn sie einen Abend frei haben möchte«, sagte der Clown. »Sie wären die Überraschung des Abends!«

»O nein, nein«, wehrte Fräulein Trill, nun doch etwas nervös geworden, ab, »ich würde nie so singen wie die liebe Iris. Ah, da kommt die Nachspeise, Eis mit Sahne. Wie aufmerksam von der lieben Frau Plump. Sie weiß genau, was ihren Gästen bei dieser Wärme Kühlung verschafft.«

Nach Fräulein Pfeffers Beobachtung pflegte Fräulein Trill nur dann zu schweigen, wenn sie etwas besonders Gutes aß, genau wie Stubs. Und so seufzte die arme Erzieherin erleichtert, als der Kellner auch vor ihn eine riesige Portion Eis auf den Tisch stellte. Übrigens war es seltsam, daß er immer mehr als die anderen bekam. Wahrscheinlich hatte er mit dem Kellner Freundschaft geschlossen und ihm einen Wink mit dem Zaunpfahl gegeben.

Die Vorstellung begann um acht Uhr. Der Zauberer, der Clown und Iris Nachtigall tranken hastig ihren Tee und verschwanden.

»Wie wäre es, wenn wir noch einen Augenblick in der Diele zusammenblieben?« wandte sich Fräulein Trill an Fräulein Pfeffer. Doch die verspürte nicht die geringste Lust dazu.

»Vielen Dank, ich trinke heute abend keinen Tee. Ich möchte mich mit den Kindern noch ein wenig draußen auf die Bank setzen. Die Luft ist so schön.«

»Ach, lassen Sie uns doch bitte gleich gehen«, bettelte Stubs, dem die freudige Erwartung keine Ruhe ließ. »Wir müssen gute Plätze haben, denn ich muß unbedingt herauskriegen, wie die Zaubertricks funktionieren, und deshalb muß ich ganz vorne sitzen. Haben wir Schokolade, damit wir während der Vorstellung essen können?«

»Die haben wir nicht«, sagte Fräulein Pfeffer und schüttelte den Kopf über soviel Unersättlichkeit. »Es ist wirklich nicht nötig, daß ihr nascht, besonders nach einem solch vorzüglichen Essen.«

»Auch gut«, brummte Stubs, »ich werde mich an einen Rest Kaugummi halten.« Er begann in seiner Hosentasche zu kramen.

»Den gibst du besser mir«, sagte sie. »Dieses ewige Kauen schätze ich gar nicht.«

»Ach, du meine Güte«, grinste Stubs, »ich dachte schon, Sie wollten ihn für sich haben. Aber Sie brauchen ja nicht hinzugucken, wenn ich kaue.«

Fräulein Pfeffers Augen zwinkerten heftig. Sie holte tief Luft und sagte: »Nun gut, kauft euch eine Tafel Schokolade.«

»Mein lieber Vetter«, sagte Robert, »dein lieber Hund hat sich ins Haus begeben. Ich würde mich einmal um ihn kümmern. Wette, daß er gleich etwas herausschleppt?«

Wahrhaftig, Lümmel erschien eifrig wedelnd und brachte eine kleine Matte mit. Er legte sie Stubs zu Füßen und sah ernsthaft zu ihm auf.

»Du Racker«, sagte sein Herrchen, »jetzt fängst du schon wieder mit dem Blödsinn an. Bring das Ding sofort zurück!«

Lümmel trottete davon, jedoch ohne die Matte. »Jetzt holt er die nächste«, weissagte Dina. »Fräulein Pfeffer, wollen wir nicht gehen?«

Sie nickte. »Stubs, du kümmerst dich um die Matte, hörst du?«

Er rannte ins Haus, unentwegt und mit großem Genuß nach seinem Liebling schreiend, und stieß mit dem Professor und Fräulein Trill zusammen.

»Oh, Verzeihung, ich bin untröstlich! Ich habe Sie überhaupt nicht bemerkt. Gehen Sie jetzt zur Vorstellung? Wir sehen uns dort, bis dahin.« Er raste weiter wie ein D-Zug.

»Was dieser Junge braucht, ist eine ordentliche Tracht Prügel«, stellte der Professor fest. »Ständig jagt er ohne Rücksicht auf seine Mitmenschen einher und schreit wie am Spieß. Keine Manieren, keine!«

»Ganz recht, aber Kinder bleiben Kinder«, flötete Fräulein Trill. »Die lieben kleinen Dinger, ich liebe sie so. Sie nicht auch?«

»Nein! Ich wünschte sie alle zum Teufel!« Nach dieser mit Inbrunst hervorgebrachten Bemerkung schwieg er und ging weiter, während Fräulein Trill eifrig schwatzend, klingelnd und klirrend neben ihm herflatterte, wie immer ein Wolke starken Rosenduftes zurücklassend.

Stubs und Lümmel hatten die anderen bald eingeholt. Sie gelangten an das Drehkreuz, bezahlten und gingen den Steg entlang, ein paar Stufen hinunter zu dem großen Zelt, das am Strand aufgeschlagen war. Es besaß eine schöne Bühne, und das Dach war zurückgeschlagen, denn es war sehr warm.

»Prima«, sagte Robert, »setzen wir uns in die erste Reihe?«

Aber dort war kein Platz mehr frei, und sie mußten mit der zweiten vorliebnehmen. Erwartungsvoll saßen die drei auf ihren Stühlen. Fräulein Pfeffer hatte zwei Programme gekauft, und sie studierten sie aufmerksam.

Nach einer Weile erschienen Fräulein Trill und der Professor, doch sie blieben ganz am Ende des Zeltes, denn die Vorstellung schien sich großer Beliebtheit zu erfreuen und war beinahe schon ausverkauft. Fräulein Trill winkte den Kindern zu, und sie winkten höflich zurück.

Punkt acht Uhr erklang fröhliche Klaviermusik hinter dem Vorhang, und langsam öffnete er sich. Das Programm begann mit Gesang und Tanz, wurde mit zwei kleinen Sketschen fortgesetzt, und zwischendurch machte der Clown seine Späße.

Iris Nachtigall bewies, daß sie wirklich über eine hübsche Stimme verfügte, und da sie überdies reizend aussah, hatte sie viel Erfolg. Stubs klatschte so begeistert, daß ihm die Hände weh taten. Und er klatschte noch immer, als alle anderen schon aufgehört hatten.

»Laß das«, zischte Robert. »Die Leute sehen schon her!«

»Da capo!« brüllte Stubs. »Da capo!« Und er war außer sich vor Entzücken, als Iris noch einmal erschien und ein kleines Lied zugab. Er strahlte sie an, und sie lächelte amüsiert zurück.

Der nun folgende Steptanz Judy Jordans veranlaßte Stubs schon jetzt, nach dem Rhythmus ihrer klappernden Absätze sein imaginäres Banjo zu zupfen. Fräulein Pfeffer brachte ihn schnell zur Ruhe, als sie das wohlbekannte, an ihren armen Nerven zerrende Geräusch hörte.

Aber das Beste an der ganzen Vorstellung war der Zauberer. Er trug einen spitzen Hut, einen weiten Umhang, und sein Gesicht blieb unbewegt. Dina fand ihn sehr unheimlich.

»Er ist ausgezeichnet, tatsächlich«, flüsterte Fräulein Pfeffer ihr zu, »er versteht sein Handwerk, das muß ich sagen!«

Das Publikum starrte ihn gebannt an. Er zauberte die unmöglichsten Dinge aus der Luft. Karten, eine Taube, Zigaretten und endlich einen großen Rosenstrauß, den er mit einer Verbeugung Iris überreichte.

Und dann verkündete er, daß die verehrten Anwesenden jetzt in den Genuß einer besonderen Darbietung kämen. Er hob den Zauberstab mit beschwörendem Blick und murmelte unverständliche Worte. Und plötzlich loderten Flammen über seinem Kopf auf. Es war grandios!

Doch das war noch nicht alles, was Herr Marvel zu bieten hatte. »Und jetzt«, sagte er und legte den Zauberstab beiseite, »jetzt werden Sie sich von meinen Fähigkeiten als Hellseher überzeugen können!«

XV

Stubs' großer Erfolg

»Das muß man gesehen haben«, flüsterte jemand hinter ihnen, »es grenzt ans Wunderbare!«

Iris, anscheinend nun Herrn Marvels Assistentin, trat an die Rampe, verbeugte sich, und er befahl: »Legen Sie mir die Binde vor die Augen.« Sie nahm ein großes schwarzes Tuch, befolgte seine Anordnung und drehte ihn herum, so daß er mit dem Rücken zum Publikum stand. Selbst Stubs war davon überzeugt, daß er jetzt nichts mehr sehen konnte.

Dann ging sie durch die Zuschauerreihen und sammelte die verschiedensten Gegenstände ein. Lächelnd legte sie dabei den Finger an den Mund und flüsterte:

»Wir dürfen nichts verraten. Keine Bemerkung, die Herrn Mavel helfen könnte! Es soll alles mit rechten Dingen zugehen.«

Sie ging zurück auf die Bühne, trat an die Rampe und hielt eine kleine goldene Brosche in die Höhe, die ihr ein junges Mädchen gegeben hatte.

»Was halte ich in meiner Hand, Herr Marvel?«

Der Zauberer ließ seinen weiten Umhang hin- und herschwingen und murmelte mit tiefer, dumpfer Stimme unverständliche Worte. Lümmel, der unter Stubs' Stuhl fest geschlafen hatte, wachte plötzlich auf.

»Ich sehe – ich sehe – was sehe ich? Ah! Etwas Kleines, Rundes. Es ist aus Gold!«

»Richtig, aber was ist es?« fragte Iris. Es war so still im Zelt, daß man eine Stecknadel hätte fallen hören können. Wieder begann er zu murmeln, drehte sich dann mit einem Schwung herum, während sein Mantel wie eine riesige Fahne wehte, und rief:

»Es ist eine kleine goldene Brosche!«

Tosender Applaus setzte ein und steigerte sich zu einem wahren Orkan, als er nacheinander alle Gegenstände erriet, die Iris in die Höhe hielt. Und Stubs vergaß ganz, daß er sich fest vorgenommen hatte, nicht zu klatschen.

Es war aber auch geradezu phantastisch! Er konnte sogar den Namen, der auf dem Deckel einer Uhr eingraviert war, nennen.

Wieder brandete Beifall auf, verebbte, und nun verkündete der Zauberer, daß er als nächstes mehrstellige Zahlen erraten würde. »Meine ausgezeichnete Assistentin wird ein Päckchen Karten, auf denen Zahlen stehen, mischen, eine daraus hervorziehen und sie Ihnen zeigen. Und ich werde sie vor meinem geistigen Auge sehen!«

Iris nahm die Karten, und Stubs setzte sich kerzengerade auf. Das waren ja die, die er gesehen hatte, als er Herrn Marvel die Haarbürste zurückbrachte. Er erkannt sie sofort an ihrer gelben Rückseite. Warum, um alles in der Welt, hatte dieser Bursche sie so genau studiert? Das nützte ihm doch gar nichts? Er konnte ja nicht wissen, welche von ihnen Iris Nachtigall jetzt herauszog. Hatte er sie etwa mit einem Zeichen versehen? An dieser Geschichte schien sowieso einiges faul zu sein.

Schon hielt Iris eine Karte in der Hand und zeigte sie schweigend dem Publikum, und jeder im Zelt konnte die großen schwarzen Ziffern lesen.

Es war die Zahl: 673589255.

Wieder begann der Magier zu murmeln. Diese Mal schien es recht schwierig zu sein, die Aufgabe zu bewältigen, denn es dauerte eine ganze Weile, bis er endlich rief: »Ah, ich sehe sie, ich sehe die Zahl! Da ist sie!« Und langsam und stockend nannte er sie, genau dieselbe, die auf der Karte stand.

Tosender, nicht endenwollender Beifall erfüllte das Zelt.

»Noch eine andere!« rief jemand.

»Aber nur noch diese eine« sagte Iris, »es ist eine zu große Anstrengung für Herrn Marvel.«

Tatsächlich, es mußte eine beinahe übermenschliche Anstrengung für ihn bedeuten, denn es dauerte jetzt noch länger, bis er die Zahl endlich nannte.

»Es ist ein Wunder«, sagte Stubs und überlegte, ob so etwas mit rechten Dingen zugehen konnte.

Herr Marvel verschwand unter unzähligen Verbeugungen, von Beifall umrauscht, und als die Erregung sich gelegt hatte, trat Iris von neuem an die Rampe und gab bekannt, daß nun der Kinderwettbewerb begänne.

Der Clown neben ihr klimperte dabei verheißungsvoll mit dem Geld in seiner riesigen Hosentasche, das für die Gewinner ausgesetzt war.

»Nun, wer von euch hat Lust heraufzukommen?« fragte sie.

»Es ist ganz gleich, ob ihr tanzt, singt oder ein Gedicht aufsagt. Ihr dürft sogar zaubern oder auf dem Klavier spielen. Wer will der erste sein?«

Drei kleine Mädchen und drei kleine Jungen bahnten sich eilig mit hochroten Gesichtern ihren Weg zur Bühne. Und Robert stieß Stubs an: »Los, du wolltest doch auch.«

Aber der hatte unbegreiflicherweise Hemmungen bekommen. Er sah Robert düster an und brummte: »Ich werde mich doch nicht zum Narren machen. Halt jetzt den Mund.«

Zwei der kleinen Mädchen spielten Klavier, beide mehr laut als schön, und einer der Jungen sang ein komisches Lied, von dem leider niemand auch nur ein Wort des Textes verstehen konnte.

Das dritte Mädchen steppte. Doch außer der Mutter, die wie eine Wahnsinnige klatschte, während sie aufmunternde Blicke in die Runde warf, war der Applaus nur dürftig.

Als nächster sagte der zweite Junge ein Gedicht auf. Mit Höchstgeschwindigkeit entledigte er sich seiner Aufgabe, und mit derselben Geschwindigkeit verschwand er wieder.

Der dritte aber sagte überhaupt nichts. Er stand dort oben, ein Häufchen Elend.

»Ich habe alles vergessen!« jammerte er. »Ich habe alles vergessen! Mutter, was wollte ich denn nur?« Die Mutter wußte es anscheinend auch nicht mehr, und so verließ er, in Tränen aufgelöst, die Stätte seiner Niederlage.

»Nun, nun«, sagte Iris und lächelte tröstend. »Ein andermal geht's besser. Und nun brauchen wir noch einen dritten Jungen.«

»Ich möchte es gern versuchen, laß mich doch mal«, bettelte der Clown mit piepsender Stimme. »Ich kann was, ja. Ich bin groß in Form. Ich kann pfeifen und singen!« Er spitzte die Lippen und blies die Backen auf, aber kein Ton war zu hören, dafür kam plötzlich ein schrilles Pfeifen aus seiner Jackentasche. Iris sprang erschreckt zur Seite, und schallendes Gelächter erhob sich.

»Einen Jungen brauchen wir noch!« sagte sie wieder.

Der Clown sah Stubs an. »Sieh mal, Iris«, sagte er und zeigte auf ihn. »Sieh den da an! Den mit dem roten Schopf, der Stubsnase und den Sommersprossen. Das ist ein Banjospieler, sage ich dir!« Er küßte verzückt seine Fingerspitzen und schnalzte mit der Zunge.

Alle reckten die Hälse, starrten Stubs an, und der wurde feuerrot. »Komm schon, mein Sohn!« rief der Clown. »Du bist doch nicht etwa schüchtern? Komm her, und bring dein Banjo mit. Sag, was du spielen willst, und der Mann am Klavier wird dich begleiten.«

»Los Stubs«, flüsterte Robert. Er gab ihm einen aufmunternden Stoß. »Jetzt mußt du gehen. Hals- und Beinbruch!«

Stubs erhob sich, halb wütend, halb geschmeichelt. Er kletterte auf die Bühne und warf einen Blick in den Zuschauerraum. Der Clown stellte geschäftig einen Stuhl neben ihn. »Setz deinen Fuß darauf«, sagte er, »dein Banjo ist zu schwer. So geht es besser. Und was willst du spielen?«

Stubs begann die Sache Spaß zu machen, er lachte und verkündete: »Ich spiele: ›Sing, Nachtigall, sing!‹« Und dabei schielte er kurz zu Iris hinüber, während er ein Bein auf den Stuhl stellte. Der Klavierspieler nickte und legte die Hände auf die Tasten.

Stubs winkte hoheitsvoll ab. »Ich muß mein Instrument erst stimmen«, sagte er und machte sich ernsthaft an seinem unsichtbaren Banjo zu schaffen. Er zupfte prüfend die Saiten und ließ bei jeder einzelnen einen anderen metallisch summenden Ton durch die Zähne hören.

»In Ordnung, sind Sie soweit?« wandte er sich an den Pianisten. »Gut, dann können wir ja anfangen.«

Er griff in die Saiten und begann. Es war einfach wunderbar!

Seine Bewegungen und der Klang, den er nachahmte, waren täuschend echt. Und auch mit der Begleitung klappte es großartig. Man hätte meinen können, er und der Mann am Klavier spielten seit Jahren zusammen.

Das Lied war zu Ende, Stubs nahm das Bein vom Stuhl und verbeugte sich feierlich.

Er erntete brausenden Applaus, stärkeren noch als der Zauberer. Und alle schrien vor Begeisterung, als er nun dankend huldvoll nach allen Seiten winkte. »Da capo!« schrien sie. »Da capo!«

»Willst du?« fragte der Clown. »Vielleicht ein anderes Instrument?«

»Ich habe zufällig meine Zither bei mir«, nickte Stubs hoheitsvoll, legte sein Banjo beiseite und griff nach seiner ebenso unsichtbaren Zither. »Es wäre wohl besser, ich setzte mich dazu hin.«

Und dann griff er von neuem in die Saiten und ahmte die harfenähnlichen Töne der Zither genauso täuschend nach wie die des Banjos. Er war in seinem Element! Der Erfolg hatte ihn förmlich berauscht. Er übertraf sich selber und brachte die Leute durch sein hingebungsvolles Spiel und den verzückten Ausdruck auf seinem sommersprossigen Gesicht zur Raserei. Fräulein Pfeffer, völlig verwirrt, zerknüllte aufgeregt ein Spitzentaschentuch, und ihre Augen zwinkerten heftiger denn je hinter den dicken Brillengläsern.

Dieser Junge! Nein, dieser Junge!

Stubs endete, und der Clown trat vor ihn, verbeugte sich tief und ehrfürchtig und sagte: »Meister! Meister, ich bewundere Sie!« Und dann wandte er sich an die Zuschauer, während Stubs darüber nachdachte, ob diese Worte ein Kompliment gewesen sein sollten. »Wir kommen jetzt zur Preisverteilung«, verkündete der Clown, »den ersten Preis für die Mädchen erhält die kleine Lorna Jones für ihren Steptanz.«

Die Leute klatschten freundlich.

»Den Preis für die Jungen bekommt unser hochverehrter Freund hier für ...«

Er konnte nicht weitersprechen, denn die Leute tobten, trampelten und schrien.

Stubs verbeugte sich selig lächelnd, und selig lächelnd nahm er die fünf Mark in Empfang. Welch ein Abend! Wer hätte je gedacht, daß er mit seiner verrückten Angewohnheit, Instrumente nachzuahmen, einmal einen derart durchschlagenden Erfolg haben würde!

XVI

Ein glühender Punkt in der Dunkelheit

Wie auf Wolken schwebte Stubs ins Gasthaus. »Dreh bloß nicht durch«, grinste Robert, der genau wie Dina sehr stolz auf seinen Vetter war. »Und tu mir einen Gefallen und spiele von jetzt an nicht den ganzen Tag Banjo oder Zither und ruinier uns und den Hotelgästen nicht den letzten Nerv.«

Stubs schien das alles zu überhören. »Ich überlege mir die ganze Zeit, ob ich nicht auch eine Orgel oder eine Trommel bedienen könnte«, sagte er.

»O nein!« rief das arme Fräulein Pfeffer entsetzt. »Nur das nicht! – Um Himmels willen, beeilt euch, Fräulein Trill kommt!«

Aber Fräulein Trill hatte sich vorgenommen, Lobeshymnen auf Stubs zu singen, und es war deshalb ein völlig aussichtsloses Unternehmen, ihr zu entrinnen. »Er ist ein Wunder!« flötete sie ein paar

Minuten später. »Ein kleines Wunder! Welche Begabung! Der geborene Musiker, finden Sie nicht auch?«

»Oh, das dürfte wohl ein bißchen übertrieben sein«, wehrte Fräulein Pfeffer ab. »Soviel ich weiß, kennt er nicht eine einzige Note.«

»Was sie nicht sagen!« rief Fräulein Trill begeistert. »Das gerade zeigt ja, wie begabt er ist, wie unsagbar begabt! Manchmal dachte ich, es wäre ein richtiges Banjo. Er sollte zum Varieté gehen, er würde berühmt werden!«

Die alte Erzieherin warf einen verstohlenen Blick auf Stubs und war entsetzt über sein zufriedenes Lächeln. Sie hielt es für unbedingt nötig, etwaige aufkommende Überheblichkeit durch ein paar passende Worte im Keim zu ersticken.

»Stubs hat seine Sache sehr hübsch gemacht«, sagte sie, »und ich kann mir denken, daß sich seine Schulkameraden über seine Darbietungen amüsieren. Aber das ist auch alles, und es wäre völlig unangebracht, aus dieser kleinen Liebhaberei Schlüsse auf einen künftigen Beruf ziehen zu wollen.«

Glücklicherweise hatten sie das Gasthaus bald erreicht. »Ich muß unbedingt etwas trinken«, verkündete Stubs. »Ich habe einen ganz trockenen Mund von der anstrengenden Vorstellung bekommen. Spendieren Sie eine Limonade, Fräulein Pfeffer? Am besten zwei! Ach, warten Sie, ich habe ja meine fünf Mark ganz vergessen. Eine Runde für alle«, bestellte er mit weit ausholender Geste. »Was nehmen Sie, Fräulein Pfeffer, und Sie, Fräulein Trill? Vielleicht Orangeade? Oder lieber ein Malzbier?«

Dina fing an zu kichern. Dieser Stubs! Fräulein Pfeffer aber schickte die Kinder hinauf.

»Es ist spät«, sagte sie, »sehr spät sogar. Nehmt eure Limonade mit. Nein, Stubs, du bekommst nur eine, selbst wenn du zehn Mark hättest, das spielt keine Rolle. Und Lümmel trinkt viel lieber Wasser.«

Stubs war sehr enttäuscht. Er hatte gehofft, so lange unten bleiben zu dürfen, bis Iris Nachtigall, Herr Marvel und der Clown zurückkamen. Ihr Lob hätte ihm tausendmal mehr bedeutet als das einer ganzen Kompanie alberner Fräulein Trills.

Viel zu aufgeregt, um nach diesem Abend einschlafen zu können, warf er sich unruhig in seinem Bett hin und her und schmiedete die tollsten Pläne, während Robert leise schnarchte. Er würde mehr und mehr Instrumente nachahmen, er würde auf allen großen Bühnen der Welt auftreten, und er würde im Radio spielen! Doch, halt, das ging wohl nicht, die Leute konnten ihn ja nicht sehen und würden wahrscheinlich denken, er spiele richtig Banjo, Zither oder Gitarre.

Aber wie wäre es mit dem Fernsehen? Das wäre das Richtige! Und wie wäre es, wenn er eine Trommel nachahmte? Das konnte er bestimmt gut? Leise begann er zu üben.

Und dann passierte etwas, das ihn entsetzt hochfahren ließ. Er hatte gerade einen schwierigen Trommelwirbel hinter sich gebracht, als eine ungeheure Detonation das ganze Haus erbeben ließ.

›Bomben!‹ dachte er. Und gleich darauf: ›Unsinn!‹ Sicher handelte es sich wieder um ein Experiment im Unterseeboothafen.

Aber mitten in der Nacht? Es mußte bestimmt schon nach zwei sein. Sie würden doch jetzt keine Versuche unternehmen und alle Leute im Schlaf stören?

Seltsamerweise waren weder Robert noch Dina aufgewacht, nur Fräulein Pfeffer lauschte genauso angespannt wie Stubs. Aber als sie nichts mehr hörte, legte sie sich wieder hin und schloß von neuem die Augen.

Stubs hingegen dachte nach. Einschlafen konnte er ja doch nicht, und so beschloß er, die kleine Stiege, die zum Dachfenster führte, hinaufzusteigen und hinauszusehen. Vielleicht konnte er etwas entdecken, irgend etwas drüben im Hafen.

Er sprang aus dem Bett, schlich zur Tür, öffnete sie leise und trat auf die dunkle Galerie. Niemand schien aufgestanden oder aufgewacht zu sein.

Er tappte den Flur entlang, tastete nach der Tür und suchte mit dem Fuß die unterste Stufe der Treppe. Vorsichtig stieg er hinauf. Es war eine klare Nacht, und die Sterne standen am Himmel.

Er schob die Luke hoch und sah hinaus.

Tatsächlich! Da draußen war etwas passiert! Weit in der Ferne, am Ende des Hafens, brannte es. Der Horizont war rot gefärbt, und gleißendes Scheinwerferlicht geisterte über das Wasser. Stubs hielt den Atem an. Irgend etwas war passiert, vielleicht etwas Schreckliches! Wenn er nur wüßte, was?

Sollte er aufs Dach klettern? Von einem höhergelegenen Platz aus konnte er möglicherweise mehr sehen.

Es war ganz einfach hinauszukommen, denn das Dach war vor dem Fenster flach. Stubs sah sich um. Rechts von ihm stieg es schräg an, und weiter oben ragte ein hoher Schornstein empor. Vielleicht konnte er bis dahin gelangen?

Auf allen vieren kroch er hinauf, und endlich hatte er es geschafft. Aber der Wind blies kalt auf dieser Seite, und er mußte um den Schornstein herumkriechen, um Schutz zu suchen. Er lehnte sich an die warmen Ziegel.

Doch zu seiner größten Enttäuschung konnte er von hier aus auch nicht mehr sehen. Noch immer glitt das Licht der Scheinwerfer suchend über das Wasser, und noch immer schlugen die Flammen zum Himmel. Ob ein Schiff brannte?

Er preßte sich gegen die warmen Steine und kam sich sehr mutig vor, daß er allein mitten in der Nacht hier oben saß. Plötzlich schnupperte er.

Zigarettenrauch! Das konnte doch gar nicht sein!

Er beugte sich vor und sah in der Dunkelheit einen rotglühenden Punkt, das brennende Ende einer Zigarette! Also hatte doch noch jemand außer ihm die Explosion gehört.

Es mußte jemand auf der Treppe an der Dachluke stehen. Stubs wollte sich gerade durch leises Rufen bemerkbar machen, als er daran dachte, daß es ratsamer wäre, sich still zu verhalten.

Wenn Fräulein Pfeffer von seinen nächtlichen Ausflügen erführe, würde sie sich höchstwahrscheinlich so aufregen, daß sie eine ihrer härtesten Strafen anwenden und ihm seine Lieblingsspeisen entziehen würde. Besser also, er hielt den Mund. Aber wer konnte das da drüben nur sein? Außer dem rotglühenden Punkt war in der Dunkelheit nichts zu erkennen.

Nach einer Weile warf der Raucher den Rest der Zigarette auf das Dach, und gleich darauf knarrten die Stufen der Treppe. Er war gegangen. Er war gegangen und hatte die Luke hinter sich geschlossen!

Stubs' Herz setzte ein paar Schläge lang aus. Mit Entsetzen dachte er daran, daß er nun die ganze Nacht hier sitzen mußte, wahrscheinlich einschlafen und dann hinunterrollen würde.

Er kroch hinüber zur Luke und versuchte, sie mit zitternden Händen zu öffnen. Sie war nicht eingehakt! Mit einem Seufzer der Erleichterung zog er sie hoch.

In diesem Augenblick wurde ganz in der Nähe ein Fenster hell. Sicher hatte der, der eben noch hier stand, das Licht angemacht. Stubs mußte unbedingt wissen, wer es war.

Er kroch weiter. Die Vorhänge waren zugezogen, aber durch einen Spalt konnte er das Zimmer überblicken.

Professor James! Du lieber Himmel! Wie gut, daß er sich still verhalten hatte. Der hätte Fräulein Pfeffer die ganze Geschichte brühwarm aufgetischt.

Stubs trat den Rückzug an, und eine Minute später war er in der Dachluke verschwunden. Er hakte sie hinter sich zu, ging vorsichtig die Treppe hinunter und dann über den Flur in sein Zimmer.

Und gerade, als er die Tür schließen wollte, sah er unter der gegenüberliegenden einen schmalen Lichtschein. Herr Marvel hatte die Explosion also auch gehört. Stubs überlegte, ob er anklopfen sollte, um sich ein bißchen mit ihm zu unterhalten. Sicher würde Herr Marvel sich freuen, wenn er käme. Schließlich waren sie ja jetzt beinahe so etwas wie Kollegen.

Am Ende entschloß er sich aber, es lieber zu lassen. So ganz sicher schien es doch nicht, daß Herr Marvel Geschmack an Unterhaltungen mitten in der Nacht fand. Und wer weiß, was für einen Zauber er dann mit ihm anstellen würde!

XVII

Lügen Sie nur!

Am nächsten Morgen wurde im Gasthaus von nichts anderem gesprochen als von der nächtlichen Explosion. Und in den Zeitungen stand in fett gedruckten Schlagzeilen:

»Riesige Explosion im Unterseeboothafen! War es Sabotage? Bewohner der Umgebung aus den Betten geschleudert!«

»Was für ein Gefasel!« schrie Stubs. »Das Bett hat nur gezittert, das war alles! Und Robert ist noch nicht einmal wach geworden!«

Robert nickte. »Kaum zu glauben. War es eine starke Detonation?«

»Ungeheuer!« Stubs verdrehte die Augen. »Ganz ungeheuer! Ich bin aus dem Bett gefallen, die Stiege hinaufgejagt und habe aus der Dachluke geguckt. Im Hafen brannte es lichterloh, und die Scheinwerfer suchten alles ab!«

»Pst«, machte Dina, »wenn Fräulein Pfeffer dich hört, wird sie böse, daß du nachts draußen herumgegeistert bist.«

Stubs winkte hoheitsvoll ab. »Sie ist eben 'rausgegangen.«

Außer dem stocktauben Professor, der ganz in der Nähe saß und Zeitung las, konnten nur Herr Marvel und der Clown etwas gehört haben, und die hatten von der Existenz der kleinen Treppe wahrscheinlich keine Ahnung.

»Das ist übrigens noch nicht alles«, fuhr er leise fort, »ich bin aufs Dach geklettert und habe neben dem Schornstein gesessen. Und dann kam jemand die Stiege herauf und stand an der Luke. Ich habe nur seine brennende Zigarette gesehen, aber ich glaube, es war das alte Ekel, der Professor, denn nachher ging in seinem Zimmer das Licht an. Stell dir vor, Robert, dieser taube Opa ist von der Explosion aufgewacht und du nicht!«

»Wahrscheinlich hat ihn nicht der Krach, sondern die Erschütterung auf die Beine gebracht«, sagte Dina. »Warum hast du mich eigentlich nicht mitgenommen?«

»Nichts für Damen«, brummte Stubs, »du hättest dich doch nur gefürchtet. Glaubt ihr, daß es Sabotage war? Schleierhaft ist mir nur, wie einer überhaupt in den Hafen 'reinkommen sollte, wo er doch so streng bewacht wird.«

»Vielleicht ist auch nur ein Versuch schiefgegangen«, überlegte Robert. »So etwas kommt vor. Da braucht man nur an die Physikstunde zu denken.«

»Klar«, nickte Stubs, »wir sorgen auch immer dafür, daß es ab und zu mal bumst. Das lockert die traurige Atmosphäre ein bißchen auf. Aber ich möchte doch zu gerne wissen, ob es nur ein mißglückter Versuch war oder ob hier irgendwo Leute herumlaufen, die vorhaben, noch mehr U-Boote in die Luft zu jagen. Und das ausgerechnet, wo wir uns hier aufhalten.«

»Hast du etwa Angst, daß sie dich aus Versehen in die Luft jagen könnten?« grinste Robert.

»Angst?« Stubs schnob verächtlich durch die Nase. »Vielleicht ist wirklich nur etwas schiefgegangen.«

Ob er mit seiner Vermutung recht hatte, erfuhren die Kinder nicht, noch nicht einmal aus der Zeitung.

Am Nachmittag regnete es.

»Scheußlich«, brummte Stubs, »was sollen wir nun machen? Soll ich ein bißchen Banjo spielen?«

»Wenn du aufs Dach gehst, bitte«, sagte Robert. Stubs hatte schon am Vormittag des Guten zuviel getan, und Robert und Dina waren ganz krank davon.

»Dann können wir ja alle zusammen zur Dachluke gehen«, schlug er nach einer Weile vor, »und nachsehen, ob das Unterseeboot immer noch brennt. Und«, fügte er grinsend hinzu, »ich verspreche euch, daß ich mein Banjo unten lasse.«

Sie liefen hinauf, und Stubs drückte die Klinke herunter, aber die Tür öffnete sich nicht!

»Was ist denn nun los? Klemmt sie etwa?« Er zog mit aller Kraft an dem Türgriff – mit dem Erfolg, daß er plötzlich, die Klinke in der Hand, sich unsanft auf den Hosenboden setzte.

»Dummkopf!« sagte Robert. »Und was jetzt?«

»Mir fliegt alles nur so zu«, grinste Stubs, »sogar die Türklinken!«

»Du mußt zu Frau Plump gehen und es ihr sagen.« Dina schob ihn zur Treppe. »Wenn du nicht hingehst, macht es einen ziemlich schlechten Eindruck.«

So lief er also zu Frau Plump und fand sie damit beschäftigt, lange Reihen von Zahlen zusammenzurechnen. Sie war nicht gerade begeistert, als er ihr erzählte, was er angerichtet hatte.

»Aber warum hast du denn so an der Klinke gerissen?« fragte sie und stützte ihr Doppelkinn, genaugenommen waren es drei oder vier, in die Hand. Sie sah wirklich sehr ehrfurchtgebietend aus, und Stubs fühlte sich plötzlich klein und jämmerlich.

»Ich habe so gezogen, weil die Tür klemmt oder abgeschlossen ist«, erklärte er.

»Abgeschlossen? Dann würde der Schlüssel doch stecken«, sagte die Wirtin erstaunt.

»Es war kein Schlüssel da. Aber es ist bestimmt abgeschlossen. Ich dachte, Sie hätten es getan. Es tut mir furchtbar leid, daß ich die Klinke herausgerissen habe, aber ich besitze noch eine Mark und sechzig von dem Geld, was ich gestern im Varieté gewonnen habe. Ob das für eine neue reicht?«

»Das nehme ich an«, nickte Frau Plump, »aber ich denke, daß Dummy irgendwo noch eine alte auftreiben kann. Geh und frage ihn, er soll dann gleich den Schaden reparieren. Warte, ich muß dir ja noch zu deinem großen Erfolg gratulieren. Du hast Banjo gespielt, nicht wahr?«

»Nicht richtig, nur so als ob«, grinste Stubs und begann sofort mit einer kleinen Vorstellung.

Frau Plump lachte. Es war ein außerordentlich bemerkenswertes Lachen und mußte irgendwo in der Magengegend anfangen, so tief klang es, und es ließ ein Doppelkinn nach dem anderen erzittern.

Er beendete seine Darbietung mit einer tiefen Verbeugung. »Du bist schon einer«, sagte Frau Plump, immer noch lachend. »Nun lauf, und suche Dummy. Und schlage die Tür nicht so kräftig hinter dir zu, sonst hast du die nächste Klinke am Ende auch noch in der Hand.«

Stubs verschwand zufrieden grinsend. Frau Plump war viel netter, als er gedacht hatte, und gar nicht so brummig, wie sie aussah. In der Küche fand er Dummy, der die Griffe einiger Reitpeitschen blank putzte.

»Hallo, Dummy!« rief er. »Soll ich dir helfen? Ich sammle auch Reitpeitschen. Hast du übrigens schon gehört, daß ich gestern abend fünf Mark gewonnen habe?«

Dummy nickte ernsthaft. »Du«, sagte er, »du gewonnen, guter Junge.«

»Donnerwetter, du bist ja heute direkt geschwätzig«, grinste Stubs und rieb kräftig an einem silbernen Griff.

»Was du gemacht?« fragte Dummy.

»So, paß auf.« Stubs führte bereitwillig seine Kunst vor, und zu seinem größten Erstaunen zeigte es sich, daß Dummy sie nicht weniger gut verstand als er selber. Und so spielten sie zusammen, bis der junge Kellner neugierig in der Tür erschien.

»Gebt ihr eine Vorstellung?« lachte er.

Dummy verschwand augenblicklich. Er lief hinaus in den Hof und setzte sich verwirrt auf eine Kiste. Vor Jahren war er ein ausgezeichneter Banjospieler gewesen und hatte auch ein Instrument besessen. Doch dann war er vom Seil gestürzt und danach ganz verändert.

Er beruhigte sich langsam und lächelte. Ja, er erinnerte sich an sein altes Banjo und an die Melodien, die er darauf gespielt hatte. Leise summte er vor sich hin.

Stubs war ihm nachgelaufen. »Ach, da bist du ja! Ich habe ganz vergessen, dir zu sagen, warum ich eigentlich gekommen bin. Hast du vielleicht noch eine alte Türklinke? Ich habe nämlich die von der kleinen Tür, die zur Stiege führt, herausgerissen.«

»Stiege?« Dummy starrte ihn an, und dann beugte er sich plötzlich vor und flüsterte: »Böse Männer da oben, sehr böse!«

Stubs fuhr erstaunt zurück. Dummy nickte. »Böse, böse«, sagte er, »ich sie gesehen, ich aufpassen, ich hinterhergegangen!«

Stubs warf ihm einen schnellen Blick zu. Armer Kerl, was redete er da für wirres Zeug? Er mußte ihn unbedingt auf andere Gedanken bringen.

»He, Dummy«, sagte er, »wir können hier nicht länger im Regen sitzen bleiben, mein Banjo ist schon ganz naß geworden, hörst du, wie verstimmt es ist?« Er zupfte die Saiten und brachte ein paar quietschende, jämmerliche Töne zwischen den Zähnen hervor.

Das war ein Spaß! Dummy lachte glücklich, und Stubs klopfte ihm auf den Rücken.

»Wie ist es nun mit der Türklinke? Hast du eine?«

Dummy nickte. Er holte sie aus dem Schuppen, sie stiegen die Treppe hinauf, und es dauerte nicht lange, und er hatte alles wieder in Ordnung gebracht.

Stubs drückte die Klinke herunter. »Abgeschlossen!« sagte er. »Und der Schlüssel ist weg. Wer hat ihn bloß genommen, und warum? Vielleicht geht da oben doch etwas vor?«

»Meinst du? Und was?« fragte eine Stimme hinter ihnen.

Stubs fuhr herum. Herr Marvel stand in der Tür seines Zimmers.

Auch das noch! Mußte der unbedingt zuhören? Aber Stubs würde den Mund halten, er verspürte nicht die geringste Lust, sich in Unannehmlichkeiten zu bringen.

»Ach, nichts«, sagte er mit unschuldigem Blick. »Ich habe dem alten Dummy ein bißchen was vorgesponnen. Sie waren übrigens supertoll gestern abend. Wie haben Sie das nur alles erraten? Sogar die Gravierung auf der Uhr? Ich möchte es zu gerne wissen!«

»Das ist mein Geheimnis. Hast du die Explosion in der letzten Nacht auch gehört?«

»Klar! Und Sie?«

Herr Marvel schüttelte den Kopf. »Nein!« Diese Antwort erstaunte Stubs sehr. Er hatte doch den Lichtschein unter der Tür gesehen.

»Es brannte aber Licht in Ihrem Zimmer«, platzte er heraus und hätte sich im gleichen Augenblick ohrfeigen mögen.

»Tatsächlich? Und was hast du um diese Zeit auf der Galerie zu suchen?«

»Ich? Ach, ich wollte nur nachsehen, ob noch andere wach geworden waren. Aber sagen Sie mir bloß, wie konnten Sie die langen Zahlen erraten?«

Doch Herr Marvel war verschwunden. Stubs starrte auf die geschlossene Tür und zog eine Grimasse. ›Lügen Sie nur! Ich weiß, daß Sie in der letzten Nacht wach waren!‹

XVIII

Wie heißt euer Freund?

Nach der ersten Zeit begannen die Ferien, wie immer, schneller und schneller dahinzuschwinden.

Es waren herrliche Tage! Die Kinder badeten, paddelten, gingen spazieren oder faulenzten, und Barny und Miranda waren immer dabei.

Lümmel hatte übrigens eine neue, etwas lästige Gewohnheit angenommen. Da er keine Handtücher, Bürsten und Matten an den Strand schleppen durfte, brachte er jeden Tag einen anderen Hund mit.

Der erste war ein kleiner Bastard mit kurzen Beinen und einem zu großen Kopf.

»Seht, euch das an!« sagte Stubs. »Armer Kerl! Wenn seine Beine noch kürzer wären, müßte er auf dem Bauch rutschen!«

»Ha, ha, wie witzig«, sagte Dina.

Robert grinste. »Er riecht ein bißchen, findet ihr nicht auch? Er scheint eher eine Hundsblume zu sein als ein Hund. Geh weg, Hundsblümchen, geh!«

Aber das Hundsblümchen blieb. Es hatte nicht die geringste Absicht, seinen neuen Freund zu verlassen. Wie die Wilden tobten sie zusammen, und das arme Fräulein Pfeffer fand keine Ruhe, denn sie hatten ausgerechnet sie zu ihrem Opfer auserkoren und jagten ohne Unterlaß rund um ihren Liegestuhl. Sie mußten also das Hundsblümchen in Kauf nehmen, denn Lümmel schien es sehr zu lieben und teilte, welches Wunder, jeden Leckerbissen mit ihm.

Am nächsten Tag begleitete ihn überraschenderweise ein anderer Hund.

Es war eine Bulldogge, die Herrn Faß sehr ähnlich sah. Sie war auch nicht besser als der kleine Bastard.

»Ich wollte, du würdest mich nicht immer besabbern, du brauchtest ein Lätzchen«, sagte Stubs. »Fräulein Pfeffer, müssen Bulldoggen sabbern? Oder tun sie es nur, um einen zu ärgern?«

»Ein Lehrer von uns hat auch eine«, lachte Dina, »und die sabbert auch. Lümmel, wenn du wieder jemanden mitbringst, dann bitte einen, der weder riecht noch aus der Schnauze tropft.«

Die Bulldogge war an und für sich ein umgängliches Tier, jedenfalls so lange, bis Lümmel ihr einen Knochen entreißen wollte, den sie ihm gestohlen hatte. Sie knurrte so gefährlich, daß selbst Stubs es mit der Angst bekam und Miranda erschreckt auf Barnys Kopf flüchtete.

»Geh!« sagte Fräulein Pfeffer und bedachte den Hund mit einem ihrer scharfen Blicke. »Geh!«

Die Bulldogge watschelte davon, aber sie nahm den Knochen mit. Stubs stieß Lümmel an. »Feigling! Kannst du nicht einmal deinen Knochen verteidigen?«

Lümmel ließ die Ohren hängen und verließ den Strand mit eingezogenem Schwanz, kehrte aber bald darauf vollkommen verändert zurück. Stolzgeschwellt und sehr vergnügt in Begleitung dreier kleiner Terrier, alle äußerst lebendig und neugierig.

»Hör auf, hör jetzt bloß auf!« rief Stubs und sah entsetzt auf die Ansammlung von Vierbeinern. »Willst du uns sämtliche Hunde aus Rubadub auf den Hals laden? Werdet ihr wohl machen, daß ihr nach Hause kommt! Verschwindet! Du natürlich nicht, Lümmel, du bleibst hier! Ich werde dich an Fräulein Pfeffers Liegestuhl binden!«

»O nein!« wehrte sie entsetzt ab. »Das wirst du nicht. Ich habe keine Lust, mich von ihm über den Strand zerren zu lassen. Binde ihn doch an dein Fußgelenk!«

Alle lachten, nur Barny nicht. In den letzten Tagen war er überhaupt sehr still geworden. Und als Stubs nun fragte, ob sie alle drei heute abend auf den Jahrmarkt kommen sollten, schüttelte er den Kopf: »Nein, das ist nichts für euch. Die Leute sind nicht sehr nett, eine widerwärtige Bande.«

»Warum gehst du nicht weg?« rief Dina. »Wenn es dir dort nicht mehr gefällt, darfst du auf keinen Fall bleiben!«

»Ach, ich bin allmählich an so etwas gewöhnt. Aber ich muß ehrlich sagen, gegen die komme ich manchmal nicht an. Und wo soll ich andere Arbeit finden?«

»Erinnerst du dich nicht, daß Herr Marvel, der Zauberer, einen Assistenten braucht? Er wollte dich doch nehmen!« sagte Dina eifrig.

»Der hat doch Iris, dann braucht er ja keinen anderen«, wunderte sich Stubs.

Robert nickte. »Das stimmt, das ist komisch. Wann ist deine Woche zu Ende Barny? Morgen?«

»Ja, dann bekomme ich mein Geld, vierzig Mark. Ich werde mir neue Sandalen und ein Hemd kaufen.«

»Ich würde an deiner Stelle da aufhören«, sagte Robert. »Du wirst schon etwas anderes kriegen.«

Doch Barny war noch unschlüssig. In Rubadub wollte er auf alle Fälle bleiben, um sich nicht von seinen Freunden trennen zu müssen, und Geld mußte er auch verdienen.

An diesem Abend brauchte Iris Nachtigall nicht zur Vorstellung zu gehen. Sie saß mit den dreien in der Diele und spielte mit ihnen Karten. Stubs hatte es so eingerichtet, daß er den Platz neben ihr bekam, und am liebsten hätte er ihr die besten Karten zugesteckt. Lümmel lag zu ihren Füßen. Er stimmte mit seinem Herrchen überein und bewunderte Iris genauso wie Stubs.

»Was macht Herr Marvel denn nun ohne Sie?« fragte Dina und sah zu, wie Robert die Karten austeilte.

»Ich weiß es nicht, und es ist mir auch gleichgültig. Ich mag ihn nicht besonders.«

»Warum?« fragte Stubs.

Anscheinend wollte sie aber nicht darüber sprechen. »Er hatte sonst immer einen Assistenten, einen jungen Mann«, sagte sie. »Er ging fort, ich weiß nicht, warum, und Herr Marvel bat mich, ihm so lange zu helfen, bis er einen anderen fände. Ich versprach, es zwei Wochen lang zu versuchen. Nun habe ich keine Lust mehr, und ich höre auf. Die zwei Wochen sind vorüber.«

Jetzt wußten die Kinder, warum Herr Marvel Barny gebeten hatte, sein Assistent zu werden. Er hatte befürchtet, daß Iris es nicht länger als während der verabredeten Zeit bei ihm aushalten würde.

»Hat er schon einen Ersatz für Sie?« fragte Robert.

»Ich weiß nicht. Jemand ist heute bei ihm gewesen. Wahrscheinlich kam er wegen der Stellung. Er wird ihn wohl nehmen müssen, denn ohne Hilfe kann er nicht auskommen.«

»Warum?« wollte Stubs wissen. »Er könnte doch genausogut jemanden aus dem Publikum auf die Bühne bitten.«

»Nein, er will nicht jeden Abend mit einem anderen arbeiten. Nun, wie ist es, spielen wir, oder schwatzen wir nur? Ich habe so gute Karten, daß ich darauf brenne anzufangen.«

Die einzige, die an etwas ganz anders dachte, war Dina. Sie dachte darüber nach, ob sie zu Herrn Marvel gehen und ihn bitten sollte, Barny zu nehmen. Und wenn sie Barny dann sagen konnten, daß sie Arbeit für ihn gefunden hätten, würde er bestimmt nicht mehr auf dem Jahrmarkt bleiben. Sie konnte es kaum erwarten, Robert und Stubs von ihrem Plan zu erzählen. Ehe sie schlafen gingen, lief sie noch einmal zu den Jungen hinüber, und sie hörten aufmerksam zu.

»Das ist ein prima Gedanke!« rief Robert. »Geh du zu ihm, ich glaube, du kannst es am besten. Geh gleich morgen früh.«

Am nächsten Morgen, nach dem Frühstück, traf Dina Herrn Marvel im Garten. Er saß in der Laube, las Zeitung und sah auf, als sie zögernd hereinkam. »Kann ich Sie einen Augenblick sprechen? Es ist wegen unseres Freundes, dem Jungen mit dem Äffchen. Sie boten ihm vor ein paar Tagen an, ihr Assistent zu werden. Ich glaube, er würde jetzt gerne zu Ihnen kommen, wenn Sie ihn noch gebrauchen können.«

Herr Marvel legte die Zeitung beiseite und betrachtete Dina schweigend. Endlich sagte er: »Ja, ich brauche jemanden, einen, der mir auf der Bühne assistiert, Besorgungen für mich macht, meine Anzüge in Ordnung hält und was derartige Verrichtungen sonst noch sind.«

»Das kann er alles!« rief sie eifrig. »Versuchen Sie es mit ihm, bitte!«

»Wie heißt euer Freund?«

»Lorimer, Barny Lorimer. Aber das ist der Mächenname seiner Mutter, seinen Vater kennt er überhaupt nicht.«

»Wie seltsam«, sagte Herr Marvel.

Dina nickte und erzählte ihm Barnys Geschichte, und er hörte interessiert zu. »Er steht ganz allein in der Welt«, schloß sie, »und ich wünschte nur, er könnte seinen Vater finden!«

»Das dürfte nicht so schwierig sein. Ich denke, mir würde es schnell gelingen.«

Sie starrte ihn an.

»Wie meinen Sie das? Das ist doch gar nicht möglich? Barny weiß ja noch nicht einmal, wie sein Vater heißt.«

»Mein liebes Kind, seit ich denken kann, habe ich mit dem Theater zu tun. Und ich brauche nur ein paar Freunde nach einem Schauspieler zu fragen, der häufig in Shakespearestücken auftrat, so ungefähr vor fünfzehn Jahren. Und wenn ich ihnen eine Beschreibung des Jungen gebe, der höchstwahrscheinlich seinem Vater ähnlich sieht – euer Freund hat übrigens kein alltägliches Gesicht –, so bin ich sicher, daß ich in kurzer Zeit etwas erfahren werde.«

»Oh, Herr Marvel!« rief Dina, und ihre Augen leuchteten. »Das wäre wunderbar!«

»Wenn der Junge zu mir kommt und ich zufrieden mit ihm bin, werde ich mein möglichstes tun.«

»Sie werden mit ihm zufrieden sein, ganz bestimmt! Ich will ihn gleich holen. Dann kann er die Arbeit auf dem Jahrmarkt aufgeben und schon morgen bei Ihnen anfangen.«

Sie jagte davon. Wenn sie sich vorstellte, daß Barny nun seinen Vater finden würde! Der gute Herr Marvel! Warum nur hatten sie ihn früher nicht gemocht?

Unten am Strand traf sie Barny, der dort auf die drei wartete. Sie ließ sich neben ihm in den Sand fallen und berichtete hastig und noch ganz außer Atem die aufregende Neuigkeit. »Du mußt sofort ins Gasthaus gehen, Herr Marvel wartet dort auf dich. Stell dir vor, Barny, wenn er deinen Vater fände!«

»Vielen Dank, Dina!« sagte er, und seine Augen strahlten. »Komm, Miranda, wir wollen unser Glück versuchen!«

XIX

Merke dir das, junger Mann!

Ja, Barny bekam die Stellung. Herr Marvel wollte es mit ihm versuchen, und Barny war glücklich. So gut hatte er es noch nie getroffen!

»Ich werde dir neue Sachen kaufen und dein Zimmer bezahlen«, sagte Herr Marvel, »und für den Anfang bekommst du vierzig Mark in der Woche. Soviel ist mir ein guter Assistent wert.« Barny glaubte zu träumen. Er würde reich sein. Er konnte Geld sparen, und Miranda sollte einen neuen Rock haben!

»Aber eins mußt du mir versprechen, Barnabas. Wie du weißt, bin ich ein Magier, ein Zauberer, und du darfst meine Geheimnisse, wenn ich dich in einige einweihen muß, nicht verraten, nicht einmal deinen drei Freunden hier.«

»Natürlich nicht, das würde mir nie einfallen«, beteuerte Barny.

»Und was deinen Vater betrifft«, fuhr Herr Marvel fort, »so hoffe ich, daß es mir gelingen wird, etwas über ihn in Erfahrung zu bringen. Ich werde mich sofort um die Angelegenheit kümmern und dich wissen lassen, ob ich Erfolg habe.«

»Ich bin Ihnen so dankbar!« sagte Barny leise.

Herr Marvel nickte ihm zu. »Es wird schon alles in Ordnung gehen. Ich habe eine Menge Beziehungen, und du wirst sehen, am Ende dieser Saison brauchst du keine neue Stellung mehr zu suchen, dann wirst du bei deinem Vater sein.«

Erregt rannte Barny zum Strand zurück. Er konnte sein Glück kaum fassen, und er berichtete jedes Wort des Gesprächs mit leuchtenden Augen.

»Nun«, lächelte Fräulein Pfeffer, »ich muß sagen, dieser Herr Marvel will viel für dich tun. Er muß ein sehr, sehr freundlicher Mann sein, obgleich er eigentlich gar nicht so aussieht. Aber es wurde auch Zeit, daß sich für dich auch einmal etwas zum Guten wendete.«

Das war ein herrlicher Morgen! Die Sonne schien, das Wasser war ruhig und warm, und alle fühlten sich wunderbar. Lümmel verschwand, und die Kinder warteten gespannt darauf, was für einen neuen Freund er dieses Mal mitbringen würde.

Zu ihrem größten Erstaunen erschien er nach einer Weile in Begleitung des Herrn Faß, des immer Mißvergnügten. Ehrerbietig geleitete er ihn in ihre Mitte. Wie hatte er es nur fertiggebracht, ihn hierherzulocken?

Es stellt sich jedoch bald heraus, daß dieses Unternehmen zum Scheitern verurteilt war. Herr Faß ertrug zwar noch die Kinder, Miranda aber keinesfalls. Er starrte sie düster an, und sie starrte zurück. Dann steckte sie plötzlich ihre Pfote in die Tüte mit Erdnüssen, die Barny ihr geschenkt hatte, und warf ihm eine Handvoll an den Kopf.

Er stieß ein kurzes, so dumpfes Grollen aus, daß alle zusammenfuhren, maß Lümmel mit einem vernichtenden Blick, kehrte ihm seine Hinterfront zu und watschelte zurück ins Gasthaus.

»Armer Lümmel, nie wieder wird er mit dir reden«, lachte Dina, »nie wieder, jetzt, wo er weiß, in was für einer unmöglichen Gesellschaft du dich aufhältst.«

Sie hatte kaum zu Ende gesprochen, als auch ihr eine Ladung Erdnüsse um die Ohren flog. »Schämst du dich nicht, Miranda?« sagte Barny. »Geh, und sammle sie alle wieder auf!« Und das Äffchen gehorchte sofort, denn es merkte, daß er ärgerlich war.

An diesem Abend ging Barny zum letztenmal zum Jahrmarkt und bekam sein Geld ausgezahlt. Da er sich nun nichts mehr zum Anziehen zu kaufen brauchte, besorgte er Geschenke für seine Freunde. Ein Buch für Dina, für jeden der Jungen einen Kugelschreiber, für Lümmel einen Ball, und Fräulein Pfeffer bekam ein Batisttaschentuch, mit Spitze umrandet. Sie alle freuten sich sehr, und die Augen der alten Erzieherin zwinkerten gerührt und heftig hinter den dicken Brillengläsern.

Barny ging mit Feuereifer an seine neue Arbeit. Nach der vorhergehenden erschien sie ihm sehr leicht, und der Gedanke, daß Herr Marvel seinen Vater finden könnte, machte sie ihm noch leichter.

Herr Marvel hielt sein Versprechen und kaufte ihm einen Anzug, mehrere Hemden und ein Paar Schuhe.

»Sehe ich komisch aus?« fragte Barny und lachte. »Ich komme mir nämlich so vor.«

»Prima siehst du aus!« schrie Stubs. »Und der Schlips ist supertoll!«

Barny hatte eine Menge zu erzählen. »Dieser Marvel ist ein seltsamer Kauz, eigentlich ganz nett, und großzügig ist er! Und er hat schon an jemanden geschrieben, der meinen Vater kennen könnte!«

Die Kinder waren begeistert, und sie erzählten Fräulein Trill und auch dem Professor, was für ein Glück Barny gehabt hatte. Fräulein Trill begann sofort des langen und breiten über diese wunderbare, wunderbare Fügung zu schwatzen, doch der Professor brummte nur:

»Wenn einer Lust hat, mit Zauberern zusammenzuarbeiten, so ist das seine Sache, und man kann ihn nicht daran hindern. Aber es ist ein gefährliches Unternehmen, merk dir das, junger Mann!«

Er sah Barny scharf an, und der lächelte höflich. »Oh, dabei ist nichts Gefährliches. Ich bin beim Zirkus schon mit ganz anderen Leuten zusammengekommen, mit Schwertschluckern und Feuerfressern, und sie waren alle ganz harmlos, wirklich!«

Der Professor schnaubte einmal kurz durch die Nase, eine Angewohnheit, in der er große Fertigkeit erlangt hatte, lehnte sich in seinen Sessel zurück und schloß die Augen. Die Unterhaltung war beendet.

Barny fand seine neue Beschäftigung sehr leicht und angenehm. Er bürstete Herrn Marvels Anzüge und die verschiedenen Kostüme aus, kaufte für ihn ein und putzte die vielen Paare von Schuhen.

Herr Marvel war der Meinung, Dummy mache es nicht ordentlich genug.

Mehr als einmal hatte er den Ärmsten erschreckt, indem er ihn anschrie und ihn einen Nichtsnutz, Dummkopf oder Tölpel nannte. Kein Wunder, daß Dummy viel zu aufgeregt war, um seine Arbeit zur Zufriedenheit zu erledigen.

Nach und nach weihte Herr Marvel Barny in die Geheimnisse seiner Kunst ein. Er erklärte ihm, was er auf der Bühne zu tun und welchen Winken er zu folgen hatte. Barny begriff schnell, worauf es ankam, und nach kurzer Zeit schon glaubte er, daß er einige der Tricks selber hätte vorführen können.

»Er ist viel besser als die meisten Zauberer in solchen kleinen Varietés«, sagte er. »Er könnte bestimmt etwas in London bekommen, aber er hält sich im Sommer lieber hier an der See auf.«

»Hat er schon etwas von deinem Vater gehört?« fragte Dina.

»So schnell geht es nicht, aber er hat gestern wieder zwei Briefe an alte Freunde geschrieben, die ihn vielleicht kennen könnten.«

Ein paar Tage später ging eine aufregende Neuigkeit in Rubadub von Mund zu Mund. Beamte von Scotland Yard waren eingetroffen, und ihr Kommen sollte in Zusammenhang mit der Explosion im Hafen stehen. Es hatte sich also doch wohl um Sabotage gehandelt.

Die Beamten wohnten im ›Drei Mann in einem Faß‹, und Stubs konnte Stunden damit zubringen, sie anzustarren. Hatten sie schon etwas herausgefunden? Hatten sie schon jemanden in Verdacht? Im Gasthaus wurde aufgeregt erzählt, daß sie auf dem Jahrmarkt gewesen waren. Ob einer der Leute dort etwas mit der Geschichte zu tun hatte?

»Barny sagte gleich, es wäre eine widerwärtige Bande. Vielleicht ist man hinter einem von ihnen her«, meinte Robert.

Frau Plump hatte den Detektiven zwei Räume zur Verfügung gestellt, und eines Tages sah Stubs den Professor eines der Zimmer verlassen und mit gesenktem Kopf die Treppe hinaufsteigen.

»Den haben sie bestimmt unter die Lupe genommen!« verkündete er mit großem Genuß. »Dem alten Scheusal trauen sie bestimmt nicht über den Weg. Er war damals ja auch dort oben und hat das Feuer beobachtet. Ob ich es der Polizei erzähle?«

Aber er entschloß sich, es doch lieber nicht zu tun. Schließlich hatte er den Alten nicht erkannt. Schade! Aber er würde die Augen offenhalten! Zu der gleichen Zeit, zu der die Bamten erschienen, verschwand Dummy spurlos.

Frau Plump war besorgt und ärgerlich zugleich. »Das hat er schon einmal gemacht, als ein Polizist ins Haus kam, wegen eines verlorengegangenen Hundes«, erzählte sie. »Ich verstehe nicht, warum er sich so fürchtet. Und gerade jetzt gibt es mehr als genug Arbeit, mit den drei neuen Gästen im Haus.«

Barny wollte sich gerne für die Stunden, in denen Herr Marvel ihn entbehren konnte, zur Verfügung stellen. Frau Plump war sehr erfreut und Herr Marvel sofort einverstanden.

Übrigens erkundigten sich die Beamten nach Barny, da sie erfahren hatten, daß er eine Zeitlang auf dem Jahrmarkt beschäftigt gewesen war, und sie wünschten, auch an ihn einige Fragen zu richten.

Aber außer daß es öfter zu Prügeleien mit angetrunkenen Matrosen kam und der Besitzer der Avusbahn die Besucher beim Einkassieren des Geldes betrog, konnte er keinerlei Hinweise geben.

»Und hast du bemerkt, daß dein Arbeitgeber wiederholt mit bestimmten Leuten zusammentraf?«

»Ja«, sagte Barny, »aber ich habe nie gehört, worüber sie sprachen.«

»Und jetzt bist du bei Herrn Marvel angestellt? Kommst du gut mit ihm aus?«

»Ja, er ist sehr freundlich zu mir, und die Arbeit ist leicht.«

»Hm«, sagte der Mann, »das wäre alles, vielen Dank.« Und Barny konnte gehen. Er wohnte jetzt in einem kleinen Raum unter dem Dach, und er war glücklich. Alles ging gut! Und das Schönste war, daß Herr Marvel vielleicht schon bald etwas von seinem Vater hören würde!

XX

Und wer ist der Saboteur?

»Die Trill trillert heute wie ein verscheuchtes Vögelchen«, verkündete Stubs am nächsten Morgen. »Sie ist furchtbar aufgeregt, die Polizei war nämlich bei ihr. Sie hat mir erzählt, sie wäre mit Fragen überschüttet worden.«

Robert grinste. »Aus der haben sie doch kein einziges vernünftiges Wort herausgekriegt. Warum sind sie eigentlich nicht zu uns gekommen? Nicht, daß wie ihnen etwas Wichtiges hätten sagen können, aber die fragen ja die unmöglichsten Leute, ich sehe nicht ein, warum nicht auch uns?«

»Wir sind ja nur Kinder«, sagte Stubs düster, »und Barny haben sie auch nur gefragt, weil er auf dem Jahrmarkt beschäftigt war. Die haben gedacht, er könnte irgend etwas aufgeschnappt haben.

Übrigens möchte ich gerne wissen, wo der gute alte Dummy geblieben ist. Er fehlt mir direkt.«

»Wahrscheinlich ist er schon weit weg von Rubadub«, sagte Robert. »Barny hat uns doch oft erzählt, daß Zirkusleute keinen Wert auf den Umgang mit der Polizei legen. Er wird gedacht haben, sie wollen ihm an den Kragen.«

Fräulein Trill segelte herein, flatternd und klingelnd wie eh und je. Dieses Mal verbreitete sie einen starken Duft von Gardenien. Sie war noch immer sehr erregt.

»Puh!« machte Stubs. »Die nebelt einen ja richtig ein. Ich werde gleich ohnmächtig!« Er stürzte aus dem Zimmer und hielt den Atem so lange an, bis er vor der Tür stand. Dann stieß er ihn erleichtert und sehr geräuschvoll aus. Fräulein Pfeffer, die gerade die Treppe herunterkam, sah ihn besorgt an.

»Fühlst du dich nicht wohl?«

»Vollkommen k. o.«, stöhnte er, fiel gegen die Wand und fächelte sich mit seinem schmutzigen Taschentuch Luft zu. »Gehn Sie bloß nicht 'rein, die Trill ist da drinnen, mit einer neuen Marke, ich meine Duftnote. Entsetzliches Zeug, gießt sie garantiert literweise über sich.«

»Sei nicht albern«, tadelte Fräulein Pfeffer, »sicher, sie tut ein wenig zuviel des Guten, und ich wünschte, sie benutzte ein nicht so starkes Parfüm. Ein frisches Eau de Cologne zum Beispiel wäre weitaus angenehmer. Aber daß du darum einen solchen Tanz veranstaltest!«

»Tanz!« schrie Stubs mit verzücktem Gesicht. »O ja, einen Mambo, bitte!« und dann begann er, unter den unsinnigsten Verrenkungen vor ihr hin und her zu hüpfen. Dabei wedelte er mit den Armen in der Luft herum, schwenkte die Hüften und drehte und wiegte sich. Die alte Erzieherin betrachtete ihn zunächst voller Staunen, und dann mußte sie lachen, ob sie wollte oder nicht.

»Du bist der geborene Clown«, sagte sie. »Übrigens habe ich gar kein Verlangen, Fräulein Trills Ergüsse hinsichtlich des Verhörs noch einmal über mich ergehen zu lassen. Seltsamerweise waren die Beamten auch bei mir.«

»Wirklich?« Stubs vergaß augenblicklich weiterzuhüpfen. »Verhören sie denn jeden? Glauben die etwa, hier im Gasthaus sitzt einer, der mit der Geschichte was zu tun hat?«

»Ich weiß es nicht. Vielleicht hoffen sie, irgendwelche Hinweise zu erhalten. Daß jemand von den Gästen verdächtig ist, glaube ich nicht. Dieser Gedanke ist völlig absurd!«

»Aber ich glaube es«, flüsterte Stubs, der an die Nacht zurückdachte, in der das Schiff brannte. »Und ich wette, ich weiß auch, wer es ist!«

»Welch ein Unsinn!« sagte Fräulein Pfeffer sehr bestimmt. »Du bist schon wieder albern. Oh, guten Morgen, Herr Marvel. Hat man Sie auch verhört? Stellen Sie sich vor, unser Stubs meint, mehr zu wissen als die Polizei!«

»Und was, wenn ich fragen darf, junger Mann?« sagte Herr Marvel mit einem seltsamen Lächeln, das er manchmal zur Schau trug. »Wer von uns also ist der Saboteur?«

»Wie?« Stubs starrte ihn verständnislos an. »Ach, Sie meinen den Burschen, der das U-Boot in die Luft gejagt hat! Das ist mein Geheimnis!«

Er machte kehrt und entfernte sich schnell, mit kleinen grotesken Tanzschritten. Herrn Marvel würde er auf keinen Fall von seinem Verdacht auf Professor James erzählen. Aber war der Alte nicht jemand, der gut in so etwas verwickelt sein konnte? Er wußte bestimmt eine Menge gelehrtes Zeug, vielleicht verstand er sogar etwas von U-Booten, Raketen und Atombomben!

Nur – wie er überhaupt eine Nachricht aus dem streng bewachten Hafen bekommen konnte, war ihm schleierhaft. Na, das herauszufinden war schließlich Sache der Polizei. Oder sollte er selber ein bißchen schnüffeln? ›Man dürfte das Scheusal nicht aus den Augen lassen! Ich könnte noch einmal über das Dach kriechen‹, dachte er, ›und noch einmal in sein Fenster gucken. Toll, wenn ich ihn auf frischer Tat ertappte! Ob Robert mitmacht? Ich muß ihn gleich fragen.‹

Doch Robert zögerte. Er hielt den Professor zwar auch für die verdächtige Person im Gasthaus – man brauchte ja nur an den Abend zu denken und an das Stück, was er sich geleistet hatte, als er ihn im Spiegel beobachtete. Aber anderen Leuten in die Fenster gucken, das schien ihm doch zu weit zu gehen.

Er schüttelte den Kopf. »Nein, so etwas kann man nicht tun!«

»Quatsch«, setzte Stubs über diese Bedenken hinweg, »ein Verräter hat es nicht anders verdient. Wenn du nicht willst, frage ich einfach Barny.«

»Kommt gar nicht in Frage! Dann gehen wir eben zusammen.«

Sie sprachen mit Barny darüber, und auch er glaubte, daß mit dem Professor etwas nicht in Ordnung war.

»Dieser gebrechliche alte Mann, den er uns immer weismachen will, ist er auf keinen Fall«, sagte er, »und taub ebensowenig.«

Robert nickte. »Das haben wir auch schon festgestellt. Wir werden ihn ein bißchen beschatten. Und wann wollen wir unsere Dachbesteigung starten?«

»Wartet, bis die Polizei weg ist«, riet Barny, »sonst begegnen wir ihnen noch im Mondschein. Übrigens habe ich einen der Detektive aus dem Zimmer des Professors kommen sehen.«

»Also gut, warten wir noch ein paar Tage«, seufzte Stubs. »Ich will doch hoffen, daß sie bald verschwinden. Du, Barny, was sagt Miranda eigentlich dazu, daß sie jetzt so oft alleine sein muß?«

»Oh, sie ist sehr artig«, lachte er, »sie weiß, daß ich zu tun habe. Sie sitzt immer auf einem Kissen am Fenster und wartet, bis ich zurückkomme.«

»Wir könnten uns doch auch um sie kümmern«, schlug Robert vor. »Wir gehen jetzt an den Strand, sollen wie sie mitnehmen?«

»Ja«, sagge Barny dankbar, »da wird sie sich freuen. Ich habe noch eine Menge zu tun. Dummy fehlt überall, und ich muß mich beeilen, sonst werde ich nicht fertig.«

Dina kaufte Miranda eine kleine Schaufel, über die das Äffchen restlos glücklich war. Mit Feuereifer buddelte es Löcher in den Strand, und jedesmal, wenn Lümmel ihm zu nahe kam, wurde er mit einer Ladung Sand bedacht.

Noch immer brachte Stubs' Liebling neue Hundefreunde mit, und heute war es ein Pekinese.

Lümmel hatte vor einiger Zeit einen Knochen vergraben und beförderte ihn nun unter großen Anstrengungen ans Tageslicht. Der Pekinese verfolgte diese Ausgrabung mit größtem Interesse, und Lümmel ließ ein leises Knurren hören.

»Sei vorsichtig, Pekinese!« warnte Robert. »Es gibt nur eins, was Lümmel ab und zu verteidigt, und das ist ein Knochen!«

War der Fremde taub? Oder überhörte er absichtlich diesen gutgemeinten Rat? Jedenfalls schnappte er plötzlich zu, lief mit seiner Beute davon, und Lümmel rannte wütend bellend hinterher. Der Räuber drehte sich um, ließ den Knochen fallen, betrachtete seinen ehemaligen Freund giftig und fletschte die Zähne.

»Seht euch das an«, sagte Dina bewundernd. »Dieser Knirps hat Mut wie ein Löwe!«

Lümmel jagte auf ihn zu, der Pekinese aber dachte nicht im Traum daran, das Feld zu räumen, und stürzte sich wild schnappend auf seinen Verfolger. Mit eingezogenem Schwanz gab Lümmel endlich Fersengeld, und der Pekinese nahm seelenruhig den Knochen und verließ ohne jede Eile die Kampfstätte.

»Unserer sollte sich schämen«, sagte Robert verächtlich.

»Oh«, lächelte Fräulein Pfeffer, »noch viel größere Hunde als er haben vor dieser Rasse schon die Flucht ergriffen, sie ist bekannt als äußerst streitsüchtig. Der arme Lümmel.«

Der kehrte nach ungefähr zwanzig Minuten beschämt und bedrückt zurück, setzte sich neben sein Herrchen und sah es traurig an. Stubs legte den Arm um ihn.

»Mach dir nichts draus, mein Guter, ich liebe dich, auch wenn du manchmal ein Schaf bist.« Zärtlich strich er ihm über die Nase. »Laß dich mit diesen fremden Hunden nicht mehr ein, hörst du? Du hast nur Ärger davon.«

Etwas später kam Barny vorbei. Er war auf dem Weg zum Varieté, um in der Garderobe alles für die nächste Vorstellung zurechtzulegen. Er pfiff leise.

Miranda jagte über den Strand und saß mit einem einzigen Sprung auf seiner Schulter. »Ich gehe zum Landungssteg«, rief er den Kindern zu, »nachher habe ich ein paar Minuten Zeit!«

»Warte, wir kommen mit!« schrie Stubs.

»Nein, bleibt. Ich kann, ohne zu bezahlen, hineinkommen, ihr nicht. Es wäre Geldverschwendung. Also bis gleich!« Er ging davon und pfiff leise weiter. Barny war glücklich. Sein Auftreten mit Herrn Marvel war ein voller Erfolg. Er trug einen schwarzseidenen Umhang, lange schwarze Hosen und ein seidenes Käppchen, an dem ein Stern blitzte.

»Barny ist ein viel besserer Assistent, als ich es bin«, sagte Iris zu den dreien. »Er kommt wunderbar mit Herrn Marvel zurecht. Und das muß man Herrn Marvel lassen, er ist sehr gut zu Barny, viel netter, als er je zu mir gewesen ist. Er hat sogar ein paar neue Tricks mit ihm einstudiert«.

Ja, Barny war glücklich. Er hatte eine Stellung und war bei seinen Freunden. Auf einmal fand er das Leben schön.

XXI

Haben Sie sich verlaufen, Herr Professor?

Zwei oder drei Tage vergingen, Tage mit herrlichem Augustwetter, an denen das Meer und der Himmel tiefblau leuchteten und nur wenige leichte Wölkchen über ihn zogen.

Die Kinder waren rotbraun wie die Indianer, und sogar Fräulein Pfeffer hatte, trotz Sonnendachs und breitrandigen Hutes, etwas Farbe bekommen. Sie alle hatten großen Appetit, und Frau Plump begann sich ernstlich Sorgen zu machen, ob sie an diesen Gästen auch nur einen Pfennig verdienen würde. Besonders Stubs' Magen schien ein Sieb zu sein. »Du tust den ganzen Tag nichts anderes als essen«, sagte Dina.

»Tatsächlich«, pflichtete Robert bei, »ich glaube, daß es keine Minute gibt, in der du nicht kaust. Und wenn du nichts weiter findest, dann bearbeitest du diesen gräßlichen Kaugummi.«

»Geschmackssache«, grinste Stubs und ließ ihn von einer Backe in die andere wandern. »Leider verliert er so schnell das Aroma.«

»Du bist unmöglich«, lachte Dina. Sie fand es einfach schrecklich, daß seine Kinnladen in ständige Bewegung waren. »Wenn wir es ihm nur abgewöhnen könnten«, sagte sie leise zu Robert, »vielleicht nehmen wir ihm das Zeug einfach weg, wenn er im Wasser ist, was meinst du?«

»Fehlanzeige«, murmelte er, »er trennt sich ja nie davon und kaut sogar beim Baden. Und außerdem kann er sich ja immer wieder neuen kaufen. Aber paß auf, ich habe eine Idee!« Er beugte sich vor und flüsterte ihr etwas ins Ohr. Dina kicherte. »O ja, prima! Das wird ihn kurieren. Geh, lauf schon!«

Robert verließ den Strand, während Stubs und Lümmel sich im Wasser vergnügten, und kaufte ein Päckchen Plastilin. Er öffnete es, brach ein wenig ab, knetete es weich, und am Ende sah es einem Stück Kaugummi verblüffend ähnlich.

Bei der nächsten günstigen Gelegenheit fand der Tausch statt. Das Plastilin wurde sorgfältig in das alte Kaugummipapier gewickelt und in Stubs' Hosentasche versenkt.

»Jetzt bin ich ja gespannt, was passiert«, sagte Dina entzückt. »Aber es passierte nichts, nicht das geringste. Unglücklicherweise hatte Stubs sich eine große Tüte Bonbons gekauft und konnte auf andere Genüsse verzichten.

Nach dem Tee kam Barny strahlend zu ihnen gelaufen und rief schon von weitem: »Er hat einen Brief bekommen! Herr Marvel hat einen Brief bekommen! Von einem Freund! Er schreibt, daß er glaubt, meinen Vater zu kennen!«

»Ist das wahr? Oh, Barny!«

»Wunderbar!«

»Der gute alte Marvel!«

Fräulein Pfeffer lächelte ihm zu, und ihre Augen zwinkerten hinter den Brillengläsern. »Was steht denn in dem Brief? Welche Anhaltspunkte gibt es denn dafür, daß es sich tatsächlich um deinen Vater handelt?«

»Ja, also.« Barny holte tief Luft. »Er schreibt, daß der Mann, den er für meinen Vater hält, Schauspieler ist und viel in Shakespearestücken auftritt und daß er mit Vornamen Barnabas heißt. Meine Mutter muß mich nach ihm genannt haben.«

»Das ist sehr gut möglich«, nickte Fräulein Pfeffer. »Schrieb er auch den Nachnamen deines Vaters?«

»Johnson, Barnabas Johnson, aber Herr Marvel weiß nicht, ob

es sein richtiger oder sein Künstlername ist. Ist es nicht wunderbar?«

»Sieht er dir ähnlich?« fragte Robert.

Barny zuckte die Schultern. »Näheres schreibt der Mann überhaupt nicht. Er weiß nur, daß mein Vater im Krieg war.«

»Toll! Supersupersupertoll!« schrie Stubs. »Ich möchte, verflixt noch mal, zu gern wissen, wie dein Vater aussieht. Ob er noch Schauspieler ist? Vielleicht ist er beim Militär geblieben, bei der Marine oder bei der Luftwaffe, dann ist er jetzt bestimmt schon Admiral oder General!«

»Es ist auch möglich, daß es ihm gar nicht gut geht, aber das wäre mir gleich, er wäre doch mein Vater!«

Barnys Dankbarkeit Herrn Marvel gegenüber kannte keine Grenzen. Sein Leben lang würde er ihm dankbar sein! Er putzte die vielen Paare von Schuhen, bürstete die Anzüge, bis kein Stäubchen mehr darauf war, und erledigte jede Besorgung schnell und gewissenhaft. Nie zuvor hatte Herr Marvel einen fleißigeren, vertrauenswürdigeren Assistenten gehabt.

Eines Morgens nach dem Frühstück verschwanden die Detektive und wurden nicht mehr gesehen. Frau Plump atmete erleichtert auf.

»Hier gibt es nichts mehr für sie herumzuschnüffeln«, vertraute sie Fräulein Pfeffer an. »Ja, unten in der Stadt vielleicht, besonders auf diesem Jahrmarkt. Dort treibt sich allerhand Volk herum, vor allen Dingen Matrosen. Wenn irgendwo etwas faul ist, dann da, aber nicht in meinem anständigen Gasthaus!«

Robert, Dina, Stubs und Barny trafen sich an diesem Morgen auf der Strandpromenade, um über ihren Plan zu sprechen. Nun, da die Beamten abgereist waren, konnten sie ihrerseits mit der Detektivarbeit beginnen. Stubs hatte es kaum noch erwarten können.

»Laßt uns erst einmal ein Eis essen«, schlug er vor, »dabei kann man besser nachdenken.« Aber nirgends war ein Eismann zu sehen.

»Na, dann eben nicht«, brummte er und kramte in seiner Hosentasche. Robert sah Dina verstohlen an und kniff ein Auge zu. Es war das erste Mal, daß Stubs Kaugummi essen wollte, nachdem sie das Stück Plastilin in das Papier gewickelt hatten. Sie waren schon sehr enttäuscht gewesen, daß er während der letzten zwei Tage seinem Lieblingssport nicht mehr gehuldigt hatte. Aber nun kamen sie ja doch noch auf ihre Kosten!

Stubs wickelte den Inhalt aus und schob ihn in den Mund.

Dina kämpfte gegen einen plötzlichen Lachreiz und versuchte, ihn durch hastiges Reden zu vertuschen. »Ist das Meer heute nicht zauberhaft? Einfach herrlich! Und die vielen kleinen Schaumkronen auf den Wellen, wie lauter zarte Spitzen, und die weißen Möwen und ...«

»Du bist wohl total übergeschnappt, was?« Stubs warf ihr einen scheelen Blick unter zusammengezogenen Brauen zu. »Das klingt ja genauso, als ob die Triller trillerte. Bei dir trillert's wohl auch schon?«

Er schüttelte den Kopf und begann zu kauen. Und dann bekam sein Gesicht einen seltsamen Ausdruck, er kaute langsamer und langsamer, und Dina konnte sich kaum noch zusammennehmen. Und jetzt war es Robert, der zu Barnys Erstaunen hastig zu sprechen begann.

»Wir müssen unbedingt einen Plan machen. Wir müssen unbedingt schon heute abend etwas unternehmen. Der Professor sah heute morgen sehr niedergeschlagen aus, bestimmt hat die Polizei ...«

Stubs hörte gar nicht mehr zu. Er stand da mit einem verzweifelten Ausdruck im Gesicht und wagte nicht weiterzukauen.

»Nein!« flüsterte er plötzlich. »Nein!« und dann spuckte er das Plastilin in hohem Bogen hinunter auf den Strand.

»Stubs!« rief Barny entsetzt. »Beinahe hättest du eine Frau getroffen! Was denkst du dir eigentlich?«

»Ich muß etwas trinken«, flüsterte er wieder, »ich muß etwas trinken!« Er stürzte davon, und sein Gesicht war kreideweiß.

»Das wollte ich nicht«, sagte Robert, und Dina und er starrten ihm nach. Barny aber, der die Geschichte von dem vertauschten Kaugummi nicht kannte, sah verständnislos von einem zum anderen.

Aber weder Dina noch Robert hatten Lust, jetzt Erklärungen abzugeben. »Er sah ganz weiß aus«, sagte Dina, »gar nicht komisch.«

»Was habt ihr nur? Was ist nur los?« drängte Barny, und endlich erzählten die beiden ihm, warum Stubs so eilig weggelaufen war. »Du darfst uns nicht verraten, hörst du?« bat Dina.

Als Stubs wiederkam, sah er schon etwas besser aus. »Mein Kaugummi«, sagte er und schüttelte den Kopf, »er schmeckte fürchterlich! Ich verstehe es nicht! Ich mußte ihn einfach ausspucken! Verflixt noch mal, ich konnte nicht anders! Nie wieder esse ich Kaugummi, niemals! Pfui, schmeckte der eklig!«

Dina kämpfte schon wieder mit dem Lachen, doch sie nahm sich zusammen, um nicht alles zu verderben, nachdem er einen solchen Entschluß gefaßt hatte. Nie wieder also würde er dieses Zeug kauen. Welch ein Erfolg!

»Ich habe ein Glas Wasser getrunken, um es genau zu sagen, einen ganzen Krug voll. Ich wurde diesen widerlichen Geschmack einfach nicht los. Mir war so übel, daß ich mir vornahm, das Päckchen, das ich noch oben hatte, wegzuwerfen. Und dann bin ich 'raufgegangen und habe es getan!«

»Richtig«, sagte Robert.

»Und hört zu«, Stubs senkte die Stimme plötzlich zu einem Flüstern und sah sich vorsichtig nach allen Seiten um. »Paßt auf, als ich in unser Zimmer wollte, traf ich das alte Scheusal im Flur. Da hat er doch gar nichts zu suchen, er schläft ja ganz woanders. Ich glaube, er ist in irgendeinem fremden Zimmer gewesen!«

Die anderen waren sehr beeindruckt. Robert pfiff durch die Zähne. »Hat er etwas gesagt?«

»Er nicht, aber ich! ›Hallo, Herr Professor‹, habe ich gesagt. ›Haben Sie sich verlaufen?‹ Er runzelte die Stirn, sah mich finster an und ging die Treppe hinunter.«

»Ob er die kleine Stiege zum Dach hinauf wollte?« überlegte Robert.

»Das geht ja nicht, die Tür ist ja verschlossen und der Schlüssel verschwunden, vielleicht gestohlen. Das ist alles sehr seltsam, wirklich, wirft ein seltsames Licht auf den Herrn. Ich glaube, es ist nötig, daß wir uns heute abend aufs Dach begeben!«

Robert nickte. »Aber Dina geht lieber nicht mit. Ich möchte nicht erleben, daß sie hinunterfällt.«

»Ich mag auch gar nicht. Ich kann ein bißchen Schmiere stehen. Ich weiß nur nicht, wie ihr überhaupt hinaufkommen wollt, wo die Tür doch abgeschlossen ist?«

»Ganz einfach«, sagte Robert, »wir klettern aus unserem Fenster«.

Sie waren alle sehr aufgeregt. Stubs gab dem überraschten Lümmel einen kleinen Klaps. »Eine Dachbesteigung, hast du gehört? Und ohne dich, mein Guter, es ist eine Schande, aber diesmal kannst du nicht dabeisein!«

XXII

Ein Licht blitzt auf

Fräulein Pfeffer konnte sich gar nicht erklären, warum die Kinder sich an diesem Abend so seltsam benahmen. Sie wechselten bedeutsame Blicke, und Stubs redete ohne Unterlaß von Katzen, die auf Dächer klettern und dabei blinzeln. Hin und wieder kniff er ein Auge zu, indem er einmal zu Dina und einmal zu Robert hinübersah.

»Warum treiben sich Katzen dauernd auf Dächern herum, Fräulein Pfeffer? Wärmen sie sich an den Schornsteinen?«

»Wozu sollten sie das?« sagte die alte Erzieherin kopfschüttelnd. »Nur wenige Schornsteine sind warm und auch nur dann, wenn den ganzen Tag über ein starkes Feuer in den Kaminen brennt. Doch was sollen diese absurden Fragen?«

Robert stieß Stubs unter dem Tisch an, der aber war nicht zu bremsen. »Ich kannte einmal einen warmen Kamin, ein herrliches Plätzchen, um dort zu sitzen.«

»Jetzt ist es genug«, bestimmte Fräulein Pfeffer. »Wenn du albern sein willst, verlasse bitte den Tisch.«

»Aber es gibt doch noch Pudding«, protestierte er mit flehendem Augenaufschlag und fügte, während er zu Fräulein Trill hinüberschielte, hinzu: »Ja, ja, ich höre schon auf zu trillern.«

Fräulein Pfeffer bedachte ihn mit einem beschwörenden Blick, doch Fräulein Trill hatte zum Glück nichts gehört, sie war zu sehr mit kaltem Fleisch und Salat beschäftigt.

Nach dem Essen trafen die drei Barny, der eine enttäuschende Nachricht mitbrachte. »Ich muß jetzt gleich ins Varieté und wollte euch vorher nur noch sagen, daß ich heute nacht nicht mitkommen kann. Ich muß nämlich nach der Vorstellung ein Paket für Herrn Marvel in die nächste Stadt bringen.«

»Aber vor Mitternacht bis du doch zurück?« meinte Robert.

»Nein, ich soll bis morgen früh in Pearley bleiben. An einigen Kostümen ist eilig etwas zu ändern, und ich muß darauf warten. Ich bringe die Sachen zu einer alten Frau, die Herrn Marvel anscheinend schon öfter diesen Gefallen getan hat. Ich fahre mit dem letzten Zug und nehme Miranda mit.«

»Wie schade. Dann müssen Stubs und ich also allein gehen. Das nächste Mal kommst du dann mit, ja?«

»Klar«, sagte Barny, »aber jetzt muß ich mich beeilen, auf Wiedersehen.«

Die alte Standuhr im Speisesaal zeigte zehn Minuten vor acht. »Und was machen wir jetzt?« fragte Dina. »Es ist so schönes Wetter, wollen wir noch ein Stück spazierengehen?«

»Nein«, sagte Stubs prompt, »ich bin müde! Wahrscheinlich vom vielen Schwimmen heute nachmittag. Und ich will nicht noch müder werden, wegen heute nacht.«

»Na gut, dann können wir ja lesen. Ich habe gerade eine schöne Zirkusgeschichte angefangen. Ein Äffchen wie Miranda kommt auch darin vor.«

Es war beschlossen worden, daß Dina zu Bett gehen sollte. Sie brauchte nicht aufzupassen, denn es schien ziemlich ausgeschlossen, daß jemand es merkte, wenn sie aus dem Fenster kletterten.

»Dina, du mußt uns Fräulein Pfeffers Wecker organisieren«, sagte

Robert. »Wir wollen erst nach zwölf los, und ohne das Ding werden wir bestimmt nicht munter.«

»Versteck ihn aber unter dem Kopfkissen, sonst fallen alle anderen Gäste auf unserem Flur aus den Betten. Fräulein Pfeffer kann ja nie früh genug ins Bett kriechen, und nach einer Weile schleiche ich dann in ihr Zimmer und borge ihn mir.«

Alles klappte wunderbar. Es war halb neun Uhr, als die Kinder hinaufgingen. Die alte Erzieherin unterdrückte eine Gähnen und nickte ihnen zu. »Ich komme gleich nach.« Dina sah Robert an. »Gut!«

Um einhalb zehn Uhr erschien sie mit dem Wecker bei den Jungen. »Stellt euch vor, sie schläft schon. Eigentlich hätte ich Lust mitzukommen.«

Robert schüttelte den Kopf. »Wir erzählen dir ja morgen früh alles.«

Er legte den Wecker unter das Kopfkissen. So, nun konnte ihn niemand hören, außer ihm.

Und er hörte ihn auch. Er wurde wach, stellte ihn ab und versuchte, den schnarchenden Stubs zu wecken. Das erwies sich als ein schwieriges Unternehmen, daß er schließlich Lümmel zu Hilfe holen mußte. Der sprang auf seines Herrchens Bauch, leckte ihm eifrig die Nase, und gleich darauf fuhr Stubs hoch.

»Verflixt ...«, begann er, erinnerte sich plötzlich und sprang aus dem Bett.

»Sei nicht so laut«, mahnte Robert, »und binde Lümmel an, sonst springt er hinter uns her. Er wird doch nicht heulen?«

»Nicht, wenn ich es ihm verbiete«, sagte Stubs hoheitsvoll und band seinen Liebling an den Bettpfosten. Lümmel winselte ein bißchen, legte sich dann aber gehorsam nieder.

Sie kletterten leise aus dem Fenster. Am Himmel stand der Mond, aber manchmal verschwand er hinter den Wolken. Sie saßen auf dem Dach und sahen sich um.

Im Zimmer des Professors brannte Licht, wieder waren die Vorhänge zugezogen, und wieder zeigte sich ein schmaler Spalt in ihrer Mitte.

»Genug, um hineinzusehen«, flüsterte Robert, »los, wir müssen auf dem flachen Stück bleiben, sonst rutschen wir ab.«

Sitzend bewegten sie sich vorsichtig voran. Obwohl es nicht besonders gefährlich war, schlug Stubs' Herz wie ein Hammer.

Sie hatten das Fenster beinahe erreicht, als das Licht ausging. Das Zimmer lag im Dunkeln.

»Zu blöde«, flüsterte Robert, »was sollen wir jetzt machen? Wollen wir warten, was denkst du?«

»Ja, wir verstecken uns hinter dem großen Schornstein, dann kann der Alte uns nicht sehen, wenn er den Kopf an die frische Luft hält.«

Geräuschlos krochen sie weiter, und endlich lehnte sich Stubs, genau wie damals, gegen die Ziegel. »Kalt«, stellte er fest, »schadet aber nichts, die Nacht ist ja warm.«

Schweigend saßen sie und starrten ins Dunkel. Plötzlich aber packte Stubs Roberts Arm, so daß dieser vor Schreck beinahe aufgeschrien hätte.

»Verflixt, was ist das?«

Robert sah in die Richtung, in die Stubs zeigte, und war starr vor Staunen. In einiger Entfernung, weiter rechts und höher gelegen, blitzte ein Licht auf und verschwand, blitzte auf und verschwand. »Da signalisiert einer«, flüsterte Stubs. »Verstehst du das? Und aus welchem Fenster kommt es wohl?«

»Von hier aus kann man das nicht feststellen. Wir müssen näher herankriechen. Aber sei leise und laß mich zuerst.«

Sie hielten sich, soweit es irgend ging, im Schatten der Schornsteine und krochen langsam auf die Stelle zu, an der das Licht aufleuchtete. Es war hoch über ihnen. Was für ein Fenster mochte es nur sein? Bestimmt das höchste im ganzen Haus!

Und plötzlich griff Robert nach Stubs' Arm und flüsterte: »Ich weiß, woher es kommt, aus der Dachluke! Das hätten wir uns gleich denken können, wir Trottel!«

Und als der Mond nun wieder hinter den Wolken hervorkam, sahen sie es ganz deutlich. Die Luke war geöffnet!

»Hat die Polizei also recht gehabt! Hier ist irgend etwas faul! Ob es das alte Scheusal ist? Bei dem ging ja das Licht aus, kurz bevor die Funzelei anfing! Es sind doch Signale?«

»Klar!« Robert beobachtete gespannt die nächste Reihe von Blinkzeichen. »Vom Hafen aus kann man, wenn man an der richtigen Stelle steht, das Licht bestimmt gut sehen. Vielleicht ist der Spalt sogar in den Felsen gesprengt worden.«

»Es muß der Professor sein«, flüsterte Stubs wieder. »Wie können wir den Alten nur überführen? Das müssen wir unbedingt!«

»Ja, aber näher können wir nicht heran, das ist zu gefährlich. Und der Kerl darf auf keinen Fall erfahren, daß er beobachtet wird. Aber ich weiß was: du kriechst zurück durchs Fenster und versteckst dich auf der Galerie, dann siehst du ja, wer die Stiege herunterkommt.«

»Gut, du bleibst auf Beobachtungsposten, und ich entschwinde jetzt. Halte dich tapfer!«

So lautlos wie möglich pirschte sich Stubs wieder zurück in ihr Zimmer.

Er schlich zur Tür, fiel über Lümmel, der sein Herrchen begeistert begrüßte, und beide machten mehr Lärm, als nötig war.

»Wirst du wohl still sein«, zischte er und schob seinen Hund zur Seite. »Nimm endlich deine Pfoten von meinem Gesicht und sei ruhig!«

Endlich beruhigte sich Lümmel, und Stubs öffnete die Tür und sah hinaus. Auf der Galerie war es stockdunkel und das ganze Haus totenstill. Er überlegte, wo er sich verstecken sollte. Angst, gesehen zu werden, hatte er keine, so finster war es. Aber der Kerl konnte eine Taschenlampe haben, und deshalb schien es angebracht, sich möglichst unsichtbar zu machen.

Er drückte die Tür leise hinter sich zu, ging auf Zehenspitzen hinüber zu einem Fenster und verbarg sich hinter den dichten Vorhängen. Dort stand er und wartete, und sein Herz schlug wild.

Er wartete lange, doch nichts geschah. Kein Laut war zu hören, nicht einmal ein Knacken in den Dielen.

Aber plötzlich kam es ihm so vor, als räusperte sich jemand leise. War das möglich? Wäre jemand die Stiege heruntergekommen, er hätte es doch gemerkt! Er lauschte angestrengt.

Da, da war es wieder! Stubs wurde steif vor Angst. Du lieber Himmel, irgend jemand war auf der Galerie. Es gab keinen Zweifel! Aber wo?

Und jetzt öffnete sich die kleine Tür langsam. Im schmalen Streifen des herausfallenden Mondlichtes sah er, wie sich ein Mann durch den Spalt schob. Dann schloß sich die Tür geräuschlos. Stubs hatte nicht erkennen können, wer es war. Aber er war überzeugt davon, daß es nur der Professor gewesen sein konnte!

XXIII

Am Tag ist alles leichter

Hinter den Vorhängen verborgen, hörte Stubs das leise Ächzen der Dielen, als der Mann darüberging.

Er mußte ihm folgen, er mußte sehen, ob er auf der nächsten Galerie in seinem Zimmer verschwand. Wie ein Schatten huschte Stubs aus seinem Versteck und machte ein paar Schritte auf die Treppe zu. Er hatte vollkommen vergessen, daß sich noch jemand auf der Galerie befand.

Weiter entfernt hörte er eine Stufe knacken, und vorsichtig begann er, die Treppe hinunterzusteigen.

Aber plötzlich knarrte das Holz unter seinen Füßen, und der Mann, der jetzt auf dem letzten Absatz angelangt war, fing an zu rennen.

Er rannte die restlichen Stufen hinunter bis in die Diele, und Stubs jagte hinterher.

Und noch jemand rannte, rannte hinter Stubs her. Das mußte der sein, der sich vorhin geräuspert hatte. Er hetzte die Treppe hinunter und war ihm dicht auf den Fersen.

Stubs fühlte, wie eine Hand nach ihm griff. Er warf sich nach vorn, stürzte weiter und in den Speisesaal hinein, der im fahlen Licht des Mondes lag. Er mußte sich verstecken!

Dann kam ein Geräusch aus der Diele. Die beiden Männer schienen miteinander zu kämpfen, beinahe lautlos, nur manchmal hörte er ihr stoßweises Atmen.

Dann ein dumpfer Fall und Stöhnen. Stubs sah sich verzweifelt um. Wohin sollte er nur? Irgend etwas Entsetzliches ging vor.

Er stand neben der alten Uhr. Und plötzlich begann sie zu schnarren, wie sie es immer tat, bevor sie schlug.

Er fuhr zusammen, seine Haare sträubten sich, und seine Zähne schlugen aufeinander. Aber dann begriff er, was es war. Die alte Uhr! Darin konnte er sich verstecken!

Mit zitternden Händen öffnete er die Tür und fiel beinahe in den Kasten hinein. Die Kämpfenden waren jetzt im Speisesaal, kamen näher, entfernten sich wieder, und ein Stuhl fiel polternd zu Boden. Stubs hatte die Tür zugezogen und wagte kaum zu atmen. Das Schweigen des großen Pendels hatte aufgehört und auch das gleichmäßige Ticken.

Niemand bemerkte es, selbst Stubs nicht. Er hörte nur sein Herz schlagen, lauter als alle Uhren der Welt zusammen.

Krachend flogen die Kämpfenden gegen einen Tisch. Wer waren sie nur? Doch er versuchte nicht, die Tür auch nur einen Spaltbreit zu öffnen. Der Mut hatte ihn verlassen!

Ein Hund begann zu bellen. Es war nicht Lümmel, es war Herr Faß, der ganz in der Nähe in seinem riesigen Korb in Frau Plumps Büro schlief.

Die beiden Männer hielten inne. Und dann hörte Stubs sich hastig enfernende Schritte, ein Klicken und dann Stille. Einer der beiden hatte den Raum verlassen.

Stubs lauschte angestrengt. Auch der andere schien gegangen zu sein, denn jetzt knarrten die Stufen der Treppe.

Der Mann war hinaufgegangen. Stubs überlegte, ob er sein Versteck verlassen sollte. Er sehnte sich danach, wieder bei Robert zu sein. Am Tag war es leicht, Mut zu haben, aber nachts war alles anders!

Vorsichtig stieß er die Tür auf und kletterte hinaus. Sofort begann das Pendel sich zu bewegen, und die Uhr tickte von neuem laut und regelmäßig.

Auf Zehenspitzen lief er bis in die Diele. Er fürchtete sich sehr und wäre am liebsten in den Uhrenkasten zurückgekrochen. Plötzlich blieb er stehen, er glaubte, etwas gehört zu haben. Oh, lieber Himmel, was war das nur? Es mußte jemand in der Diele sein! Wie viele Leute geisterten denn durch dieses alte Haus?

Jetzt kam der Mond hinter den Wolken hervor, und Stubs wich zurück in den Schatten. Zitternd wartete er. Derjenige, der sich hier versteckt hielt, sollte nur zuerst herauskommen. Er jedenfalls würde sich nicht rühren, nicht einen Schritt!

Und plötzlich bewegten sich die schweren Vorhänge vor einem der großen Fenster. Stubs hätte beinahe aufgeschrien. Er stand dort, und der Schweiß brach ihm aus allen Poren. Gleich würde jemand dahinter hervorkommen!

Aber es kam niemand. Statt dessen traf ihn der breite Lichtstrahl einer Taschenlampe. Geblendet schloß er die Augen.

Mit ein paar Sprüngen war er an der Treppe und stürzte hinauf, immer zwei Stufen auf einmal nehmend, mit fliegendem Atem, in der Furcht, von dem Unbekannten verfolgt zu werden.

In seinem Zimmer angekommen, ließ er sich neben Lümmel zu Boden fallen. Was für eine entsetzliche Nacht! Dieses Haus schien eine wahre Brutstätte des Verbrechens zu sein!

Lümmel leckte ihn tröstend und winselte leise, denn er verstand nicht, warum sein Herrchen so verängstigt war. Plötzlich erinnerte sich Stubs an Robert. Er saß ja immer noch auf dem Dach! Was würde er denken, wenn er nicht zurückkam. Er mußte ihn sofort holen, ihm alles erzählen.

Er kletterte hinaus und sah Robert im Licht des Mondes neben dem Schornstein hocken. Beobachtete er noch immer das Fenster? Der Professor mußte ja jetzt wieder da sein.

Stubs kroch zu ihm hinüber: »Ewigkeiten bist du weggeblieben!« sagte Robert leise. »Die Lichtsignale haben schon lange aufgehört, und bei dem Alten ist es auch dunkel geblieben. Hier ist weiter nichts passiert. Was hast du nur die ganze Zeit gemacht? Weiß du nun wenigstens, wer die Treppe heruntergekommen ist?«

»Ich kann dir hier oben nicht alles erklären«, flüsterte Stubs.

»Komm, aber vorher müssen wir erst noch in das Zimmer von dem alten Scheusal leuchten. Ich habe meine Gründe!«

»Hast du eine Taschenlampe?« Stubs nickte.

»Aber wenn er nun drin ist? Was wird er dann tun?«

»Gar nichts wird er tun«, sagte Stubs, »hübsch ruhig wird er sich verhalten. Der hat bestimmt eine Heidenangst. Los, es ist wichtig!«

Sie krochen zusammen bis zu dem Fenster und leuchteten durch den Spalt in den Vorhängen. Das Bett war leer! Niemand war in dem Raum!

»Ha, noch nicht zurück! Wo treibt er sich nun herum? Ich habe ihn doch nach dem Kampf die Treppe hinaufgehen hören.«

»Kampf?« fragte Robert fassungslos.

»Komm zurück ins Zimmer, dann erzähle ich dir alles, komm!«

Von neuem begrüßte Lümmel die beiden stürmisch.

»Laß uns erst nachsehen, ob die Tür zur Dachluke noch offen ist«, flüsterte Stubs.

Sie schlichen hinaus und drückten auf die Klinke.

»Dichtgemacht!« zischte er. »Und der Schlüssel ist weg, den hat er wieder mitgenommen, dieser Schuft. Und das Schloß hat er auch geölt, ich habe jedenfalls nichts quietschen hören.«

Sie schlichen zurück, aber plötzlich blieb Stubs wie angewurzelt stehen. »Teufel!« flüsterte er. »Was ist das?« Robert grinste.

»Das ist nur Herr Marvel, der ein bißchen schnarcht. Ich habe ihn schon oft gehört, du nicht?«

»Wenn der ahnte, was sich hier alles so tut, während er schnarcht!« murmelte Stubs mit düsterem Unterton. »Ewig schade, daß Barny nicht dabei war!«

Als sie nun endgültig zurückkehrten, warf sich Lümmel noch einmal begeistert auf sein Herrchen. Er begriff nicht, was für ein seltsames Spiel die Jungen spielten, aber solange sie immer wiederkamen, sollte es ihm recht sein.

Dann saßen sie auf dem Bett, Lümmel zwischen sich, und Stubs begann zu erzählen. Wie er sich auf der Galerie versteckt hatte, wie sich jemand geräuspert hatte, wie sich die Tür öffnete und er dem Mann die Treppe hinunter gefolgt war und wie er merkte, daß er selber verfolgt wurde.

»Und als eine Hand nach mir griff, da bin ich gerannt, direkt in den Speisesaal, und da habe ich mich in der alten Standuhr versteckt.«

»Was?« Robert warf seinem Vetter einen prüfenden Blick zu. »In der Uhr? Jetzt spinnst du!«

»Bestimmt nicht! Und dann kamen die beiden Kerle und kämpften. Sie rollten nur so im Zimmer herum, rissen sämtliche Stühle und Sessel um, krachten in die Uhr und ...« Stubs' Phantasie trieb die üppigsten Blüten, er erzählte und erzählte und schmückte seine Geschichte auf das großartigste aus.

»Und dann fing Herr Faß an zu bellen. Bellen? Was sage ich. Er brüllte wie eine gefangener Tiger! Wie ein Tiger hinter Gittern! ich verstehe gar nicht, daß du nichts gehört hast.«

»Quatsch«, sagte Robert, »ich war doch auf dem Dach. Wenn ich daran denke, daß ich nicht dabei war! Hast du keine Angst gehabt?«

»Bin ich ein Feigling? Teufel auch, dazu brauchte es mehr, um mich zu schrecken!« Er machte eine kunstvolle Pause und stellte mit großem Genuß fest, daß seine Worte ihre Wirkung nicht verfehlt hatten. »Aber das ist noch nicht alles«, fuhr er mit zischender Stimme fort. »Als Herr Faß schrie, machte sich der eine von den Kerlen aus dem Staub, und ich glaube, in Richtung Küche. Ich hörte die Tür klappen. Der andere rannte die Treppe 'rauf, die Stufen knackten. Ich wette, es war das alte Scheusal. Mensch, ich möchte bloß wissen, wo der geblieben ist.«

»Und dann?«

»Ja, als ich dann in die Diele kam, um die Verfolgung wieder aufzunehmen, hörte ich wieder etwas. Stell dir vor, da war noch einer, der sich hinter den Vorhängen 'rumtrieb. Und von da aus funzelte er mir plötzlich mit einer Taschenlampe im Gesicht 'rum. Da hatte ich die Nase voll und raste die Treppe 'rauf.«

»Klar«, sagte Robert, »hätte ich auch getan. Toll, einfach toll! Was da wohl vor sich geht? Wir müssen ihnen auf der Spur bleiben, mein Lieber!«

XXIV

Herr Marvel ist sehr freundlich

Nach dieser ereignisreichen Nacht waren die beiden Jungen so übermüdet, daß sie verschliefen. Als der Gong zum Frühstück durch das Haus dröhnte, kam Fräulein Pfeffer hereingehastet.

»Ich glaube, ich muß euch noch früher zu Bett schicken, wenn ihr auch um diese Zeit noch nicht munter werdet. Und nun beeilt euch bitte.«

Sie blinzelten verschlafen, doch als sie gegangen war, setzte Stubs sich mit einem Ruck auf.

»Mensch, jetzt fällt mir erst wieder ein, was in der Nacht los war. Und was wollen wir unternehmen?«

»Wir fragen Barny, wenn er aus Pearley zurückkommt«, gähnte Robert, und Stubs nickte. Sie warteten den ganzen Morgen, die Mittagszeit war schon vorüber, und sie hatten ihn immer noch nicht gesehen.

Aber dann kam er endlich. Er kam über die Promenade gelaufen, Miranda auf der Schulter, winkte aufgeregt und sprang hinunter auf den Strand. Fräulein Pfeffer machte einen kleinen Spaziergang, und so waren die Kinder allein.

»Hört zu«, sagte er, und seine Augen strahlten, »ich habe phantastische Neuigkeiten!«

»Was?« schrien sie alle.

»Mein Vater ist gefunden! Ist es nicht wunderbar? Seht her!«

Er zeigte ihnen einen Brief und ein mit Maschine geschriebenes Dokument.

»›Barnabas Paul Johnson‹«, las Robert laut, »›Alter vierzig Jahre, geboren in Westminster, London, verheiratet mir Teresa Lorimer, Beruf Schauspieler, Marineoffizier, nach dem Krieg im Geheimdienst, Aufenthaltsort kann nicht bekanntgegeben werden.‹«

Unterzeichnet war das Schriftstück von einem Offizier der Marine. Die Kinder lasen es wieder und wieder. Es war kaum zu fassen. Schade nur, daß Barny nicht erfahren konnte, wo sein Vater sich aufhielt.

»Oh, ich freue mich so, ich freue mich so!« Stubs umarmte ihn stürmisch. Dina und Robert klopften ihm auf die Schulter.

»Was steht denn in dem Brief?« fragte Dina.

»Nicht viel, er ist von einem Freund Herrn Marvels, und er schreibt nur, daß es ihm gelungen ist, meinen Vater ausfindig zu machen, und daß er anliegend das Dokument schickt.«

»Wenn wir nur wüßten, wo er ist. Kann Herr Marvel es nicht herausbekommen?«

»Er hat es schon!« sagte Barny glücklich. »Und zwar durch einen sehr seltsamen Umstand. Ich glaube, er wird nichts dagegen haben, wenn ich es euch sage. Aber ihr müßt schwören, mit niemandem darüber zu sprechen!« – »Wir schwören!« sagten sie atemlos.

»Gut«, sagte Barny und dämpfte die Stimme. »Herr Marvel ist von Beruf eigentlich etwas ganz anderes als Artist. Er ist auch beim Geheimdienst.«

Die Kinder starrten ihn an, und er lachte.

»Ich habe gewußt, daß ihr staunen würdet. Er ist ein ziemlich guter Magier, und er benutzt diese Gabe, um seine Tätigkeit zu tarnen. Er sagte, daß im Hafen Sabotage getrieben wird, und er wurde hierhergeschickt, um die Sache zu untersuchen. Toll, was?«

»Teufel auch!« sagte Stubs.

»Und«, fuhr Barny fort, und sein Gesicht glühte, »der Mann, mit dem er zusammen arbeitet, ist mein Vater. Herr Marvel kennt ihn nicht und hat ihn noch nie gesehen. Aber auf irgendeine Weise stehen sie in Verbindung. Und nun ratet, wo mein Vater jetzt ist?«

»Wo?«

»Im Unterseeboothafen! So nahe! Man kann es sich kaum vorstellen. Und ich wußte es nicht!«

»Wirst du ihn sehen?« fragte Dina.

Barny nickte. »Ja, aber ich weiß noch nicht, wann und wo. Anscheinend sind im Augenblick Untersuchungen wegen der Explosion im Gange, bei denen mein Vater zu tun hat. Unter den Soldaten müssen Spione sein.«

»Ich werde verrückt!« stöhnte Stubs. »Hoffentlich kannst du ihn bald sehen.«

»Hoffentlich!« Barny strahlte. »In ein oder zwei Tagen könnte es soweit sein. Herr Marvel sagt, er wird dafür sorgen, daß ich ihn sobald wie möglich treffe, obwohl es im Augenblick sehr schwierig ist, den Hafen zu verlassen.«

»Wir haben auch eine Neuigkeit, und ich wette, sie wird auch Herrn Marvel interessieren«, sagte Robert, der sich plötzlich wieder an die Geschehnisse der letzten Nacht erinnerte. Und er erzählte, von Stubs unterstützt, die ganze aufregende Geschichte.

Barny lauschte mit wachsendem Staunen. »Das ist ja einfach toll! Und ich bin nicht dabeigewesen. Ausgerechnet an diesem Abend mußte ich nach Pearley. Wahrhaftig, eine tolle Geschichte!«

»Sollen wir zur Polizei gehen?« fragte Robert. »Was denkst du?«

»Ich glaube, es ist das richtigste, ich erzähle es zuerst Herrn Marvel. Wenn er es für nötig hält, dann könnt ihr mit ihm zusammen hingehen.«

»Prima Idee«, sagte Robert. »Am besten, du erzählst es ihm gleich. Aber vergiß nichts, auch die kleinste Kleinigkeit kann wichtig sein. Zu dumm, daß er heute nacht nichts gemerkt hat. Als wir in unser Zimmer gingen, hörten wir ihn schnarchen.«

»Wißt ihr, daß es schon halb zwei ist?« rief Dina plötzlich.

»Deshalb ist auch kein Mensch mehr am Strand. Du lieber Himmel, da wird Frau Plump nicht sehr begeistert sein. Zu spät zum Frühstück und nun auch noch zu spät zum Mittagessen.«

»Na und? Sie wird uns noch brummiger ansehen als sonst, das ist alles«, grinste Stubs. »Los Lümmel, Mittagessen!«

»Wuff«, machte Lümmel, und sie liefen zum Gasthaus zurück.

»Komm gleich zu uns, Barny, wenn du mit Herrn Marvel gesprochen hast«, sagte Dina, während sie die Promenade entlangliefen. Fräulein Pfeffer geriet in große Erregung, und ihre Augen zwinkerten heftiger denn je hinter den dicken Brillengläsern, als sie erfuhr, daß Barnys Vater gefunden worden war. Die Kinder hatten ihr natürlich nicht gesagt, daß Herr Marvel beim Geheimdienst arbeitete, nur, daß er ein Treffen zwischen den beiden vermitteln wollte.

»Welch außerordentlich erfreuliche Nachricht für Barny«, wandte sie sich nach dem Essen an Herrn Marvel. »Es ist sehr, sehr freundlich von Ihnen, sich so für ihn einzusetzen. Wir freuen uns sehr!«

»Er hat es verdient«, sagte Herr Marvel, »er ist ein guter, vertrauenswürdiger Junge. Es sind da übrigens noch einige Schwierigkeiten im Hinblick auf die Zusammenkunft. Doch es wird sich einrichten lassen. Ich werde jedenfalls mein möglichstes tun, dessen können Sie versichert sein.«

In diesem Augenblick kam Barny herein, der Herrn Marvel so schnell wie möglich berichten wollte, was er eben durch die Kinder erfahren hatte. »Darf ich Sie einen Augenblick sprechen?« fragte er. »Es ist sehr wichtig.«

Der Zauberer stand sofort auf. »Entschuldigen Sie mich bitte.« Er verbeugte sich höflich vor Fräulein Pfeffer und verschwand mit Barny im Garten. Sie blieben lange dort, und die alte Erzieherin konnte nicht begreifen, warum die Kinder nicht wie sonst gleich zum Strand hinunterliefen.

»Seid ihr zu müde zum Baden? Wenn ihr euch noch länger hier aufhaltet, werdet ihr vor dem Tee nicht mehr dazu kommen. Nun geht, Kinderchen.«

Nach einer Stunde kam Barny hinunter zu ihnen. Er war ganz außer Atem, so war er gelaufen. »Tut mir leid, ich konnte nicht eher kommen.« Er warf einen Blick auf Fräulein Pfeffer, die schläfrig in ihrem Liegestuhl lag. »Braucht ihr vielleicht etwas Bewegung?«

»O ja, das wäre gar nicht so übel«, murmelte sie, »ich bin ganz zufrieden, wenn Lümmel mich eine Weile nicht stört. Anscheinend hat er die Absicht, den ganzen Strand umzugraben, und der Sand fliegt mir ständig in die Augen, sie sind leider etwas empfindlich. Aber seid pünktlich zum Abendessen zurück. Den Tee könnt ihr irgendwo in der Stadt trinken, ich mochte Frau Plump heute nicht bitten, uns etwas mitzugeben, denn sie schien recht ungehalten, daß ihr euch zu beiden Mahlzeiten verspätet habt.«

»Wir gehen in die kleine Konditorei und essen Mandeltorte«, sagte Stubs eifrig. »Und ich esse mindestens drei Stück«, fügte er genießerisch hinzu, als sie außer Hörweite waren.

Sie gingen ein ganzes Stück über den Landungssteg hinaus. »Schieß los!« Robert ließ sich in den Sand fallen. »Was hat Herr Marvel gesagt?«

»Zuerst einmal, daß ich, seid mir nicht böse, euch nicht alles erzählen darf, was er unternehmen will. Er hat mich ausdrücklich darum gebeten. Und auch das, was ihr jetzt hört, müßt ihr für euch behalten. Das müßt ihr mir versprechen.«

»Wir schwören!« schrie Stubs. »Ja, wir versprechen es«, sagten Dina und Robert, und Lümmel bekräftigte ihre Worte mir einem tiefen, feierlichen: »Wuff!«

»Also«, begann Barny, »Herr Marvel war natürlich sehr interessiert und sehr ärgerlich darüber, daß er die ganze Sache verschlafen hat. Er war entsetzt, als er von den Lichtsignalen hörte, und befürchtet, daß noch mehr Explosionen geplant sind oder daß sie vielleicht wichtige Dokumente stehlen wollen, oder sonst etwas.«

»Hast du ihm gesagt, daß wir den Professor verdächtigen?« fragte Dina.

»Ja, stellt euch vor, er steht schon länger unter Beobachtung, aber sie haben noch nicht genügend Beweise. Nur eins versteht Herr Marvel nicht, und zwar die Geschichte mit dem Kampf. Daß der eine der Professor war, steht für ihn fest. Wer die beiden anderen waren, weiß er nicht. Er hält es für möglich, daß Mitglieder des Spionagerings sich untereinander bekämpfen. Aber er sagte, er könnte sich vorstellen, wer der eine ist. Und ihr werdet nie erraten, wen er verdächtigt!«

XXV

In dieser Nacht wird viel geschehen

»Verdächtigt er etwa Frau Plump?« fragte Dina nach einer Pause.

»Nein, aber es ist jemand, den wir alle sehr gut kennen.«

»Der Clown?«

»O nein, und sagt jetzt nur nicht noch Fräulein Trill, denn die ist es auch nicht.«

»Ich gebe es auf«, erklärte Robert endlich, »los, sag es schon.«

»Dummy!« sagte Barny. »Herr Marvel meint, daß er gar nicht so dumm ist, wie er tut, und er denkt, daß er Hand in Hand mit dem Professor gearbeitet hat. Ich kann es eigentlich gar nicht glauben.«

»Ich auch nicht«, murmelte Stubs, ganz erschüttert von dieser Behauptung. »Ich mochte Dummy gern.«

»Mir geht es genauso«, sagte Barny, »aber wiederum ist Herr Marvel kein Mann, der leichtfertig so etwas sagt. Weshalb ist Dummy damals weggelaufen, als die Polizei kam? Er hat sich damit sehr verdächtig gemacht, und es sieht so aus, als hätte er ein schlechtes Gewissen gehabt. Herr Marvel meint das jedenfalls.«

»Komisch benommen hat er sich ja«, überlegte Robert.

»Ihr seid wohl verrückt geworden!« schrie Stubs mit hochrotem Kopf. »Ich glaube es nicht! Nie und nimmer!«

»Reg dich nicht so auf«, beruhigte Barny, »es steht ja noch nicht fest, daß er etwas Böses getan hat. Aber eins steht fest, nicht alle Leute sind so nett und freundlich, wie sie tun. Du glaubst gar nicht, wie verlogen sie sein können.«

»Das ist doch ganz egal«, schrie Stubs wieder, »es ist doch ganz egal, wenn ich nicht gleich weiß, daß einer schlecht ist. Ich gebe zu, ich bin schon oft 'reingesegelt. Hauptsache, ich weiß, ob einer gut ist. Und daß Dummy gut war, habe ich sofort gesehen, wenn er auch nicht so ganz richtig im Kopf ist.«

»Vielleicht hast du recht«, sagte Barny. »Vielleicht hat ihm jemand gedroht, vielleicht der Professor, und aus Angst hat er dann alles getan, was der von ihm verlangte.«

»Und sollen wir nun zur Polizei gehen?« fragte Dina.

»Noch nicht, erst wenn Herr Marvel die allerletzten Beweise hat. Aber er ist sehr zuversichtlich und glaubt, daß es bald soweit sein wird, vielleicht schon morgen, und ich bin dann dabei. Ich kann euch nichts weiter darüber sagen, nur, daß es mit dem ersten Treffen mit meinem Vater zusammenhängt. Aber wenn alles vorüber ist, erzähle ich es euch.«

Nach dieser langen Rede holte Barny tief Luft, und Robert und Dina starrten ihn an. Nur Stubs sah noch immer bedrückt aus, des guten alten Dummy wegen.

»Kommt, wir gehen Tee trinken«, schlug Dina endlich vor. Bei diesen Worten hellte sich Stubs' Gesicht etwas auf. Barny klopfte ihm auf den Rücken. »Mir tut es auch um Dummy leid, das kannst du mir glauben.«

Stubs schwieg und streichelte Lümmels weiches Fell. Doch nachdem er seine Drohung wahr gemacht und drei Stück Mandeltorte gegessen hatte, war er beinahe wieder der alte.

»Ich begreife nicht, wie du das bewerkstelligst.« Dina schüttelte den Kopf. »Ich könnte das nicht. Und ich wette, du wirst heute nacht Alpträume haben. Drei Stück Mandeltorte. Das kann ja gar nicht gutgehen!«

Die Kinder blieben unruhig und wußten nichts mit sich anzufangen. Und beim Abendessen sah Fräulein Pfeffer sie prüfend durch ihre dicken Brillengläser an und sagte: »Hättet ihr Lust, noch einmal das Varieté zu besuchen? Barny würde sich sicher freuen, und ihr habt ihn ja noch gar nicht auf der Bühne bewundert.«

So gingen sie also zum zweitenmal in die Vorstellung. Der Professor war auch wieder erschienen. Verstohlen sahen sie zu ihm hinüber. Ha, das Scheusal hatte keine Ahnung, daß sie alles von ihm wußten. Und Stubs knirschte mit den Zähnen; falls dieser Kerl Dummy etwas getan haben sollte, würde er sein Mütchen an ihm kühlen. Der beachtete die drei übrigens kaum, machte einen ziemlich uninteressierten Eindruck und wurde erst munter, als Herr Marvel mit seinem neuen Assistenten auftrat.

Barny stellte sich sehr geschickt an, und er sah hübsch aus in seinem phantastischen Kostüm. Wieder erriet der Zauberer die verschiedensten Gegenstände und wieder die vielstelligen Zahlen, dieses Mal sogar sechs hintereinander. Das Publikum tobte vor Begeisterung, und Herr Marvel bedankte sich unter vielen Verbeugungen.

Eigentlich wollten die Jungen auch in dieser Nacht aufpassen, ob wieder etwas Seltsames in dem alten Gasthaus geschah. Aber sie waren so müde von der vorhergegangenen durchwachten Nacht, daß sie sofort einschliefen und noch nicht einmal merkten, als Lümmel im Schlaf bellte.

Stubs wurde übrigens, wie Dina vorausgesagt hatte, von Alpträumen geplagt. Der schrecklichste aber war der, daß jemand auf seinem Bauch saß, kräftig darauf drückte und verkündete, daß viel zuwenig Torte darin wäre, und ihn mit einem großen Stück zu füttern begann.

Niemand hörte in dieser Nacht etwas, noch nicht einmal Barny, der sich, viel zu aufgeregt, um schlafen zu können, unruhig hin und her warf. Herr Marvel hatte am Abend ein langes Gespräch mit ihm geführt und ihm in Aussicht gestellt, daß, wenn am Morgen die Post käme, er ihm vielleicht schon sagen könne, wann er seinen Vater sehen würde.

Barny traf ihn nach dem Frühstück. Fragend sah er ihn an. War der Brief gekommen? Herr Marvel nickte ihm zu. »Komm um elf Uhr zum Landungssteg«, sagte er, »dann wird Frau Plump dich entbehren können.« Leise pfeifend ging Barny mit Miranda davon, und auch Frau Plumps Verdächtigung, er habe etwas aus der Speisekammer genommen, rührte ihn nicht.

»So etwas tue ich nicht«, sagte er ruhig. »Es tut mir leid, aber wenn Sie von mir glauben, ich stehle, dann kann ich nicht bleiben, dann werde ich gehen.«

Doch eine so tüchtige Hilfskraft wollte Frau Plump auf keinen Fall verlieren. Sie nahm ihre Anschuldigungen zurück und glaubte es nun eigentlich selber nicht mehr, daß dieser Junge ein Dieb sein sollte.

Zur verabredeten Zeit machte sich Barny auf den Weg, um Herrn Marvel zu treffen. Der Zauberer wartete schon auf ihn, nahm seinen Arm, und sie gingen zu einem abgelegenen Teil der Promenade und setzten sich auf eine Bank.

»Ich habe alles vorbereitet«, sagte er. »Mit der Morgenpost kam ein Brief von einem meiner Leute. Die Saboteure sind entlarvt. Aber es darf noch nichts an die Öffentlichkeit dringen.«

»Ja, natürlich«, sagte Barny.

»Heute abend wird mir eine Liste mit den Namen überbracht werden, nicht im Gasthaus, ich treffe den Mann draußen auf dem Meer. Das ist sicherer.«

»Ja, natürlich«, sagte Barny wieder.

»Und da ich nicht rudern kann, muß ich dich bitten, es für mich zu tun. Kannst du das?«

»Ja«, sagte Barny, »gern.«

»Und als Belohnung sage ich dir dieses: Der Mann, der die Geheimdokumente überbringt, ist dein Vater!«

Barny starrte ihn an. Er hatte also sein Versprechen gehalten, er hatte seinen Vater gesucht und gefunden, und er sorgte nun auch dafür, daß er ihn sah. Barnys Dankbarkeit kannte keine Grenzen.

»Und nicht ein einziges Wort zu irgend jemandem, mein Junge. Du verstehst, daß es sehr schwierig war, es so einzurichten, daß dein Vater der Überbringer der Listen ist. Ich habe es für dich getan, und du mußt schweigen, auch deinen Freunden gegenüber. Ich würde in Schwierigkeiten geraten, würde etwas bekannt.«

»Sie können sich auf mich verlassen«, sagte Barny strahlend vor Glück und Erregung.

»Ja, ich denke, ich kann es. Sei also um Mitternacht am Strand. Dann wird der Mond aufgegangen sein, und ich werde mit dem Boot auf dich warten. Ich will jetzt gehen. Auf Wiedersehen, mein Junge, und vergiß nicht, zu niemandem ein Wort!«

»Herr Marvel, noch etwas, bevor Sie gehen. Weiß mein Vater schon von mir? Weiß er, daß er mich heute nacht trifft?«

»Ja, sobald er dir die Papiere übergeben hat, kannst du mit ihm sprechen. Ich glaube schon, daß er dich erkennen wird, wenn es für ihn vielleicht auch schwer ist, an sein Glück zu glauben. Schließlich hat er bis jetzt nicht gewußt, daß er einen Sohn hat.«

Er ging, um mit dem Bootsvermieter zu sprechen, und Barny lief zurück zum Gasthaus. Er machte sich daran, das Silber zu putzen, und weil niemand in der Nähe war, begann er, ganz gegen seine Gewohnheit, laut zu pfeifen.

Frau Plump erschien plötzlich in der Tür, beinahe noch brummiger als sonst. »Barny, was denkst du dir eigentlich, solchen Lärm zu veranstalten?«

Ach, was er dachte, konnte er ihr nicht sagen, obgleich er am liebsten jedem von seinem Glück erzählt hätte. Er dachte an heute abend, an die geheimnisvolle Bootsfahrt und an das Zusammentreffen mit seinem Vater.

Was würde er sagen? Würde er ihm gefallen?

Er betrachtete sich in dem kleinen Spiegel an der Wand. Ob sein Vater auch blaue Augen und blonde Haare hatte? Er hoffte, daß sie sich ein wenig ähnlich sähen.

Für Barny wollte dieser Tag gar kein Ende nehmen, aber für die drei draußen am Strand verging er schnell genug. Sie badeten, nahmen ein Boot und ruderten rund um die Mole und wieder zurück. Nach dem Tee fingen sie Garnelen, und am Ende hatten sie eine ganze Reihe von Musterexemplaren, und Stubs wollte Frau Plump bitten, sie ihnen zu kochen.

Barny trafen sie erst kurz vor dem Abendessen. Er lachte sie glücklich an.

»Neuigkeiten?« fragte Robert.

»Ja, viele und gute! Aber ich darf euch leider nichts weiter sagen, ihr wißt ja, warum. Heute nacht wird viel geschehen, und morgen werde ich euch alles erzählen.«

XXVI

Er war es nicht

Um halb elf Uhr ging Barny hinauf in sein Zimmer. Er versuchte gar nicht erst, noch etwas zu schlafen, so aufgeregt war er. Heute nacht würde er seinen Vater sehen!

Ruhelos ging er hin und her. Miranda war erstaunt und verwirrt, so kannte sie ihn ja gar nicht. Sie saß auf seiner Schulter und schnatterte manchmal leise, wie um sich in Erinnerung zu bringen.

Barny dachte und dachte. ›Ob er nett zu mir ist? Wie soll ich ihn überhaupt nennen? Ob er wohl sagt, daß ich bei ihm bleiben soll? Vielleicht habe ich auch Onkel und Tanten und Vettern und Kusinen? Ach, die Hauptsache ist, ich habe einen Vater!‹

Elf Uhr, halb zwölf, zwanzig Minuten vor zwölf, Zeit zu gehen.

Er schlich vorsichtig die Treppe hinunter, Miranda auf der Schulter. Er konnte sie nachts nicht alleine lassen, sie hätte sich zu sehr gefürchtet und es ihm nie vergessen.

Er ging über die Hintertreppe, die in die Küche führte, öffnete die kleine Tür und glitt wie ein Schatten hinaus.

Im Hause schlug die alte Standuhr dreimal – Viertel vor zwölf. Es war noch zu früh, trotzdem lief er weiter und war bald unten am Strand.

Er wartete. Der Mond kam hinter den Wolken hervor und überflutete alles mit seinem Licht. Es war eine herrliche Nacht. Die Ebbe hatte eingesetzt, und das Wasser ging schnell zurück. Es würde ganz einfach sein, hinauszurudern.

Dann hörte er ein schwaches Geräusch hinter sich. Es war Herr Marvel. »Da bist du ja, mein Junge«, sagte er leise.

Das Boot war ziemlich groß. Barny saß Herrn Marvel gegenüber, in jeder Hand ein Ruder. Im Heck lag ein Bündel Persenning und im Bug ein zusammengerolltes Tau. Das abfließende Wasser zog sie hinaus, doch Barny ruderte trotzdem mit aller Kraft, damit sie noch schneller vorankamen.

Es schien, als tropfe das Mondlicht von den Rudern, wenn sie einen Augenblick über dem Wasser waren, ehe sie wieder hineintauchten. »Dort drüben, zu den großen Felsen«, sagte Herr Marvel. »Siehst du, die dort, die vom Lande weit ins Meer führen.«

»Ach, das sind ja dieselben, auf denen wir standen, als wir uns den Rubadubstrudel ansahen. Es war ein toller Anblick!« sagte Barny.

»Das ist gut, am Strudel soll ich den Mann, deinen Vater, treffen.«

»Ich kenne den Weg genau.« Barny trieb das Boot mit raschen Schlägen voran. Und endlich hatten sie das äußerste Ende der Felsenkette erreicht. Jetzt mußte er darauf achten, den Eingang zu finden. Er zog die Ruder ein und hielt Ausschau.

»Da ist er«, sagte Herr Marvel plötzlich, »dort drüben, du mußt ein bißchen mehr nach links halten, dann haben wir ihn gerade vor uns.«

Und bald schon trieben sie durch die enge, gewundene Durchfahrt. Diesmal wirkte alles ganz anders als damals an dem strahlenden, sonnigen Tage. Jetzt war alles groß, dunkel und unheimlich. Auch das Wasser war viel niedriger, denn die Ebbe würde bald ihren tiefsten Stand erreicht haben.

Barny ruderte, bis er das Gurgeln hörte, dann sah er sich nach dem Pfahl um.

»Ach, hier ist er ja«, sagte er, »ich werde das Boot hier festmachen, dann können wir nicht in den Strudel hineingezogen werden.«

Leise schaukelnd lag es auf dem Wasser, und Barny sprang hinaus. »Was muß ich jetzt tun? Und wie kommt mein Vater zu uns?«

»Er schwimmt!« sagte Herr Marvel.

Barny war maßlos erstaunt. »Er schwimmt? Aber das ist doch ganz unmöglich, der Hafen ist ja von Felsen eingeschlossen, und die Gitter an den Durchfahrten reichen bis tief unter das Wasser.«

»Dein Vater ist ein mutiger Mann. Er wird unter ihnen hindurchtauchen. Er hat es schon öfter getan, es ist der einzige Weg, uns die geheimen Informationen zu überbringen.«

Barny sah Herrn Marvel verständnislos an. »Aber warum muß er das alles so heimlich tun? Die Wachen könnten doch auf ihn schießen, wenn sie ihn entdecken.«

»Still«, unterbrach ihn der Zauberer, »ich höre jemanden kommen. Also, du weißt Bescheid? Vergiß das Losungswort nicht: ›Mondnacht‹. Er wird dir dann ein Päckchen übergeben, du bringst es sofort zu mir, und dann geh zurück und sprich mit ihm. Ich bleibe hier. Ein Dritter würde nur stören, wenn du zum erstenmal mit deinem Vater zusammentriffst.«

Barny nickte. Er konnte vor Erregung nicht sprechen. Auch er hörte jetzt, daß jemand kam, und sein Herz schlug wild.

Ein Mann erschien oben auf den Klippen. Er triefte vor Nässe, und sein Körper glänzte im Licht des Mondes. Barny starrte zu ihm hinauf.

Er war groß, breitschultrig und schwarzhaarig. Barny lief ihm entgegen, sprang von Felsen zu Felsen und über tiefe Spalten. Und plötzlich hörte er eine scharfe Stimme: »Das Losungswort!«

»Mondnacht!« stotterte Barny. Er konnte das Gesicht des Mannes nicht erkennen, denn der Mond verschwand in diesem Augenblick hinter den Wolken.

Der Mann zog ein Päckchen aus dem Gürtel der Badehose und warf es ihm zu.

»Fang«, sagte er. Barny fing es auf und lief damit zu Herrn Marvel zurück. Der griff hastig danach.

»Du bist ein tüchtiger Junge, und nun geh und sprich mit deinem Vater.«

Barny lief wieder davon, zitternd vor Aufregung. Aber der Mann hatte sich schon abgewandt und stieg über die Felsen zurück.

»Warten Sie, warten Sie! Wissen Sie nicht, wer ich bin?«

Der Mann drehte sich um. »Woher sollte ich das wissen?« fragte er.

»Ich bin doch Ihr Sohn!« rief Barny. »Hat Herr Marvel es Ihnen nicht erzählt? Er sagte, Sie wären mein Vater!«

Der Mann begann zu lachen. »Da hat er dich wohl ein bißchen auf den Arm genommen, wie? Und diesen Unfug hast du geglaubt?«

Der Mond kam jetzt hinter den Wolken hervor, und Barny konnte das Gesicht desjenigen da oben erkennen. Entsetzt starrte er es an. Es war ein kaltes, böses Gesicht. Der Mann lachte wieder.

»Das war so einer von seinen Späßen, schätze ich.« Und immer noch lachend, verschwand er hinter einem der Felsen.

Barny fühlte sich mit einem Schlage elend. Er setzte sich auf einen Stein. Miranda hatte er im Boot gelassen, doch plötzlich war sie da und kuschelte sich schnatternd an ihn.

»Oh, Miranda, er war es nicht, er war es nicht! Ich verstehe nichts, gar nichts begreife ich mehr. Oh, Miranda!«

Und dann packte ihn eine wahnsinnige Wut. Warum hatte Herr Marvel ihn so betrogen? Warum? Er sollte es ihm erklären, sofort! Und wehe, wenn er es nicht konnte!

Er jagte zurück, aber das Boot war verschwunden. Barny hatte das Gefühl, als träume er einen schrecklichen Traum.

Er hetzte auf dem schmalen Sims weiter, bis dorthin, wo die Einfahrt begann.

Und da sah er es, kurz vor dem letzten Felsen! Er stürzte sich ins Wasser, mit Miranda auf der Schulter, schwamm darauf zu und schrie:

»Herr Marvel! Warten Sie! Sie sollen warten!«

Doch der Zauberer dachte nicht daran. Barny war ein guter Schwimmer, und seine Wut verlieh ihm Riesenkräfte. Er erreichte das Boot und versuchte sich daran festzuhalten.

Herr Marvel schlug mit dem Ruder nach ihm und traf ihn am Kopf. »Mach, daß du wegkommst«, zischte er. »Ich kann dich nicht mehr gebrauchen, verstanden?«

»Warten Sie doch!« schrie Barny verzweifelt.

Und plötzlich begriff er. Alles begriff er! Herr Marvel war der Spion! Er war nicht beim Geheimdienst. Er gehörte zu dem Spionagering im Unterseeboothafen! Und als er merkte, daß er, Robert und Stubs ihm auf der Spur waren, hatte er sich diese Geschichte mit seinem Vater ausgedacht, um einen möglichen Verdacht zu zerstreuen und sein Vertrauen zu gewinnen. Und ohne es zu wissen, hatte er diesem Kerl geholfen!

»Ich kriege Sie schon noch!« schrie er außer sich. »Sie entkommen mir nicht!«

»Das glaube ich kaum«, rief Herr Marvel und ruderte unbeirrt weider. »Ich habe, was ich brauche, dank deiner freundlichen Hilfe. Es handelt sich, falls es dich interessiert, um den Plan eines neuen U-Bootes. Und nun laß dir die Zeit nicht lang werden. Bis dich einer hier findet, bin ich in Sicherheit.«

Barny schwieg. Ihm blieb nichts anderes übrig, als mit Miranda zurückzuschwimmen zu der Anlegestelle, zu warten und zu hoffen, daß vielleicht in ein oder zwei Tagen jemand kam und ihn erlöste.

Aber was war das? Was passierte dort? Herr Marvel schrie gellend auf, und das Boot schwankte. Was war geschehen?

XXVII

Ein schrecklicher Weg

Barny kletterte auf einen Felsen, um zu sehen, was vor sich ging. Der Mond schien jetzt hell, und er konnte alles erkennen. Zwei Männer waren im Boot! Wer war der zweite? Doch wer es auch sein mochte, ein Freund Herrn Marvels bestimmt nicht. Die beiden kämpften miteinander, und das Boot drohte jeden Augenblick zu kentern.

Woher war der zweite nur gekommen? Barny hörte das schwere Atmen der beiden Männer. Miranda, vollkommen durchnäßt, hatte sich verängstigt unter seinem Hemd verkrochen.

Plötzlich gab es ein klatschendes Geräusch. Einer war über Bord gegangen. War es Herr Marvel? Oh, wenn er es doch wäre! Barny kniff die Augen zusammen, um besser sehen zu können.

Aber Herr Marvel saß im Boot und ruderte wie um sein Leben. Und der andere schlug wild um sich und schrie um Hilfe.

›Er kann nicht schwimmen!‹ durchfuhr es Barny. Wieder stürzte er ins Wasser und war mit ein paar kräftigen Stößen bei dem Ertrinkenden, der ohnmächtig zu sein schien. Er packte ihn unter den Armen, schwamm mit ihm zurück und zog ihn auf den Felsen.

Er sah hinunter auf den Mann und wußte sofort, wer es war.

Dummy! Barny glaubte zu träumen.

Dummy öffnete die Augen und starrte ihn an. Plötzlich richtete er sich auf und sah über das vom Mond beschienene Wasser. Weit entfernt war das Boot als kleiner Punkt zu erkennen.

Dummy schrie etwas in einer fremden Sprache und schüttelte die Faust. Dann drehte er sich um und klopfte Barny auf die Schulter, während er vor Kälte zitterte. »Guter Junge.«

»Dummy, woher bist du nur gekommen?«

»Ich die ganze Zeit im Boot, ich gewußt, daß Marvel böse. Er Spion, er Lichtsignale gegeben.«

»Aber warum hast du niemandem etwas davon erzählt?«

»Keiner mir glauben. Ich ihn beobachten und er mich dabei entdeckt. Er gedroht mit Polizei, würden holen mich.«

»Und dann kam die Polizei wirklich«, sagte Barny, »und du dachtest, sie wollten dich mitnehmen. Und wo hast du dich versteckt?«

»Keller, Essen aus Speisekammer genommen. Aber ich gewacht und einmal gekämpft mit Marvel.«

»Dann warst du also der dritte in der Nacht, als Stubs sich im Uhrenkasten aufhielt. Und warum bis du heute mitgefahren?«

»Ich hörte, was er zu dir gesagt. Ich Angst um dich und ...«

»Und da bist du unter die Persenning gekrochen, um mir zu helfen. Vielen Dank, Dummy. Menschenskind, Herr Marvel muß einen Schrecken bekommen haben, als du dich auf ihn stürztest. Schade, daß er nicht ins Wasser gefallen ist. Jetzt ist er uns beide los, hat die Dokumente und ...«

Dummy griff mit einer Hand in sein Hemd und zog etwas hervor. »Dokumente«, sagte er, »ich sie haben!«

»Dummy!« schrie Barny. »Das sind ja die Pläne, das Päckchen, das der Mann mir gegeben hat! Wie hast du das nur fertiggebracht!«

»Er hat sie in Tasche gepackt, ganz nahe bei mir, ich Tasche aufgemacht und Päckchen genommen.«

»Oh, Dummy, du bist ein Wunder! Nun hat er wenigstens die Papiere nicht. Nun war für ihn alles umsonst.«

Miranda steckte den Kopf aus dem Hemd, und Dummy strich ihr zärtlich über das Fell. »Wir sehr lange hierbleiben?« fragte er.

»Bis jemand kommt und uns mitnimmt«, sagte Barny leise.

»Verflixt, der Wind ist kalt, ich friere. Komm, ich weiß eine kleine Höhle nahe am Strudel, dort ist es geschützt. Wenn wir doch nur ein Boot hätten!«

Sie gingen zurück bis beinahe an den Strudel. »Wir wollen ihn uns im Mondschein ansehen«, sagte Barny, »das Wasser wird wahrscheinlich sehr niedrig sein, es ist immer noch Ebbe.«

Er hatte recht. Viel tiefer als damals quirlte und brodelte es in dem Trichter, und alles sah noch unheimlicher aus in fahlem Licht des Mondes.

Plötzlich zeigte Dummy auf den gegenüberliegenden Felsen. »Loch da, sehr großes.«

»Ja«, sagte Barny, »jetzt kann man es sehen. Es ist der Eingang zu dem Tunnel, der zum Luftloch führt.«

Aber davon hatte Dummy noch nie etwas gehört, und er schüttelte den Kopf.

Barny starrte hinüber auf die schwarze Öffnung und dachte an die Geschichte, die der Fischer erzählt hatte.

Ob etwas Wahres daran war? Ob man wirklich bei Ebbe durch den Gang kriechen konnte?

»Dummy«, flüsterte er, »ich gehe hinunter zu diesem Loch im Felsen. Durch das Luftloch können wir uns an Land retten.«

»Nein«, sagte Dummy, »nein.«

»Hör zu, vielleicht ist es eine Möglichkeit, Herrn Marvel noch zu erwischen. Vielleicht glaubt er, er braucht sich mit der Flucht nicht so zu beeilen, weil ich der einzige bin, der alles weiß, und hier festsitze. Ich muß es einfach versuchen. Du kannst hierbleiben, und wenn ich wirklich durchkomme, schicke ich dir sofort ein Boot«.

»Ich gehen auch, ich dich nicht alleine lassen.«

»Oh, Dummy«, sagte Barny, »vielen Dank!« Und er dachte voller Beschämung daran, daß er ihn jemals verdächtigt hatte. »Wir müssen sofort gehen, damit die Flut uns nicht überrascht. Denn wenn das Wasser erst in den Gang strömt, könnte es ein bißchen unangenehm für uns werden.«

Leichtfüßig wie eine Katze sprang er vom Felsen, und Dummy sah zu, wie er vor dem Eingang stand und darin verschwand.

Und einen Augenblick später folgte er ihm, ein bißchen ungeschickt und schwerfällig, und beinahe hätte er das Gleichgewicht verloren. Entsetzt starrte er in das brodelnde, schäumende Wasser unter sich.

Er zwängte sich hastig in den Tunnel. »Barny!« schrie er, von plötzlicher Angst gepackt. »Barny!«

»Hier bin ich, hier, ganz dicht vor dir. Miranda ist schon vorangelaufen, sie kann in der Dunkelheit besser sehen als wir. Taste dich an der Wand entlang, sonst stößt du dich an den vorspringenden Felsen.«

Barny versuchte, möglichst zuversichtlich zu wirken, zuversichtlicher, als er war. Es war ein schrecklicher, enger, nasser Tunnel, und sie mußten tief gebückt gehen. Miranda lief ständig ein Stück voraus, kam aber immer wieder zurück, um sich zu vergewissern, daß Barny noch da sei. Sie schien gar keine Angst zu haben.

Unter großen Schwierigkeiten arbeiteten sie sich voran. Manchmal wurde der Tunnel so eng, daß sie sich kaum noch hindurchzwängen konnten. Dann befiel Barny jedesmal eine panische Angst, daß er plötzlich ganz aufhören könne. Wenn sie umkehren mußten, würden sie nicht mehr hinausgelangen, ehe die Flut kam. Sie würden hier ertrinken, oder das Wasser würde sie, wenn es zurückflutete, in den Strudel reißen!

Bei diesem Gedanken brach Barny der Schweiß aus allen Poren, und er versuchte, noch schneller voranzukommen.

»Warte, Dummy!« schrie er plötzlich. »Die Decke ist hier so niedrig, daß wir kriechen müssen. Hoffentlich bleibt es nicht lange so, sonst ersticke ich!«

Ja, die Decke war nun so tief, daß sie sich nur noch, dicht an den Boden gepreßt, vorwärtsschieben konnten. Barny hoffte inbrünstig, daß sie nicht noch niedriger würde. Warum nur hatte er an die Geschichte des Fischers geglaubt? Sicher war sie ein Märchen. Er konnte sich nicht mehr vorstellen, daß sie jemals wieder aus diesem schrecklichen Gang ans Tageslicht gelangen würden.

Aber dann wurde er wieder höher und breiter. Erleichtert stand Barny auf, und gleich darauf schrie Dummy: »Wasser! Wasser kommt!«

XXVIII

Frau Plump wartet

Wasser! Das bedeutete, daß die Flut eingesetzt hatte. Es würde schnell steigen, und schon jetzt überschwemmte es einen Teil des Ganges. Zurück konnten sie nun nicht mehr. Sie mußten versuchen, ihm zu entfliehen. Barny hastete weiter und stieß sich an den vorspringenden Felsen. Und da kam es zum zweiten Male!

»Halte dich hinter mir, Dummy«, schrie er, »damit wir uns gegenseitig helfen können.«

Das Wasser ging wieder zurück. Die Flut war noch nicht hoch genug, um den ganzen Tunnel zu überschwemmen. Aber jeden Augenblick konnte es soweit sein. Eine große Welle konnte hereinstürzen, und dann würden sie ertrinken.

»Hier wird es breiter«, keuchte Barny, »wir können schneller gehen. Ich bin so müde. Bist du da, Dummy?«

»Ja, ich sein da«, kam Dummys verängstigte Stimme. »Ich Wasser hören, kommt wieder.«

Dieses Mal überholte es sie ein Stück und ging dann von neuem zurück. Barny stolperte weiter, und dann plötzlich sah er eine Öffnung über sich in der Decke. Das mußte das Luftloch sein! Dem Himmel sei Dank!

In diesem Augenblick schrie Dummy: »Große Welle, Barny!« Sie hatte solche Gewalt, daß sie beinahe zu Boden gerissen wurden. Dummy wurde gegen Barny geschleudert, klammerte sich an ihn, und Miranda rettete sich gerade noch auf seine Schulter.

»Los, wir müssen hier 'raus, sonst ist es zu spät!« Barny zog sich zu der Öffnung hinauf, sie war groß genug, um bequem hindurchzukommen.

Erschöpft ließ er sich auf den Felsen sinken.

Plötzlich kam ein gellender Schrei aus dem Tunnel und das Rauschen des Wassers. Es war die erste mächtige Welle, die das Luftloch erreichte.

Barny saß wie erstarrt. Und dann schoß aus der Öffnung eine Fontäne mit ungeheurer Macht steil in die Höhe. Und mit ihr kam Dummy! Wie ein Ball wurde er in die Luft geschleudert und fiel schreiend vor Angst und Entsetzen neben ihm nieder.

»Ich tot, ich ertrunken«, schluchzte er.

»Aber es ist doch alles gut. Wir sind gerettet, hörst du? Gerettet! Wir haben ein unheimliches Glück gehabt. Ich glaube, du bist der erste, der aus einem Luftloch geschleudert wurde. Dir ist doch nichts passiert, nicht wahr? Dir ist doch nichts passiert?«

Nein, unbegreiflicherweise war Dummy nichts geschehen. Doch er war völlig verstört, weinte und zitterte, und Barny legte den Arm tröstend um ihn.

»Wir gehen jetzt zurück ins Gasthaus, da essen und trinken wir etwas und fühlen uns dann wieder großartig.«

»Barny gut«, sagte Dummy und beruhigte sich allmählich. Barny lächelte schwach. Was für eine Nacht! Welch große Hoffnungen hatte er gehabt! Und nun saß er hier, und Dummy schluchzte an seiner Schulter, und er mußte ihm Mut zusprechen.

Er stand auf, und seine Knie waren ganz weich. »Komm«, sagte er, »wir wollen gehen.«

Dummy folgte ihm wie ein kleiner Hund. Barny wußte ungefähr, wo sie sich befanden. Ein Stück landeinwärts würden sie auf einen Weg stoßen, der zum Gasthaus führte.

Das Luftloch war jetzt in voller Tätigkeit. Riesige Fontänen schossen in regelmäßigen Abständen daraus hervor. ›Entsetzlich, wenn wir mitten im Tunnel vom Wasser überrascht worden wären!‹

Sie gingen den kleinen Pfad entlang, den die vielen Gäste, die die Sehenswürdigkeit aus der Nähe bewundern wollten, mit der Zeit ausgetreten hatten.

Und dann standen sie endlich vor dem Gasthaus.

»Weißt du eine Tür, die offen ist?« flüsterte Barny. »Aus welcher bist du gestern abend gegangen?«

Dummy kannte eine kaum benutzte Gartenpforte, die in einen schmalen Gang führte. Schweigend gingen sie weiter. Miranda war unter Barnys Hemd gekrochen und versuchte, ein bißchen zu schlafen.

»Und was wollen wir nun machen?« überlegte Barny. »Zuerst die Polizei anrufen? Verflixt, was ist denn das nun wieder?«

Sie standen jetzt in der Küche, um vorher noch etwas zu essen, denn sie waren sehr hungrig. In dem teilweise vom Mondlicht erhellten Raum sah Barny einen riesigen schwarzen Schatten vor der Speisekammer. Dort stand jemand! Er hörte ein leises ›Klick‹, und alles war in Helligkeit getaucht.

»Darf ich fragen, was das bedeuten soll?« sagte Frau Plump. »Wolltest wohl wieder meine Speisekammer plündern, was? Und du, Dummy, wo hast du dich die ganze Zeit 'rumgetrieben? Ich hätte nicht übel Lust, die Polizei zu rufen. Ich habe heute nacht hier auf den Dieb gewartet, und ich wußte, daß ich ihn erwischen würde, früher oder später. Schämst du dich nicht, Barny? Was werden deine Freunde sagen? Und was ...«

Barny unterbrach sie verzweifelt. »Ich muß die Polizei selber anrufen. Herr Marvel muß festgenommen werden. Er ist ein Spion! Lassen Sie mich Fräulein Pfeffer holen, sie wird Ihnen sagen, daß ich weder stehle noch lüge.«

»Fräulein Pfeffer soll ich holen?« sagte Frau Plump langsam. »Nun gut, wenn du es willst, nun gut.« Und nach einer Pause fügte sie hinzu: »Oder warte, es ist besser, wir gehen zu ihm. Und merk dir eins, wenn du mich angelogen hast, hast du die Polizei sofort auf dem Hals.« Sie schüttelte den Kopf. »Und das alles in meinem anständigen Gasthaus.«

»Zu wem wollen wir gehen?« fragte Barny verwirrt.

»Na, zu dem Professor«, brummte Frau Plump.

Barny war sprachlos. Warum gerade zu dem? »Nein, nein!« rief er. »Ich muß selber anrufen! Ich muß auf der Stelle die Polizei verständigen!«

Aber Frau Plump ließ sich nicht beirren. Sie walzte aus der Küche und schob die beiden vor sich her, naß wie sie waren, die Treppe hinauf. Und gleich darauf klopfte sie an eine Tür.

»Herein«, hörten sie eine tiefe Stimme, und das Licht wurde angeschaltet. Zu Barnys Erstaunen hatte der Professor angezogen im Dunkeln in einem Sessel gesessen. Warum nur?

»Diese beiden hier sind eben klitschnaß nach Hause gekommen und haben lauter wirres Zeug über Herrn Marvel erzählt«, erklärte Frau Plump. »Sie wollten die Polizei anrufen, und da habe ich gedacht, es wäre das beste, ich bringe sie zu Ihnen.«

»Aber was soll denn das für einen Sinn haben?« rief Barny. »Was hat der Professor denn damit zu tun? Wir haben ihn übrigens öfter beobachtet, wie er sich reichlich seltsam benahm. Ich will die Polizei sprechen. Ich werde niemandem erzählen, was heute nacht passiert ist! Vor allen Dingen ist es nötig, daß Herr Marvel festgenommen wird, bevor er verschwindet!« – »Was weißt du von ihm?« sagte der alte Mann plötzlich mit so scharfer Stimme, daß Barny erschrocken zusammenfuhr. Er betrachtete ihn voller Mißtrauen.

»Hör zu, mein Junge«, fuhr der Alte fort, »du kannst dich auf mich verlassen. Ich arbeite für die Polizei. Frau Plump kann es bestätigen. Ich soll hier einige rätselhafte Vorkommnisse untersuchen. Es ist deine Pflicht, mir zu sagen, was du weißt.«

»So«, sagte Barny, »so etwas Ähnliches hat Herr Marvel uns auch erzählt, nämlich, daß er beim Geheimdienst wäre. Er sagte, Sie würden verdächtigt und beobachtet. Und ihm haben wir die Papiere abgenommen, die er gestohlen hatte. Ich denke nicht daran ...«

»Wo sind sie?« schrie der Professor, und plötzlich schien er um Jahre jünger. Barny sah ihn fassungslos an.

»Hier«, sagte er und legte das Päckchen zögernd auf den Tisch. Der Professor stürzte sich darauf, riß die wasserdichte Hülle ab und zog ein zusammengefaltetes Dokument heraus. Hastig öffnete er es und starrte darauf. Dann stieß er einen tiefen Seufzer der Erleichterung aus und sank zurück in seinen Stuhl.

»Unsere neuesten Pläne«, murmelte er. »Für eine Kopie wird ein

Vermögen gezahlt. Und wir wußten, daß sie kopiert worden sind und daß die Bande nur darauf wartete, sie aus dem Hafen zu schmuggeln. Junge, du weißt gar nicht, was es für uns bedeutet, daß wir die Papiere wiederhaben. Wie, um alles in der Welt, bist du nur in ihren Besitz gelangt?« – »Das ist eine seltsame Geschichte«, sagte Barny. »Könnten Sie nicht zuerst Herrn Marvel verhaften, damit er sich nicht noch aus dem Staub macht?«

»Da kannst du ganz unbesorgt sein, der sitzt sicher. Wir haben gesehen, wie er heute nacht mit einem Boot zurückkam. Und vorsichtshalber steht jetzt ein Mann zu seiner Bewachung draußen auf dem Dach und einer auf der Galerie vor seiner Tür. Er kann auf keinen Fall entkommen. Wir wußten, daß er mit der Sache zu tun hat, und nun haben wir den Beweis und können endlich gegen ihn vorgehen. Und wie ist es mit deiner Geschichte? Willst du sie mir erzählen, oder wollen wir erst die Polizei dazu holen, damit du siehst, daß du mir wirklich trauen kannst?«

Barny lächelte verlegen. »Ich glaube Ihnen. Aber ich bin so betrogen worden, daß ich so leicht niemandem mehr vertraue. Übrigens, waren Sie es, der in der Nacht Stubs mit der Taschenlampe angeleuchtet hat, als er aus der alten Uhr herauskam?«

»Ja, das war ich. Ich habe genau wie Dummy und Stubs ein bißchen herumgeschnüffelt. So, so, in der Uhr hatte der Kleine sich also versteckt. Dieser Junge! Und ich konnte mir gar nicht erklären, wo er geblieben war.«

Währenddessen beobachtete Frau Plump mit steigender Besorgnis, wie Barny und Dummy vor Kälte zitterten. »Herr Professor«, begann sie, »was halten Sie davon, wenn wir in die Küche gingen und ich ein ordentliches Feuer machte? Die beiden da frieren nämlich. Sie müssen unbedingt etwas Warmes in den Leib kriegen.«

»Also, dann 'runter mit euch, ich könnte auch etwas Heißes vertragen.« Sie gingen alle zusammen. Frau Plump gab Barny und Dummy jedem eine Decke, und sie wickelten sich hinein, während ihre Sachen am Herd trockneten. Dann stellte sie einen Topf mit Milch auf das Feuer und holte eine Fleischpastete aus der Speisekammer.

»Sehr schön«, nickte der Professor und betrachtete die Pastete wohlgefällig. »Und während wir uns die da zu Gemüte führen, kannst du erzählen, Barny!«

XXIX

Stubs gibt Hinweise

Es war eine seltsame Stunde, die sie alle in der warmen Küche verbrachten. Barny erzählte und erzählte, und sogar Dummy sagte ab und zu ein paar Worte, obwohl er sich noch immer ein wenig vor dem Professor fürchtete.

»Da habt ihr ja eine ganze Menge herausbekommen«, sagte der anerkennend. »Aber diese Ausflüge auf das Dach waren doch recht gefährlich. Und mich habt ihr also für einen Schurken gehalten?«

»Nicht richtig«, sagte Barny verlegen. »Es tut mir leid, daß wir Sie verdächtigt haben. Aber Sie waren in der Nacht damals nicht in Ihrem Zimmer, und dann hatten wir herausbekommen, daß Sie auch gar nicht taub waren. So kam eins zum anderen. Wissen Sie eigentlich, wer den Schlüssel zu der Tür genommen hat?«

»Marvel natürlich. Als er merkte, daß ihr da oben herumgeistert, nahm er ihn an sich. Aber ein guter Zauberer ist er, das muß man ihm lassen. In der Nummer, in der er die langen Zahlenreihen erriet, gab er übrigens an einen anderen Spion, der unter den Zuschauern saß, chiffrierte Meldungen weiter. Jede Zahl bedeutete eine andere Silbe, und auf diese Weise gelangten die Nachrichten in den Hafen.«

Barny nickte. »Ja, die Karten waren gekennzeichnet, und ich hielt immer nur die hoch, die er ausgesucht hatte. Aber dabei habe ich mir nichts gedacht, denn das macht man schließlich überall so.«

»Er chiffrierte die Meldungen selber, und damit wird er wohl damals gerade beschäftigt gewesen sein, als Stubs zu ihm hereinkam. Geben Sie mir noch ein Stückchen Pastete, Frau Plump? Sie ist ausgezeichnet. Und nun, mein Junge, und du, Dummy, ihr werdet sehr müde sein, nachdem ihr so viel Schreckliches in dieser Nacht erlebt habt. Ihr wart beide sehr tapfer, das muß ich sagen. Und daß du, Barny, so enttäuscht wurdest, tut mir sehr leid. Aber ich denke, du wirst weiter versuchen, deinen Vater zu finden, nicht wahr?«

»Nein«, sagte Barny, »das tue ich nicht. Eine Enttäuschung ist genug. Ich möchte auch nicht mehr darüber sprechen. Ich bin nur froh, daß dieser Kerl nicht mein Vater war.«

»Kannst du mir den Mann beschreiben?«

»Nicht sehr genau. Der Mond war fast immer hinter den Wolken verschwunden. Es war ein großer, starker Bursche mit schwarzem, lockigem Haar, weiter weiß ich nichts. Das kann Ihnen sicher nicht viel nützen, nehme ich an.« – »Möglicherweise doch«, nickte der Professor und machte sich eine Notiz.

»Und was wird Herr Marvel wohl sagen, wenn er entdeckt, daß die Papiere weg sind?«

»Er wird außer sich sein, denke ich. Und was wird er erst für ein Gesicht machen, wenn er dich und Dummy sieht. Wenn er euch hier vermutete, würde er wohl nicht so friedlich schlafen.«

»Darf ich Dina, Robert und Stubs alles sagen?« fragte Barny.

»Nicht vor morgen, dann, hoffe ich, wird diese Angelegenheit erledigt sein. Und nun geht, ihr beiden, und schlaft. Ihr habt endlich Ruhe verdient.«

Barny sagte: »Gute Nacht!« Dummy aber, der vor dem Herd saß, war schon halb eingeschlafen und hörte es nicht mehr. Frau Plump war sehr froh, ihn wiederzuhaben, und sie nahm sich vor, kein Wort mehr darüber zu verlieren, daß er sich im Keller versteckt und sich nachts über ihre Vorräte hergemacht hatte.

Am nächsten Morgen wurden Robert und Stubs durch plötzlichen

Lärm auf der Galerie geweckt, Rufen und Schreien und wenig später ein Poltern, als rolle jemand die Treppe hinunter.

Die Jungen sprangen aus dem Bett und rannten mit Lümmel zusammen hinaus. Unten auf der Treppe setzte sich Herr Marvel verzweifelt gegen zwei Polizisten zur Wehr. Er hatte entdeckt, daß die Dokumente verschwunden waren, war aus der Tür gestürzt, um noch einmal im Boot zu suchen, und seinen beiden Bewachern geradewegs in die Arme gelaufen.

Die hatten ihn höflich aufgefordert, wieder in sein Zimmer zurückzukehren, doch das wollte der Zauberer verständlicherweise ungern. Und so war es zu einer lebhaften Auseinandersetzung gekommen, in deren Verlauf alle drei die Treppe hinabrollten.

Einen Augenblick später kam Barny aus der Küche gerannt. Und plötzlich sah Herr Marvel ihn.

Er starrte ihn an. Das war doch nicht möglich? Er hatte ihn doch auf dem Felsen am Strudel zurückgelassen! Vernichtet sank er auf einen Stuhl.

»Wo kommst du her?« fragte er leise.

»Aus der Küche«, sagte Barny, »haben Sie etwas verloren, Herr Marvel?«

Bei diesen Worten begriff der Zauberer, daß man ihm die Papiere genommen hatte. Er gab auf und ließ sich ohne Widerstand abführen.

»He, Barny, was ist denn los?« schrie Stubs. »Warum holen sie denn den und nicht den Professor? Und wie war es heute nacht? Und was ist mit deinem Vater?«

»So viele Fragen auf einmal kann ich nicht beantworten. Nach dem Frühstück werde ich euch alles erzählen.« Barny nickte ihm zu und lief davon. Niemand sah Herrn Marvel wieder. Im Gasthaus herrschte überall Entsetzen darüber, daß er ein Spion war.

Iris Nachtigall wurde blaß. »Ich habe ihn nie gemocht«, sagte sie endlich.

Der Clown lachte den ganzen Tag nicht ein einziges Mal.

Fräulein Trill aber sank in einen Stuhl und hauchte, sie würde auf der Stelle ohnmächtig und sie hätte sofort, sofort gespürt, daß dieser Mann etwas anderes war, als er schien. Da sich aber niemand für ihr Geschwätz interessierte, zog sie es vor, nicht ohnmächtig zu werden und mit offenem Munde zuzuhören.

Die Kinder konnten es kaum fassen, daß Barny etwas so Entsetzliches erleben mußte. »Oh, das ist schrecklich«, flüsterte Dina. »Durch diesen engen Tunnel, und immer die Angst vor dem Wasser! Oh, es ist schrecklich!«

»Toll!« schrie Stubs. »Ich wollte, ich wäre dabeigewesen.« Und dann fügte er leise hinzu: »Nur das mit deinem Vater tut mir leid.«

»Mir auch«, sagte Robert, »dieser gemeine Kerl! Aber gib die Hoffnung nicht auf, wir suchen alle weiter.«

Barny schüttelte den Kopf. »Ach, das hat doch keinen Zweck, und ich mag auch nicht mehr. Erst die Freude, ihn endlich gefunden zu haben, und dann die Enttäuschung, nein! Und bitte, sprecht nicht mehr davon. Nie wieder, hört ihr!« – »Aber Barny!« rief Dina.

»Nein, nein, ich meine es ernst. Es war nur ein dummer Traum. Ich bin all die Jahre allein zurechtgekommen, warum sollte es nicht auch weiter so gehen?«

»Also gut«, sagten die drei leise. Wenn er es so wollte. Und im Grunde verstanden sie ihn, es mußte schrecklich sein, so betrogen zu werden.

»Wie sah der Kerl eigentlich aus, der dir das Päckchen gab?« fragte Robert plötzlich.

Barny zuckte die Schultern. »Viel habe ich nicht von ihm gesehen. Ich glaube, der Professor war darüber sehr enttäuscht. Hätte ich ihn genau beschreiben können, säße er jetzt bestimmt schon hinter Schloß und Riegel. Alles, was ich weiß, ist, daß er groß war und dunkles, gelocktes Haar hatte. Aber halt, jetzt fällt mit etwas ein! Komisch, daß ich nicht mehr daran gedacht habe. Der kleine Finger an der einen Hand war verkrüppelt.«

Stubs stieß einen Schrei aus. »Was sagst du? Ein verkrüppelter kleiner Finger? Dann kann ich dir die genaue Beschreibung dieses Kerls liefern!« schrie er triumphierend.

Er kniff die Augen fest zusammen und sah den Matrosen vor sich, der mit ihm im Zug nach Rockypool gesessen hatte.

»Paßt auf. Ein glattrasierter, breitschultriger Bursche, schwarzhaarig. Ein großes Mal am Kinn, schmaler Mund, gebogene Nase, stark geschwungene Brauen und auffallend helle Augen und an der linken Hand ein verkrüppelter kleiner Finger.« Er riß den Mund auf und schrie: »So, und wenn die Polizei diesen Verräter nun nicht schnappt, dann kann sie mir leid tun!«

XXX

Was wollen wir mehr?

»Sicher kann sie ihn nun finden«, sagte jemand belustigt hinter ihnen. »Und woher weißt du das alles, junger Mann?«

Sie fuhren herum. Es war der Professor. Aber war er es auch wirklich? Mindestens um zwanzig Jahre jünger sah er aus. Und seine Haare waren braun statt grau.

Er lachte über ihre erstaunten Gesichter. »Jetzt bin ich wieder ich selber. War eine gute Verkleidung, wie? Aber ich habe immer einen Heidenrespekt vor euch vieren gehabt und davor, daß ihr meine Maskerade durchschauen könntet. Und hätte ich eine Perücke getragen, wäre ich nicht sicher gewesen, daß ihr sie mir eines Tages vom Kopfe gerissen und mich entlarvt hättet. Und wie ist das nun, Stubs, mit dem Mann und dem verkrüppelten kleinen Finger? Wenn deine Beschreibung stimmt, werden wir ihn bald haben.»

»Klar stimmt sie«, schrie Stubs. »Als ich ihn sah, hatte er eine Marineuniform an. Ich habe ihn ganz genau unter die Lupe genommen, sage mir immer, wer weiß, wozu es noch einmal gut ist. Und nun machen Sie ihn ausfindig, und erzählen Sie ihm, Barny würde ihn auf der Stelle wiedererkennen. Bluffen Sie nur, dann wird er schon klein beigeben.«

»In Ordnung«, grinste der Professor. »Ich werde deine Anweisungen genauestens befolgen und deine Informationen sofort telefonisch weitergeben.«

Und draußen war er. »Toll, was?« brummte Stubs. »Der hat sich mächtig 'rausgemacht! Diese straffe Haltung, dieser feurige Blick, diese gesunde Bräune! Und was hat er bloß mit seinen Haaren angestellt? Erst gefärbt und dann in Entfärbungsmittel getaucht? Tolle Idee! Übrigens würde ich mich gar nicht wundern, wenn die Triller auch ein verkappter Polizist wäre. So, und jetzt gehe ich zu Dummy«, verkündete er. »Ich habe immer gewußt, daß er ein prima Kerl ist, und das werde ich ihm jetzt sagen!«

Er lief davon und fand Dummy im Hof, wo er auf einer Kiste saß und Kartoffeln schälte.

Er streckte ihm feierlich die Hand entgegen. »Du bist tapfer und gut! Lümmel, gib Pfote! Und nun drei Beller für unseren Dummy! Los, wuff, wuff, wuff!«

Lümmel gehorchte augenblicklich, und Dummy war sehr gerührt und klopfte Stubs' Arm.

»Du guter Junge, lustiger Junge, guter Freund von Barny.«

Stubs grinste verlegen. »Ist diese Geschichte mit seinem Vater nicht scheußlich? Er sagt, nun hat er es aufgegeben, ihn zu finden. Er will nicht mehr suchen. Du weißt doch, daß er dachte, er würde ihn gestern nacht treffen?«

»Vater?« fragte Dummy verwirrt. »Barny Mutter, keinen Vater.«

»Du kanntest Barnys Mutter, nicht wahr? Wie sah sie aus? Hat sie dir von seinem Vater erzählt?«

Dummy runzelte die Stirn und versuchte, sich zu erinnern. »Ich nachdenken«, sagte er langsam, »du Banjo spielen, dann ich besser denken.«

Stubs begriff sofort, was er meinte. Damals, als er zusammen mit Barnys Mutter beim Zirkus war, hatte er selber Banjo gespielt, und sein Klang würde ihm helfen, sich zu erinnern.

Stubs begann, sein unsichtbares Banjo zu zupfen. Leise ahmte er die Töne nach, und Dummy saß in Gedanken verloren.

»Sie so gut zu mir«, begann er endlich. »Sie mir erzählen ihren Kummer, ich ihr erzählen meinen. Manchmal sie gesprochen von Vater.«

»Hat sie dir gesagt, wie er heißt?« fragte Stubs atemlos und unterbrach sein Spiel für einen Augenblick.

»Er auch heißen Barnabas«, sagte Dummy und strahlte, weil er sich nun tatsächlich erinnerte. »Barnabas Frederick Martin. Wie oft sie das gesagt.«

»Weißt du, wie er aussah?«

Dummy schüttelte den Kopf.

»Hast du ihn denn nie gesehen?«

»Nein.«

»Weißt du, wo er wohnt?«

Nach jeder in beinahe beschwörendem Ton hervorgebrachten Frage bearbeitete Stubs sein unsichtbares Instrument mit immer wilderem Eifer.

»Er Haus, schönes Haus, sie gesagt«, brachte Dummy mühsam hervor, »schönes Haus in Cherrydale. Seine Mutter böse, weil Zirkusmädchen geheiratet. Nicht nett zu arme Tessy. Deshalb sie weggegangen, weit, weit weg.«

Stubs atmete tief auf. Jetzt kamen sie der Sache schon näher. Nun würden sie Barnys Vater finden, bestimmt! Wer hätte je gedacht, daß gerade der alte Dummy ihnen helfen könnte.

»Dummy!« rief jemand, und er fuhr hoch. Er wurde so plötzlich aus seinen Erinnerungen gerissen und in die Gegenwart zurückversetzt, daß er einen Augenblick lang ganz verstört aussah. »He, Dummy«, rief der junge Kellner, der aus der Küche gelaufen kam. »Wo hast du die Staubtücher gelassen? Hast du sie etwa verschluckt?«

Stubs wußte, daß er nun nichts mehr erfahren würde. Dummys Blick war, wie so oft, besorgt und unruhig geworden, und das bedeutete, daß er von jetzt an auf keine Frage mehr antworten würde. Aber er hatte genug gehört. Sein erster Gedanke war der, geradewegs zu Barny zu gehen, um ihm alles zu erzählen.

Aber dann überlegte er, daß Barny vielleicht gar nichts davon wissen wollte. Er hatte gerade diese scheußliche Sache erleben müssen. Besser, man erfuhr erst Genaueres. Wie wär's, wenn man Fräulein Pfeffer einweihte und um Rat fragte? Manchmal konnten Erwachsene, besonders bei schwierigen Unternehmungen, ganz nützlich sein.

Die alte Erzieherin lauschte seinem Bericht mit gespannter Aufmerksamkeit und wachsender Erregung.

»Cherrydale«, sagte sie nach einiger Überlegung, »Cherrydale, eine meiner Freundinnen wohnt ganz in der Nähe. Ich werde sofort anrufen und sie fragen, ob es dort eine Familie Martin gab oder noch gibt. Oh, Kind, es wäre zu schön, wenn es sich so verhielte!«

Es dauerte ungefähr eine halbe Stunde, bis sie festgestellt hatte, daß in Cherrydale tatsächlich eine Familie Martin ansässig war. Die alte Frau Martin und ihr Mann, der Sohn Barnabas, eine unverheiratete Tochter, Katherina, und ein verheirateter Sohn mit vier Kindern.

»Toll!« schrie Stubs. »Dann hat Barny ja nicht nur einen Vater, sondern auch Großeltern und einen Onkel und eine Tante und Vettern und Kusinen! Ist das nicht einfach supertoll? Und was machen wir jetzt?«

»Überlaß es am besten mir«, sagte Fräulein Pfeffer, und ihre Augen zwinkerten heftiger denn je hinter den dicken Brillengläsern. »Und bitte, kein Wort darüber zu Barny, denn eine nochmalige Enttäuschung wäre zuviel für ihn.«

Und so überließ Stubs alles der alten Erzieherin. Ohne daß Barny etwas erfuhr, setzte diese sich mit den Martins in Verbindung, und schon vier Tage später rief sie die drei zu sich in ihr Zimmer.

»Ich habe Neuigkeiten für euch«, begann sie mit bebender Stimme, »Barnys Vater kommt heute nach Rubadub! Er möchte ihn sehen, um Gewißheit zu haben, daß er wirklich sein Sohn ist, von dem er ja bis jetzt nichts wußte. Oh, Kinder, ich habe eine Fotografie von ihm zu Gesicht bekommen, ihr glaubt gar nicht, wie ähnlich sich die beiden sehen!«

Dina strahlte. »Was wird er nur sagen! Wann kommt sein Vater?«

»Heute nachmittag. Ihr werdet dann mit Barny am Strand sein, und ich werde seinen Vater zu euch schicken, sowie er ankommt. Ihr drei geht dann ein Stück spazieren, mit Lümmel natürlich. Stört sie nicht. Ich kann mich doch auf euch verlassen?«

»Klar«, schrien die Kinder, »klar!«

Am Nachmittag lagen sie am Strand. Miranda schaufelte mit ihrem kleinen Spaten im Sand, und Lümmel wartete geduldig darauf, daß sie ihn später liegen lassen würde und er ihn schnappen konnte.

Dina starrte unentwegt auf die Promenade, und plötzlich stieß sie Robert an.

Ein Mann stand dort drüben. Er war groß und schlank, und sein dichtes, weizenblondes Haar leuchtete in der Sonne. Seine Augen waren strahlend blau, lagen seltsam weit auseinander, und sein Gesicht war tiefbraun.

Ein erwachsener Barny! Er stand dort und sah zu ihnen hinüber. Die drei schlichen davon, und Lümmel trottete, erstaunt über diesen plötzlichen heimlichen Aufbruch, hinterher.

Der Mann sprang auf den Strand herunter und kam direkt auf Barny zu. Der war aufgestanden und sah ihm entgegen. Er starrte den Näherkommenden ungläubig an. Er sah ja genauso aus wie er selber! Wer war er? Was wollte er?

»Du heißt Barnabas, nicht wahr?« fragte der Mann.

Barny nickte.

Der Mann lächelte. »So heiße ich auch. Ich suche meinen Sohn, und ich habe gehört, daß auch du mich suchst.«

»Ja«, flüsterte Barny, »ja. Sind Sie, bis du wirklich mein Vater?«

»Dein Vater, so wie du mein Sohn bist«, sagte der Mann. »Und du hast ein Äffchen«, fügte er dann hinzu, »wie seltsam!«

»Warum seltsam?« fragte Barny und streichelte Miranda, die auf seiner Schulter saß.

»Weil deine Großmutter auch eins hat. Wie wird sie sich über dich, ihren neuen Enkel, freuen, und deine Tanten und Onkel über den neuen Neffen und deine Vettern und Kusinen, daß ich einen Sohn und sie einen neuen Vetter bekommen.«

Miranda sprang plötzlich mit aufgeregtem Schnattern auf des Mannes Schulter.

»Komm, wir wollen ein Stück gehen«, sagte er und nahm Barnys Arm. »Du mußt mir alles erzählen, fünfzehn Jahre, das ist eine lange Zeit! Wir haben viel nachzuholen!«

Sie gingen davon, Miranda noch immer auf demselben Platz. Die Kinder sahen ihnen nach, wie sich die beiden weiter und weiter entfernten.